LUCA AMMIRATI

Das Lächeln einer Sommernacht

GOLDMANN

Buch

In der Nacht von San Lorenzo, in der Millionen Sternschnuppen die Wünsche der Menschen beflügeln, begegnet Samuele in der Sternwarte von Perinaldo der zauberhaften Emma. Er verliebt sich auf den ersten Blick und lädt sie zum Abendessen in seine Wohnung ein. Dort unterläuft ihm ein unverzeihlicher Fehler: Während das Mädchen mit den blauen Augen und dem johannisbeerroten Mund kurz im Bad verschwindet, schläft er ein. Als er am nächsten Morgen aufwacht, ist Emma verschwunden und Samuele hat nicht den blassesten Schimmer, wie er sie wiederfinden soll. Doch nicht umsonst wird die Nacht von San Lorenzo auch »Nacht der Wünsche« genannt …

Autor

Luca Ammirati wurde 1983 in San Remo geboren. Er leitet die Pressestelle des Ariston-Theaters, in dem jedes Jahr das berühmte Festival des italienischen Chansons stattfindet. Auch war er Kulturbeauftragter von Perinaldo, wo tatsächlich jene Sternwarte steht, von der in »Das Lächeln einer Sommernacht« die Rede ist.

Luca Ammirati

Das Lächeln einer Sommernacht

Roman

Aus dem Italienischen
von Renée Legrand

GOLDMANN

Sollte diese Publikation Links auf Webseiten Dritter enthalten, so übernehmen wir für deren Inhalte keine Haftung, da wir uns diese nicht zu eigen machen, sondern lediglich auf deren Stand zum Zeitpunkt der Erstveröffentlichung verweisen.

MIX
Papier aus verantwortungsvollen Quellen
FSC® C014496

Penguin Random House Verlagsgruppe FSC® N001967

1. Auflage
Taschenbuchausgabe: April 2022
Wilhelm Goldmann Verlag, München,
in der Penguin Random House Verlagsgruppe GmbH,
Neumarkter Str. 28, 81673 München

Umschlaggestaltung: UNO Werbeagentur, München, nach dem Umschlagdesgin
von Christina Krutz, Biebesheim am Rhein
Umschlagmotiv: © Arcangel / Amanda Elwell
mb • Herstellung: ik
Satz: GGP Media GmbH, Pößneck
Druck und Einband: GGP Media GmbH, Pößneck
Printed in Germany
ISBN: 978-3-442-49152-0

www.goldmann-verlag.de

I'm the king of my own land.
Facing tempests of dust, I'll fight until the end.
Creatures of my dreams raise up and dance with me.
Now and forever, I'm your king.
Outro, M83

Meiner Familie

Erster Dialog mit Leo

Ich habe immer gedacht, dass der Sommer die Zeit ist, in der man wächst, älter oder reifer wird. Ein Jahr geht vorüber. Nicht im Herbst, nicht im Winter und nicht einmal im Frühjahr, wenn alles wieder zu blühen beginnt. Wenn man darüber nachdenkt, alter Freund, beginnt die neue Runde immer im Sommer, auch wenn das von deinem Standpunkt aus seltsam erscheinen mag. Die Ferien fangen an, zuerst scheint alles stillzustehen, aber dann kommt in alles ein unglaublicher Schwung.

Seit Wochen warte ich nun schon auf eine Nachricht – das weißt du, oder?

In letzter Zeit habe ich über nichts anderes mit dir gesprochen, und ich weiß, dass du mir aufmerksam zuhörst. Ich schwanke zwischen Euphorie und nervöser Unruhe. Aber am heutigen Morgen im August ist alles anders. Willst du wissen, was sich verändert hat? Ich bin ganz aufgedreht. Ich spüre, dass etwas passieren wird. Ich kann es nicht erklären, aber ich weiß, es wird geschehen.

Du kannst dir nicht vorstellen, was das Warten bei mir auslöst. Vielleicht begreife ich es selbst nicht ganz, ich sollte mich besser im Griff haben. Nicht, dass ich diese Erwartung besonders mag, man kann nicht gut leben, wenn man zu viel erwartet. Und ich habe ja auch wirklich viel zu tun. Ich will dir das alles nicht noch einmal aufzählen, sonst siehst du mich schief an. Ich kenne dich …

Ob es nun gut ist oder schlecht, wir sind mittendrin. Und so hole ich tief Luft und versuche vorwärtszukommen. Das ist alles.

Vielleicht kommt eines Tages jemand, der mir beibringt, wie man leben kann. Jemand, der sich von nichts aus der Fassung bringen lässt – so wie du zum Beispiel. Jemand, der die passende Richtung eingeschlagen hat und weiß, wie man sich in jeder Lage verhält. Jemand, der mir den richtigen Weg zeigt: bei der Arbeit, in der Freundschaft, vielleicht sogar in der Liebe, und der weiß, wie man mit kleinen und großen Träumen umgeht. Jemand, der mir vormacht, wie man mit der Angst vor dem Scheitern umgeht, mit Einsamkeit und Ungerechtigkeit. Jemand, der mir erklärt, was die Welt und all die Worte bedeuten, die ich gesagt und gehört habe. Jemand, der beides kennt: Glück und auch Traurigkeit.

Denn weißt du, Leo, eins kann ich mit Sicherheit sagen: Bis heute habe ich von allem, was unter dem Himmel geschieht, nicht besonders viel begriffen.

1

Ich öffne die Läden und trete auf die Terrasse hinaus. Sogleich umfängt mich das Licht. Jeden Morgen kann ich von hier aus das Meer sehen, hinter mir der Hügel, der mir ein Gefühl der Sicherheit gibt und dieses Fleckchen des Paradieses mit seinen verschiedenen Nuancen von Gelb, Türkis und Blau vor kalten Winden schützt. Dieses grenzenlose Blau ist immer schon meine Lieblingsfarbe gewesen. Die Farbe, die viele aus irgendeinem Grund mit Melancholie in Verbindung bringen, bedeutet für mich pures Glück.

Ich recke mich und gähne, versuche ein Stretching. Es ist heiß, sehr heiß. Von unten dringen gedämpft ein paar Geräusche zu mir herauf: ein quietschendes Gittertor, das Knattern eines Mofas, ein Teppich, der an einem Fenster ausgeschlagen wird. Eine Weile lausche ich, und so fühle ich mich ein bisschen wie ein Philosoph oder Künstler.

Das Bild scheint perfekt, alles sieht so malerisch aus.

Ich lege schützend meine Hand vor die Augen, blicke Richtung Sonne und schicke ein kleines Stoßgebet an sie. Vielleicht geschieht ja doch ein Wunder.

»Bitte mach, dass es gut läuft. Es muss einfach gut gehen.«

Ich überlege gerade, mir einen Cappuccino zu machen, da höre ich, wie mein Mobiltelefon vibriert. Widerwillig gehe ich wieder hinein und seufze. Die Nachricht kommt vom Chefredakteur, er erinnert mich an die Redaktionskonferenz, auf der über das Feuerwerk am Abend des 15. August gesprochen werden soll.

»Um zehn auf dem Bürgermeisteramt«, teilt mir die SMS leidenschaftslos mit.

Es ist erst Viertel nach neun, aber dieser überpünktliche Kerl schafft es immer, mich unter Druck zu setzen. Er ist der einzige Mensch auf der Welt, der mit zwei Uhren herumläuft, an jedem Handgelenk eine.

Der Gedanke an den Cappuccino gehört schon der Vergangenheit an. Ich versuche mir einzureden, dass mir mit ein bisschen Glück eine gute Seele nach der Redaktionskonferenz einen spendiert. Ich springe unter die Dusche und ziehe dann unter den gleichmütigen Blicken meines Mitbewohners die Sachen von gestern Abend an, ein weißes Leinenhemd und eine beigefarbene Hose.

Ich winke Leo zum Abschied zu, nehme die Schlüssel, die Umhängetasche mit dem Laptop und eile die Treppe hinunter, breche mir fast den Hals, während ich nach unten renne.

»Wieder so eilig, junger Mann? Haben Sie überhaupt schon gefrühstückt?«

Signora Verrando steckt den Kopf zur Tür heraus, und ich bleibe so abrupt stehen, als hätte sie mich mit einem Lasso eingefangen. Der Geruch von frischer Focaccia und Kaffee dringt verführerisch an meine Nase.

Signora Verrando ist eine reizende Witwe, die beinahe achtzig ist. Sie wohnt im Parterre und übernimmt freiwillig die Aufgaben einer Hausverwalterin. Wir brauchen aber gar keine Hausverwalterin, hier im Haus wohnen nur sechs Leute, und die meisten Wohnungen werden nur in der Saison vermietet, an Leute aus Mailand oder Turin. Signora Verrando ist klein und zierlich, hat ein pausbackiges Gesicht und die lebhaften Augen eines Kindes. Oft trägt sie eine Schürze, die ganz weiß ist vom Mehl.

»Schön wär's«, sage ich freundlich, »aber dafür habe ich leider keine Zeit, ich muss zu einer Verabredung!«

»Ach, und deshalb haben Sie Flügel an den Schuhen, ich verstehe. Wie heißt die Glückliche denn?«

Hermes, der Götterbote. Ein schöner Vergleich. Ich ringe mir ein Lächeln ab.

»Leider hat sie keinen Namen …«

»Wieso hat sie keinen Namen? Nun, es geht mich ja auch nichts an, ich wollte nicht indiskret sein, Verzeihung«, sagt die Verrando jetzt verlegen und verschwindet hinter der Tür.

»Nein, warten Sie, ich habe mich falsch ausgedrückt. Es ist nur ein Termin, es geht nicht um eine Frau«, erkläre ich seufzend.

Die Witwe kann es kaum begreifen. Den Kopf in den Wolken, ein verträumter Blick, immer in Eile: Für sie sind das eindeutig Symptome der Verliebtheit.

»Wie schade«, sagt sie, »man kann im Leben so viel Schöneres tun als arbeiten.«

Das sagt sie mir, der ich drei Jobs gleichzeitig mache, oder es zumindest versuche. Doch selbst mit den dreien schaffe ich es nicht, genug zu verdienen, um mein stets leeres Bankkonto aufzufüllen.

»Leider kann man es sich nicht immer aussuchen«, entgegne ich und breite bedauernd die Arme aus.

»Wenn ich in Ihrem Alter wäre, würde ich an gar nichts anderes denken als an meine Freiheit.«

Ich bin dreißig Jahre alt. An meinem Geburtstag hat die Verrando mich vorwurfsvoll angeschaut, als ich sie darauf hinwies, dass ich streng genommen kein junger Mann mehr bin.

»Wieso denn nicht?«, sagte sie. »Dreißig Jahre, das ist doch noch gar nichts. Außerdem ist dreißig eine schöne runde Zahl. Man ist noch jung und zugleich erwachsen. Man kann sein Leben voll ausleben und ist mittendrin.«

Es ist sinnlos, mit ihr zu diskutieren. Und so tue ich es auch heute Morgen nicht.

Die Verrando hat leider auch etwas an sich, was mir nicht besonders gefällt. Oft höre ich, wie sie sich mit der Putzfrau streitet oder wie sie an den Briefkästen der anderen herumfummelt. Jahrelange Einsamkeit macht die Menschen oft sonderbar. Das ist im Grunde normal, sage ich mir.

Wenn ich eins gelernt habe, dann, dass Frauen, ganz gleich welchen Alters, in ihren Reaktionen unvorhersehbar sind und sich wegen nichts und wieder nichts aufregen können.

»Geht es Ihnen denn gut, Signora Verrando?«, frage ich höflich.

»Ja, mein Lieber, alles in Ordnung.«

»Brauchen Sie vielleicht irgendetwas?«

»Wie nett, dass Sie fragen.«

»Na ja, als Hausgenossen kann man sich doch gegenseitig helfen, oder? Wenn etwas ist, lassen Sie es mich nur wissen.«

»Nein, alles ist, wie es sein soll. Ich mache nachher einen Spaziergang in den Park.«

»Und ich besuche Sie bald auf einen Kaffee und ein schönes Stück Focaccia.«

»Sehr gut, junger Mann. Es ist ungesund, wenn man immer nur in Eile ist.«

Ich danke ihr und wende mich zum Gehen. Gleich danach höre ich sie in meinem Rücken in feierlichem Ton sagen:

»Mit der Angst ist es wie mit einer Hollywoodschaukel. Man ist immer in Bewegung und kommt keinen Schritt weiter.«

Ich höre es und gehe dann mit schnellen Schritten durch die Tür.

Die Welt hier draußen ist ruhig und friedlich, es sind nur wenige Menschen unterwegs.

Ich öffne das Schloss meines Fahrrads, das am Laternenpfahl festgemacht ist, und fahre die Straße hinunter Richtung Zentrum.

Der frische Wind in meinem Gesicht heißt mich willkommen. Wer weiß, was der Tag mir bringen wird. Ich bin froh, hier in diesem kleinen Viertel zu wohnen, es scheint aus der Zeit gefallen zu sein und mit der Gegenwart nichts zu tun zu haben.

Es heißt Pigna, weil seine Straßen sich alle eng an den Hügel schmiegen, der die Stadt überragt, und deshalb an einen Pinienzapfen erinnern. Es ist eine kleine Festung, die um das Jahr 1000 gegründet wurde, eine Ansammlung verwunschener Innenhöfe, überdachter Passagen, Brunnen und Treppen. An den sich kreuzenden Straßen gibt es kleine Restaurants und Geschäfte, verschiedene Bögen und Stützen stabilisieren die Mauern der alten Häuser. Die Luft hier riecht nach Jod und Meer, sie dringt in die einfachen pastellfarbenen Häuser, in denen Menschen wohnen, die ein wenig zurückgezogen leben, bescheiden sind, sich mit ihrer Hände Arbeit ernähren wie alle Ligurer, aber sich von der übrigen Welt abschotten, gegenüber Fremden misstrauisch sind und sich hinter ihren grünen Schlagläden verstecken. Diese Leute halten nichts von Veränderungen, sie werfen ihre Anker aus wie eh und je, sind solide und praktisch. Sie haben Basilikumtöpfe auf dem Fensterbrett stehen, und sie murren ständig über irgendetwas, aber auf sehr liebevolle Art.

Ich wohne im vierten und obersten Stock eines alten strahlend weiß getünchten Hauses ohne Aufzug.

Die Maklerin, eine hübsche junge Frau mit grünen Augen und olivfarbener Haut, brauchte keine fünf Minuten, um mich von der Schönheit der Wohnung zu überzeugen.

»Ein Panoramablick, Stille und ruhige Nachbarn. Es gibt nichts Besseres«, sagte sie lobend, wiegte sich in den Hüften, ihre Notizkladde unter dem Arm.

»Eine Heizung gibt es hier sicher nicht«, sagte ich.

»Aber das Haus bekommt mehrere Stunden am Tag Sonne aus verschiedenen Richtungen«, fuhr die exotische Maklerin fort. »Das Wasser in den Rohren friert nie.«

Bei sparsamer Lebensweise konnte ich mir die Wohnung leisten. Das war am wichtigsten.

Die Wohnung gehört einem Fischer, der alt und gebeugt ist und all die Treppen nicht mehr gehen kann.

Seine beiden Söhne haben inzwischen selbst Familie und konnten sich nicht einigen, wer dort leben sollte. Deshalb haben sie die Wohnung vermietet.

Zu allen Seiten des Hauses, die ich von meiner Terrasse aus überblicken kann, schläft und erwacht die alte Stadt mit den Ziegeln der Dächer und Vorsprüngen der Kirchtürme, dem Meer und der Bucht, dem schützenden Hügel und dem Park mit den hohen Palmen, den man zu Ehren der Königin Elena von Montenegro angelegt hat.

Momentaufnahmen, die ich immer vor mir habe.

Dies ist der Teil von San Remo, den ich am liebsten habe. Eine Stadt, deren Name, anders als alle glauben, nichts mit einem Heiligen zu tun hat, aber irgendeinen Freund im Paradies muss sie schon haben, denn dreihundert Tage im Jahr genießt sie die Sonne und Temperaturen, bei denen man in kurzen Ärmeln herumlaufen kann.

»Wir haben in San Remo nichts von der Klimaveränderung gemerkt, von der in den Fernsehnachrichten die Rede ist«, sagt die Signora Verrando immer wieder voller Stolz. »Im Februar, wenn es in ganz Italien friert, wachsen bei uns Bananen. Zum letzten Mal hat es hier im Jahr 1985 geschneit.«

Mein Fahrrad saust durch die kleinen Gassen, an Häusern entlang, deren Fassaden mit der Zeit rissig geworden sind. Die Fenster stehen offen, und draußen hängt Wäsche. Diese Häuser, die es in allen Farben gibt, sind mir sehr vertraut.

Noch einmal schließe ich, während ich fahre, aller Vorsicht zum Trotz, kurz die Augen und atme tief ein, um all die Gerüche aufzunehmen. Wenn ich in die Pedale trete, wird mein Kopf frei, aber heute kann ich nicht umhin, an den Moment zu denken, wenn ich mich vor den PC setzen werde – vielleicht mit einem Glas Rotwein in der Hand –, um die E-Mail zu lesen, die mein Leben verändern soll.

Ich bin immer meinen Träumen gefolgt. Als Kind habe ich meiner Lehrerin und jedem, der mir über den Weg lief, erzählt, dass ich Drachenfänger werden wolle.

Na schön, ich mache mir selbst Mut.

Ohne besonders achtzugeben, fahre ich unter den Arkaden der Altstadt hindurch und rase auf die Aurelia, ähnlich einer Wildkatze, die gerade dann vor allen Autos die Straße überquert, wenn man es am wenigsten erwartet.

Ich lasse das heftige Gehupe nonchalant über mich ergehen – Radfahrer bleiben mysteriöserweise eine der meist gehassten Gruppen auf diesem Planeten – und stehe eine Viertelstunde später vor dem Palazzo Bellevue, einem Bau aus dem neunzehnten Jahrhundert, der früher ein Luxushotel war und in dem jetzt unter anderem das Rathaus untergebracht ist, in prächtigen Räumen mit goldgerahmten Spiegeln.

Einen letzten Blick zur Sonne – wir haben einen Pakt geschlossen –, und ich stürze ins Gebäude.

»Noch gerade rechtzeitig!«, rufe ich und stelle mich leicht außer Atem am Empfang vor.

»Ich bin Samuele Serra, Reporter der San Remo Punto-News.«

2

»Na, Serra, wie ist es gelaufen?«

Sergio Berti, der das »Guten Tag« schon lange aus seinem Vokabular gestrichen hat, kommt aus seinem Büro, in der einen Hand ein Feuerzeug, im Mundwinkel eine Zigarette.

»Nichts Neues, Chef«, sage ich und zucke die Achseln. »Die Stadt bereitet sich auf das übliche Sommerfest vor. Soundso viele Touristen werden erwartet, Bereitstellung von Ordnungskräften, Sicherheitsmaßnahmen und unendlich viel Gelaber.«

»Und das ist alles?«, fragt er mich verärgert.

»Ich habe ein paar Fotos von der Pressekonferenz gemacht. Ich lade sie auf den zentralen Server, schreibe ein paar Zeilen dazu, und die Sache geht online.«

Der Chef runzelt missbilligend die Stirn. Für ihn, einen Journalisten von über sechzig Jahren, der sich aus der Welt gedruckter Zeitungen und pittoresker Kioske in den Dschungel des Online-Journalismus begeben musste, ist es undenkbar, an diesen Neuerungen Gefallen zu finden.

»Der Journalismus ist tot«, sagt er, wenn ihn die Wut ergreift, »und wir feiern seine Beerdigung, die sich jeden Tag in Redaktionen unserer Machart wiederholt.«

Manchmal, wenn er an alte Zeiten denkt, zeichnet er mit den Fingern Schlagzeilen in die Luft, und dann zeigt sich Rührung in seinem Gesicht. Doch dann fällt ihm wieder ein, dass an die Stelle der traditionellen Zeitungen – »Seiten auf denen *Geschichte* geschrieben wurde« – flache, glänzende Bildschirme getreten sind, an denen man sich die Augen ruiniert. Begriffe wie Cloud, Gigabyte oder Glasfaserkabel sagen ihm nichts, und zugleich bringen sie ihn auf die Palme.

»Soll uns doch die Kommunalverwaltung ordentliche Informationen geben«, protestiert er und fuchtelt aufgebracht mit den Armen. »Nichts als Ankündigungen und leeres Geschwätz. Aber wehe, sie geben eine Pressekonferenz, und man erscheint nicht, dann ist die Hölle los. Dann klingeln die Telefone, und man wird angebrüllt wie der letzte Blödmann. Hoffentlich bin ich bald in Rente, damit dieses Martyrium endlich mal aufhört!«

Er murrt noch ein paar andere unfreundliche Dinge, bevor er nach draußen geht, um zu rauchen.

Ich stelle mein Fahrrad hinter den Schreibtisch und setze mich. Alice gibt mir ein Zeichen und schüttelt dabei ihre blonde Lockenmähne. Sie telefoniert gerade in aller Ruhe und betrachtet ihre frisch lackierten Fingernägel.

»Dann sehen wir uns heute Abend auf dem Fest? Ich nehme an, ich bin nicht vor halb zehn da. Lass uns besser zehn Uhr sagen. Zuerst trinken wir aber noch einen Aperitif auf der Piazzetta, nur Langweiler kommen pünktlich.«

Wenn sie nicht am Computer sitzt, um Schreibfehler zu entdecken und die Pressemitteilungen, die per E-Mail an die Redaktion geschickt werden, zu korrigieren, verbringt Alice Caviglia ihre Zeit mit dem Handy am Ohr. Entweder telefoniert sie mit ihren Freundinnen oder einem ihrer »künftigen Ex-Verlobten«. Sie nennt sie selbst so, denn ihre

Beziehungen dauern nie länger als zwei oder drei Wochen. Wegen ihrer zahlreichen Verehrer, die die Blumenläden in der Nähe der Redaktion stürmen, hat sie immer Massen von Rosensträußen auf ihrem Schreibtisch stehen.

Auf der Toilettentür klebt ein Post-it mit der Nachricht, dass Valerio Ottonello – der vierte und letzte Mitarbeiter der San Remo PuntoNews, der für das Vermischte zuständig ist – wegen eines Zusammenpralls von zwei Autoscootern vor Ort ist. Valerio besitzt das Talent, Krankenpfleger, Ärzte und Helfer der Notaufnahme zu stalken. Er plagt sie mehrmals am Tag, um herauszufinden, was abgeht, und kaum hat er irgendwo die Sirene eines Krankenwagens gehört, sprintet er los und folgt ihr.

Er bedient sich des vielgepriesenen Systems staatlicher Stellen an der Blumenriviera: Polizei, Carabinieri, Finanzamt und Feuerwehr. Er rühmt sich gern seiner guten Kontakte und hat stets Visitenkarten bei sich, um zu zeigen, dass auch er jemand ist.

Ich schalte meinen Computer ein und tippe lustlos ein paar Hinweise auf das Feuerwerk am 15. August.

»Der Countdown läuft«, schreibe ich, dann lösche ich es wieder.

Zu klischeehaft, zu kalt. Es fehlt das emotionale Moment. Ich versuche es erneut.

»Sommerfest in unserer Stadt – ein Fest der Gefühle und Darbietungen …«

Ich lösche es wieder und lasse den Kopf in beide Hände sinken. Es hat keinen Sinn. Ich habe meine Begeisterung für diese Arbeit völlig verloren – wenn ich sie überhaupt jemals hatte –, und das beweist mir einmal mehr der Cursor, der in der Warteschleife ganz links oben am Bildschirm blinkt.

Während ich verzweifelt nach einem überzeugenden Anfang für meinen Artikel suche, erinnere ich mich, wie ich zu diesem Posten kam und in diesem Käfig von Verrückten gelandet bin.

Es war im März vor zwei Jahren, am Tag der Classicissima di Primavera, des berühmten Radrennens von Mailand nach San Remo. Die Journalisten und Fotografen standen alle dicht gedrängt an der Via Roma und warteten auf die Ankunft der Radfahrer.

Ich hatte keine Akkreditierung und durfte die abgesperrte Zone nicht betreten. Also blieb mir nichts anders übrig, als mir etwas Originelles einfallen zu lassen.

Nachdem das Rennen zu Ende war, rannte ich in die Redaktion der San Remo PuntoNews in der nicht weit entfernten Via Feraldi, einer eleganten Straße mit historischen Gebäuden. Ich klopfte an die Glastür zwischen einem Reisebüro und einem Bonbonladen, und Alice öffnete mir. Sie war groß und schlank wie ein Mannequin, hatte Kopfhörerstöpsel in den Ohren und trug ein weißes Top, enge dunkle Jeans und Turnschuhe, die bei jedem Schritt ein schreckliches Quietschgeräusch machten. Sie führte mich in einen kleinen Raum mit niedriger Decke ohne Fenster und mit nur einem Lüfter.

Eigentlich war es ein Kellergeschoss.

Nachdem ich ein paar Minuten dort gewartet hatte, brachte sie mich zu Sergio Berti, dem Chefredakteur der Zeitung. Neben seinen beiden Armbanduhren, die ich seltsam genug fand, fielen mir auch seine Falten auf, die ihn keineswegs alt aussehen ließen. Vielmehr wirkte er wie jemand, der reich an Erfahrung ist. Durch den Journalismus war er jung geblieben. Sein Problem bestand darin, dass er innerhalb von Sekunden sehr wütend werden konnte. Was heißt *konnte* – er kann es immer noch.

»Was wünschen Sie?«, schnauzte er mich an. »Ich sage Ihnen gleich, das dies kein günstiger Moment für einen Besuch ist. Wir warten auf Fotos von einem unserer Mitarbeiter, der auf der Tribüne war, und die Zeit ist knapp.« So begrüßte er mich und zog dabei aufgebracht an seinen Jackenärmeln.

Das Wichtigste war nun, zu glänzen und sich nicht beirren zu lassen.

»Guten Tag«, versuchte ich es mit fester Stimme.

Das war schon der erste Fehler. Konventionen sind etwas für Unsichere und Verlierer.

»Ich meine … Entschuldigung … Nein, nicht Entschuldigung und auch nicht Guten Tag.«

Berti, der erfahren genug war, um zu wissen, dass jeder irgendwelche Geheimnisse hat, war es gewöhnt, hinter dem, was ihm jemand erzählte, chiffrierte Nachrichten zu entdecken, aber bei meinem Gestammel verstand er rein gar nichts mehr.

»Keine Entschuldigung? Keinen Guten Tag? Was haben Sie denn für eine Kinderstube, junger Mann?«, sagte er scharf. »Ich weiß selbst, dass heute kein guter Tag ist. Seit sie mich mit den verdammten Dingern hier in diesen Bunker verbannt haben, hat es *keinen einzigen* guten Tag mehr gegeben.«

Er hatte auf die Computer gezeigt. Bald würde ich mich an all das Geschimpfe und Geschrei und die Fausthiebe auf den Tisch gewöhnt haben, an den Moment, in dem das Online-Signal ganz wild flimmert, jener berüchtigte Augenblick, in dem man nur noch die Senden-Taste zu drücken braucht, um den Artikel zu veröffentlichen, und in dem man die ganze Arbeit verlieren kann, wenn man vergessen hat, ihn vorher zu sichern.

Ich versuchte, mich zusammenzunehmen, und probierte es noch einmal.

»Also gut, fangen wir neu an. Wenn Sie heute noch nicht gelacht haben«, erklärte ich feierlich, »werden Sie es sicher gleich tun.«

»Ach wirklich, und wieso?« Er sah mich lauernd an.

»Deshalb«, sagte ich und zog mein Mobiltelefon aus der Hosentasche.

Darauf war ein Video von dem Rennen Mailand–San Remo, von oben aufgenommen, genauer gesagt, von der Terrasse eines Wohnhauses an der Ecke Corso Mombello/ Via Roma, genau an der Strecke. Eine bessere Aussicht als diese gibt es nicht.

Die letzten Sekunden einer wilden, temporeichen Fahrt aus dieser Perspektive war ein Knüller im Vergleich zu dem Material, das die anderen bringen würden, frontal fotografiert oder mit Teleobjektiv an der Zielgeraden gefilmt.

Der Chef der Zeitung verdrehte die Augen, ihm blieb die Spucke weg.

»Wie zum Teufel haben Sie das hingekriegt?«, fragte er und hüstelte.

»Berufsgeheimnis«, sagte ich, wieder auf klarem Kurs.

Ich musste ihm ja nicht erzählen, dass ich den Konditor kannte, der in der ersten Etage des Gebäudes wohnte, – ich hatte ihm früher mal einen Gefallen getan – und der mir nicht nur lächelnd die Tür geöffnet, sondern mich auch mit Gebäck vollgestopft und dabei von seinen Enkeln geschwärmt hatte.

»Ich hoffe, sie werden mal so tüchtige Jungs wie du«, sagte er mehrmals und klopfte mir wohlwollend auf die Schulter.

Warum sind alte Leute bloß immer so von mir angetan? Offenbar bin ich zu wohlerzogen.

Doch nun stand ich hier und musste, wenn ich den Kampf mit dem Chefredakteur der San Remo PuntoNews gewinnen wollte, meine gute Erziehung vergessen und listig und kaltblütig sein. Ich sah ihn also mit meinem schönsten Pokerface an und schwieg.

»Ach, kommen Sie, sparen wir uns das Hin und Her und machen wir Nägel mit Köpfen. Nun sagen Sie schon: Wie viel wollen Sie für das Video?«

Sergio Berti bedrängte mich, während er ungeduldig auf seinem Sessel vor- und zurückrutschte. Wir saßen einander gegenüber wie zwei Schachspieler.

»Ich möchte einen Job«, erklärte ich, »unbefristet.«

Er lachte nur.

»Was? Arbeit wollen Sie? Das ist ja die Höhe! Da will der junge Mann einen Job, und dann noch unbefristet. Alice, hast du das gehört? Ruf den Sicherheitsdienst an. Und zwar schnell, ich habe einen Verrückten in meinem Büro!«

Ich saß ungerührt da, schnalzte mit der Zunge und führte mein Video noch einmal vor: Da sah man wieder die aufregenden Bilder von der Ankunft der Rennfahrer, die mit irrer Geschwindigkeit in die Zielgerade schossen, das begeisterte Publikum hinter der Absperrung, den Sieger auf den letzten Metern, der, den sportlichen Ruhm vorwegnehmend, die Arme hochriss und gen Himmel reckte zum Zeichen des Triumphs.

»Kein Problem.« Ich stand auf. »Wenn Sie kein Interesse haben, zeige ich es einer anderen Online-Zeitung. Vielleicht gehen die ja auf meine Forderung ein. Ich würde es mir also nicht zu lange überlegen …«

Jetzt, wo ich stand, musterte der Chef mich noch einmal mit zusammengekniffenen Augen.

»Hören Sie, junger Mann. Jetzt werden Sie mal nicht größenwahnsinnig. Alle wollen etwas. Ich wäre zum Beispiel gerne jung, durchtrainiert und würde gern mit Scarlett Johansson an einem tropischen Strand liegen, während sie mich mit Kokosöl einreibt, aber ich werde den Teufel tun, mich erpressen zu lassen.«

»Erpressung?« Ich heuchelte Empörung. »So würde ich das nicht nennen. Ich schlage Ihnen doch nur einen Deal vor.«

An seinem Gesicht erkannte ich, dass ihm dieses Spielchen nicht ganz missfiel. Jetzt war der Moment gekommen zuzuschlagen.

»Also, was ist jetzt. Wollen Sie, dass ich mit diesem Video weggehe, das einschlagen wird wie eine Bombe?«

»Merken Sie nicht, dass Sie mir schon wieder drohen? Ich bin alt genug, um zu entscheiden, was ich mache und was nicht. Ich lasse mir von niemandem etwas befehlen.«

»Na schön, dann sage ich Arrivederci und empfehle mich.«

»Halt! Wohin gehen Sie? Warten Sie eine Sekunde!« Allmählich war er weichgekocht. »Benehmen wir uns wie Männer von Welt. Das sind wir doch schließlich, oder? Können wir uns irgendwie entgegenkommen?«

»Ja, vielleicht«, sagte ich in aller Ruhe und setzte mich wieder.

»Haben Sie denn überhaupt Erfahrung auf diesem Gebiet?«

»Nein, gar nicht«, sagte ich wahrheitsgemäß. »Aber ich interessiere mich sehr dafür.«

Das war eine glatte Lüge, die ich mir schon vorher zurechtgelegt hatte – eine ehrliche, überzeugende Antwort, die kein Zögern zuließ und die mir diesen Job verschaffen würde.

Und das war auch unerlässlich, denn mein einziges Interesse bestand derzeit darin, jeden Monat meine Miete bezahlen zu können.

»Ich kann bei der Arbeit echt reinhauen«, erklärte ich im Brustton der Überzeugung. »Sie können mir richtig viel zu tun geben. Es deprimiert mich nämlich total, wenn ich tatenlos herumsitzen muss.«

Berti legte die Fingerkuppen aneinander und dachte nach.

»Na schön, Sie scheinen ein fleißiger Mensch zu sein. Aber wir hier in der Redaktion drehen auch nicht gerade Däumchen, wissen Sie?« Nach einer Pause sagte er dann: »Angenommen, wir würden uns einigen. Welche Arbeit haben Sie sich denn so vorgestellt?«

»Sagen wir mal so, das Vermischte interessiert mich nicht so sehr. Was ich spannend finde, sind Events.«

»So, so, Events. In San Remo gibt es davon nicht allzu viele. Und wovon es noch weniger gibt, das sage ich Ihnen gleich, das ist Geld.«

Mir genügte es schon, dass ich überhaupt Geld bekam, aber das ließ ich mir nicht zu sehr anmerken.

»Wie sieht die Bezahlung denn aus?«

Sergio Berti richtete sich gerade auf.

»Sind Sie taub? Ich habe Ihnen doch schon gesagt, dass wir nicht im Geld schwimmen!«

»Ja, aber wir stehen doch am Anfang von Vertragsverhandlungen, oder? Ich nenne eine höhere Zahl, Sie eine niedrigere. Sie kommen mir entgegen und ich Ihnen. Und am Ende einigen wir uns irgendwo in der Mitte.«

»Ich komme überhaupt niemandem entgegen!«, rief er verärgert. »Was soll das? Wollen Sie mich auf den Arm nehmen?«

»Nein, keineswegs. Dazu respektiere ich Sie viel zu sehr.«

Dieser alte Fuchs hatte mich schon wieder in die Defensive gedrängt.

»Also schön, beeilen wir uns, das Video muss so schnell wie möglich online gehen. Als Gegenleistung sehe ich, was ich tun kann. Aber ein unbefristeter Vertrag heutzutage … Was für eine Idee! Ich nehme an, dass nicht mal Sie daran glauben.«

»Nein?«

»Nein! Ihr Video ist nicht schlecht, das gebe ich zu, aber es ist nicht gleich ein Hauptgewinn!«

Er nahm Papier und Stift und kritzelte etwas aufs Papier. Ab und zu blickte er an die Decke, dann zog er zwei Linien.

Ich konnte nicht mehr warten. Ich sprang auf und stützte mich mit beiden Händen auf seinen Schreibtisch.

»Ein unbefristeter Vertrag, volle Stelle, achtzehnhundert im Monat, mit Versicherung, bezahltem Urlaub, dreizehntes Monatsgehalt.«

»Sind Sie besoffen? Das würde ich nicht mal mit einer Pistole an der Schläfe unterschreiben! Jetzt haben wir März, Weihnachten ist schon seit einiger Zeit vorbei. Ich schlage Folgendes vor: Teilzeitarbeit für ein Jahr, fünfhundert Euro pro Monat.«

»Vollzeit für acht Jahre für tausendfünfhundert.«

»Teilzeit für eineinhalb Jahre für sechshundert.«

Fünf Minuten später, nachdem ich meine Ansprüche mehr als halbiert hatte, stieg weißer Rauch auf.

Ich erhielt einen Dreijahresvertrag in Teilzeit, schlecht bezahlt, sehr schlecht sogar, und sollte am folgenden Montag anfangen.

Es ist ja nicht für immer, sagte ich mir.

Ich hatte noch ganz andere Pfeile im Köcher.

»Serra, sollen wir uns dranmachen? Auch wenn es nur um ein paar Zeilen und ein paar Fotos geht, schreibt sich der Artikel ja nicht von selbst. Gute Artikel sind eine Wissenschaft für sich.«

Der Chef hat die Zigarette ausgemacht und ist wieder hereingekommen, aber er hat sich leider nicht abgeregt, und seine Augen schleudern Blitze.

»Ach, wir brauchen diese ganze Wissenschaft nicht«, sage ich und winke ab. »Wir müssen einfach nur vor der Konkurrenz draußen sein. Klick und Visualisierung – das ist alles, was die Inserenten wollen.«

Es sollte beruhigend sein, aber es macht ihn noch wütender. Ich sehe es an seiner Miene, die sich immer weiter verdüstert. Jetzt bleibt er stehen und schaut Alice über die Schulter, die gerade Nachrichten an einen Chat-Teilnehmer schickt. Er dreht sich zu mir um und schnauft, bevor er die Tür zu seinem Büro aufreißt.

»Zu meiner Zeit hatten Journalisten ein Hirn und ein Rückgrat. Aber heute, das hier ... Überall gewinnt das Mittelmaß. Oh Herr, gib mir Kraft!« Die Tür fällt beleidigt hinter ihm ins Schloss.

»In diesen Räumen herrscht negative Energie«, jammert Alice, dann steht sie auf und zieht ihre winzigen Jeansrock nach unten.

Alice ist ein paar Jahre jünger als ich, und wenn sie nicht in diesen engen Räumen hockt, arbeitet sie in der Buchhandlung ihrer Eltern, auch wenn sie sich fürs Lesen nicht die Bohne interessiert.

»Hat dir der Chef von der Konferenz morgen erzählt?«, fragt sie.

»Nein, er war zu sehr mit Schimpfen beschäftigt.«

»Er sollte mal was für seinen Blutdruck nehmen. In seinem Alter haben die meisten doch dafür ein Abo in der Apotheke.«

Alice, die jederzeit den Faden ihrer Gedanken verlieren kann, pustet auf die frisch lackierten Nägel ihrer linken Hand.

»Hast du Konferenz gesagt?«

»Ja, genau, sie ist um halb elf. Valerio weiß schon Bescheid.«

»Verstehe.«

»Ich geh jetzt Mittag essen, Samuele. Kommst du auch mit, oder soll ich dir was mitbringen?«

In der Regel komme ich erst nach elf in die Redaktion und arbeite dann durch bis vier oder fünf. Meistens esse ich gar nichts.

»Keins von beiden«, antworte ich, »ich mache hier alles fertig und gehe dann, ich muss mich auf heute Abend vorbereiten.«

»Habt ihr denn heute Abend überhaupt auf?«

Ich sehe sie traumverloren an.

»Machst du Witze? Natürlich haben wir heute auf, es ist die Nacht von San Lorenzo. Die Sternschnuppennacht. Die Nacht der Wünsche.«

3

»Diese Sternwarte ist ein magischer Ort, der ideale Platz, um sich etwas zu wünschen. Ein Ort, der wie aus der Zeit gefallen scheint, vergessen wie ein verborgener Schatz. Die Sternwarte erhebt sich neben einer mittelalterlichen Kirche, die früher ein Kapuzinerkloster beherbergte, und ist nach dem berühmten Astronomen Gian Domenico Cassini benannt, der 1625 hier in Perinaldi geboren wurde.«

Während meiner Präsentation mache ich immer großen Eindruck, vor allem auf jüngere Besucher, aber heute Abend fällt es mir schwer, meine Begeisterung so zu zeigen wie sonst.

Ein Mädchen mit goldblondem Haar versucht, seine Mutter auf das Gelände zu ziehen.

»Ein bisschen Geduld, Mathilde«, sagt diese. »Du siehst doch, dass hier eine Warteschlange ist.«

Die Menge der Besucher an diesem Abend ist überwältigend. Mindestens dreihundert Menschen stehen in der Schlange, um Eintrittskarten zu kaufen. Sie alle wollen den Meteorstrom der Perseiden sehen.

»Die berühmten fallenden Sterne, die im Volksmund auch die Tränen des heiligen Lorenzo genannt werden, dem dieser Tag und diese Nacht geweiht sind. In der Antike glaubte man, sie seien ein Hinweis auf großes Unglück«, erkläre ich mit Nachdruck.

»Mama, frag ihn doch, bitte, bitte, bitte!«

Die kleine Mathilde kann es nicht mehr aushalten und bedrängt ihre Mutter.

»Entschuldigung. Ich habe es ihr schon mehrmals erklärt, aber meine Tochter gibt wohl erst Ruhe, wenn Sie es von Ihnen hört«, sagt die Mutter seufzend. »Es stimmt doch, dass Wünsche in Erfüllung gehen, wenn man sie bei einer Sternschnuppe ausspricht?«

Ich mache ein so ernstes Gesicht wie irgend möglich, gehe zu dem Mädchen und hocke mich vor sie hin.

»Du heißt Mathilde, richtig?«

Die Kleine nickt und versteckt sich hinter der Handtasche ihrer Mutter. Ihre Ungeduld ist plötzlich wie weggeblasen. Wenigstens ist sie nicht wie all die kleinen Nervensägen, die sich überall hindurchschlängeln, hin und her rennen und zwischen den Geräten Verstecken spielen. Wenn ich die sehe, bekomme ich immer fast eine Herzattacke.

»Also. Die Leute aus der Antike haben sich geirrt. Was deine Mama sagt, stimmt hundertprozentig.«

»Siehst du, mein Schätzchen! Ich hab's dir doch gesagt.« Die Mutter nickt.

»Pass auf, wenn du willst, bringe ich dir einen Trick bei«, sage ich.

Jetzt gehört die Aufmerksamkeit des kleinen Mädchens mit dem goldblonden Haar mir.

»Wenn du heute Abend einen Stern siehst, der vom Himmel herunterfällt, sage niemandem etwas. Schließ die Augen. Kneif sie fest zu, und dann denk an das, was du dir von Herzen wünschst.«

»So, wie wenn ich an meinem Geburtstag die Kerzen auf der Torte ausblase?«

»Ja, so ungefähr. Und wenn du es so machst, Abrakadabra, dann wird dein Wunsch noch schneller erfüllt.«

»Das ist ja toll! Kann ich mir alle Spielsachen wünschen, die ich haben will?«, fragt sie und lächelt schlau.

»Für die Spielsachen gibt es den Brief an das Christkind. Du solltest dir etwas anderes wünschen. Gebrauch deine Phantasie. Aber vergiss nicht: Für jede Sternschnuppe nur einen Wunsch!«

Mathilde nickt andächtig, und ich streichele ihr über die Wange.

»So, meine Damen und Herren«, rufe ich, als ich wieder aufstehe. »Wenn Sie mir jetzt folgen wollen, gehen wir zur Kuppel. Bitte immer eine Gruppe nach der anderen.«

Ich gebe Pierluigi ein Zeichen, dem großen Mann mit dem Schnurrbart, der mit seiner Frau Cecilia die Sternwarte betreut, und gehe auf die Treppe zu, die in den gewölbten Raum mit dem Teleskop führt, ein Newton-Modell von 380 Millimetern Durchmesser und 1750 Millimetern Brennweite, doch solche Details gebe ich nur an ganz Wissbegierige weiter.

Die Sternwarte »Gian Domenico Cassini« ist für mich der zauberhafteste Ort in Perinaldo, diesem Dorf von tausend Einwohnern, das vom Ligurischen Meer wie eine Gemme umschlossen wird, welches die Blumenriviera und die italienischen Alpen küsst, die Richtung Frankreich und Côte d'Azur blicken. Sie liegt auf einem prächtigen Gebirgskamm mit einem natürlichen Amphitheater, zwischen Weinstöcken und uralten Olivenbäumen, die bis herunter zur Küste wachsen. Dies ist meine Ecke des Paradieses, die auch als Sternenhügel bekannt ist, denn von hier aus sieht man den Himmel so gut wie an nur ganz wenigen Orten auf der Welt. Die Sterne sind hier ganz hell und klar, und es hat den Anschein, als sei der Nachthimmel, der sich wie eine dunkelblau bemalte Leinwand über alles spannt, von ihnen angezündet.

Inmitten der verschiedenen Attraktionen des Dorfes – dem alten Ortskern mit dem pittoresken Labyrinth aus Gässchen und kleinen Plätzen, den alten Patrizierhäusern und den antiken Ringmauern aus Buntsandstein, den Kirchen mit ihren Spitzbögen und den hübschen Bildern – liegt die Sternwarte auf dem Terrain der Gemeindeverwaltung. An manchen Abenden im Jahr hat die Verwaltung geschlossen, und dann erfährt alles eine magische Veränderung: Aus dem Verwaltungstrakt wird ein besonderer Ort, von dem aus Himmelskörper beobachtet werden können.

Seit fünf Jahren organisiere ich diese Abende mit Pierlugi und Cecilia, zwei sechzigjährigen Leutchen aus dem Dorf.

»Wissen, Kultur und Unterhaltung. Hoffen wir, dass der Himmel nicht bedeckt ist«, lautet unser Motto.

Wegen der beschränkten Mittel ist es nicht so einfach, die Sternwarte zu unterhalten. Ausnahmen sind besondere Ereignisse wie heute Abend, Sonnen- und Mondfinsternisse und ein paar andere wie die Beobachtung von Mond und Planeten. Die Einnahmen sind nicht üppig, die Wartung der Instrumente ist kostspielig, und die Subventionen nehmen immer mehr ab. Außerdem müssen Veranstaltungen geplant, Vortragsreihen vorbereitet, Referenten empfangen werden. Dazu die ganze PR – für die ich allerdings gut ausgerüstet bin – und alle praktischen Dinge, die im letzten Augenblick erledigt werden müssen, zum Beispiel, wenn man vergessen hat, Wasserflaschen zu kaufen und noch schnell in die Dorfbar laufen muss, in der Hoffnung, dort noch welche zu bekommen.

Wenn sich die Sternwarte mit Menschen füllt, werde ich immer von einem Gefühl des Triumphes erfasst. Manchmal weht eine leichte Brise durch die großen Fenster und trägt den Duft der Blumen aus den umliegenden Gärten herein. Das ist zauberhaft. In solchen Augenblicken erhebt sich eine Feiertagsstimmung, als sei Ostern oder Pfingsten oder ein anderes wichtiges Fest.

Die weiße Kuppel mit dem Teleskop, das Herzstück der Sternwarte, erreicht man über eine enge Wendeltreppe. Von weitem sieht sie aus wie ein kräftiger weißer Pinselstrich auf einem impressionistischen Gemälde. Die Besucher betrachten die Sternschnuppen, die am dunklen Himmel helle Bahnen ziehen, und in einer Sommernacht wie dieser sammelt sich in ihren Herzen die ganze Magie des Weltalls.

Ich erkläre, dass die Perseiden eigentlich gar keine Sterne sind, sondern winzige Teile Materie, die vom Weltraum in unsere Atmosphäre fallen und sich wegen der Reibung entzünden. Sie bewegen sich mit großer Geschwindigkeit, verglühen in wenigen Augenblicken und verschwinden dann. Als ich noch hinzufüge, dass es möglich ist, mehr als eine Sternschnuppe pro Minute zu sehen, schauen alle staunend und mit noch größerer Aufmerksamkeit an den Himmel.

Ich lasse ihnen etwas Zeit, dann führe ich die Schar der Besucher an meine Lieblingsstelle, den Kreuzgang im

Freien, und mit dem Laserpointer zeige ich ihnen Sternbilder und Planeten. Irgendwer verwechselt die Leuchtspur eines Flugzeugs mit einer Sternschnuppe, ein anderer erklärt, er habe gerade ein Ufo gesehen. Das passiert auch heute Abend, erregt große Heiterkeit, und ich muss die Leute wieder beruhigen.

Zur Feier des Abends verteilen Pierluigi und Cecilia an die Leute kleine Becher mit süßen Erdbeeren, die sie am Nachmittag in ihrem Garten geerntet haben, in dem alles so wunderbar gedeiht.

Als alle Besucher gegangen sind – der kleinen Mathilde zwinkere ich noch einmal zum Abschied zu –, schicke ich die beiden nach Hause und verspreche, an ihrer Stelle abzuschließen und aufzuräumen.

»Bist du sicher?«, fragt der stets hilfsbereite Pierluigi. »Es macht uns nichts aus, noch zu bleiben und Ordnung zu schaffen.«

Die beiden wohnen in einem kleinen Haus, unweit von hier – dafür haben sie ihr Leben lang gearbeitet –, zusammen mit Hänsel und Gretel, zwei deutschen Schäferhunden, die gern durch die Gegend streifen.

»Nein, ist schon gut, ich mache das. Ruht euch mal lieber aus. Das war ein anstrengender Abend.«

»Es lief besser, als wir gedacht haben«, meint Cecilia, die nie viele Worte macht und sehr zupackend ist, wovon ihre großen Hände und ihr entschlossener Schritt zeugen.

Sie liebt die Sternwarte, als sei es ein Lebewesen, aber so geht es allen, die dort arbeiten.

»Ja, das finde ich auch, aber es besteht wohl keine Gefahr, dass uns das zu Kopfe steigt«, sage ich.

Pierluigi, der gerade ein paar Himmelskarten zusammenrollt, kommt und legt mir eine Hand schwer auf die Schulter. Er ist ein wuchtiger Mann mit einem großen Herzen.

»Alles in Ordnung, mein Junge? Hast du irgendwas?«

»Nein, nichts.« Ich schüttele den Kopf.

»Den Kindern und den Besuchern kannst du was vormachen, aber nicht uns. Du gehörst zur Familie. Du bist so nachdenklich, und daran merkt man, das irgendwas nicht stimmt.«

Es folgt ein langes Schweigen. Ich freue mich über seine väterlichen Worte und lächele ihm zu.

»Vielleicht ist dies die Nacht, in der für so viele Menschen Wünsche in Erfüllung gehen …«

»Ja?«

»Für alle, außer für mich.«

»Warum sagst du das?«

»Ich habe heute auf eine wichtige Nachricht gewartet.«

»Und? Hast du sie nicht bekommen?«

»Leider doch«, antworte ich. »Sie haben mein Projekt abgelehnt.«

4

Als ich mich heute Nachmittag aus der Redaktion fortschlich, traf ich noch auf die Putzfrau. Sie fegt, wischt den Boden und leert die Papierkörbe bei uns – allerdings tut sie dies bereits lange vor Redaktionsschluss, was jedes Mal neue Wutausbrüche bei Chefredakteur Berti heraufbeschwört.

»Wie soll man denn hier arbeiten?«, schrie er.

»Was soll denn da ich erst sagen? Immer muss ich Ihre Aschenbecher mit den ekelhaften Zigarettenkippen leer machen«, keifte sie zurück, die Hände in die Seiten gestützt.

»Meine Gewohnheiten gehen Sie nichts an!«

»Allerdings gehen die mich was an, denn Sie ruinieren nicht nur Ihre Gesundheit, sondern auch meine!«

Bevor ein Krieg ausbrach und Sergio Berti wieder seine Rente herbeisehnte, schwang ich mich auf mein Fahrrad und trat eifrig in die Pedale, um nach Hause zu kommen. Ich hatte das Gefühl, dass endlich etwas Schönes passieren würde, und rannte die Treppen zu meiner Wohnung hinauf. Dann setzte mich etwas atemlos mit meinem Laptop aufs Sofa.

»Ja, Leo, ich weiß. Du brauchst gar nicht so zu gucken. Früher oder später werde ich den Schreibtisch benutzen, wie alle normalen Leute. Ein bisschen unkonventionell darf man ja wohl noch sein.«

Leo schaute mich beleidigt an und verzog sich auf die andere Seite seines Glasgehäuses.

Mein Schreibtisch steht am Fenster und ist immer überhäuft mit Papieren und allem möglichen Krimskrams, deswegen surfe ich lieber auf dem Sofa im Internet, den Laptop auf dem Bauch, die Beine auf dem Sofatisch, zwischen der Fernbedienung und Zeitschriften mit Namen, die für das Teleshopping wie gemacht scheinen und die ich abonniert habe. Der Postbote macht sich regelmäßig darüber lustig.

Einmal ist er wirklich zu weit gegangen: »*Advertising Time*, *Strategie und Kommunikation*, *Werbung Heute* – was ist denn das für ein Zeug, Signor Serra? Gehören Sie vielleicht einer Sekte an?« Er zog die Augenbrauen hoch – unter den wachsamen Blicken von Signora Verrando, die sich auch im Hausflur eingefunden hatte.

»Wollen Sie mich etwa auch überzeugen, einzutreten? Leute wie Sie erkenne ich sofort, immer wollen die andere bekehren. Neulich habe ich eine Fernsehsendung darüber gesehen. Das ist ganz gefährlich, im Ernst! Wissen Sie das eigentlich?«

Ich hatte die Augen verdreht und geschwiegen. Sollte er doch zum Teufel gehen!

Nun lehnte ich mich im Sofa zurück und schaltete den Computer ein. Alles war für das Ritual fertig, auf das ich mich schon seit dem Morgen freute.

Ich hatte noch etwas Zeit, bevor meine Führung in der Sternwarte begann, deshalb goss ich mir ein Glas Rossese ein, nahm einen großen Schluck und sah nach draußen. Das weiche Licht des Sonnenuntergangs machte mir Mut. Das Projekt, das ich vorgeschlagen hatte, war einfach perfekt, heute würde ich die ersehnte Zusage bekommen, und dann würde ich mich voller Elan auf den Weg zur Sternwarte machen.

Ich weiß nicht genau wieso, aber ich war mir absolut sicher, dass in meinem Posteingang die E-Mail sein würde, auf die ich seit Tagen wartete.

»Leo, es ist so weit. Leg den Sicherheitsgurt an. Unsere Zeit ist gekommen, mein Freund!«

Ich sah seinen skeptischen Blick, doch ignorierte ich den lieber. Ich schob Arme und Hals nach vorn wie ein Boxer, der gleich in den Ring steigt und einen Moment mit der eigenen Angst konfrontiert ist. Der Angst, vom Gegner einen zu festen Schlag zu bekommen, zu Boden zu stürzen und nicht mehr aufstehen zu können.

Bei so etwas ist der Wein ein guter Freund. Ich trank noch einen Schluck und spürte, wie meine Anspannung sich löste und ich für das gerüstet war, was mich erwartete.

Dann klickte ich die E-Mail an und … Da war sie, endlich!

Rasch öffnete ich die Mail.

Sehr geehrter Signor Serra,

mit großem Interesse haben wir Ihren Vorschlag für die Werbekampagne unseres neuen Medikaments gegen Kopfschmerzen geprüft. Ihre Idee ist zweifellos gut und interessant, frisch und originell. Leider aber passt sie nicht in die Strategie, die wir gerade entwickeln, deshalb haben wir uns letztlich für einen anderen Vorschlag entschieden. Wir bedanken uns dennoch bei Ihnen für Ihre Bewerbung und wünschen Ihnen für die Zukunft alles Gute.

Mit freundlichen Grüßen
Ihre
Conchiglia Group

Da war er, der Fausthieb, der mich zu Boden gehen ließ.

Als ich die Absage der Conchiglia Group las – die guten Wünsche am Ende waren für mich der reinste Hohn –, hätte ich beinahe aus Enttäuschung und Wut etwas ganz Dummes gemacht. Ich wurde von einer ungeheuren Zerstörungswut erfasst und hatte einen Moment den Impuls, meinen Computer aus dem vierten Stock zu werfen, der so gleichgültig schien wie jemand, der mich nicht mochte und mich vielleicht noch nie gemocht hatte. Glücklicherweise ging der Moment vorbei. Nach einer Weile kam ich wieder zur Vernunft und mit Leo überein, dass es doch besser wäre, sich wieder zu beruhigen, und es sich nicht lohne, sich noch weiter zu ärgern.

Wenige Stunden nach dem schweren Schlag stehe ich nun hier in der Sternwarte, die Veranstaltung ist vorüber, ich bin allein und deprimiert.

Als ich Pierluigi und Cecilia noch zu ihrem Auto auf den Parkplatz begleitete, meinten sie, ich sollte den Mut nicht verlieren, und schenkten mir einen Becher mit Erdbeeren, die ich jetzt esse, ohne dass sie mir schmecken.

Ich war mir so sicher gewesen, dass es diesmal klappen würde.

Ich hatte einen Werbespot entwickelt, in dem der Betroffene wegen einer heftigen Migräne alles verdreht wahrnimmt, so als stünde er Kopf. Er brauchte nur eine der neuen Tabletten zu nehmen, und schon war wieder alles geradegerückt. Ich hatte fest damit gerechnet, dass ich eine Glückwunsch-E-Mail erhalten würde und gleich darauf einen Anruf, einen markigen Händedruck und einen dicken Scheck.

Aber leider.

Aber leider war auch das wieder ein Reinfall, und alles fing von vorne an, wieder musste mir eine geniale Idee einfallen, die mit viel Glück auch bei anderen gut ankommen würde.

Als ich die Universität verließ und mein Studium der Kommunikationswissenschaften abgeschlossen hatte, träumte ich von einem dynamischen beruflichen Umfeld voller Anregungen und Möglichkeiten. Ich rechnete damit, interessante Menschen kennenzulernen und mit ihnen zu arbeiten und großartige Ideen zu entwickeln. Ich stellte mir Videokonferenzen mit London vor, Teamarbeit, Brainstorming bis tief in die Nacht. Einen Schreibtisch in einem dieser High-Tech-Gebäude mit Designermöbeln, gläsernen Aufzügen und dem ganzen Schnickschnack. Ich würde brillant, charismatisch und vor allem kreativ sein.

Ich wäre Werbetexter in einer großen Agentur, mein Traumberuf.

Die Mailänder Conchiglia Group, von der ich gerade die Absage erhalten hatte, beschäftigt sich mit Online-Werbung, Marketing und Kommunikation und gehört zu einem internationalen Netzwerk von Agenturen, die in verschiedenen Bereichen aktiv sind.

Marco, einer meiner Studienkollegen, hat dort zu seinem großen Glück eine Anstellung gefunden und gibt mir immer Bescheid, wenn der passende Moment gekommen ist, um neue Ideen oder Projekte vorzuschlagen. Sie werden alle pünktlich an den Absender zurückgeschickt, begleitet von eiskalten E-Mails, die alle meine Träume zunichte machen.

Eigentlich habe ich das Gefühl, für die Welt der Werbung geschaffen zu sein. Vielleicht bin ich kein Zauberer, der Geschichten erzählt, nicht der aufsteigende Star in der Branche, aber ich bin begeisterungsfähig und belastbar. Und ich habe, glaube ich, auch ein bisschen Talent. Außerdem bin ich vielleicht der einzige Mensch auf der Welt, der seinen Fernseher einschaltet, um Werbung zu sehen – nicht wegen des Programms, der Fußballspiele oder Filme. Der Einzige, der nicht die bei allen verhasste Werbepause überspringen möchte, bevor er sich etwas auf Youtube anschaut. Ich bin fasziniert von Werbung, mag die Spots, vor allem solche, die wie eine Serie angelegt sind. Manche dieser Werbespots sind so genial, dass sie mich verzaubern, sie schaffen es, den Zuschauer direkt ins Herz zu treffen. Es geht nicht nur ums Verkaufen, sondern auch darum, Ideen, Produkte oder Dienstleistungen bekannt zu machen. Etwas Großes zu schaffen, Einfluss auszuüben, jeden Tag das Beste aus sich herauszuholen. Sich jedes Jahr, jeden Monat, jeden Tag auf Neues einzulassen. Das ist meine Mission, und nichts anderes möchte ich machen.

Man sagt mir immer, ich sei noch nicht gut genug. Natürlich hat auch der Erfolg seine Regeln und folgt bestimmten Gesetzen.

Na schön, ich habe verstanden, doch der Gedanke, ich könnte am Ende scheitern, erdrückt mich wie eine Lawine.

»Verdammt!«, fluche ich und fahre mit dem Arm durch die Luft und den Staub um mich herum.

Warum bekomme ich es nicht ein Mal hin? Ich habe tausend Ideen, mir fallen supergute Gags ein. Immer bin ich bereit, mich voll einzubringen, stürze mich kopfüber in das x-te Vorhaben und Gedankenspiel. Aber nie treffen meine Bewerbungen ins Schwarze, meine Vorschläge bleiben ungehört. Was fehlt mir denn bloß? Ich möchte endlich das Gefühl haben, akzeptiert und angenommen zu sein. Stattdessen falle ich die Traumleiter immer tiefer hinunter. Ich lebe ein Leben, das ich mir so nicht gewünscht habe. Meine Eltern hatten es mir prophezeit: In die Werbung zu gehen, würde mir nur Unglück bringen. Sie wollten, dass ich eine »normale« Arbeit finde, dass ich mich »einfüge«, einen »Sinn für wirtschaftliche und moralische Dinge und den richtigen Blick auf mich und andere« entwickele. Deshalb haben wir uns überworfen und nichts mehr miteinander zu tun. Sie sind ins Ausland gegangen und genießen dort ihre Rente, die für mich wohl immer eine Illusion bleiben wird. Ich habe mir gesagt, ich rede erst wieder mit ihnen, wenn sich meine Träume erfüllt haben und ich ihnen zeigen kann, dass sie unrecht hatten. Auch wenn die Gefahr besteht, dass das nie passieren wird, denn wenn es so weitergeht wie heute …

Nichts mit schicken Großraumbüros, in denen die Leute mit ihrem aufgeklappten Macbook in der Hand herumrennen wie emsige Bienen in einem Bienenstock. Keine Innovation, kein Weiterkommen, keine Begegnungen mit interessanten Menschen, kein Leben voller Inspiration. Die Welt da draußen wartet nicht auf mich. Ich muss mich selbst motivieren, was alles noch schwieriger und den Druck immer größer macht.

Mitternacht ist gerade vorüber, und die Mondstrahlen schimmern wie silbrige Fäden.

Ich esse die Erdbeeren auf und lasse mich im Kreuzgang nieder, meinem Lieblingsort auf der Sternwarte. In der Mitte steht ein Kirschbaum mit kräftigen, knotigen Ästen, darunter eine Bank, auf der ich mich gern ausstrecke, den Blick zu den Sternen gewandt, die mir von oben zuzwinkern. Dann bin ich erfüllt von Raum und Zeit.

Ich mache das oft. Wenn die Sternwarte geschlossen ist und ich noch nicht nach Hause gehen möchte, bleibe ich hier und schaue in den Himmel mit seinen Abermillionen Lichtpunkten. Ich liege auf der Bank und rauche eine Zigarette. Das ist meine Oase der Ruhe und der Poesie. Einer der wenigen Orte, an denen ich überzeugt davon bin, dass alles gut wird, egal, was passiert.

Jetzt, wo ich hier bin, kehrt die Zuversicht allmählich wieder zurück. Misserfolge, und davon hat es einige gegeben, haben mich nie untergekriegt. Ich bin dann zwar eine Weile niedergeschlagen und erschöpft, aber mein Wille, es wieder zu versuchen, mit neuer Energie wieder anzufangen, mich auf neue Abenteuer einzulassen, ist stärker.

Hoffnungsvoll blicke ich in den Sternenhimmel – er ist wie ein Buch voller wunderbarer Geschichten, handelt von Galaxien und unbekannten Welten, eine riesige bezaubernde Bühne, die jeder betreten möchte –, als könnte er mir die tiefsten und unbegreiflichsten Geheimnisse des Universums verraten.

Der Nachthimmel sagt mir etwas, redet mir gut zu, ich solle den Mut nicht verlieren.

Ich zünde mir eine zweite Zigarette an und beginne zu überlegen. Heute Morgen habe ich meine Träume, Wünsche und Hoffnungen der Sonne anvertraut. Sie hat mich nicht erhört, doch deswegen höre ich nicht auf, meine Bitten weiter zu äußern, so wie man Flaschen mit einer Botschaft ins Meer wirft, ohne zu wissen, ob sie je einer finden und lesen wird.

Als ich die Zigarette zu Ende geraucht habe, gehe ich noch einmal das Gelände ab, um zu schauen, ob niemand etwas hat liegen lassen. Es ist erstaunlich, was die Leute alles vergessen: Rucksäcke, Handys, Regenschirme, Jacken und Pullover, manchmal sogar Teddybären. Dann schließe ich die Luke zu der Wendeltreppe, die zu der weißen Kuppel hinaufführt.

Ich will gerade meine Sachen nehmen und nach San Remo und in mein Leben zurückkehren, als ich hinter mir das riesige grüne Eingangstor der Gemeindeverwaltung von Perinaldo quietschen höre.

5

Vorsichtig steige ich von der Kuppel nach unten und sehe mich um. Unten im Atrium regt sich nichts.

»Pierluigi, bist du das?«, rufe ich.

Vielleicht ist er zurückgekommen, weil er etwas vergessen hat.

Keine Antwort. Da ist also niemand.

Ich schaue in den Vortragsraum, der jetzt wieder der Sitzungssaal der Gemeinde ist, je nach Bedarf kann man ihn umwandeln, aber auch hier herrscht Stille, und so verzichte ich darauf, im Untergeschoss nachzusehen. Dort befinden sich in Vitrinen die Bücher, Funde und historischen Originaldokumente des Cassini-Museums.

Es ist Zeit, nach Hause zu gehen, Samuele!

Doch noch bevor ich einen Schritt machen kann, erscheint plötzlich aus dem Nichts eine geheimnisvolle junge Frau in einem kirschroten Seidenkleid und erschreckt mich zu Tode. Ich stoße einen so lauten Schrei aus, dass er sicher bis in himmlische Sphären dringt.

»Heiliger Himmel!«, ruft sie aus. Dann sagt sie schnell: »Tut mir sehr leid, wenn ich Sie erschreckt habe.«

Mein Herz schlägt wie wild. Liegt es an meinem Schreck oder weil das Wesen vor mir eine himmlische Erscheinung ist?

Ihre Augen rauben mir fast den Atem. Sie sehen mich durchdringend an und sind dunkelblau. Wahrscheinlich träume ich. Das ist die einzige Erklärung. Sicher bin ich auf der Bank im Kreuzgang eingeschlafen – ich war ja auch todmüde, und dieser Tag schien kein Ende zu nehmen –, und mein Unterbewusstsein hat mir eine romantische Filmszene untergejubelt.

Ich mache einen Test, schließe die Augen und öffne sie wieder. Die junge Frau steht immer noch da und sieht mich mit leicht zur Seite geneigtem Kopf an. Und diese Augen, mein Gott, was sind denn das für Augen, ich würde am liebsten darin ertrinken und wäre der erste Ertrinkende der Geschichte, der nicht gerettet werden will.

Es ist wahr, es geschieht wirklich. Sie ist tatsächlich da.

Um nicht als kompletter Tölpel dazustehen, muss ich etwas sagen, und zwar schnell.

»Bitte entschuldigen Sie, dass ich so geschrien habe, es ist ja gar nichts passiert.«

»Ich bin hier reingekommen, weil draußen niemand mehr war. Ich wollte Sie aber nicht erschrecken«, sagt sie noch einmal und lächelt verlegen.

»Keine Sorge, ich habe es schon vergessen.«

Was ich hingegen nicht vergessen kann, ist ihre zarte, helle Haut, ihre leicht gewellten kastanienbraunen Haare mit den honigfarbenen Sprenkeln, die sie mit einem Seitenscheitel trägt, und ihre johannisbeerroten Lippen.

Sie ist eine ganz bezaubernde Erscheinung.

»Dann gehe ich jetzt wohl besser«, sagt sie leise.

»Aber nein, warum denn? Kann ich Ihnen vielleicht helfen? Haben Sie etwas vergessen? Suchen Sie jemanden?«, frage ich aufgeregt und hoffe idiotischerweise, dass sie mich meinen könnte.

Sie wirkt unsicher und tritt einen Schritt zurück.

»Ich … Ich weiß nicht«, murmelt sie und senkt den Kopf. »Eigentlich wollte ich die Nacht von San Lorenzo hier miterleben, aber dann habe ich mich unten im Dorf verlaufen, und jetzt bin ich wohl leider zu spät gekommen.« Sie lächelt enttäuscht und scheint verlegen.

Was habe ich mir nur eingebildet? Noch nie ist jemand meinetwegen hierhergekommen, und schon gar nicht diese seltene Blume, die wie durch ein Wunder auf dem Kopfsteinpflaster gewachsen zu sein scheint.

»Tja, tatsächlich sind schon alle gegangen, und ich wollte gerade das Tor …«

Ich spreche den Satz nicht zu Ende und beiße mir auf die Lippen. Mir ist nämlich eine Idee gekommen.

»Wissen Sie was? Die Führung ist zwar schon vorbei, aber die Sterne scheinen ja immer noch«, sage ich aufmunternd. »Möchten Sie die Sternwarte vielleicht jetzt besichtigen? Ich habe noch Zeit und könnte Ihnen eine kleine Privatführung geben. Dann könnten Sie die Nacht der Pereiden in aller Ruhe genießen.«

Es folgt ein Moment der Verlegenheit. Vielleicht glaubt sie, ich halte sie für seltsam. Ich hingegen fürchte, dass sie mich nach meinem Vorschlag für einen Verführer hält.

»Würden Sie das wirklich machen?«, fragt sie dann und reißt erstaunt die Augen auf.

»Warum nicht? Nichts hindert uns daran.«

»Aber es ist schon spät. Sind Sie sicher?«

»Ganz sicher. Ich bin übrigens Samuele.«

»Freut mich«, sagt sie und drückt mir die Hand.

»Ich heiße Emma.«

Ein starkes und unbekanntes Gefühl überkommt mich. Das Universum hat mir gerade eine Botschaft gesendet: Dieses Mal ist es die Richtige. Es ist wie ein Lichtschein in dunkler Nacht, einer ganz besonderen Nacht.

Zum Teufel mit allen Enttäuschungen, zugeschlagenen Türen, trügerischer Liebe und Chefredakteur Berti.

»Emma«, wiederhole ich. »Ein sehr schöner Name, Kompliment!«

Ich bereue es sofort. Was war das denn für ein blöder Satz? Ein Kompliment für einen Vornamen – wer das macht, muss einen an der Waffel haben.

»Oh, danke«, sagte sie, »Sie … du … bist wirklich …«, sie sucht nach dem richtigen Wort, und ich halte den Atem an, »… sehr nett.«

Na ja, nett, was heißt das schon.

»Ach wirklich«, sage ich leise.

Ein Moment der Spannung, der kein Ende zu nehmen scheint. Emma ist rot geworden, und ich bin wie hypnotisiert, meine Wangen sind ganz heiß.

»Bist du Astronom?«, fragt sie und streicht ihr Kleid glatt.

»Nein, nein, aber ich liebe die Sterne.«

»Also machst du das hier aus Leidenschaft?«

»Ja, obwohl es eigentlich mehr ist als das. Die offizielle Version der Geschichte ist, dass ich angefangen habe, die Sterne zu beobachten, weil sie höher stehen, als der Flug eines Drachen reicht.«

Sie sieht mich aufmerksam an, und so habe ich den Mut, weiterzureden.

»Als ich ein Kind war, wollten alle meine Freunde Fußball spielen und Stürmer oder Torwart werden. Ich aber fuhr auf meinem Fahrrad herum und träumte davon, Drachenfänger zu werden.«

»Das ist ja sehr mutig.«

»Na ja«, sage ich und kratze mich am Kopf. »Ich muss zugeben, dass ich nicht viele Drachen gefangen habe.«

Sie lacht. »Wenn es dich tröstet, als ich klein war, wollte ich Meerjungfrau werden und tief im Wasser schwimmen. Irgendwann hatte ich herausgefunden, dass es einen Zauber gibt, um die Meeresgeister anzurufen. Drei Wochen lang sagte ich meine Sprüche auf und steckte dabei den Kopf in eine Schüssel mit Salzwasser. Am letzten Tag sollte mir ein Fischschwanz wachsen …« Sie schweigt einen Moment und schaut auf ihre Beine: »Ich fürchte, es hat nicht funktioniert.«

Ein paar Sekunden lang lachen wir beide, und ich sage mir, vielleicht irrt sie sich, und der Sirenenzauber hat doch funktioniert. Ich sage es aber nicht, damit sie nicht denkt, ich sei sentimental.

»Gibt es auch eine nicht offizielle Version?«, fragt sie mich jetzt und nimmt den Faden wieder auf.

»Klar. Die nicht offizielle Version ist, dass ich mich unsterblich verliebt habe.«

Einen kurzen Moment sehen wir uns an.

»In diesen Ort hier«, ergänze ich schnell. »Schon als ich zum ersten Mal hier war, mit meiner Schulklasse. So etwas gibt es nicht ein zweites Mal auf der Welt. Komm, ich zeige es dir. Wenn du einverstanden bist, fangen wir mit unserer Führung oben bei der Kuppel an.«

Sie geht leichten Schrittes neben mir. Bei jedem Schritt umschmeichelt der Saum ihres Rocks ihre Beine.

»Bist du zum ersten Mal hier oben?«

»Ja, jemand hat mir von der Sternwarte erzählt, und es hat mich neugierig gemacht. Ich dachte mir, die ›Nacht der Sternschnuppen‹ wäre genau der richtige Abend.«

»Da warst du nicht die Einzige. Die Leute standen Schlange bis weit übers Tor hinaus.«

»Da kann ich mich ja nur freuen, dass ich so spät gekommen bin. Ich mag Menschenmengen nicht so gern.«

Wir gehen den Gang entlang, und Emma sieht sich um, mit einem Gesichtsausdruck, den ich nicht zu deuten wage. Sie scheint zufrieden zu sein, was ich erzähle, scheint ihr zu gefallen, doch ab und zu liegt ein Schatten auf ihrem Gesicht. Als ich es bemerke, fällt es mir schwerer, geistreich zu erscheinen und sie zu beeindrucken.

»Du weißt ja eine Menge wichtiger Dinge«, sagt sie mit einem Hauch Ironie in der Stimme.

»Nun ja, ein paar Dinge weiß ich schon. Ich kenne zum Beispiel alle Sternbilder.«

»Wie viele gibt es denn?«

»Rate mal.«

»Keine Ahnung.« Sie überlegt einen Moment. »Vielleicht zweihundert?«, sagt sie dann.

Ich lächele.

»Achtundachtzig.«

»Und weißt du, wie sie alle heißen?«

»Na sicher«, erkläre ich stolz.

»Und was ist dein Lieblingssternbild?«

Das passt gut, denn auf diesem Gebiet kenne ich mich aus.

»Auf jeden Fall der Orion. Was für ein Schauspiel. Hundertdreißig Sterne, einer heller als der andere, auch mit bloßem Auge gut zu erkennen. In der Mythologie war Orion ein Jäger. Kein Drachenjäger wie ich, aber doch ein starker und sehr gut aussehender junger Mann.«

Meine geheimnisvolle Besucherin unterdrückt ein Lachen und streicht sich eine Haarsträhne hinters Ohr.

»Da hat er ja Glück, dass er sich nicht mit dir messen muss.«

»Ich hätte ihn locker mit einer Hand besiegen können.«

»Da bin ich mir sicher, den hättest du in Stücke gerissen.«

Sie schmunzelt.

»Und was ist das?«

Sie schaut zu den Fotografien an den Wänden. Sie ist vor einem merkwürdigen Bild stehen geblieben, auf dem Kugeln explodieren.

»Das haben Kinder aus der Grundschule von Perinaldo gemacht. Ich gebe dort jedes Jahr ein paar Stunden Unterricht in Astronomie. Kinder sind für dieses Fach sehr aufgeschlossen, die Geheimnisse des Himmels faszinieren sie.«

»Du bist also Sternliebhaber, Drachenjäger und jetzt auch noch Lehrer.«

Es macht ihr offenbar Spaß, mich auf den Arm zu nehmen, aber sie macht es auf sehr charmante Art, und ich finde es wunderbar.

»Sagen wir, ich gebe mein Bestes. Oft kommt es aber vor, dass ich von ihnen lerne«, sage ich in ehrlicher Bescheidenheit. »Das hier soll unser Sonnensystem darstellen, die dreidimensionalen Planeten, die du dort siehst, sind aus Pappmaché.«

»Das ist wirklich originell«, sagt Emma und sieht sich begeistert um. »Du hattest recht, dies ist wirklich ein ganz besonderer Ort.«

Inzwischen haben wir die Kuppel erreicht. Ich richte das Teleskop aus und drehe es in die richtige Position.

»Perinaldo und die Astronomie gehören schon seit Jahrhunderten zusammen«, erkläre ich, während ich prüfe, ob das riesige Newton-Objektiv scharf eingestellt ist.

»Dieses Dorf hat berühmte Astronomen und Kartografen angezogen. Giacomo Filippo Maraldi, Giovanni Domenico Maraldi und den wichtigsten von allen, Giovanni Domenico Cassini, nach dem die Sternwarte benannt ist. Ihm ist die Entdeckung der vier Saturnmonde zu verdanken. Die NASA hat sogar eine Sonde nach ihm benannt.«

Emmas Augen leuchten. Der Schatten, den ich eben noch gesehen habe, ist verschwunden, und ich rede weiter.

»Cassini hatte ein aufregendes Leben und wurde sehr berühmt.«

Sie sieht mich fragend an.

»Er studierte Geisteswissenschaften, doch bald begeisterte er sich für Mathematik und die Erforschung des Himmels. Er wurde früh berühmt und hatte schon mit sechsundzwanzig Jahren den Lehrstuhl für Astronomie an der Universität Bologna inne.«

»Das wäre heute unmöglich. In diesem Alter nimmt einen niemand ernst.«

»Mit der Zeit verkehrte er in den höchsten Kreisen Roms, schloss Freundschaft mit Adeligen, Päpsten, Kardinälen, Königen und Königinnen. Alle Mächtigen in Europa kannten seinen Namen, alle hätten ihn gern in ihren

Dienst gestellt. Wo immer er hinkam, war er der begehrteste Wissenschaftler. Und jetzt kommt das Beste …«

»Ja?« fragt Emma, die die Geschichte offenbar sehr spannend findet.

»Colbert lud ihn auf Befehl Ludwigs XIV. nach Paris ein und übertrug ihm das dort gerade erst fertiggestellte Observatorium.«

»Man nannte ihn nicht zufällig Sonnenkönig«, meint sie lächelnd.

»Es war das modernste Observatorium seiner Zeit und für die Erforschung des Himmels bestimmt. Cassini sollte die Arbeiten und Entdeckungen der wichtigsten Mathematiker, Astronomen und Geografen Frankreichs koordinieren. Soll ich weitererzählen, oder hören wir an dieser Stelle einfach auf?«

»Untersteh dich, sonst rufe ich Orion herbei, und wir werden sehen, ob du wirklich mit ihm kämpfen kannst.«

»Also gut, dann erzähle ich lieber weiter. Nachdem Cassini eine Weile im Louvre-Schloss gewohnt hatte, zog er ins Observatorium und erstellte ein detailliertes Forschungsprogramm. Man stellte ihm die neuesten Instrumente zur Verfügung, Fernrohre mit Linsen der besten italienischen Hersteller, er stattete alles mit jeglicher Art Mikrometern und Quadranten aus. Er ließ sogar einen vierzig Meter hohen Holzturm bauen, um die Optik zu verstärken und eine größeren Fokus zu erzielen.«

Emma sieht mich mit einem breiten Grinsen an. »Also wenn ich du wäre, würde ich seinem Beispiel folgen.«

Ich bin mir nicht sicher, ob ich sie richtig verstanden habe, und sehe sie fragend an.

»Hast du dir schon mal überlegt, hier einzuziehen?«

Ich antworte nicht, denke aber mit einem Mal, dass es großartig wäre, in einem Observatorium zu wohnen. Vielleicht zusammen mit ihr.

In diesem Augenblick setzt der Wirbel von Sternschnuppen wieder ein. Und diesmal gilt der Meteorregen am Himmelsgewölbe nur uns beiden.

Später führe ich Emma zu den anderen Einrichtungen der Sternwarte: zunächst das Planetarium, das den Himmel des ganzen Jahres zeigt und die Kinder stets in Begeisterung versetzt, dann das Cassini-Museum mit den alten Dokumenten und dem Stammbaum des wohl berühmtesten Einwohners von Perinaldo.

»Er war ein wichtiger Beobachter des Himmels. Ich kann seine Geschichte gar nicht oft genug erzählen.«

»Das merkt man«, sagt Emma und kichert.

»Entschuldige, aber manchmal überkommt es mich.«

Sie sieht sich um, und ich gebe mir Mühe, sie nicht anzustarren.

»Cassinis Studien über die Sonne, den Saturn und die Rotation der Planeten sind noch heute die Grundlage unseres Fachs. Cassini erarbeitete auch eine detailgenaue Karte der Mondoberfläche, und wir verdanken ihm die Entdeckung des berühmten Großen Roten Flecks auf dem Jupiter.«

»Moment, davon habe ich schon gehört«, ruft sie. »Das ist so eine Art riesiger Sturm, oder?«

»Kompliment, dafür kriegst du die Bestnote«, sage ich überrascht.

»Ich habe das mal im Fernsehen gesehen, und es hat mich schwer beeindruckt«, erklärt sie.

»Der Große Rote Fleck ist so groß, dass die Erde dreimal hineinpasst. Wahrscheinlich ist er heute kleiner als damals, als Cassini ihn gesehen hat. Das Schicksal wollte es, dass er in seinen letzten Lebensjahren erblindete, deshalb beschloss er, seine Erinnerungen einem Sekretär zu überlassen. Sein wissenschaftliches Erbe wurde von seinen Söhnen aufbewahrt und gehört zu dieser Sammlung.«

Einen Moment herrscht feierliches Schweigen zwischen uns.

»Irgendetwas ist in diesen Mauern unter diesem Himmel«, sagt sie schließlich. »Hier herrscht eine ganz besondere Atmosphäre.« Sie überlegt einen Augenblick. »Es ist ... wie soll ich sagen ... es ist wie eine heilige Stätte, in der sich Wissenschaft und Poesie begegnen.«

»Dann hoffe ich, dass du nicht zum letzten Mal hier gewesen bist.«

»Sag niemals nie ...« Ihr Lächeln ist unergründlich.

Vielleicht täusche ich mich, doch ich sehe in ihrem Blick wieder den düsteren Schatten. Oder meine Angst, sie vielleicht nicht mehr wiederzusehen, spielt mir einen Streich.

»Es muss wunderbar sein, in so einer Sternwarte zu arbeiten«, meint sie schließlich.

»Es ist ziemlich einfach, zugleich aber auch nicht«, entgegne ich und stecke die Hände in die Hosentaschen. »In unserer Gegend hier ist die Sternwarte ein großer Publikumsmagnet, und deshalb betrachte ich es als Privileg, mich darum kümmern zu dürfen.«

»Danke für die Privatführung. Das war wirklich großartig«, entgegnet sie. »Mir hat alles sehr gut gefallen.«

»Das freut mich, denn das Beste habe ich für den Schluss aufgehoben«, sage ich geheimnisvoll. »Willst du es sehen?«

»Das fragst du mich noch?«

»Ich warne dich, dieses Schauspiel wird dich umhauen.«

Wir gehen durch einen Seiteneingang in den Kreuzgang. Links von uns erhebt sich der einzige Campanile der Kirche, rechts die weiße Kuppel, die hoch aufragt wie der zinnenbewehrte Turm eines Schlosses. In der Mitte der Kirschbaum und die schmiedeeiserne Bank.

»Sollen wir uns hinsetzen?«

»Ich rate dir, stehen zu bleiben. Es geht gleich los, warte einen Moment.«

»Was denn?«

Ich antworte mit Schweigen. Dann trete ich einen Schritt zurück zu dem in die Mauer eingelassenen Elektrokasten, ich lege den Schalter um, und mit einem Klick liegt alles in völliger Dunkelheit.

Emma kommt über ihr Staunen kaum hinweg und blickt nach oben. Da sind sie, Millionen von Sternen, die in unbeschreiblichem Licht leuchten und den ganzen Himmel beherrschen.

Eine Weile lasse ich sie das Schauspiel in aller Stille genießen. Dann sage ich sehr leise, um den Zauber nicht zu stören: »Weißt du, dass wir in diesem Augenblick der Zeit hinterherschauen?«

»Wie meinst du das?«

»Das Licht der Sterne braucht viel Zeit, um durch den Raum zu reisen, bis es unser Auge erreicht. Deshalb sehen wir die Sterne so, wie sie in der Vergangenheit aufgegangen sind.«

Ich merke, dass ich ein praktisches Beispiel brauche, und zum Glück kenne ich ein paar, mit denen es immer gelingt.

»Nimm die Vega, den Stern in der Lyra, der am hellsten strahlt.« Ich zeige ihn ihr mit dem Laserpointer. »Er ist einer von denen, die uns am nächsten sind, nur fünfundzwanzig Lichtjahre von der Erde entfernt.«

»Er ist wunderschön, aber was bedeutet das?«

»Es bedeutet, dass wir ein Licht sehen, das vor einem Vierteljahrhundert zu leuchten begann«, erkläre ich ihr.

»Unglaublich.«

»Ja, das ist schon beeindruckend.«

»Aber wenn dies einer der nächsten Sterne ist …«

Sie verstummt, und ihre Augen werden ganz groß vor Erstaunen.

»Genau, manchmal sehen wir das Licht eines Sterns, der vielleicht vor Jahrhunderten schien.« Ich bewege den Laserpointer. »Sieh mal, das ist Beteigeuze, der Rote Superriese im Sternbild Orion, der ungefähr 1740 Lichtjahre entfernt ist. Astronomen gehen davon aus, dass er in naher Zukunft explodieren wird. Dann wird er als Supernova für die nächsten tausend Jahre das ganze Firmament überstrahlen.«

Ein paar Augenblicke stehen wir schweigend da, beeindruckt von dieser einfachen und doch unglaublichen wissenschaftlichen Schlussfolgerung.

Emma sieht mich nachdenklich an.

»Dies ist mir der liebste Ort auf der Welt«, sage ich leise. »Es ist, als würde die Welt sich hier langsamer drehen – als hielte sie den Atem an –, bis sie in dieser vollkommenen Nacht einschläft.«

Alles um uns herum ist so ruhig, dass man glaubt, sich in einer Dimension aufzuhalten, in der es keine Klänge, Geräusche, keine Verunreinigung und keine anderen Menschen gibt.

»Ich komme oft her, um mir etwas zu wünschen.«

»Was für eine schöne Vorstellung, dass der Himmel unsere Träume bewacht«, sagt Emma, während sie in eine unbestimmte Ferne blickt. »Wann hören wir auf zu träumen, wann kommt der Zeitpunkt, an dem wir so … so …«

»… erwachsen werden?«, versuche ich zu ergänzen.

Sie schüttelt den Kopf, und in ihrem Lächeln liegt eine Spur von Bitterkeit.

»Nein, an dem unsere Seele beginnt zu vertrocknen.«

Ich sehe die Traurigkeit über ihr Gesicht huschen.

»Und wenn unsere Träume dort oben wären, an dünnen Fäden aufgehängt«, überlegt sie laut weiter, »wäre das nicht verrückt? Hast du dir je vorgestellt, dort oben zu sein? Auf einem Stern neben all den anderen Himmelskörpern, über allen Dingen schwebend?«

Ich nicke stumm. Natürlich habe ich mir das schon vorgestellt. Vor kurzem noch und auch jetzt. Umarmt von der Stille der Nacht befinden wir uns schon jetzt außerhalb der Zeit und des Lebens der Menschen. Vielleicht sind wir zwei ja dazu bestimmt, die Unendlichkeit zu bewohnen. Oder bereit, einfach zu verschwinden, von einem Augenblick zum anderen, und es bleibt nur eine Leuchtspur von uns wie bei einer Sternschnuppe.

Emma legt den Kopf in den Nacken und schaut wieder in den funkelnden Himmel, der sich über uns wölbt. »Einfach magisch«, sagt sie.

»Ja«, antworte ich leise, während ein kleiner leuchtender Punkt um mich herumkreist. »Und gleich wird alles noch viel magischer.«

In der Dunkelheit tanzen plötzlich überall goldene Pünktchen durch die Luft wie Sternenstaub, der uns einhüllt.

»Glühwürmchen!«, ruft sie.

Pierluigi hat mich auf dieses Wunder aufmerksam gemacht, das man im Dunkel des Kreuzgangs sehen kann. Als ich die Glühwürmchen zum ersten Mal sah, war ich wie verzaubert, es war ein vollkommener Moment. Und Emma erlebt ihn gerade auch.

Ohne es zu merken, verliert sie das Gleichgewicht, greift nach meiner Hand und drückt sie fest. Wir sehen uns in die Augen, unter diesem Himmel, in dem die Zeit stehen geblieben ist. Ich sehe ihre johannisbeerfarbenen Lippen und stelle mir vor, wie es wäre, sie zu küssen.

Ich frage mich, ob ich es nicht einfach tun soll, und mein Herz schlägt wie verrückt.

Was ist nur los? Ein Märchen, in dem eine unbekannte Schönheit am Ende eines dunklen Tages in mein Leben tritt, ein Moment, in dem Blicke mehr sagen als Worte und das Gefühl jeder Vernunft überlegen ist. Ein Fenster in eine andere Welt, und alle Brücken zur Vergangenheit werden abgebrochen.

Am Ende aber gewinnt die Schüchternheit die Oberhand, der Moment geht vorüber, und ich verzichte auf den Kuss.

Wir sehen uns noch eine Weile die tanzenden Lichter an.

»Ich schwöre dir, dass ich noch nie etwas so Schönes gesehen habe«, sagt Emma, zieht ihre Hand zurück und beobachtet den Flug der Glühwürmchen. »Wie viele sind es wohl?«

Ich weiß nicht, was ich machen soll. Ich wünsche mir nur eins, weiter so neben ihr stehen zu bleiben und ihren Duft einzuatmen. Ich fühle mich durch eine höhere Macht an sie gebunden. Es ist schon spät, und ich bin todmüde, aber ich möchte nicht, dass es vorübergeht, ich will in diesem Traum bleiben.

»Ach du Schreck, ich habe gar nicht gemerkt, wie spät es schon ist«, sagt sie da. »Wollen wir gehen?«

Wenn Galileo jetzt hier wäre, würde er zu mir sagen: »Gut gemacht, Samuele, du bist echt ein Idiot!«

Verdammt, ich möchte nicht gehen! Ich würde am liebsten eine Kette an das grüne Eingangstor der Sternwarte legen und mein ganzes Leben lang mit ihr hierbleiben.

»Ich begleite dich nach draußen. Ich muss noch abschließen.«

Als wir beide auf dem leeren Platz stehen, frage ich erstaunt:

»Wo ist denn dein Auto?«

»Ich bin mit dem Shuttle-Bus hergekommen. Wieso, ist das ein Problem?«

»Na ja, der letzte Bus ist gleich nach Ende der Veranstaltung gefahren.«

Sie fährt erschrocken zusammen, beinahe wäre sie an den Stacheldrahtzaun geraten.

»Oje! Dann hänge ich hier fest!«

»Die Busse fahren erst morgen früh wieder«, sage ich. Nicht mal das Genie Cassini könnte erklären, warum ich ihr noch nicht angeboten habe, sie nach Hause zu bringen.

»Gott, warum habe ich nicht daran gedacht. Ich muss mir ein Hotel oder ein Bed and Breakfast suchen. Kennst du vielleicht eins?«

»In der Saison ist alles belegt«, antworte ich, aber ich habe eine Idee. Dies ist eine einmalige Gelegenheit, und ich wäre ein schlechter Kavalier, wenn ich sie jetzt hängen ließe. Das würde ich mir bis ans Ende meiner Tage nicht verzeihen.

»Hast du schon zu Abend gegessen?«, frage ich und komme mir dabei ziemlich ungeschickt vor.

»Nein, eigentlich nicht«, sagt sie zögernd.

Mein Herz schlägt wieder schneller, aber ich fasse Mut.

»Dann lade ich dich ein.«

Sie wirkt unentschlossen.

»Um diese Zeit hat sicher alles schon geschlossen.«

»Ich lade dich zu mir nach Hause ein.«

»Nein, das geht wirklich nicht. Ich habe dir schon lange genug deine Zeit gestohlen.«

Bitte, bitte sag nicht nein!

»Von hier bis San Remo ist es nur eine halbe Stunde. Ich mache uns etwas ganz Einfaches …«

Ich sehe sie an, voller Hoffnung, und denke, dass ihr leichtes Kleid ihr ausgezeichnet steht. Es ist kühl geworden, und sie legt die Hände um ihre Schultern. Ein paar Sekunden sieht sie mich schweigend an.

»Ich weiß nicht, ob das eine gute Idee ist.«

»Dieser Abend ist zu schön, um schon zu Ende zu gehen. Sag einfach ja.«

Das Mädchen mit den Johannisbeerlippen wird rot, zögert, überlegt und spannt mich auf die Folter. Dann sehen mich ihre blauen Augen an und sagen ja.

6

Wenn ich nicht am Steuer säße, dazu noch in so reizender Begleitung, würde ich vor Freude herumspringen. Alles kommt mir vollkommen surreal vor. Ich fahre zwischen Perinaldo und San Remo über die kurvige Straße durch den Wald, hier hat die Natur noch die Oberhand über den Menschen. Ich habe den Eindruck, mich irgendwo zwischen dem Schicksal und meinem Zuhause zu befinden.

»Woher kommst du eigentlich?«, frage ich schüchtern, während ich geradeaus schaue.

Emma antwortet nicht. Sie hat sich an die Kopfstütze gelehnt und schaut aus dem Fenster.

Ich gebe mir Mühe, sie nicht länger anzuschauen, als es sich gehört, blicke auf die von den Scheinwerfern erhellte Straße und fahre vorsichtig weiter.

»Bist du hier in Ferien? Oft kommen Leute aus Monte Carlo oder von der Côte d'Azur hierher und suchen nach Cassini, wie sie ihn nennen. Sie haben in Frankreich natürlich allen Luxus, aber ehrlich gesagt ist das Essen hier besser.«

Sie seufzt und schließt die Augen.

»Wenn wir Glück haben, sehen wir an der Straße ein paar Tiere, Eichhörnchen, Eulen, Frettchen, Igel …«

Warum sagt sie nichts mehr? Tut es ihr leid, meine Einladung angenommen zu haben? Langweile ich sie? Habe ich etwas gesagt, das sie verletzt hat?

Mir wird angst.

»Emma, geht es dir gut?«

»Ja, einigermaßen.« Sie bemüht sich zu lächeln. »Ich danke dir für alles, was du für mich getan hast. Der Besuch der Sternwarte war wirklich etwas ganz Besonderes, ich habe mich schon lange nicht mehr so lebendig gefühlt. Das konnte ich gut brauchen, denn ich habe einen schwierigen Tag hinter mir.«

»Freut mich, dass dir die Sternwarte gefallen hat.«

»Ja … man kann sich in Orte verlieben, nicht wahr?«

Hoffen wir, sie meint nicht nur die Orte.

Dann fällt sie wieder in Schweigen, einige Minuten lang. Emma ist mit den Gedanken ganz woanders. Sie wirkt unruhig, sogar ein bisschen verloren.

»Hmm«, sage ich, »geht es dir wirklich gut?«

»Ja, gut«, murmelt sie wenig überzeugend. »Tut mir leid, wenn ich so wenig rede. Irgendetwas mit mir stimmt nicht …«

Sie hört wieder auf zu sprechen.

»Meinst du gerade jetzt?«, frage ich vorsichtig.

Sie sagt nichts, schüttelt nur den Kopf.

Nach einiger Zeit fängt sie wieder an zu reden. Mit so leiser Stimme, dass ich sie im Geräusch des Motors kaum verstehen kann. Es ist eine vertrauliche Mitteilung.

»Weißt du, da gibt es etwas, mit dem ich mich auseinandersetzen muss. Dinge, die tief verletzen und Schmerz verursachen … Kennst du das Gefühl, von allem ausgeschlossen zu sein?«

Ob ich es kenne? Ich könnte darüber eine ausführliche Abhandlung schreiben, könnte vom Sonnenkönig engagiert werden, um darüber wissenschaftlich zu arbeiten, aber besser, sie erfährt davon nichts.

»Wenn man sich fehl am Platze fühlt, baut man Mauern um sich herum. Ich bin so unsicher, mein ganzes Leben ist davon betroffen«, sagt sie seufzend.

»So geht es doch mehr oder weniger uns allen, oder?«, versuche ich sie zu beruhigen.

»Mag sein, aber seit einiger Zeit bin ich nicht mehr die, die ich zu sein glaubte, ich habe das Gefühl, jeden Tag ein Stück von mir zu verlieren. Und zusätzlich bin ich unter Druck, weil ich eine dringende Arbeit fertig machen muss.«

»Das kann ich gut verstehen. Unter dieser Art Druck stehe ich permanent.«

»Ich will versuchen, es diesmal irgendwie zu schaffen.«

Ich wünschte, sie würde etwas deutlicher, damit ich sie besser verstehe. Aber sie gibt mir nur wenige Hinweise.

»Du hast mir noch gar nicht erzählt, was du beruflich machst.«

»Ich illustriere Kinderbücher, und zwar für …«

Auch diesmal redet sie nicht weiter und beißt sich auf die Lippen.

Das Mädchen, das kurz zuvor noch so glücklich war, als ich ihr von den Sternen erzählte, hat sich in eine Sphinx verwandelt, die mich mit undurchdringlichem Gesichtsausdruck ansieht.

»Dann bist du ja eine Künstlerin!«, sage ich begeistert und versuche, sie wieder fröhlich zu stimmen. »Das hätte ich eigentlich gleich merken müssen.«

»Und woran?«

»An deinem Verhalten, deiner Anmut, deiner Fähigkeit, dich über Schönes zu freuen. Daran kann man es sehen. Reicht das, oder soll ich weitermachen?«

»Es reicht, aber mach ruhig weiter. Obwohl du ziemlich übertreibst.«

Mission gescheitert. Sie lächelt nicht. Dann sagt sie:

»Ich schwöre dir, es gibt viele Tage, an denen ich keine Künstlerin sein möchte und mich gerne mit etwas solideren Sachen beschäftigen würde.«

Mir wird ganz unwohl dabei, sie so desillusioniert zu sehen.

»Du redest, als ob das Zeichnen eine Strafe wäre. Deine Arbeit ist doch etwas Wunderschönes.«

Emma macht eine resignierte Handbewegung.

»Jeder Beruf hat seine Höhen und Tiefen. Im Moment bin ich etwas durcheinander und ziemlich unzufrieden mit mir.«

»Ich bin sicher, dass du tief im Innern weißt, wie du das Problem lösen kannst. Vielleicht bist du einfach zu streng mit dir.«

»Ich weiß nicht … Im Moment stelle ich gerade alles infrage.« Sie wendet sich mir zu, wie abwesend, wie benommen. »Ich komme mir vor, wie ein kleines Holzstückchen mitten im Meer, das von einer Welle zur nächsten getrieben wird …« Sie zuckt die Achseln. »Entschuldige. Warum erzähle ich dir das überhaupt? Wir kennen uns ja gar nicht.«

»Das stimmt nicht. Und wie wir uns kennen«, sage ich mit Nachdruck, während sie mich erstaunt und etwas belustigt ansieht.

»Seit zweieinhalb Stunden«, füge ich hinzu, nachdem ich auf meine Uhr gesehen habe.

Emma lacht.

»Darf ich dir etwas sagen? Du hast eine schöne Art zu lachen.«

»Ich lache leider nicht oft.«

»Woran arbeitest du denn gerade?«

»Du bist wirklich neugierig«, sagt sie. »Frauen brauchen ihre Geheimnisse.«

»Entschuldige bitte, ich wollte mich nicht aufdrängen. Du redest nicht so gern über dich, stimmt's?«

»Genau. Deshalb bin ich auch nicht auf Facebook oder Instagram. Ich mag soziale Netzwerke nicht. Der Gedanke, dass ich ausspioniert werde oder alle immer wissen, wo ich bin und bei wem, ist mir unbehaglich. Als ob die Leute nichts anders wollten, als sich ständig vorzuführen. Ich würde am liebsten manchmal einfach nur verschwinden.«

Meine Hände umklammern das Steuerrad. Ich muss gute Miene zum bösen Spiel machen und mich zwingen, sie nicht nach ihrer Telefonnummer zu fragen.

Die Straße führt hinauf und hinunter, windet sich wie eine Schlange zwischen Büschen und Bäumen hindurch. Im Scheinwerferlicht des vorbeifahrenden Autos werden die Baumstämme hell und wieder dunkel. Emma schaut wie verzaubert aus dem Fenster. Ich muss die Lage wieder in die Hand nehmen und ändere meinen Ton.

»Dann machen wir es doch einfach so: Unabhängig von dem, was du mir sagen willst oder auch nicht sagen willst, wünsche ich dir von ganzem Herzen, dass deine Wünsche in Erfüllung gehen.«

»Das ist ein sehr netter Gedanke«, sagt sie und faltet die Hände. »Ich gebe ihn dir gerne zurück. Du bist mir sehr sympathisch.« Dann runzelt sie plötzlich die Stirn. »Hattest du mir nicht eine Waldtiersafari versprochen? Ich hab hier noch kein einziges Tier gesehen.« Sie tut, als sei sie verstimmt. »Was ist jetzt damit?«

Zuerst nett, dann sympathisch. Da kann ich mir wohl keine großen Hoffnungen machen.

Ich bremse ab.

»Willst du damit sagen, dass ich ein Lügner bin?«

»Keine Ahnung, vielleicht missbrauchst du mein Vertrauen und erzählst mir irgendwelche Märchen.« Sie grinst. »Ich würde sagen, die Dinge stehen nicht zu deinem Besten«, sagt sie und verschränkt die Arme.

Es ist wirklich seltsam. Ich fahre diese Strecke sicher hundert Mal im Jahr, und das zu jeder Jahreszeit, bei Hitze, bei strömendem Regen – und nachts sind mir noch immer irgendwelche Waldbewohner begegnet: Eulen, Käuzchen, Stachelschweine und manchmal sogar Siebenschläfer.

Vor ein paar Monaten hätte es mich fast erwischt. Hinter einer Kurve tauchte plötzlich ein riesiges Wildschwein auf und lief über die Straße. Ein paar Leute aus der Gegend hatten mich gewarnt, aber ich hatte gedacht, sie wollten mich nur auf den Arm nehmen. Ich legte eine Vollbremsung hin, die mich nur so nach vorn schleuderte, und kam einen Zentimeter vor dem Vieh zum Stehen. Wir sahen uns einen Moment an wie die Western-Helden aus *High Noon*, dann verschwand das Wildschwein, gefolgt von drei Frischlingen und der Wildschweinmutter, im Dickicht.

»He! Was war das gerade?«, ruft Emma in diesem Moment und zeigt nach draußen. »Hast du es gesehen? Das musst du doch gesehen haben!«

Etwas mit rotem Fell hat die Straße überquert, schnell wie ein Pfeil, und ist dann zwischen den Bäumen verschwunden.

»Na ja, vielleicht eine Katze«, sage ich skeptisch.

»Nein, es war viel größer, und die Augen leuchteten wie Edelsteine. Halt mal kurz an, ja?«

»Warum denn? Wir können jetzt hier nicht aussteigen, wir sind mitten im Wald, es ist Nacht …«

»Bitte!«

Ich fahre langsamer und halte dann an. Die Bäume stehen hier dicht an dicht, bilden eine undurchdringliche grüne Mauer, und der Wind fährt durch die Zweige, von denen einige fast bis an die Windschutzscheibe reichen.

»Nicht aussteigen, klar?«

»Meine Güte, du bist aber ängstlich! Keine Sorge, ich steige schon nicht aus. Lass uns nur eine Minute warten. Vielleicht habe ich mich ja auch getäuscht.«

Ich bereue schon, dass ich überhaupt angehalten habe – ich muss an die Wildschweineltern denken, die mich drohend angesehen haben–, dann aber hören wir ein Rascheln, und das nächste Wunder in dieser denkwürdigen Nacht geschieht. Aus dem Gestrüpp kommt in elegantem Sprung ein Fuchs hervor mit einer langen, schmalen Schnauze.

Er kauert sich an den Straßenrand und sieht uns an.

»Da ist er! Hatte ich's nicht gesagt«, ruft Emma mit gedämpfter Stimme. »Mein Gott, ich habe noch nie einen echten Fuchs gesehen. Er ist wunderschön, findest du nicht?«

Sie sieht nach draußen. Und ich sehe nicht den Fuchs an, sondern sie.

»Ja, wunderschön.«

7

Auf der Weiterfahrt schaue ich immer wieder auf Emmas zartes Profil. Ich kann nicht anders. Ihr langer Hals, die feine Nase, ihre Lippen … lauter Meisterwerke.

Ich weiß nicht, ob sie meine Blicke spürt, jedenfalls lässt sie sich nichts anmerken.

»Unsere Augen sind zum Sehen bestimmt«, sagt Signora Verrando immer. »Auch wenn man nicht redet, sagen sie alles.«

Als wir die Altstadt erreichen und schließlich vor dem weißen Gebäude ohne Aufzug stehen, wünsche ich mir, dass das Leben sich verlangsamt, in völliger Eintracht mit diesem wunderbaren Geschöpf, das mir der Himmel geschickt hat.

»Wohnst du hier? Das sieht ja schön aus«, sagt Emma, während wir in die vierte Etage steigen. So leicht ist mir der Weg nach oben noch nie gefallen.

»Entschuldige, hier ist es ein bisschen unaufgeräumt«, sage ich, als ich die Tür öffne. Gleich danach hebe ich ein paar Pullover vom Boden auf und werfe sie mit einer schnellen Bewegung hinters Sofa.

»Möchtest du etwas trinken? Ich habe einen sehr guten Wein.«

Meine Kehle ist trocken. Ich nehme zwei Gläser, stelle sie auf den Küchentisch und öffne eine Flasche Rossese, während Emma sich im Wohnzimmer umsieht. Sie tritt ans Bücherregal, das die ganze Wand einnimmt, und schaut sich interessiert die Buchtitel an.

»Das ist für dich«, sage ich und halte ihr das Glas hin.

»Worauf trinken wir denn?«

Ich denke nach, und mir fallen tausend Möglichkeiten ein.

»Auf Gian Domenico Cassini!«, sage ich schließlich.

»So einen originellen Trinkspruch habe ich noch nie gehört.«

Wir lassen die Gläser klingen. Dann tritt Emma einen Schritt zurück und sieht sich wieder im Zimmer um.

»Es ist wirklich schön hier.«

»Das ist eine typische ligurische Wohnung, so hat man sie früher gebaut.« Ich sage das, was die Maklerin mir damals erzählt hat. »Sie geht über zwei Etagen. Oben sind Schlafzimmer, Bad, ein kleiner Abstellraum und die Terrasse.«

Die Räume sind langgestreckt und schmal, eine kleine steile Treppe führt hinauf, es gibt viele Wände und lavendelfarben gestrichene rustikale Türen. Die Möbel sind aus hellem Holz und gehörten schon dem früheren Bewohner, dem Fischer aus dem Ort. In einer Kiste habe ich noch die Netze und die Schwimmer, die er hiergelassen hat. Der Boden ist aus Stein, zur Einrichtung gehören noch eine Vitrine mit einem Geschirr aus dem Orient, das ich vom Flohmarkt habe, ein Poster von der *Notte stellata*, ein alter Fernseher, den ich so gut wie nie einschalte, und einfache Korbstühle. Neben dem vierflammigen Gasherd stehen der Kühlschrank und zwei Kartons mit meinen Rossese-Flaschen.

Nach der Besichtigung der Wohnung – ich habe nicht vergessen, auf die wunderbare Aussicht hinzuweisen –, meint Emma, die Wohnung erinnere sie an einen Leuchtturm, weil sie so weit oben liege und die ganze Stadt überblicke und wegen der weißen Mauern und Wände.

»Oder an ein Haus in Griechenland.« Sie überlegt einen Moment, während sie sich um sich selbst dreht. »Aber das Schönste ist, dass sie eine Seele hat – wie die Sternwarte. Wie lange wohnst du hier schon?«

»Ein paar Jahre.«

»Man spürt, dass du hier lebst. Und wer ist der da?«, fragt sie plötzlich und deutet auf ein leeres Fach im Bücherregal, in dem eine Glaskugel steht.

Oh verdammt, ich war so mit Emma beschäftigt, dass ich ihn ganz vergessen habe.

»Das ist mein Goldfisch Leo. Eigentlich heißt er Galileo. Du siehst, auch im Privatleben drückt sich meine Begeisterung für die Astronomie aus«, erkläre ich etwas verlegen.

Leo schwimmt gleichgültig in seiner Glaskugel umher. Die Glaskugel hat mir Ilenia geschenkt, meine beste Freundin. Sie hat einen untrüglichen Sinn für antike Möbel und besondere Gegenstände, außerdem ist sie mein Rettungsanker, wenn ich in Sturm gerate. Sie ist eine begnadete Konditorin und bereitet Köstlichkeiten zu, mit denen ich bei einer Gelegenheit wie dieser hier Punkte sammeln könnte.

»Leo, das ist Emma. Sie ist unser Gast und soll sich hier wohlfühlen, verstanden?«

Emma zieht die Augenbrauen hoch und wirft mir einen erstaunten Blick zu.

Leo bewegt heftig seinen Schwanz. Vermutlich ist er eifersüchtig.

»Tja, du hast mich ertappt. Ich unterhalte mich mit meinem Goldfisch.«

Emma nimmt einen Schluck Wein und legt dann beide Hände um ihr Glas.

»Ihr beiden seid echt süß. Versteht ihr euch denn gut?«

»Ausgezeichnet, würde ich sagen. Leo ist der perfekte Mitbewohner, er ist immer da und hört mir geduldig zu. Man versteht ihn trotz weniger Gesten. Ich glaube, dass er unglaublich klug ist. Bei diesem Namen …«

»Dann ist er wohl dein bester Freund«, sagt sie lachend und streicht mit dem Finger über die Glaskugel.

»Ich habe auch Menschen als Freunde«, raune ich ihr komplizenhaft ins Ohr. »Aber sagen wir das lieber nicht laut, sonst ist er noch beleidigt.«

Emma will Leo etwas zu essen geben und amüsiert sich, als er sich auf die Körner stürzt, die von seinem winzigen Himmel zu ihm hinabschweben. Dann ist es Zeit, an unser Essen zu denken.

»Ich gebe zu, dass ich nicht nur ein mittelmäßiger Drachenfänger bin und noch dazu mit einem Goldfisch rede, sondern leider auch ein miserabler Koch. Mein Kühlschrank ist fast leer, aber nur weil ich oft wegen meiner Arbeit außer Haus esse.«

»Meinst du die Arbeit in der Sternwarte?«

»Nicht nur. Nachts beschäftige ich mich mit den Sternen, tagsüber bin ich Reporter bei einer Lokalzeitung, zuständig für Kultur, Events und Theater.« Zugegeben, es klingt nicht gerade, als wäre ich ein Superheld, der seine geheime Identität enthüllt. »Ich arbeite freiberuflich. Das hab ich mir allerdings nicht selbst ausgesucht.«

»Ach, du bist also ein Freelancer.«

»Wie man's nimmt, ich hab nur einen Zeitvertrag.«

»Wenn du einen Vertrag hast, bist du ja kein Freelancer.«

»Das bin ich doch, in dem Sinn, dass sie mit mir machen können, was sie wollen.«

»Nein, so meinte ich das nicht …« Emma überlegt und sagt dann vorsichtig: »Ich finde, du siehst gar nicht aus wie ein Journalist.«

»Wie sehe ich denn dann aus?«

»Wie etwas anderes.«

»Das habe ich mich noch nie gefragt.«

»Sternliebhaber, das passt sehr gut zu dir.«

Ich brauche eine Weile, um wieder einen klaren Gedanken zu fassen.

»Was sagst du zu einer Pasta mit Pesto, um mal wieder vom Essen zu reden. Hausgemacht, mit ganz frischem Basilikum, von einer Frau aus Perinaldo.«

»Perfekt«, sagt Emma und klatscht in die Hände. »Auch wenn du kein Meisterkoch bist, weiß ich doch deinen guten Willen zu schätzen.«

Ich setze Wasser auf, und als es kocht, lege ich jede Menge Tagliolini in den Topf.

»Wir können auf der Terrasse essen. Wenn du schon nach oben gehen willst, der Held der Küche kommt bald nach.«

Ich bemühe mich um ein hinreißendes Lächeln. Wäre ich ein Schürzenjäger wie mein Freund Iacopo, bei dem alles gleich beim ersten Rendezvous passiert, könnte ich auf solche Präliminarien verzichten. Ohne umständliche Manöver würde ich ihr mit größtmöglichem Charme deutlich machen, wie sehr ich sie begehre, und sie in einer leidenschaftlichen und unwiderstehlichen Umarmung erobern.

Aber ich bin kein Märchenprinz auf einem weißen Schimmel, ich komme nur auf einem zotteligen Pony daher.

»Gut, dann warte ich oben. Inzwischen trinke ich noch ein bisschen von dem Wein, der ist wirklich gut«, sagt sie und führt das Glas an den Mund.

Ich habe Angst, den Verstand zu verlieren.

Leise stöhnend öffne ich eine zweite Flasche – dabei weiß ich gar nicht, ob die erste schon leer ist – und fülle die Gläser wieder mit Rossese, der leise gluckernd aus der Flasche fließt.

Vor der angegebenen Kochzeit nehme ich die Pasta aus dem Wasser heraus – Tagliolini muss man wirklich sehr al dente essen, war der ausdrückliche Rat meiner Großmutter –, mische sie mit dem Pesto, nehme Teller, Besteck und Servietten und stelle alles auf ein Tablett.

»Da bin ich. Ich hoffe, es schmeckt, du musst ehrlich sagen, wie du es findest.«

Emma scheint kaum hinzuhören. Sie sitzt leicht zurückgelehnt und gedankenverloren da.

»Woran denkst du?«

Sie lässt den Blick über die Stadt schweifen.

»An nichts, entschuldige bitte. Lass uns essen, ich habe einen Bärenhunger.«

Die Nacht ist voller Möglichkeiten, sie leuchtet und wartet auf den Sonnenaufgang über der Bucht von San Remo.

8

Nach dem Essen bittet mich Emma, die zwei Portionen Tagliolini gegessen und mehr als ein Glas Rossese getrunken hat, um eine Zigarette.

»Ich habe bestimmt hundert Jahre nicht geraucht«, erklärt sie nach dem ersten Zug.

Auch ich habe es ein bisschen übertrieben mit dem Wein, mir dreht sich ein wenig der Kopf. Der Rossese hat meine Wahrnehmung geschärft und mich euphorisch gemacht, aber auch müde.

Ganz allmählich kann ich mich dank der Gegenwart dieses Mädchens entspannen. Sie zieht mich an wie ein Magnet. Ich habe das dringende Bedürfnis, ihr zuzuhören, sie zu verstehen.

»Wohin bist du unterwegs, Emma?«, frage ich wie in Trance.

»Du bist wirklich unverbesserlich. Hatten wir nicht gesagt, dass Schluss ist mit Fragen?«

»Jetzt hast du mich aber auch etwas gefragt.«

Emma steht auf, lehnt sich an die Terrassenwand und stößt Zigarettenrauch aus. Im Licht des Mondes schimmert ihre Haut wie Perlmutt.

»Ich weiß nicht, wohin ich unterwegs bin«, sagt sie und verzieht leicht den Mund, »genau so wenig wie ich heute Abend wusste, wo ich landen würde. Vielleicht so weit weg wie möglich.«

Sie neigt den Kopf und blickt in die Ferne. Da sind die düsteren Schatten wieder, und auch ich bin mir nicht mehr sicher, während unten in der Bucht die Boote der Fischer von der Mole ablegen und langsam der neue Tag beginnt.

Ich betrachte die zarten rosafarbenen und violetten Streifen am Himmel, die sich allmählich auflösen, dann schaue ich auf den Wein, der in meinem Glas hin- und herschwappt, und in das Gesicht des geheimnisvollen Mädchens, das nicht weiß, wohin es gehen soll.

»Ich bin auf der Suche nach Inspiration. Nach neuen Ideen, um die Dinge intensiver und mit mehr Schwung zu machen«, sagt sie leise und schüttelt ihr Haar zurück. »Nach etwas, worüber ich staunen kann. Wenn das bloß nicht so schwierig wäre …«

Wir trinken den Wein aus und rauchen schweigend, während wir den Horizont betrachten.

»Wie schön San Remo im Sommer ist! Da fehlt es einem eigentlich an nichts …«

»Ja«, sage ich, und mehr fällt mir nicht ein.

»Samuele, ich bin so froh, dass ich dich getroffen habe. Es ist, als habe das Schicksal es so gewollt.«

Diese Worte klingen so schön in meinen Ohren und berühren mein Herz.

Emma sieht mir in die Augen und lächelt mich anders an als vorher. Oder vielleicht sehe ich nur etwas, das ich um jeden Preis sehen will, und das vielleicht gar nicht da ist? Ich zweifele mehr an mir denn je. Ich weiß nur, dass ich mich verliebt habe mit jeder Faser meines Körpers.

Dann geschieht es, im Bruchteil einer Sekunde und ganz unvorhergesehen.

Sie umarmt mich mit großer Zärtlichkeit. Ihr Kinn legt sich auf meine Schulter. Ich fühle mich am richtigen Ort wie nie zuvor. Jetzt kann es mir nicht mehr schlecht gehen, es gibt keine Probleme und Ängste mehr, ich denke nicht mehr an irgendetwas, das ich gerne machen, sagen, tun würde. Lebe dein Leben, Samuele.

Als wir uns voneinander gelöst haben, sehe ich sie an, ganz offen, ohne mich zu verstecken. Mir stockt der Atem, die Luft um uns herum flirrt. Dann streiche ich ihr zärtlich eine Haarsträhne aus dem Gesicht. Sie lässt es geschehen. Ihre Haare sind wie aus Seide, und ich spiegele mich im tiefen Blau ihrer Augen.

Mich überkommt ein riesiges Glücksgefühl. Es verschwinden Tage und Nächte, anbrechende Morgen und Sonnenuntergänge, der Himmel, die Sterne, die Galaxien, die Planeten und die Hügel hinter San Remo. Das Meer und die Schiffe. Es sind nur noch wir beide da, sie und ich. Unsere Lippen nähern sich einander, es fehlen nur wenige Zentimeter, wir halten den Atem an.

»Ich gehe einen Moment ins Bad, und dann könnten wir uns für die Nacht fertig machen, auch wenn es schon Tag wird, was meinst du?«

»Sehr gut«, sage ich leise.

Bevor sie die Tür hinter sich zumacht, lächelt sie mir zu und macht eine ermutigende Kopfbewegung.

Das Bad liegt nahe beim Schlafzimmer, man muss nur sieben Steinstufen nach oben gehen.

Ich hole tief Luft. Dann nutze ich die Zeit, um nach unten zu gehen, um frisches Bettzeug und Handtücher zu holen.

»Hast du gesehen, wozu dein Samuele in der Lage ist, Leo?«, sage ich angeberisch zu meinem Goldfisch. »Emma ist eine ganz besondere Frau, findest du nicht?«

Dann könnten wir uns für die Nacht fertig machen, auch wenn es schon Tag wird …

Ihre Worte klingen in meinem Ohr wie ein Versprechen.

»Du bist zwar im Wasser, aber du hast es auch gehört oder?«

Ich habe das Gefühl, ein bisschen über dem Boden zu schweben.

Leo sieht mich amüsiert an.

»Du bist ihr auch sympathisch, keine Angst. Wenn sie hier einzieht, darfst du natürlich bleiben«, ziehe ich ihn auf.

Er wirft mir einen eindeutigen Blick zu.

»Nein, es geht nicht zu schnell. Ich weiß schon, was ich tun muss. Wenn sie wiederkommt, nehme ich ihr Gesicht in beide Hände und küsse sie.«

Das glaube ich wirklich.

Und dann gehe ich ins obere Stockwerk.

»Was für ein seltsamer Tag«, murmele ich.

Ich setze mich auf den Bettrand und lasse den Kopf in die Hände sinken. Dieser Tag war eine Achterbahnfahrt zwischen herben Enttäuschungen und großen Gefühlen … Ich muss an die Glühwürmchen denken, die wie winzige Goldpartikel um uns herum durch die Luft schwebten, an den Fuchs, der am Straßenrand kauerte, an die Wärme, die von dieser schönen Frau ausgeht, die Dinge, die wir uns gesagt und miteinander geteilt haben. Den Wein, den wir getrunken und die Zigaretten, die wir geraucht haben …

Wie alle Frauen hält sich auch Emma ewig im Badezimmer auf.

Ich muss mein wild schlagendes Herz irgendwie beruhigen.

Ich mache das Deckenlicht aus und lasse nur die kleine Lampe auf dem Nachttisch brennen, strecke mich auf dem Laken aus – nur eine Minute entspannen – und blicke an die Decke. Zu dem Licht der Lampe gesellt sich die erste Helligkeit des Morgens, und ich denke an die johannisbeerfarbenen Lippen, die ich gleich küssen werde.

Ich sehe sie genau vor mir, und die Umrisse des Zimmers verschwimmen.

Träume ich vielleicht?

Ich weiß nicht mehr, wo das Bett steht, wo die Wände sind, wo der Boden ist, und der gute Galileo dreht leidenschaftslos seine Runden in seiner Glaskugel.

Erschöpft von den Ereignissen der letzten Stunden schließe ich für einen Augenblick die Augen und begehe den einzigen Fehler, den man in einer solchen Situation nicht machen darf. Den schlimmsten Fehler, unverzeihlich.

9

Ich öffne die Augen und drehe mich auf die Seite.

In der Wohnung ist es ganz still. Es ist ein angenehmes Gefühl, im halbwachen Zustand hier zu liegen, leise vor sich hin zu gähnen und sich zu recken. Ich komme mir vor wie in den Ferien, wenn man schon wach ist, aber weiß, dass man noch im Bett liegen bleiben und aufstehen kann, wann man will, in aller Ruhe und ohne dass jemand hinter einem her ist.

Frieden und Ruhe, das macht einen gelungenen Tag aus. Offenbar ist es nicht sehr windig, die zarten weißen Gardinen wehen nur leicht in der Meeresbrise und lassen ein paar Sonnenstrahlen herein.

Mein Gott, Emma!

Der Gedanke trifft mich wie ein Blitz.

Der Gedanke an das zauberhafte Mädchen im kirschroten Kleid – ein Schlag ins Gesicht.

Ich tauche aus dem Nebel auf und fahre hoch.

Was zum Teufel ist geschehen?

Ich sehe an mir herunter. Alles sieht zerknittert aus. Ich habe noch die Sachen von gestern Abend an.

Ich versuche, einen klaren Kopf zu bekommen und mich zu erinnern, was gestern zuletzt passiert ist. Ja, jetzt weiß ich es wieder. Sie ist ins Bad gegangen, hat mir gesagt, wir sollten uns für die Nacht fertig machen, hat dann die Tür abgeschlossen und danach nichts mehr.

Nein, wir haben nicht … Ich hätte es gern gehabt, aber auch wenn ich es so unbedingt wollte, es ist nicht passiert.

Ansonsten erinnere ich mich an nichts mehr. Ich habe eine schlimme Vermutung.

Oh Gott, nein, ich bin doch wohl nicht eingeschlafen!

Das wäre ja unglaublich peinlich!

Ich reibe mir die Augen, schaue zur Seite. Emma ist nicht im Bett, ich habe beide Plätze belegt.

Großartig, Samuele. Das hast du toll gemacht. Wahrscheinlich musste sie auf dem Sofa schlafen, ein echtes Meisterstück!

Ich stehe auf und ziehe die Gardinen zur Seite. Sommerhitze drückt gegen die Fenster. Die Tür zum Bad steht offen, also gehe ich gleich zur Treppe, wie ein Ninja setze ich vorsichtig die Füße auf.

Vielleicht schläft Emma ja noch, und ich will sie auf keinen Fall wecken. Ich werde ihr gleich ein Frühstück mit Cornflakes machen – oder besser noch, ich gehe zur Bar und kaufe frische Croissants, dazu einen Blumenstrauß, und dann entschuldige ich mich mit meinem unwiderstehlichsten Lächeln.

Ich muss nur aufpassen, dass mich die Verrando nicht abfängt. Ständig spioniert die Alte mir nach, wenn ich im Hausflur unterwegs bin.

Ich merke, wie aufgeregt ich bin, als ich ins Wohnzimmer schaue.

Aber da ist niemand. Abgesehen von Leo ist es gänzlich unbewohnt. Ich stürze wieder in die obere Etage. Vielleicht ist Emma auf der Terrasse und genießt die Aussicht aufs Meer.

Wie ein Schauspieler, der seinen Text memoriert, wiederhole ich meine Ausreden Emma gegenüber.

Hör zu, Emma, es tut mir wahnsinnig leid, ich war gestern einfach hundemüde und …

Was für eine Katastrophe!

Emma, bitte verzeih mir. Ich bin sonst nicht so. Ich habe in letzter Zeit sehr viel gearbeitet, nie habe ich richtig Ferien, und da ist es vielleicht ganz normal, dass ich ein bisschen erschöpft …

Ich bin eingeschlafen! Wie konnte ich nur!

Es ist vorbei. Was bleibt mir übrig, als mein Schicksal resigniert hinzunehmen. Oder vielleicht nicht? Sie ist schließlich eine einfühlsame, verständnisvolle Frau. Sie wird mir das nicht übel nehmen. Es ist ja auch nicht mal sicher, dass sie etwas von mir wollte. Vielleicht wollte sie einfach nur ein paar Stunden schlafen.

Ich öffne die Tür und trete hinaus auf die Terrasse. Ein klarer blauer Himmel liegt wie ein Fresco über der Blumenriviera, aber jetzt ist nicht der richtige Augenblick, um bewundernd in die Ferne zu schauen. Emma ist nämlich auch hier nicht.

Ich rufe mehrmals laut nach ihr, ohne eine Antwort zu erhalten. Eins steht jetzt jedenfalls endgültig fest: Sie ist nicht mehr da.

Was für ein höflicher Mensch! Vielleicht wollte sie mich nicht stören und ist rausgegangen, um kurz zu frühstücken.

Ganz bestimmt ist es so, wie sollte es anders sein.

Meine Rolle als Kavalier wird immer fragwürdiger. Ich gehe nervös im Wohnzimmer auf und ab und hoffe, dass sie irgendwann wieder auftaucht. Doch nichts dergleichen geschieht. Mich überkommt ein Gefühl der Verzweiflung.

Ich durchsuche die ganze Wohnung. Irgendwo muss sie mir doch wenigstens einen Zettel hingelegt haben, ein Zeichen dafür, dass sie hier war.

Ich finde nichts.

Absolut nichts!

Emma ist ebenso im Nichts verschwunden, wie sie gestern Abend aus dem Nichts auftauchte, als ich allein in der Sternwarte war. Wir waren die ganze Nacht über zusammen, bis es Tag wurde, wir träumten, überwältigt von all dem Schönen, das wir erlebt hatten.

Wir haben uns im Kreuzgang an der Hand gehalten, haben zusammen gegessen, uns schweigend angesehen, haben gelacht und geredet. Wir haben uns umarmt, und dabei ist mir ein Schauer über den Rücken gelaufen. Dann bin ich eingeschlafen, und sie ist wieder verschwunden in das Nichts, aus dem sie vorher wie eine Fee erschienen war.

Ich suche, kontrolliere, durchstöbere alles – Jacken, Schuhe, die teuren Werbezeitschriften – und hoffe, etwas Besonderes, irgendeine Kleinigkeit zu finden.

Was hast du dir eingebildet, Samuele? Dass sie dir vielleicht das Tagebuch ihres Lebens zum Lesen dalässt, damit du es dir damit im Sessel bequem machen kannst?

Migräne und ein Riesendurst klopfen bei mir an die Tür. Je mehr Minuten vergehen, desto unruhiger werde ich. Mir kommen lauter absurde Vermutungen in den Sinn, während um mich herum die große Stille herrscht, nur ab und zu unterbrochen von den trägen Bewegungen meines Goldfisches, der in seiner Glaskugel plätschert.

»Leo, mein Freund! Dies wäre der richtige Moment, um endlich zu sprechen«, rufe ich.

Dann lege ich mich aufs Sofa, blicke zu Boden und starre danach die Eingangstür beschwörend an. Leise bitte ich darum, dass es klingeln möge. Und gleichzeitig denke ich mir andere plausible Erklärungen dafür aus, warum ich eingeschlafen bin.

Mein Mobiltelefon klingelt, und ich fahre hoch.

Es ist Alice aus der Redaktion.

»Alice, ich kann gerade nicht. Ich mache eine dringende Recherche. Ich ruf dich zurück.«

»Nichts mit ich rufe dich zurück! Ich rette dir gerade den Arsch. Wo hängst du eigentlich rum?«

»Ich bin hier.«

»Wo hier?«

»Ich bin zu Hause, wieso fragst du?«

»Wie kannst du nur zu Hause sein! Hast du die Redaktionskonferenz vergessen?«

Ich lege mir die Hand an die Stirn. Nach allem, was geschehen ist, habe ich die Konferenz völlig vergessen.

»Nein, natürlich nicht!«, sage ich und tigere dabei wie ein Besessener durch die Wohnung. »Es ist doch noch Zeit …«

Ich blicke auf die Uhr, und in meinem Kopf entsteht sofort das Bild eines Mannes, der zwei Uhren am Handgelenk trägt, angezogen ist wie ein Scharfrichter und gleich sein Beil heben wird, um mir den Kopf abzuschlagen.

Es ist kurz vor halb elf, mir bleiben exakt zwei Minuten, um ins Büro zu fahren.

»Ähäm«, räuspert sich Alice, »eigentlich haben wir schon angefangen, der Chef hat bereits nach dir gefragt. Er hat heute ganz schlechte Laune.«

»Was für eine Überraschung. Sonst ist er doch immer unser Sonnenschein …«

»Heute ist es schlimmer als sonst, glaub mir.«

»Was soll's, ich beeile mich und bin gleich da, danke für den Anruf.«

»Sieh zu, dass du wirklich schnell machst, hier bricht gleich der Sturm los.«

Ich seufze. Ich muss hier alles stehen und liegen lassen. Es hat keinen Sinn zu hoffen, dass Emma noch mal wiederkommt, trotzdem lasse ich einen Zettel auf dem Bücherregal neben Leos Glaskugel liegen und schließe die Wohnungstür nicht ab.

Dann stürze ich ins Bad, mache Katzenwäsche und ziehe mir frische Sachen an. Und da sehe ich es.

Einen Fleck aus Lippenstiftrot. Der einfache rote Abdruck eines Kussmundes – das schöne Johannisbeerrot – Emmas Mund. Deutlich zu sehen auf dem Spiegel überm Waschbecken. Den ganzen Morgen bin ich durch die Zimmer getigert, und jetzt finde ich endlich das Zeichen dafür, dass sie in diese Wohnung gekommen, dass sie in mein Leben getreten ist.

Zwischen uns ist nichts Körperliches passiert, aber es war dennoch hinreißend. Ich kenne ihren Namen, weiß aber nicht, woher sie kommt und wie alt sie ist. Ich vermute, dass sie zwischen fünfundzwanzig und achtundzwanzig ist, ich habe auch keine Telefonnummer und nicht die Andeutung einer Adresse.

Mein Blick ist auf das Einzige geheftet, was sie hinterlassen hat. Dies ist der Beweis, dass ich alles nicht nur geträumt habe. Dass wir uns wirklich begegnet sind.

Doch die Wirklichkeit beginnt mir Angst zu machen.

Mein Optimismus schwindet endgültig.

Emma wollte mir mit diesem Kuss auf dem Spiegel Adieu sagen.

10

»Was ist mit Ihnen los, Serra! Wachen Sie erst auf, wenn Mama anruft?«

Es sitzen schon alle um den Schreibtisch des Chefs herum. Sergio Berti hat die Arme verschränkt, seine Kiefer sind angespannt. Heute ist er auf dem Kriegsfuß. Alice hat nicht übertrieben.

In die Wirklichkeit zurückzukehren, nachdem man eine ganze Nacht in Träumen schwelgte, ist schlimmer als eine kalte Dusche. In meinem Kopf jagt ein Gedanke den nächsten, zu viele Ideen, die ich unmöglich abschalten kann.

»Dabei wissen Sie genau, was ich will, nämlich, dass Sie schnell und pünktlich sind. Gibt es einen Grund für diese Verspätung?«

Das scheint mir eine rhetorische Frage zu sein, deshalb schweige ich.

Auch wenn der Chef so tut, als blicke er mit ironischer Distanz auf die Zeitung, weiß ich doch, dass sie ihm wichtig ist und er Wert auf gute Arbeit legt. Ihm wird bei Online-Zeitungen eigentlich übel, aber er ist seit vierzig Jahren hochprofessionell und sehr ordnungsliebend.

Sein Wutausbruch hält an. Seine Augen blitzen vor Zorn.

»Ich bin selbst schuld. Warum vertraue ich Ihnen eigentlich immer noch? Meine Mutter, Friede ihrer Asche, hat schon immer gesagt, ich wäre zu gut für diese Welt.«

An diesem Morgen im August ist die Redaktion ein Tribunal, es läuft ein Prozess, und ich bin in der unangenehmen Position des Angeklagten. Hier in diesem engen Kellerraum, der kaum breiter ist als hoch, fühle ich mich alles andere als sicher.

Sergio schnalzt ungeduldig mit der Zunge.

»Na wird's bald, erklären Sie mir endlich den Grund für Ihre Verspätung oder brauchen Sie erst einen Kübel kaltes Wasser übern Kopf?«

Es war also doch keine rhetorische Frage.

»Ich bitte um Verzeihung, Chef«, stammele ich. »Es war ein Problem mit meinem Fahrrad. Soll nicht mehr vorkommen.«

»Das will ich hoffen.«

Es ist nicht mal gelogen. Für »Problem mit meinem Fahrrad« hat mir der Chef den Kopf gewaschen und die Polizei einen Strafzettel verpasst. Ich war so spät dran, dass ich im Eiltempo aus dem Haus gestürzt bin, vorher hatte ich noch bei Signora Verrando angeklopft, um sie zu fragen, ob sie vielleicht eine junge Frau auf der Treppe gehört oder gesehen habe. Den Flur zu überwachen ist der Lieblingssport der Witwe, deswegen muss sie mitbekommen haben, wie Emma nach unten gegangen ist. Aber die Verrando hat nur ganz ruhig geantwortet, heute Morgen sei sie nicht zu Hause gewesen, sondern habe auf einer Parkbank gesessen. »Ich habe die Morgensonne genossen«, hat sie gesagt. Jetzt hätte mir ihre Neugier einmal nützen können, und da ist sie nicht zu Hause? So habe ich auf dem ganzen Weg vor mich hin geflucht und bin zickzack gefahren, um den Touristen auszuweichen, die auf dem Kiesboden der Pigna herumlaufen. Im Zentrum frühstückten Leute in den Laubengängen der Piazza Colombo, im historischen Café, in dem es Mürbegebäck, Blätterteilchen, Kaffee und Cappuccino gibt. Ich habe voll Neid zu ihnen hinübergeschaut und bin im Affentempo weitergeradelt. Anstatt über die normale Straße zu fahren, habe ich eine Abkürzung über die Via Matteotti genommen und bin durch die Fußgängerzone vor dem Ariston-Theater gefahren. Da liefen wohlhabende Damen mit ihren Hündchen herum, die Handtasche am Ellbogen, dann gab es eine ganze Menge Kinderwagen, Verkäufer standen vor ihren Läden, und Freiberufler mit Sakko und Krawatte waren auf der Suche nach etwas Schatten, um dort Pause zu machen. Nur mit einer Art Salto mortale gelang es mir, einer Gruppe von Leuten auszuweichen, die im Halbkreis um einen Geiger herumstanden. Er spielte auf der Straße, und ich musste auch noch dem Geigenkasten ausweichen, in dem er Geld sammelte und der mitten im Weg stand. Ich habe erleichtert aufgeatmet, als ich auch dieses Hindernis schwankend umfahren hatte und die Statue von Mike Buongiorno erreichte. Doch genau in diesem Moment drang das Pfeifen des Polizisten an mein Ohr.

Ich habe versucht, ihm alles zu erklären, wegen der Arbeit, weil ich zu spät dran war, ob er nicht ein Auge zudrücken könnte, um einem jungen Mann in prekären Verhältnissen beizustehen, doch er ließ sich nicht erweichen, hat mir die Höchststrafe verpasst und mir noch eine Predigt über Sicherheit gehalten, wodurch alles noch später wurde.

Als ich endlich in der Redaktion ankam, habe ich die Tür zum Büro aufgestoßen, das Fahrrad in die Ecke gefeuert und mich auf meinen Stuhl fallen lassen. Alice, die neben mir saß, warf mir einen strengen Blick zu und flüsterte, der Chef habe, während sie auf mich gewartet hätten, über seine Verrentung gesprochen. Das Exekutivkommando stehe schon bereit, nur der Verurteilte fehle noch.

Und jetzt bin ich da, totgeschossen und bereit für die Sitzung.

Valerio Ottonello, der für die Panorama-Seite zuständig ist, sitzt da mit Papier und Stift und macht sich Notizen. Er sieht dabei so ernst aus wie immer. Ich kann nicht gerade sagen, dass wir Freunde sind, und weiß zum Beispiel nicht, ob er in seiner Freizeit Briefmarken sammelt oder ins Sportstudio geht. Beruflich aber schätze ich ihn und schaue mir manches von ihm ab, denn er arbeitet sehr genau, bereitet sich gut vor und geht den Dingen auf den Grund. Er ist immer mit ausgefahrenen Antennen am Ort des Geschehens, trägt T-Shirts in Tarnfarben, sein Engagement für Kultur zeigt sich an seinem sorgsam gepflegten Bart, auf den er sehr stolz ist. Seine Sportschuhe mit fester Sohle sind ein wichtiges Requisit für jemand, der auf dem Motorrad den Polizeisirenen folgt und manchmal sogar Brände fotografiert, nicht immer unter Einhaltung des Sicherheitsabstands.

»Gut, also jetzt wo alle da sind, fahren wir fort, Valerio«, befiehlt Sergio.

»Vor der San-Siro-Kathedrale gab es einen Streit zwischen zwei Männern. Es ging um eine Frau.«

»Im Sommer geraten die Leute hier immer außer Rand und Band.«

»An Ihrer Stelle wäre ich an den Strand gegangen«, wirft Alice ein.

»Caviglia!«

»Eine Freundin von mir hat mir gerade die Fotos von ihrer Liege geschickt. Sie sagt, die ist superbequem.«

»Caviglia!« Nächster Verweis. »Können wir weitermachen?«

Berti erstickt ihr Geschwätz im Keim und wendet sich wieder Valerio zu.

»Wie schlimm war dieser Streit?«

»Nach ersten Zeugenaussagen haben die beiden Rivalen sich mit Fäusten traktiert, gebrüllt, ein Riesengetümmel, dann wurden sie getrennt. Die Polizei rekonstruiert gerade das Geschehen, die beiden Kampfhähne wurden für die Ermittlungen aufs Kommissariat gebracht.«

»*Cherchez la femme!* Der Klassiker.« Der Chef fährt sich mit der Zunge über die Lippen. »Telefonieren Sie herum, graben Sie in der Vergangenheit der beiden Kerle und versuchen Sie den Namen der Frau, um die es geht, herauszufinden. Wer sie ist, was sie macht und ob sie lieber Hunde oder Katzen mag, alles was wir brauchen können, um den Artikel mit Inhalt zu füllen.«

»Sicher, das ist gar kein Problem. Ich weiß schon, wen ich fragen kann. Ich habe eine Liste von Kontakten und Informanten, da bekomme ich bestimmt etwas heraus.«

Valerio findet den Chef unserer Zeitung großartig. Es ist kein Geheimnis, dass er sich ihn zum Vorbild genommen hat, von den Veränderungen, mit denen der Journalismus heute umgehen muss, mal abgesehen.

»Bleiben Sie dran. Bei diesen Dingen muss man äußerst vorsichtig sein. Nehmen Sie nur Hinweise, die auch bestätigt sind, keine billigen Schlussfolgerungen, bitte, es gibt schon genug *fake news*. Und denken Sie daran: Das muss schnell gehen, also bitte *pronto*!« Sergio zeigt nacheinander auf seine beiden Armbanduhren.

Auf den Konferenzen geht es meistens um ein paar Formfragen und Schlussfolgerungen.

Wir reden über die Zeitung im Allgemeinen, besprechen, was man besser machen könnte, beobachten die Arbeit der Konkurrenz.

Berti wendet sich nun der jüngsten Mitarbeiterin zu.

»Und Sie, Alice? Was habe Sie heute Morgen gemacht, außer sich die Nägel zu lackieren und vom Strand zu träumen?«

Das Schmuckstück unserer Redaktion erzählt vage über eine Studie zu Problemen der Handelskammer und zur Lebensqualität an der ligurischen Küste.

Der Chef hört zu und reibt sich dabei nervös die Hände.

»Aha. Nun, das ist sicher ein unglaublich faszinierendes Thema.«

»Oh, danke«, zwitschert sie, »da bin ich erleichtert, ich hatte schon Angst, dass Sie was dagegen haben. Finden Sie es wirklich interessant?«

»Nein!«, brüllt Sergio. »Nein, verdammt noch mal! Mamma mia, wie oft am Tag bereue ich eigentlich, dass ich Sie eingestellt habe? Glauben Sie wirklich, dass diese Studie auch nur einen unserer Leser interessieren könnte?

Ab und an muss man deren Hirne auch mal durchatmen lassen!« Seine Blicke schweifen flackernd über den Redaktionstisch.

Ich mache mich auf das Schlimmste gefasst. In wenigen Sekunden wird der Tornado auch mich erreichen. Aber dann …

»Genug jetzt«, erklärt Berti, bevor Alice zu seufzen beginnt. »Kommen wir zu uns, wir haben schon zu viel Zeit verplempert. Ich habe Sie alle aus einem bestimmten Grund herbestellt.«

Er macht eine wirkungsvolle Pause, als wollte er gleich die Schlagzeile der ersten Seite verkünden.

»Manchmal habe ich echte Eingebungen. Und gerade ist mir eine gekommen.« Er beugt sich vor und legt die Hände auf den Tisch. »Nach den Feiern zum 15. August machen wir eine Woche frei«, verkündet er.

»Cool!« Alice lächelt verzückt. Vermutlich stellt sie sich eine Woche Strand mit Abendessen an einem vorbestellten Tisch in der Victory Morgana Bar vor, dem In-Lokal der Stadt, das aussieht wie eine Luxusyacht, die zwischen Klippen liegt. Tanzen bis zum Morgengrauen, jede Menge Berlucchi-Sekt und Red-Bull-Wodka, vielleicht in Begleitung von jungen Männern in gestreifter Hose und blauem Hemd, die nach guter Familie aussehen.

»Entschuldigung, ich habe mich falsch ausgedrückt. *Ich* nehme Urlaub. Ich fahre ins Trentino zum Wandern«, sagt Sergio mit breitem, leicht teuflischem Grinsen. »Da herrscht frische, reine Luft, und man ist weit weg von diesem ungesunden, engen Ambiente und den verfluchten Computern, die uns nur verstrahlen.«

Er sieht uns alle eindringlich an, um sicher zu sein, dass wir ihn richtig verstanden haben.

»Und wir?«, protestiert Alice.

Der Chef antwortet in autoritärem Ton.

»Na, ihr kriegt keinen Urlaub. Oder ihr werft das Los, und einer bleibt in der Redaktion als Bereitschaftsdienst Tag und Nacht.«

»Und am Nachmittag?«

Sergio Berti beachtet ihre Frage nicht. Er streckt die Arme aus und zieht die Ärmel hoch, und seine beiden Uhren sind deutlich sichtbar.

»Wieso verschwende ich meine kostbare Zeit eigentlich mit solchen Idioten«, klagt er und tut so, als wären wir gar nicht da. Dann lässt er sich seufzend in seinem Stuhl zurückfallen. »Das ist alles, ihr könnt gehen.«

Wir zögern eine Sekunde zu lange.

»Was sitzt ihr da noch rum? An die Arbeit! Ich möchte, dass ihr euch an die Zeiten haltet, ist das klar?«

Ich weiß nicht wieso, aber heute bin ich seinem Zorn entkommen.

Wir stehen alle auf und gehen so schnell wie möglich an unsere Plätze. Der Chef steuert seinen Schreibtisch an.

»Nein, Serra, Sie bleiben hier. Schließen Sie die Tür, bitte.«

Nicht alle dürfen gehen. Den Glücklichsten trifft das Jüngste Gericht.

Alice und Valerio werfen mir einen teilnahmsvollen Blick zu und gehen rückwärts hinaus.

Ich weiß, dieser Tag wird noch schlimmer als der gestrige. Ich bin geliefert.

Ich hätte damit rechnen müssen, dass er mich nicht schont. Er gehört zu den Menschen, die nicht mal im Sitzen entspannt sind. Er ist voller Energie, nichts kann ihn aufhalten. Ein Leopard, der zum Sprung ansetzt, immer auf der Hut, bereit loszuschlagen, sobald der Gegner nicht aufpasst.

Ich setze mich wieder und habe einen Moment das Gefühl, auf einem Nagelbrett Platz zu nehmen.

Ich versuche, ihm zuvorzukommen:

»Wenn es wegen der Verspätung ist, da möchte ich mich wirklich noch mal entschuldigen. Ich weiß, dass die Konferenzen wichtig sind und …«

»Nein, nein. Wir reden jetzt nicht über Ihre schlechten Angewohnheiten.«

»Wirklich nicht?«

»Das habe ich doch gerade gesagt. Was ist an einem Nein so schwer zu verstehen?«

Er sieht mich mit einem unangenehmen Grinsen an. Er sitzt da, die Ellbogen auf die Sessellehnen gestützt.

»Serra«, sagt er, »wie lange arbeiten Sie hier schon?«

»Ungefähr zweieinhalb Jahre.«

»Was stand über die Beschäftigungsdauer in unserem Vertrag?«

Ich räuspere mich.

»Wir hatten drei Jahre gesagt.«

»Dann läuft Ihr Vertrag ja bald aus«, sagt er mit schriller Stimme. »Zweifellos ist es in Ihrem Interesse, weiter für uns zu arbeiten. Aber wir müssen dabei auch die Interessen der Zeitung bedenken.« Er blättert in ein paar Unterlagen, die vor ihm liegen. »Sie haben nie einen Hehl daraus gemacht, dass Sie höhere Ambitionen haben, oder irre ich mich?«

»Nein, im Grunde haben Sie recht. Das soll aber nicht heißen, dass …«

»Serra, jetzt rede ich. Wir müssen mal die Situation als Ganzes betrachten. Da draußen steht eine Schlange von Bewerbern, die bis Bordighera reicht.«

Ich halte mich mit Kommentaren zurück, um die Spannung, die in der Luft liegt, nicht noch zu erhöhen. Ich habe höllische Kopfschmerzen. Hier gibt es keine Fenster, ich kann also nicht hinausschauen, um meine Verlegenheit zu verbergen. Es nützt auch nichts, auf den Boden zu starren, in der Hoffnung, dass sich dort ein Spalt öffnet und ich hineinspringe bis ins Innere der Erde.

Was er mir zu sagen hat, kommt nicht unerwartet. Ich wusste ja selbst, in wie viel Monaten mein Vertrag endet. Da ich aber keine besseren Möglichkeiten habe, und die Conchiglia Group mir gerade die Tür vor der Nase zugeschlagen hat, trifft mich das Ganze wie ein Keulenhieb.

»Ich sage das nicht, um Sie zappeln zu lassen, sondern weil Sie verstehen sollen, um was es mir geht.« Sergio lässt seine Handknöchel knacken und wirft mir einen vielsagenden Blick zu. »Damals bei Ihrer Einstellung mussten wir eine schnelle Entscheidung treffen, jetzt aber ist es anders.«

Gerade sitzen, Kinn nach vorne.

Auch wenn ich die Fassung bewahrt habe, war ich doch nach dem Gespräch mit dem Chef ganz schön eingeschnappt. Berti hat mich nicht gerade mit Samthandschuhen angefasst. Gut, ich bin nicht der Journalist des

Jahres, und ich brenne auch nicht für diese Aufgabe. Aber ich schreibe gute Artikel und erledige meine Arbeit angemessen. Außerdem, und das wollte ich ihm vor allem entgegenhalten, arbeite ich sehr schnell. Doch bevor ich dies sagen konnte, hatte er mich schon aus seinem Büro hinauskomplimentiert.

Als ich in die Redaktion trete, hängt Valerio am Telefon der Notaufnahme, um zu erfahren, ob sie etwas »Interessantes« herausgefunden haben. Alice jammert, während sie sich die Arme mit Selbstbräunungscreme einreibt.

»Dieser Mann ist unerträglich! Wie soll ich meine Bräune behalten, wenn ich immer nur drinnen hocke? Das ist purer Machtmissbrauch.«

Leise droht sie, sich an die Gewerkschaft zu wenden, und wirft dem Chef Mobbing vor.

Mein Magen ist so zugeschnürt, dass ich aufs Mittagessen verzichte.

Die Lage sieht düster aus. Bertis Ultimatum bringt das Fass beinahe zum Überlaufen.

Ich könnte mich im Handumdrehen ohne einen Pfennig in der Tasche auf der Straße wiederfinden.

Was soll's, denke ich und hole das Ladegerät des Computers aus der Schublade, irgendwas wird mir schon einfallen. Wenn ich es nicht schaffe, ist es nur die x-te Niederlage in meiner tragikomischen Existenz. Diese Gedanken lenken meinen geplagten Geist ab, der nicht anders kann, als dauernd an Emma zu denken.

Gestern habe ich etwas ganz Außergewöhnliches erlebt. Würde mir jemand so eine Geschichte erzählen, ich würde sie ihm nicht glauben. Ich habe eine Frau umarmt, und in dieser Umarmung zog ein ganzes Leben an mir vorbei, Träume, Erinnerungen, enttäuschte Hoffnungen und Gefühle. Heute hat sich dies alles in Verwirrung und Verzweiflung verwandelt.

Ich komme mir vor wie eine Seifenblase, es pocht in meinen Schläfen. Ich sitze vor einem Computer und versuche, normal zu wirken, aber mir dreht sich alles im Kopf.

Ich bin so durcheinander, dass ich nicht arbeiten kann. Immer wieder muss ich an Emma denken, und dazu drehen sich langsam die Flügel des Deckenventilators. Diese Frau beschäftigt mich wie ein Lied, das man nicht aus dem Kopf kriegt.

Sehr wahrscheinlich habe ich das alles nicht geträumt. Aber ich kann mich getäuscht haben, das wäre nicht das erste Mal. Ich habe eine ganze Serie von Geschichten dieser Art vorzuweisen.

Gibt es einen Unterschied zwischen Träumen und Illusionen?

»Was hast du gesagt?«, fragt Alice. Ich dachte, ich hätte es nur gedacht, habe es aber offenbar ausgesprochen. Das Gute ist, dass sie, während sie das fragt, die Fotokamera ihres Handys als Spiegel benutzt, ihren Lippenstift überprüft und dabei allerlei Grimassen schneidet.

Ich lächele ihr zu.

»Entschuldige, ich habe nur laut nachgedacht. So kann ich mich besser konzentrieren.«

»Soll ich dir einen Kaffee mitbringen?«

Das hat mich Valerio gefragt. Er ist auf Zehenspitzen herangeschlichen und legt mir eine Hand auf die Schulter. Ich schüttele den Kopf.

»Nein, danke.«

Sie müssen mir ansehen, wie verstört ich bin und wie schlecht ich mich fühle.

»Wenn ich du wäre, würde ich das Angebot annehmen. Kaffee trinkt man nicht nur zum Vergnügen, er hilft, das Gehirn zu aktivieren.«

Ich beschließe, ihm recht zu geben. Letztlich kann ein bisschen Doping für meine Neuronen nicht schaden.

»Na schön, aber bitte schwarz, ohne Zucker und so stark wie möglich.«

»Umso besser«, sagt Valerio und geht wieder.

Fünf Minuten später, als ich versuche so zu tun, als würde ich arbeiten, lasse ich die letzten Stunden an mir vorbeiziehen und suche dabei nach einem Detail, irgendeinem Anhaltspunkt. Ich sitze zurückgelehnt in meinem Stuhl und rühre gedankenverloren im Kaffee, in dem überhaupt kein Zucker ist.

Warum ist Emma bloß einfach so gegangen? Warum hat sie sich nicht verabschiedet oder wenigstens eine kleine Nachricht hinterlassen? Mich überkommen Zweifel. Heißt sie vielleicht gar nicht Emma? Sie hat mir so gut wie nichts von sich erzählt. Ich weiß nur, dass sie Illustratorin von Kinderbüchern ist, dass sie nicht weiß, was sie will, dass sie nichts sucht oder vielleicht alles … Um sie herum sehe ich nichts als Schatten und Wirrwarr.

Ich trinke den Kaffee in einem Schluck aus und verfluche mich dafür, dass ich sie nicht geküsst habe und eingeschlafen bin.

Nach einer halben Stunde, in der ich alle Möglichkeiten durchgegangen bin und dabei mit zwei Fingern meine

Unterlippe geknetet habe, komme ich zu dem Schluss, dass ich Hilfe brauche. Ich habe schon so viel Pech gehabt und mich nie jemandem anvertraut. Und es gibt auch nur eine Person, der ich mein Herz ausschütten kann, Ilenia. Nur sie kann mich trösten.

Beim zweiten Klingeln geht sie ans Telefon, und allein ihre Stimme ist wie ein Umarmung. Es ist schön, wenn man jemand hat, auf den man zählen kann.

»Oh, dass du mich anrufst, ist kein gutes Zeichen. Gibt's Probleme?«

»SOS. Dies ist ein Hilferuf.«

»Okay, keine Panik. Komm nach Feierabend bei mir in der Konditorei vorbei.«

»Ich komme angeflogen.«

»Egal, worum es geht, keine Sorge, wir werden schon eine Lösung finden.«

Ich lehne mich zurück und denke, dass ein Riesenberg vor mir liegt.

Neben allen ungelösten Fragen gibt es vor allem ein Problem:

Wie soll man eine Frau wiederfinden, über die man nichts weiß?

11

»Hier, probier das mal!«

Ich habe nicht den geringsten Hunger, aber Ilenia will mich ein bisschen verhätscheln, und dagegen kann ich mich unmöglich wehren. Ihr Gebäck ist einfach zu köstlich.

»Na, wie schmeckt's?«

»Ganz vorzüglich«, sage ich, während ich mir die beiden mit Schokolade überzogenen muschelförmigen Kekse langsam auf der Zunge zergehen lasse. Innen sind sie ganz weich, außen ein ganz kleines bisschen knusprig, und sie schmecken nach Nüssen.

»Keiner macht die Baci di San Remo so gut wie du.«

»Diese hier sind etwas sämiger. Ich gebe dir ein halbes Dutzend mit, für düstere Zeiten«, sagt sie und zwinkert mir zu.

Ilenias helles, leicht rötliches Haar, die sympathische und gekonnte Art, mit der sie aus ihrer fülligen Figur einen Vorzug macht, und ihre Sommersprossen, die ihr etwas Schelmisches verleihen, machen sie zum Inbegriff des *dolce vita.* Sie holt eine elegante beigefarbene Pralinenschachtel unter der Theke hervor, legt sorgfältig und liebevoll wie eine Mutter mit einer Gebäckzange ein paar von den Keksen hinein und wirft mir dabei einen so zuversichtlichen Blick zu, dass ich fast dahinschmelze.

So ist das mit Ilenia. Ein Wimpernschlag, ein kurzes Lachen, und man ist wieder heiterer Stimmung.

Der Rest des Nachmittags in der Redaktion verging im Schneckentempo, und als ich endlich das Eiscafé Vecchia Matuzia betrat, fühlte ich mich wie jemand, der das große Los gezogen, aber dummerweise seinen Lottoschein verloren hat.

Das Eiscafé Vecchia mit seiner Konditorei ist ein Kultort in unserer Stadt, es ist urgemütlich und liegt nur wenige Schritte entfernt von der romantischen Uferpromenade der Imperatrice, wo die großen herrschaftlichen Hotels stehen, in denen der europäische Adel im frühen 20. Jahrhundert verkehrte. Hier befindet sich auch die Statue der Primavera, vor der sich Evita Peron einst fotografieren ließ. Das Café ist nicht zu groß und nicht zu klein. Auf dem Tresen stehen wunderbare Köstlichkeiten, es gibt Kühlvitrinen voller Torten, Eis, Sorbets, Halbgefrorenem, Gebäck. Im Hinterzimmer befindet sich die Backstube, Ilenias Reich.

Immer stehen lange Schlangen vor dem Eingangsschild unter der gelb-weiß gestreiften Markise, um das beste Eis von ganz San Remo zu kosten, die berühmte unübertreffliche halbgefrorene Sahne, eine leicht schaumige Creme, die im Mund schmilzt und von der man sofort abhängig wird.

Ilenia Barberis hat einen offenen und freundlichen Blick, den man das aufgeschlagene Buch ihrer Gefühle nennen könnte. Zwei Dinge liegen ihr besonders am Herzen.

Das erste ist die Konditorkunst. Schon als Kind hat sie diesen Beruf ausgeübt, als ihre Eltern ihr zum zehnten Geburtstag einen kleinen Backofen geschenkt haben. Sie hat sich alles selbst beigebracht, hat nie eine Prüfung abgelegt, aber immer hart gearbeitet. Das ist der Beweis dafür, dass es oft genüg, Talent zu haben und daran zu glauben, und dass man dann gar keine Ausbildung mehr braucht. Immer will sie etwas Neues lernen – nie versäumt sie eine Sendung von *Bake Off* –, und an ihrer Arbeit gefällt ihr alles. Das Aussuchen der Zutaten, die Mischung aus Kopfarbeit, Leidenschaft und Geschicklichkeit, die notwendige Neugier, um Dinge auszuprobieren, manchmal auch, etwas zu wagen. Eine andere Art zu backen, eine Zutat mehr oder weniger, eine ganz neue Zusammensetzung.

Das zweite ist die Liebe selbst. Sie ist für sie das vornehmste Gefühl, das in jeder Frau, in jedem Mann, in allem Lebendigen ist. Sie spricht so oft und mit solcher Begeisterung davon, dass man meinen könnte, sie hätte sie erfunden. Trotzdem hat sie bis zum heutigen Tag niemanden an ihrer Seite. Aber sie hat keine Eile und wartet auf den Richtigen, der die Dinge so sieht wie sie. Sie weiß, dass er eines Tages auftauchen wird. Ich bin ganz sicher, dass der Mann, der diesen Platz einnimmt, großes Glück haben wird.

Deshalb bin ich auch zu ihr gegangen, um ihr alles zu erzählen, jeden Augenblick, den ich mit Emma verbracht habe, vom Abend bis zum Morgengrauen. Alles, was wir getan und gesagt und wie wir uns berührt haben.

»Das ist ja eine wunderbare Geschichte, du solltest ein Buch darüber schreiben«, sagt sie scherzend, um mich aufzumuntern. »Ich habe am Telefon schon gemerkt, dass es sich um ein ernstes Problem handelt. Höchste Alarmstufe. Aber erzähl mal, wie ist sie denn so?«, fragt sie, während sie ein Ei mit Zucker schlägt.

Ich bin jedes Mal ganz bezaubert, wenn ich dieser Zuckerbäckerin zuschaue, wie sie ihre Sandkuchen, Croissants und köstliches Gebäck jeglicher Art herstellt. Auch wenn ich ihr nur durch eine Glaswand zusehen kann, in der zwei Öffnungen sind, um Speisen hindurchzureichen – aus hygienischen Gründen darf niemand unbefugt ihre Experimentierküche betreten. Was das angeht, ist meine Freundin unerbittlich. Es ist schon komisch, dass ich ihr nur durch eine Scheibe von meinem Gefühlsleben erzählen kann. Es ist mit ihr fast wie mit meinem Vertrauten, dem Goldfisch Leo.

»Ach, Ilenia«, seufze ich, den Mund noch voll Schokoladengebäck, »sie ist einfach unglaublich. Sie kam in die Sternwarte … Sie stand plötzlich da wie eine Erscheinung … Du hältst mich vielleicht für verrückt, aber ich habe sofort etwas in ihr gesehen, das uns verbindet, in dem wir uns ähnlich sind. Irgendwann hatte ich sogar den Eindruck, dass sie alles hinter sich lassen und mit mir weggehen wollte.«

»Das ist doch ein gutes Zeichen. Manchmal entsteht Liebe erst mit der Zeit. Manchmal aber fällt sie vom Himmel, wenn sich zwei Menschen begegnen.«

»Meinst du, sie empfindet das genauso wie ich?«

Bei jedem anderen wäre es mir peinlich, so etwas zu fragen. Bei Ilenia nicht.

»Ich denke schon. Ihr habt ja nicht nur ein bisschen geplaudert.«

»Sagst du das jetzt einfach so?«

»Nein, warum sollte ich?«

Ilenia und ich waren nie zusammen, wir haben uns nicht mal einen Kuss gegeben, wenn wir betrunken waren, von der Art, die man am nächsten Tag bereut, aber wir stehen uns doch sehr nahe. Sie weiß alles über mich und umgekehrt, wir sind gerne zusammen und haben schon herrliche Abende verbracht. Manchmal merke ich, dass sie mich voller Zuneigung ansieht. Sie glaubt an mich und findet immer die richtigen Worte.

Ich kann nicht erklären, warum, aber wenn ich je die Chance hätte, etwas Ordnung in mein verkorkstes Leben zu bringen und mein wahres Ich zu entdecken, hätte ich das allein ihr zu verdanken.

»Ilenia, darf ich dich etwas fragen?«

»Schieß los, worum geht's?«

Ich runzele die Stirn.

»Bin ich jemand, in den sich eine Frau verlieben könnte?«

Mir ist schon klar, dass ich nicht den ersten Preis in einem Schönheitswettbewerb gewinnen würde, vermutlich wäre ich nicht mal unter den ersten Zehn. Ich bin etwas ungeschickt und habe keinen feurigen Blick, aber ein zärtliches Lächeln, und das ist doch schon mal ein Anfang. Ich habe dichtes, leicht rötliches Haar, das immer etwas wirbelig und ungekämmt wirkt, dunkle Augen, eine kleine Nase, eine Narbe unter dem Kinn – von einem schlimmen Fahrradunfall mit vierzehn –, die aber leicht unter einem Bart zu verbergen ist, der mal mehr da ist und mal weniger, je nachdem, wie gut ich mich mit meinem elektrischen Rasierapparat verstehe.

Meine Zweifel rühren aber nicht von meinem Aussehen her. Das Problem ist, dass ich von Liebe nicht viel verstehe. Sie ist für mich wie ein Geduldsspiel, wie ein magischer Würfel, bei dem es mir nie gelingt, die Farben auf die richtige Seite zubringen. Ich bin nicht in der Lage, die kaum zu erkennenden Nuancen in den Blicken von Frauen zu verstehen. Wahrscheinlich ist das der Grund, weshalb Frauen irgendwann enttäuscht aufgeben, weil ich »kein praktischer Mann bin«. Ein Mann, der den Kopf immer in den Wolken hat, viel zu nachdenklich ist, sich nicht richtig um seine Freundin kümmert.

Was kann ich dafür, dass ich ein Nachtmensch bin und nicht in die üblichen Raster passe, dass ich eine romantische Seele habe und den Himmel beobachte, wegen meiner Arbeit auf der Sternwarte und aus Leidenschaft, anstatt mit beiden Beinen auf der Erde zu stehen?

Die letzte Frau in meinem Leben war Coralie, eine Geigerin, die an einem Abend im Kreuzgang ein Konzert gab, als wir die astronomischen Darbietungen mit Musik begleiten ließen. Sie stammte aus Frankreich – ihre Eltern leben beide in Menton –, und sie sprach ein so weiches R, dass ihre Stimme unwiderstehlich klang. Von dieser schönen Melodie war allerdings nichts übrig, als sie mir einen Monat später ihre ganze Enttäuschung entgegenschrie: »Du benimmst dich wie ein Kind!«, und mir, bevor sie verschwand, sagte, ich solle mich nie wieder blicken lassen.

Vor Coralie hatte ich Michaela, die erklärte, sie »fände sich in unserer Beziehung nicht mehr wieder«, davor Patrizia: »Wir teilen nicht dieselben Werte.« Veronica: »Ich habe keine Lust, mich für eine vorübergehende Affäre ins Zeug zu legen.« Und Eva, die schimpfte, wenn ich keine Pantoffeln anzog, bevor ich ihre Wohnung betrat.

Eine beachtliche Menge gescheiterter Beziehungen.

Michela hat sich an dem Abend von mir getrennt, an dem sie mich ihren Eltern vorgestellt hatte. Und zwar beim

Abendessen, vor allen Leuten, im Beisein des alten Onkels, der gerade erst eine Staroperation hinter sich hatte. Wir saßen am Tisch, hatten gerade erst die Vorspeise gegessen. Sie sah mich nicht an, während sie sprach, ja, sie hatte sich nicht mal den Mund mit der Serviette abgewischt, und mir war nichts anderes übrig geblieben, als gute Miene zum bösen Spiel zu machen. Und genauso erging es mir mit Patrizia, als wir an einem Sonntagnachmittag einer ihrer Kolleginnen begegneten, die fragte: »Wie, ihr beide seid zusammen?« Worauf sie nur ganz trocken sagte: »Nein.«

Mit Veronica passierte es im Restaurant. Irgendwann kam ihr Ex rein, sie begrüßte ihn, und er setzte sich an unseren Tisch. Er war mit Freunden gekommen, am Ende waren nur noch sie beide da, und ich knabberte an trockenen Grissini herum, eher aus Nervosität als aus Hunger. Ich hatte die Kraft, würdevoll zu reagieren. Ich bin einfach gegangen. Am nächsten Tag habe ich es bedauert und sie angerufen. Da hatte sie schon ihre Nummer geändert.

Was hatten diese Mädchen gemeinsam, außer dass sie mich offenbar los sein wollten? Sie hatten wohl alle das Gefühl, dass es mit mir keine richtige Partnerschaft geben könnte.

»Warum sollte sich eine Frau nicht in dich verlieben?«, antwortet Ilenia jetzt. »Du kannst so interessant sein, du strahlst Zuversicht aus, hast etwas von einem Beschützer. Außerdem bist du eher sanft, und das mögen Frauen.«

»Mag sein, aber mir kommt es so vor, als würdest du von einem anderen reden.«

»Wie du dich selbst siehst und was die anderen über dich denken, sind zwei Dinge«, ruft sie mir zu, während sie gerade Waldbeeren auf einem verlockenden Quarkkuchen ausbreitet. »Du weißt doch genau, dass du etwas ganz Besonderes bist, ein liebenswerter, romantischer Himmelsbeobachter, das bist du.«

»Tja, schade nur, dass Frauen immer ganz wild auf die bösen Jungs sind«, klage ich.

Ilenia bricht in Lachen aus. Wahrscheinlich mag sie mich gerade deshalb, weil ich so bin.

Zuerst warnt sie mich, wie es in Handbüchern für die gute Freundschaft steht, dann lässt sie ihrer Phantasie freien Raum. Und sie ist immer zur Stelle, wenn etwas schiefzugehen droht. Nie wird sie mir die Flügel stutzen, nicht mal zum Scherz.

»Hast du ihr denn eine Liebeserklärung gemacht?«

»Nein, nicht so richtig.«

»Aha.«

»Sagen wir so, mir fehlte die Zeit dazu. Noch bevor ich sie erobern konnte, fürchtete ich, sie zu verlieren.«

»Eine Tragödie ist das nicht. Wir Frauen bemerken auch das, was man nicht gleich sieht. Sie hat bestimmt gespürt, dass du ein guter und großzügiger Mensch bist, der Halt macht, bevor es richtig losgeht.«

Ich beiße mir nervös auf die Lippen.

»Meinst du nicht, sie ist beleidigt, weil ich eingeschlafen bin? Das hat ihr sicher nicht gefallen. Wahrscheinlich wollte sie nicht noch mehr Zeit an einen Idioten wie mich verschwenden.«

Meine beste Freundin schüttelt den Kopf. Heute ist ein wunderbarer Tag, und das macht sie fröhlicher, gelassener und lustiger als sonst.

»Vielleicht lag es auch meinem leeren Kühlschrank.« Jetzt mache ich einen Scherz, um mich aufzumuntern. »Ich darf nicht immer vergessen einzukaufen. Was meint dein sechster Sinn dazu?«

»Mein sechster was?«

»Die berühmte weibliche Intuition.«

Ilenia nimmt eine Auflaufform mit Tiramisù, schneidet etwas ab und probiert, richtet in Gedanken versunken den Blick nach oben. Nach ein paar Sekunden zieht sie eine Grimasse der Unzufriedenheit und wirft alles in den Mülleimer.

»Ich bin nicht so pessimistisch wie alle anderen. Ich sehe die Dinge positiv.«

»Das täte ich auch gerne. Vor allem jetzt, wo ich wahrscheinlich meine Arbeit verlieren werde«, füge ich entmutigt hinzu.»Heute hat Berti mir einen Vortrag gehalten, der so aufbauend war wie der von Hitler im Bunker.«

»Das heißt, du hast noch ein bisschen Zeit, bis du alles änderst.«

»Ich weiß nicht … Ich bin unkonzentriert. Ich muss dauernd an sie denken. Ilenia, ihr Blick, sie hatte da etwas in den Augen …«

Ich kann es nicht erklären. In ihren Augen fand sich die Spur einer traurigen Gewissheit. Auch ihr Lächeln war so, es war sehr schön, aber es wirkte, als hätte es einen Sprung.

»Es ist sehr aufregend, wenn plötzlich jemand auftaucht und das ganze Leben durcheinandergerät. Dass ihr euch nicht geküsst habt, macht alles noch viel romantischer, glaub mir.«

Für Ilenia haben Worte, die man nachts ausspricht, den Rang eines Schwurs.

»Jeder müsste solche Begegnungen haben wie ihr«, fährt sie fort, »natürlich mit einem anderen Ende.«

Ich fahre mir mit den Händen durch die Haare.

»Ich spüre, dass ich etwas tun muss. Die Frage ist nur: Was?«

Ilenia beugt sich vor und stützt ihr Kinn auf die Hand. Wir verstehen uns deshalb so gut, weil wir letztlich bei Menschen dieselben Dinge suchen: Verständnis, Teilnahme, ein ähnliches Erleben von Freude und Leid.

»Zuallererst würde ich an eure Begegnung in der Sternwarte denken«, schlägt sie vor.

»Was meinst du damit?«

»Denk doch mal nach, Dummkopf. Wenn die Sternwarte heute Abend geöffnet ist, könnte Emma sich überlegen, wieder dort hinzugehen.«

Am liebsten würde ich aufspringen und sie umarmen.

»Genau! Heute haben wir geöffnet, es gibt heute Nacht wieder jede Menge Sternschnuppen.«

Ich fasse schon wieder Mut. Emma kommt heute Abend ganz sicher nach Perinaldo, und ich muss mich nicht dafür entschuldigen, dass ich eingeschlafen bin. Wir brauchen uns doch nur wiederzusehen, dann wird der Zauber erneut da sein, meine Lunge wird wieder Sauerstoff atmen, und meine Unsicherheit ist vorbei.

Gleich danach aber blitzen Zweifel auf.

»Und wenn sie doch nicht kommt?«

Die Konditorin, die mit offenen Augen träumt, hat schon eine Antwort parat: »Such im Internet nach ihr. Auf Facebook. Davon hast du doch sicher schon gehört. Damit ist doch dieser amerikanische Streber steinreich geworden. Die Leute treffen sich, werden Freunde, bleiben in Verbindung …«

»Wir sind heute sehr geistreich …«

Sie streckt mir die Zunge raus. »Wo lebst du denn, bitte? Mit den sozialen Medien kannst du alles über jemand herausfinden, du brauchst ihn nicht mal zu treffen oder mit ihm zu reden.«

»Leider bringt das nichts. Emma hat mir gesagt, dass sie soziale Medien nicht mag. Sie redete mit richtiger Abscheu darüber.«

»Ich würde es trotzdem mal versuchen.«

Ich seufze und frage mich, ob sie vielleicht recht hat.

»In jedem Fall, mein Lieber, auch wenn die Sache dich anwidert und dein Vertrag bald ausläuft, bist du doch immer noch Reporter, oder? Such auf Google und in den Dateien der Zeitung. Vielleicht findest du da etwas. Emma könnte wie jeder andere auch ohne ihr Wissen im Netz sein, vielleicht auf irgendeinem Foto. Hast du nicht gesagt, dass sie Kinderbücher illustriert? Such mal im Internet, und wenn du nichts findest, geh in eine Buchhandlung und frag nach ihr. Du hast zwar nichts als ihren Vornamen, aber vielleicht genügt das schon.«

Ich bin beeindruckt und gestehe mir ein, dass es sinnvoll war, mich jemandem anzuvertrauen, allerdings nur, weil Ilenia ein echter Schatz ist.

»Ilenia, du bist ein Genie, ich sollte dir den Nobelpreis verleihen!«

»Ich schreibe schon an meiner Dankesrede in schwedischer Sprache«, entgegnet sie lachend und wedelt mit den Händen in der Luft, um sich abzukühlen.

Dann kommt sie aus der Küche, zieht ihre Arbeitshandschuhe aus, macht ein ernstes Gesicht und streichelt mir über die Wange.

»Du hast noch viel Schönes vor dir, verlass dich drauf. Du wirst schon sehen. Es wird sich für alles eine Lösung finden.«

»Ich hoffe, die Sterne geben dir recht. Ich habe nämlich gerade entdeckt, was Liebe auf den ersten Blick bedeutet, und ich will diese Frau auf keinen Fall aufgeben.«

»Da sagst du was. Sich zu verlieben ist das Schönste, was einem passieren kann.«

Ilenia stellt sich auf ihre Fußspitzen und dreht sich um sich selbst, als tanze sie im Festsaal eines Schlosses mit einem Prinzen Walzer.

»Wer kann schon sagen, was passieren wird? Freu dich über diese Gefühle und diese besonderen Momente. Fühl dich frei, sei ein bisschen verrückt, lass deine Phantasie spielen. Mit anderen Worten: Mach sie ausfindig!«

12

Ich verabschiede mich von Ilenia und springe ins Auto, um nach Perinaldo zu fahren.

Pierluigi und Cecilia ist meine Aufregung sicher nicht entgangen. In der Menge der Zuschauer suche ich nach Emmas Gesicht, aber ich sehe sie nicht. Ich warte, bis die Führung zu Ende ist, und hoffe auf das Quietschen des alten grünen Tors, aber ich höre nichts. Ich suche nach ihr auf dem Rathausplatz und vor der Kirche, aber auch dort ist sie nicht.

Ich blicke zum Himmel, der mir vor weniger als vierundzwanzig Stunden so freundlich zugelächelt hat, und ich verspüre Melancholie, Angst und eine große Traurigkeit. Da ist nichts zu machen.

Warum ist sie nicht gekommen, um mich zu umarmen, um meine Hand zu halten und mir zu sagen, dass sie noch eine Nacht erleben möchte, in der wir die einzigen Menschen auf der Welt sind?

Ich warte so lange auf sie, dass ich auch in dieser Nacht erst nach Hause fahre, als es schon hell wird. Ich fahre am Alten Hafen von San Remo vorbei, die Fischer haben gerade erst die Halteleinen der Fischerboote losgemacht, in den Cafés stehen die Stühle noch auf den Tischen, die Sonnenschirme sind zu.

Meine Straße kommt mir verlassener vor als sonst, und der Wind ist stärker geworden.

Ich will nicht schlafen, ich bin verärgert über den Schlaf und die Streiche, die er mir spielt.

Ich lege mich aufs Sofa mit dem Laptop auf dem Bauch und einem Kissen im Nacken, so wie die Werbeleute es machen, und fange mit der Recherche im Internet an. Ich glaube nicht, dass es funktionieren wird. Ich weiß nur ganz wenig über Emma, und das, was ich weiß, ist sehr ungenau.

»Auf Google nach Emma zu suchen, ist die Schnapsidee des Jahrhunderts«, sage ich zu Leo, und ich spüre, dass er mir auf seine Art zustimmt.

Aber irgendwie muss ich schließlich anfangen, und so gebe ich die vier Buchstaben ein und klicke. Ich beuge mich nach vorn, um besser zu sehen, und da erkenne ich die Zahl der Ergebnisse. Es sind sechshunderteinundzwanzig Millionen Einträge.

»Versuchen wir es mit Emma Kinderbuchillustratorin«, sage ich zu Leo. Ich komme ihm zuvor, denn er wollte es auch gerade vorschlagen.

Hundertvierundvierzigtausend. Das ist schon besser, aber immer noch, als suchte man eine Nadel im Heuhaufen. Ich rufe auf gut Glück zehn verschiedene Seiten auf, durchsuche auch die Bilder und sehe mir alle möglichen Arten von Illustrationen an.

Dieses hübsche Gesicht und die johannisbeerroten Lippen, nirgendwo tauchen sie auf. Ich habe aber immerhin noch den Abdruck ihrer Lippen auf meinem Spiegel im Badezimmer und werde ihn nicht wegwischen. Ich sage mir, dass dies von allen Rätseln, die es gibt, das schwierigste ist.

Ich suche weiter auf Dutzenden Webseiten, in Blogs, Artikeln, Bildergalerien. Alles umsonst.

»Nein, so schaffen wir das nicht, unmöglich«, sage ich und starre auf den Bildschirm. »Es ist, als gäbe es Emma gar nicht.«

Es kommt mir absurd vor, dass ich nicht mal eine kleine Spur von ihr gefunden habe, irgendeine Verbindung zu einem Buch, einer Agentur oder einem Verlag. Ich hätte sie besser ausfragen sollen.

Wäre ich doch bloß nicht eingeschlafen …

»Na schön, Leo, versuchen wir, nicht die Nerven zu verlieren. Holen wir tief Luft, und fangen wir ganz neu an.«

Jetzt ist ein anderes Orakel der Moderne dran, über das sich unser Chef immer so aufregt: Facebook. Dann versuche ich es noch auf Instagram, Twitter, Snapchat und LinkedIn.

»Ein falscher Treffer nach dem anderen«, sage ich, schlage mir mit der Faust aufs Bein und mache mich über die Baci di San Remo her, die mir meine liebe Freundin geschenkt hat.

Ohne den Nachnamen ist die Sache aussichtslos.

Aber Ilenia könnte doch recht haben.

Wenn man Gefühle hat, ist es schade, ihnen nicht nachzugeben.

Ich muss es also auf jegliche Art und Weise versuchen.

Ich putze ein wenig die Wohnung – auch wenn ich hier aufräume, sieht man hinterher nie besondere Fortschritte –, dann dusche ich und wechsele das Wasser in Leos Aquarium, ziehe mich an und fahre ins Zentrum.

Heute Morgen bin ich allein in der Redaktion, unglaublich!

Valerio ist unterwegs, weil auf der Aurelia ein Auto mit einem Roller zusammengestoßen ist, Alice arbeitet in der Buchhandlung ihrer Eltern, und der Chef hat die Redaktion verlassen, um ein Geschenk für seine Frau zu kaufen. Er will es ihr überreichen, wenn sie in den Dolomiten wandern gehen.

Die Lage ist günstig, und mich überkommt eine merkwürdige Euphorie. Ich nähere mich dem Büro, als wäre ich der Chef, als gehörten mir auch das Reisebüro und der Süßwarenladen nebenan.

Ich hole tief Luft, denn ich war noch nie ein Action-Held und finde, Archive auszuspionieren und Daten auf USB-Sticks hinterherzujagen ist eher eine Aufgabe für James Bond.

Ich durchsuche im Zentralrechner Unmengen von Zeitungsartikeln und auch die Schlagzeilen anderer Zeitungen Norditaliens, die zu unserer Gruppe gehören. Ich klicke, und während ich warte, tippe ich mir mit dem Zeigefinger gegen die Lippen. Aber ich kann machen, was ich will, ich finde keinerlei Hinweise auf eine junge Kinderbuchillustratorin, die Emma heißt.

Ich rufe Ilenia an, ich habe ihr versprochen, sie auf dem Laufenden zu halten.

»Ich bin wieder bei Null angelangt«, sage ich.

»Hast du gemacht, was ich dir gesagt habe?«

»Ja, ich habe überall gesucht, im Netz, in unseren Daten und sogar in denen der Konkurrenz.« Ich spreche so leise, wie ich kann, auch wenn keiner sonst im Büro ist, wenn nämlich der Chef etwas davon erfährt, kann ich gleich meine Koffer packen.

»Samuele, bleib ganz ruhig. Verlass dich drauf, du wirst schon herausfinden, warum sie einfach so gegangen ist.«

»Ich vertraue dir. Aber ruhig bleiben kann ich wirklich nicht. Immer wenn mein Schicksal eine Wendung nimmt, geht etwas schief.« Während ich den Hörer ans Ohr presse, gehe ich auf und ab und komme an Alices Schreibtisch vorbei, auf dem ein vergessener pinkfarbener Blumenstrauß liegt. Bei ihr müssen es mindestens Rosen sein. Alles andere beachtet sie nicht.

»Nun lass mal nicht die Flügel hängen«, sagt Ilena. »Ich mache dir noch ein paar Baci di San Remo, dann geht's dir gleich besser.«

»Kannst du mir auch einen Becher Eis mit Sahne fertig machen?«

»Klar, Schätzchen. Aber jetzt muss ich los. Ich ruf dich bald wieder an.«

Klick.

Ich stehe mitten im Raum und starre auf mein Telefon. So werde ich enden. Als Langzeitarbeitsloser ohne Partnerin, der sich mit Süßigkeiten tröstet und zum Fettwanst wird.

Wie Ilenia so richtig bemerkt hat, muss es eine Erklärung für Emmas Verschwinden geben. Ich fange an, mich vor der Wahrheit zu fürchten.

Heute Nachmittag gehe ich früher, als hätte ich eine Verabredung, und nehme mein Fahrrad nicht mit. Ich habe Lust auf einen Spaziergang auf der Calvino-Promenade am Meer, im Schatten der Palmen, unter denen im März immer der Karneval und der Blumenkorso stattfinden, wozu Musikgruppen spielen und Majoretten aus allen Ländern kommen.

Während draußen die schönste Jahreszeit mit all ihren Düften und Farben herrscht, bin ich voller Zweifel und Unsicherheit. Ich habe nichts in der Hand.

Der Himmel ist blau und hell, die lauwarme Luft trocken. Ich schaue immer wieder aufs Meer, blicke hinauf zur Sonne, aber nur kurz, denn es kommt mir so vor, als sei sie das Zeichen meiner unerhörten Gebete.

Ich werde Emma nicht wiedersehen, ich weiß nicht, wie ich sie finden soll. Ich frage mich, ob es nicht absurd ist, mich wegen einer Frau, die ich kaum kenne, zu grämen, ich weiß schließlich fast nichts von ihr, eigentlich kenne ich sie gar nicht.

Vielleicht bin ich einfach nur verwirrt. Doch in meinem Herzen kenne ich die Antwort schon.

Ich möchte die Kraft und die Unschuld dieser möglichen Liebe entdecken, ich möchte mit Emma in das von den Sternen überglänzte Gefühl eintauchen, das entstanden ist, ohne um Erlaubnis zu fragen, ohne uns vorzuwarnen.

Ich schüttele den Kopf, gehe an den Strand, setze meine Füße in den hellen, feinen, von den Wellen durchspülten Sand. Unweit von mir spielen ein paar kleine Kinder mit Schaufeln und Eimern, sie rufen und lachen. Ich nehme kleine Steine und werfe sie ins Wasser, die Zeit scheint unendlich lang. Die Sonne steht noch über der Linie der Hügel, welche die Bucht formen, aber sie ist weniger warm, und die Schatten werden länger. Ich blicke, so weit ich kann, in die Ferne, versuche, den Horizont und das, was sich dahinter verbirgt, zu erraten.

Das Meer rauscht und scheint mich mit sich nehmen zu wollen.

Ich fühle mich so allein wie noch nie.

Zweiter Dialog mit Leo

Siehst du es auch? Ich habe dich hier vor den Badezimmerspiegel gebracht, damit du es mit eigenen Augen siehst. Das ist der Abdruck von Emmas Lippen. Schon klar, das verändert dein Leben nicht. Wie sollte das auch gehen?

Während ich dich leidenschaftslos hin- und herschwimmen sehe, kann ich nur eines denken, nämlich, was für ein Glück du hast.

Ich weiß, es ist nicht viel Zeit vergangen, seit wir das letzte Mal miteinander geredet haben, aber ich möchte es dir noch mal sagen. Ja, du hast Glück, mein Freund. Du brauchst dich nicht im Spiegel zu betrachten. Du musst dich nicht entblößen, brauchst keine Pläne zu machen, niemand urteilt über dich. Keiner ist da, der dir aus irgendeinem Grund sagt, ob dein Verhalten gut ist oder nicht.

Denk nur mal, wie es mir geht. Dauernd muss ich mir Kritik anhören: über meine eingereichten Entwürfe, über meinen miesen Arbeitsvertrag, der nicht verlängert wird, über meine Beziehungen zu Frauen. Von meinen Eltern gar nicht zu sprechen, die wollten, dass ich Arzt, Anwalt oder Banker werde. Und denk nur, was mit Emma passiert ist. Sie ist einfach gegangen, ohne die geringste Erklärung. Und Ilenia sagt, ich soll nach ihr suchen. Du hast es ja selbst gesehen, wir waren zusammen, Stunde um Stunde.

Kann man heute überhaupt im Nichts verschwinden? Vor zwei Tagen noch hätte ich dir gesagt, dass es unmöglich ist. Aber offenbar geht es doch. Wenn jemand nicht gefunden werden will, dann schafft er es.

Der Gedanke, ich könnte sie nicht wiedersehen, löst in mir große Leere aus. Mir wird dabei klar, wie allein wir sind, Leo. Wir glauben, mit allen in Verbindung zu stehen, von vielen Menschen umgeben und Teil der Gesellschaft zu sein. Aber das ist eine Illusion. Das Problem ist, dass man mit dem Alleinsein nicht zurechtkommen kann.

Ich beneide dich wirklich, Leo. Dein Schweigen ist viel eleganter als unser Geschwätz, das heute auch noch in den sozialen Medien ausgebreitet wird, ein Geschwätz, das sich im virtuellen Raum verliert, bei dem man nicht mehr unterscheiden kann, was wirklich ist und was nicht. Wir sind Gefangene einer riesigen kollektiven Lüge. Gesundheit, Sport, Politik, Küche, Wirtschaft, Geschäfte, Kunst. Von dem schrecklichen Getratsche ganz zu schweigen. Keiner weiß was, aber jeder hat eine Meinung zu allem. Die sozialen Medien fressen unser Hirn auf, und dann fotografieren wir, was wir auf dem Teller haben, und machen ständig Selfies. Wir vergeben *likes*, aber eigentlich gefällt uns gar nichts mehr. Wir kritisieren, anstatt wirklich kritisch zu sein.

Du kannst die Welt immer mit der gleichen Gelassenheit betrachten, Leo, du blickst auf das Leben mit demselben distanzierten Blick.

Ich bin nicht so, ich bin anders als du.

Warum, Leo?

Warum habe ich bloß immer das Gefühl, dass ich alles falsch mache?

13

»Iacopo, mir ist etwas passiert, und ich muss mit dir darüber reden. Es ist sehr wichtig. Ich habe eine Frau kennengelernt.«

Ich rede, als läge ich auf der Couch eines Psychoanalytikers oder kniete in einem Beichtstuhl.

Wir sitzen im Da Pietro, einer Bar im Zentrum, und trotz der großen Hitze bricht mir der kalte Schweiß aus. Ich wette, dass ich bald mit meinem Freund, dem Schürzenjäger, heftig diskutieren werde. Er ist fähig, eine Frau in der Zeit zu verführen, die ich brauche, um mich nach reichlichem Zögern und existentiellen Zweifeln vorzustellen. Bei zwei so unterschiedlichen Charakteren liegt ein Streit immer nahe, auch wenn, wie es oft zwischen Männern unseres Alters geschieht, Meinungsverschiedenheiten durch gemeinsames Trinken verschwinden, durch Kommentare über Frauen, die vorübergehen, oder über Sport und andere Annehmlichkeiten wie Videos oder die neuesten Ereignisse der Woche. Wir sind auf der Scala der Evolution noch ziemlich weit unten.

»Wie sieht sie aus? Wie alt ist sie? Was macht sie?«, fragt er nur.

Ich versuche, seinem Blick auszuweichen, und trinke ein zweites Glas Wein. Wir haben eine Flasche Pigato bestellt.

»Nun sag schon, sieht sie gut aus?«

»Ja, sie ist unglaublich.«

»Eher Titten oder Hintern?«

Ich seufze und verdrehe die Augen.

»Nun hab dich nicht so. Ist sie schwarzhaarig oder blond?«

Ich starre schweigend in mein Glas.

»Doch wohl nicht rothaarig!« Begeisterung flackert in seinen Augen auf. »Ich persönlich mag Rothaarige am liebsten, sie sind heiß und feurig …«

Er bringt mich in Verlegenheit und weiß das genau.

Aber jetzt sind wir schon mal hier. Ich nehme erneut Anlauf und fange an, ihm von dem Abend mit Emma und meinen Qualen zu erzählen. Zunächst hört er schweigend zu.

»… dann sind wir zu mir gefahren, in die Wohnung.«

»Na, das wurde aber auch Zeit. Das klingt doch gut«, meint Iacopo lobend, mit leichter Bosheit in der Stimme. »Ich meine, ich kenne dich ja … Du allein mit einer Frau? Da hast du sicher voll die Panik gekriegt. Und wo ist dieses wunderbare Mädchen, mit dem du die Sterne bewundert hast, jetzt?«

»Genau das ist der Punkt. Sie ist verschwunden.«

»Oh nein!« Er schlägt sich die Hand vor den Mund. »Hat die Polizei schon einen Verdacht? Hast du die Beweise schon vernichtet?«

Ich lache und finde den Mut, die Geschichte zu Ende zu erzählen. Ich schwärme von dem wunderbaren Abend – also wunderbar mit dieser einen kleinen Einschränkung – und werde immer mehr zum Helden eines Films mit Ben Stiller.

»Willst du mich verarschen?«

»Nein.«

»Ich glaub es nicht, du bist tatsächlich *eingeschlafen*! Das ist ja mal ’ne große Geste. Geradezu pathetisch!«

Er schwenkt die Arme und klopft mir dann heftig auf die Schulter. Der Wein in seinem Glas droht herauszuspritzen.

»Schrei doch nicht so. Es müssen ja nicht gleich alle erfahren!«, zische ich und fahre mir durch mein wirres Haar.

»Bei dem Krach hört uns sowieso niemand.«

Er hat recht. In der Bar geht es recht lebhaft zu. Auch aus diesem Grund treffen wir uns zum Aperitif immer im Da Pietro.

Es liegt an einer Querstraße, die abschüssig über die beiden Hauptstraßen führt, in der Nähe des Zampillo-Brunnens, auf dem hinter den aufsteigenden Fontänen deutlich SAN REMO zu lesen ist. Er ist ein Symbol der Stadt, und heute Abend sind sehr viele Menschen hier. Wir haben an einer Seite des Tresens einen Platz ergattert, unter einem großen Spiegel. Die Leute lachen, reden und trinken, Musik dudelt im Hintergrund.

»Ich weiß auch nicht, wie das passieren konnte«, sage ich und knülle eine Papierserviette zusammen. »Ich hab mich nur kurz ausgestreckt, um auf sie zu warten, und dann bin ich plötzlich eingeschlafen. Ich dachte, ich wäre wach, und einen Moment später war ich es nicht mehr.«

Iacopo nähert sich meinem Gesicht, so nah, dass unsere Nasen fast zusammenstoßen.

»Hast du denn nicht nach ihrer Nummer gefragt, Meister?«

Ich schüttele den Kopf.

»Das ist schlecht, sehr schlecht. Es gibt nämlich eine revolutionäre Erfindung. Sie heißt Mobiltelefon und ist phänomenal.«

Er holt sein Smartphone aus der Hosentasche und lässt es vor meinen Augen aufleuchten.

»Hör auf damit …«

»Habt ihr in der Sternwarte kein Telefon bei all euren Teleskopen und Himmelskarten? Was für Wissenschaftler seid ihr überhaupt?«

»Ich hatte einfach nicht genug Zeit, darüber nachzudenken, wie ich es machen sollte«, erkläre ich seufzend.

»Habt ihr euch denn nicht mal geküsst?«, fragt er und zieht die Augenbrauen hoch.

»Na ja, mehr oder weniger.«

»Samuele, man küsst eine Frau nicht *mehr* oder *weniger*. Entweder man küsst sie oder man küsst sie nicht.«

Ich senke den Kopf, als hätte ich mich eines schweren Vergehens schuldig gemacht. Ich verhaspele mich, dabei weiß ich, dass ich mich mit nichts rechtfertigen kann.

»Wir haben uns an der Hand gehalten und uns umarmt.«

»Sag lieber nichts mehr, so habe ich es ja nicht mal mit den Mädchen in der Grundschule gemacht.«

»Ich habe dir schon hundertmal gesagt, dass ich nicht so ein Typ bin wie du.«

»Das ist ein Klassiker, lieber Freund. Wenn du die Magie des Augenblicks verpasst, kannst du sie nie wiederfinden. Aber ehrlich gesagt, muss ich dir doch ein Kompliment machen.«

»Ein Kompliment? Wofür?«

Er sieht mich belustigt an.

»Na, normalerweise dauern deine Geschichten nie lange, aber diese hier ist ein echter Rekord.«

»Das finde ich nicht komisch!«

Iacopo Renda lässt keine Gelegenheit aus, mir eins reinzuwürgen. Wir sind zusammen aufs Gymnasium gegangen, und unsere Wege haben sich getrennt, als wir mit dem Studium anfingen. Er hat das Ingenieurwesen gewählt, »weil ich nur Zahlen traue, Zahlen lügen nie«.

Mit seinem guten Aussehen und seiner Größe, mit seinem anziehenden Blick, seinen schwarzen Locken und seinem unwiderstehlichen Lächeln braucht er nur ein weißes Hemd und eine dunkle Hose anzuziehen, schon liegt ihm jede Frau zu Füßen. Er ist weit davon entfernt, eine ernsthafte und dauerhafte Beziehung einzugehen. Verlobung ist für ihn ein Synonym für Gefängnis. Um lästige Bindungen zu vermeiden, entledigt er sich seiner Eroberungen mit der berühmten »Methode des leeren Ziehkoffers«, die er sich selbst ausgedacht hat.

Wenn ein Mädchen ihm zu sehr zusetzt oder Andeutungen macht, dass sie bei ihm über Nacht bleiben will, sagt er, er müsse ganz plötzlich wegen seiner Arbeit verreisen und holt den fertig gepackten Koffer aus der Besenkammer. Dann geht er in Begleitung des Mädchens auf die Straße, ruft ihr ein Taxi, sieht zu, wie sie hinter der nächsten Kurve verschwindet und kehrt dann zufrieden in sein leeres Bett zurück. Dieser Trick hat bisher immer funktioniert. Bis auf das eine Mal, als Arianna, eine Versicherungsangestellte, die so verliebt in ihn war, dass sie sich erst am Flughafen von ihm verabschieden wollte, ihn zwang, eine teure und überflüssige Fahrt nach Nizza in Kauf zu nehmen, mit Nachtzuschlag.

Schuldgefühle hat er weniger, als es Wasser in der Wüste gibt, und kann einen ganzen Abend lang zustimmend nicken, ohne ein Wort zu sagen, und das genaue Gegenteil denken. Iacopo folgt auch immer dem Mantra »Samstags nie«, weil sonntags nicht gearbeitet wird und man dann möglicherweise den ganzen nächsten Tag mit der Frau, die man am Abend zuvor erobert hat, verbringen muss. Eine Qual!

Aus all diesen Gründen kann er nicht mit mir auf einer Wellenlänge sein. Romantisch und träumerisch wie ich bin, kann ihm, was ich erzähle, nur vorkommen wie Science-Fiction.

»Kannst du dich denn noch an die schicksalhafteste Begegnung deines Lebens erinnern? Die alles entscheidende, die dein Leben auf den Kopf stellte?«

Iacopo sieht mich so missbilligend an, als hätte ich Drogen genommen.

»Nein«, antwortet er trocken und genießt den Pfirsich- und Honiggeschmack des Weins, der ihm durch die Kehle rinnt. »Ich kann dir nur sagen, dass deine Hoffnungen unrealistisch sind.«

»Du bist mal wieder sehr verständnisvoll.«

»Ich habe eine gesunde Skepsis. Du solltest die Dinge besser so nehmen, wie sie kommen, ohne sie allzu sehr zu verklären. Verstehst du, was ich meine?«

Nein, ich verstehe es nicht. Ich kann nicht so pragmatisch sein wie er. Ich fühle mich immer unwohl, sowohl mir selbst als auch den anderen gegenüber. Moment mal:

Ist es vielleicht das? Bin ich ein unverstandenes Genie? In diesem Fall werde ich unvergänglichen Ruhm ernten, sehr wahrscheinlich erst, wenn ich tot bin. Vielleicht ist es besser, niedrig zu fliegen, klein beizugeben, mich als unverstanden zu betrachten.

Das ist ein annehmbarer Kompromiss.

»Ich habe bei Emma gleich so ein tiefes Einvernehmen gespürt, eine innige und tiefe Verbindung. Das passiert ja nicht einfach so«, sage ich gedankenverloren.

»Du wärmst mir das Herz«, erklärt mein Freund grinsend. »Die einzigen Verbindungen, um die ich mich kümmere, sind die im Internet.«

So ist Iacopo nun mal. Er hat keine hohen Ansprüche, er führt ein freizügiges Leben und amüsiert sich. Auch wenn er von Beziehungen redet, als ginge es um Handelsabsprachen – Preis-Leistungs-Verhältnis, Geltungsdauer, Zahlungen, Absprachen, Abfindungen –, und wir da grundverschieden sind, hindert es uns nicht daran, uns sehr zu mögen.

Als ich umgezogen bin, haben wir gemeinsam unter größten Mühen die Kisten über die Treppen nach oben getragen. »Kannst du mir noch mal erklären, wieso ich bereit war, dir zu helfen«, keuchte er und sein Gesicht war schon ganz rot vor Anstrengung.

»Ich hab nie behauptet, dass das vergnügungssteuerpflichtig ist«, gab ich zurück.

»Was zum Teufel willst du nur mit all den Büchern?«

»Ich lese sie, du Dummkopf.«

»Aber«, sagte er ächzend, »nur Handbücher sind nützlich. Lesen ist verlorene Zeit.«

»Wir haben doch schon die Hälfte geschafft.«

»Wie ich dieses Haus hasse! Für meinen Geschmack viel zu viele Ecken und Kanten.«

Nachdem wir die schwer lastende Kultur und andere Dinge nach oben getragen hatten – immer über vier Etagen rauf und runter, unter den argwöhnischen Blicken der Signora Verrando –, tranken wir auf der Terrasse ein Bier. Die Sonne ging gerade unter, die goldenen Strahlen spiegelten sich im Wasser der Bucht, und der Horizont der bunten Dächer bildete den Hintergrund unserer Versöhnung.

Bei all unseren Scharmützeln bewundere ich im Grunde die Unverfrorenheit meines besten Freundes, ich beneide ihn sogar darum, auch um seine Fähigkeit, immer entspannt zu sein. Die anderen sind alle immer ein bisschen durcheinander oder leiden unter irgendwelchen Krisen, er nicht. Er beklagt sich nie und bewegt sich in jeder Lebenslage vorwärts, zielgerichtet wie ein Zug.

»Iacopo, du musst mir glauben. So einer Frau bin ich noch nie begegnet.«

»Ich glaube dir ja. Von allen Abenteuern, die dir bisher zugestoßen sind, ist dies mit Abstand das Komischste.«

Er gießt uns neuen Wein ein, bemüht, keine Flecken auf das Holz des Tisches zu machen.

»Nein, ich meine es ernst. Sie hat etwas ganz Besonderes an sich. Es ist schwer zu erklären. Ich weiß nur, dass ich es gesehen habe.«

»Was du siehst oder glaubst, ist völlig unwichtig«, erklärt er. »Du und deine Ansprüche an Bildung und Liebe.« Er seufzt und malt mit den Zahnstochern der Oliven Kreise in die Luft.

»Ich suche eben nach einer Frau mit Seele, und nicht nur einen knackigen Körper.«

Iacopo scheint unbeeindruckt, er stopft sich den Mund mit Wurststückchen voll und kaut zufrieden.

»Das ist ziemlich dumm von dir, denn das ist doch das Beste an ihnen. Ich habe mit solchen Körpern immer angenehme Erfahrungen gemacht. Einmal hat eine – frag mich nicht, wie sie hieß, das weiß ich nicht mehr – zu mir gesagt, ich sei der gleichgültigste und egoistischste Mann, dem sie je begegnet sei. Und dass ich nur an ihrem Körper interessiert wäre.«

»Da hat sie vielleicht nicht ganz unrecht. Und was hast du ihr geantwortet?«

»Dass mir das eine Ehre wäre! Weißt du, wenn man mit einer Frau zusammen ist, kann man auch ohne große Gefühle und Poesie überleben.«

»Danke für den Rat, ich werde daran denken.«

»Vertrau mir, ich habe mehr Erfahrung als du. Es ist eine Frage der Lebensfreude. Man muss sich am richtigen Ort fühlen.«

»Du glaubst, ich sei nicht mehr bei Trost, aber du irrst dich. Es ist das stärkste Gefühl, das ich je empfunden habe.«

»Mein Gott, du müsstest dich mal reden hören!«

Iacopo schüttelt sich, als sei der ganze Boden unter uns voller Schlangen. »Weißt du was? Du bist einfach nur neidisch!«

»Worauf denn?«

»Auf meine Gelassenheit, darauf dass ich noch nie einen Korb bekommen habe.« Er scherzt, aber auf verdammt ernste Art. »Finde dich damit ab, lieber Freund. Früher oder später wirst du zugeben, dass ich recht hatte. Du jagst einem Phantom hinterher.«

»Und was ist mit dem Lippenstiftkuss auf dem Spiegel?«

Er zuckt die Achseln, während eine Kellnerin dicht an uns vorbeikommt, mit einem Tablett voller Spritz, Campari und Wein. Sie hat ein üppiges Dekolletee, und Iacopo lässt wohlgefällig seinen Blick darübergleiten.

»Das war nur ein Abschiedsgruß. Danke und ciao!«

»Das kann ich nicht glauben. Denkst du das wirklich?«

»Unbedingt.«

»Du bist ein Ungeheuer.«

»Was du nicht sagst.«

Ich bereue, dass ich ihm alles erzählt habe. Er hilft mir nicht und sagt lauter Dinge, die ich nicht hören will.

»Du kannst einem wirklich den Abend verderben.«

Eine Weile herrscht Schweigen zwischen uns, ich zerknülle Papierservietten, und er starrt die vollbusige Kellnerin an, die seine Aufmerksamkeit zu genießen scheint.

»Sagst du jetzt nichts mehr?«, fragt er mich, sobald das Mädchen von seinem Radar verschwunden ist.

»Ich dachte nur gerade an den Typ, der gesagt hat, dass Freunde der einzig wahre Reichtum sind, den ein Mensch haben kann. Hätte er dich gekannt, hätte er seine Meinung garantiert geändert.«

»Sei nicht so polemisch! Du weißt doch, dass ich ein rationaler Mensch bin. Lass uns ruhig darüber reden, das macht mir Spaß, aber keine Reden ins Blaue. Hör zu«, sagt er schließlich aufmunternd, »lass uns die Situation von einem objektiven Standpunkt aus betrachten. Gehen wir der Sache auf den Grund. Was weißt du über diese Emma? Wenn es überhaupt ihr richtiger Name ist.«

Ich ignoriere den letzten Satz und versuche, Ordnung in meinem Kopf herzustellen.

»Nur das, was ich dir erzählt habe. Es war so schön mit ihr, dass ich Angst hatte, mit irgendwelchen Fragen alles kaputtzumachen.«

Iacopo ist fassungslos, aber dann fängt er sich wieder. »Okay, nehmen wir an, dass sie nicht beleidigt war, dass du geschlafen hast wie ein Stein, als sie aus dem Bad kam – obwohl eine Frau, die nicht psychisch krank ist, das als Affront verstehen muss. Vielleicht ist unsere geheimnisvolle Dame ein bisschen verrückt? Hast du dir das mal überlegt? Vielleicht ist sie irgendwo aus der Psychiatrie abgehauen.«

»So verrückt wie du?«, entgegne ich beleidigt.

»Vielleicht wird sie auch gesucht, steckt in irgendeinem Schlamassel und hat sich in nichts aufgelöst, weil sie es mit irgendwelchen schrägen Typen zu tun hat, die sie möglicherweise verfolgen.« Er lässt sich nicht beirren. »Und du willst ein Journalist sein? Liest du keine Nachrichten?«

»Das ist ausgeschlossen. Sie wirkte nicht wie jemand, der sich mit fragwürdigen Menschen umgibt.«

»Na ja, dann gibt es nur eine Lösung. Finden wir uns damit ab.«

Ich habe das Gefühl, dass die Luft in der Bar anfängt zu flimmern.

»Lieber Freund, wach auf. Wenn diese Emma so scharf ist, wie du sagst …«

»Sie ist schön …«

Iacopo verdreht die Augen.

»Mir gefällt der Ton, in dem du von ihr sprichst, überhaupt nicht.«

»Na gut, wenn sie so *schön* ist, wie du sagst, hat sie sicher schon einen Freund.«

Dieser Satz trifft mich mitten ins Herz. In meinem Magen explodiert eine Atombombe. Emma soll einen anderen haben? Sofort sehe ich sie vor mir, mit ihrem langen Haar, das ihr bis zu den Schultern reicht, und diesen Augen, die einem anderen Mann verliebt zulächeln.

Eine meiner Halsvenen fängt an heftig zu klopfen.

»Sie hat einen Freund«, fährt Iacopo fort, »der vielleicht Rugbyspieler ist und dir eine reinhauen könnte. Vielleicht ist es sogar ein Ehemann.«

»Sie trug aber keinen Ring«, stottere ich.

»Das bedeutet gar nichts.«

Wieder schweigen wir. Nicht aus Verlegenheit, sondern weil ich betroffen bin. Wir sehen uns an und sind beide überrascht über das, was wir gerade gesagt haben.

»Also, was? Du hast mich um meine Meinung gebeten, erinnerst du dich?«

»Nein, danach habe ich dich nicht gefragt …«

»Es läuft doch auf das Gleiche hinaus, Samuele.«

»Und? Was willst du mir damit sagen?«

Er fegt die Krümel vom Tisch und räuspert sich. Diesmal ist in seinen Augen nicht die kleinste Spur von Spott zu sehen.

»Du musst dich darauf einstellen, dass es böse endet. Das weißt du doch auch, oder? Bei dir läuft es doch immer so. Du hast einfach kein Gespür für das richtige Maß. Nach all diesen Jahren der Enttäuschungen hast du immer noch nichts gelernt.«

»Und du bist ein Pessimist.«

»Nein, ich bin Realist und richte mich nicht nach den Sternen. Das ist etwas ganz anderes.«

»Was soll ich dann deiner Meinung nach tun?«

»Vergiss sie, Samu, vergiss diese ganze Geschichte.«

14

»Ich denke gar nicht daran. Menschen, die einem etwas bedeuten, kann man nicht vergessen. Niemals.«

Das habe ich Iacopo ins Gesicht gesagt, nachdem ich mir die Tasche umgehängt hatte und in dem allgemeinen Lärm zur Tür hinausstolziert bin.

Freunde stehen einem nah, sie sprechen mit einem und hören einem zu. Aber manche Entscheidungen muss man allein treffen. Und heute, am Abend des 15. August, an dem ganz San Remo festlich gekleidet ist und auf das Feuerwerk wartet, wird mir klar, dass nichts schwieriger ist, als seinen Freunden recht zu geben, wenn man verliebt ist.

Es ist ein warmer Abend, die Leute auf dem Molo Vecchio amüsieren sich. An den Tischen der Restaurants und Eiscafés drängen sich Menschen jeden Alters und schauen nach oben, diesmal aber nicht, um die Sterne zu bewundern.

Von einem der weiter draußen ankernden Schiffe wird um Mitternacht eine Rakete abgeschossen, das Signal zum Beginn eines prächtigen Feuerwerks. Dann wird ein bunter Sternenregen am Nachthimmel explodieren, helle Lichter werden aufleuchten und wieder verlöschen.

Mir ist das alles nicht so wichtig. Eigentlich ist es mir sogar völlig egal. Unbeteiligt schaue ich mir die Vorbereitungen zu dem gigantischen Feuerwerk an, aber ich kann nur an Emma denken. Meine Phantasie kennt dabei keine Grenzen. Ich sehe, wie sie lacht und die Hand an ihren johannisbeerroten Mund legt, ich sehe, wie sie weint, weil sie in düsterer Stimmung ist, ich sehe, wie sie konzentriert arbeitet, weil sie so unter Druck ist. Dann sehe ich plötzlich klar und deutlich, wie sie einen anderen umarmt. Wenn es wirklich so wäre? Was könnte ich dann machen? Nichts. Ich wäre aus dem Spiel.

»Die Wahrheit, auch wenn sie noch so traurig ist, ist immer besser als die ständige Ungewissheit«, hat Iacopo gesagt und mich dabei vorwurfsvoll angesehen.

Ich hätte ihm daraufhin am liebsten gesagt, dass es stets die intelligenten Menschen sind, die Zweifel haben, und nur Dummköpfe sich ihrer Sache immer ganz sicher sind. Aber das hätte meine Zuversicht auch nicht gestärkt.

Inzwischen sind schon vier Tage vergangen seit jener Nacht an der Sternwarte, und ich habe das Gefühl, dass mir alles entgleitet. Ich habe so viel nachgedacht, dass mir nichts mehr einfällt, dabei versuche ich, nicht von Traurigkeit übermannt zu werden.

An diesem Abend bin ich mit dem Fahrrad auf Umwegen ins Zentrum gefahren. Die ganze Stadt ist erfüllt vom Jubel derer, die ihre Ferien, ihre Sorglosigkeit und das Leben feiern wollen. Ich mache mein Fahrrad an einer Laterne fest und suche in der Menge nach Ilenia. Da kommt sie in einem sandfarbenen Hosenanzug und einer Leinentasche in der Hand auf mich zu.

»Wie geht es dir?«, fragt mich diese wunderbare Frau, diese Bäckerin der köstlichen Dinge, die andere Menschen wichtiger nimmt als sich selbst.

»Ich kämpfe.«

»Selbstironie war immer deine hervorstechende Eigenschaft. Erzähl mal, wie du klarkommst.«

»So gut wie möglich. Hast du vielleicht Zyankali?«

»Nein, hab ich leider in der Küche liegen lassen.«

Ilenia, die an meine dramatischen Ausbrüche gewöhnt ist, hat mich wahrscheinlich noch nie in so einem Zustand gesehen. Sie hakt sich bei mir ein, und wir schlendern an den kleinen schmiedeeisernen Tischen der Eiscafés im Hafen entlang. Sie stehen so dicht beieinander, dass man kaum erkennt, wo ein Café endet und wo das nächste anfängt. Die meisten Leute haben ihre Eisbecher längst aufgegessen, aber sie bleiben sitzen, um sich die besten Plätze zu sichern und das Ende des Feuerwerks abzuwarten.

»Entschuldige, ich bin völlig neben der Spur«, sage ich.

Wahre Freunde wissen, wann sie schweigen müssen.

Ilenia ist mit der Fröhlichkeit aufgewacht, die sie jedes Jahr am Tag des Feuerwerks verspürt. In kindlicher Aufregung spaziert sie an den Tischen und den Leuten vorbei, die sich an die Geländer lehnen, die die Straße vom Meer trennen.

Beim Forte von Santa Tela, das im siebzehnten Jahrhundert gebaut wurde und eine Zeit lang ein Gefängnis war, treffen wir auf meine Kollegen. Das Fort ist inzwischen ein Kulturzentrum geworden, in dem verschiedenste Aufführungen und Ausstellungen stattfinden. In den Gärten davor zwischen den Pinien und den jahrhundertealten Kanonen, mit denen man versucht hat, die Sarazenen abzuwehren, stehen Bänke und riesige Sessel; die Leute, die darauf sitzen, wirken wie Liliputaner.

»So, jetzt sind wir alle da!«, ruft Valerio Ottonello, der schon beim Gespräch mit dem Chef der Carabinieri seinen großen Auftritt hatte.

Da unser Chef schon mit seiner Frau nach Südtirol unterwegs ist, bezeichnet er sich selbst als Leiter der Operation. Alice schreibt Nachrichten auf WhatsApp und seufzt über Antworten, die ihr nicht gefallen. Sie kann es kaum erwarten von hier wegzukommen, um auf ein Fest am Strand zu gehen.

Valerio schaut eifrig herum.

»Im Zentrum und im ganzen Stadtgebiet funktioniert gar nichts mehr. Wir machen es wie heute Morgen in der Redaktion abgesprochen. Ich mache die Fotos, Alice bringt sie auf die Facebook-Seite der Zeitung, Samuele, du machst dir Notizen für den Text. Alles klar?«

Valerio zieht an seiner Tarnweste und scheint begeistert von der riesigen Menschenmenge. Er redet über die Arbeit der Polizei und die Erfahrung, die man braucht, um die Gruppendynamik zu verstehen.

»Übrigens, Samu«, er nähert sich meinem Ohr und verzieht den Mund zu einer fragwürdigen Grimasse, »ich habe überlegt, wer den Dienst übernimmt. Die Sache mit den Radfahrern und deinem Film ist lange her. Jetzt könntest du mal wieder einen Beitrag leisten …«

Da er all die Gespräche mit den Ordnungshütern geführt hat, biete ich mich an, in der Woche nach dem 15. August im Büro zu sein. Der Chef will, dass wir alle im Bunker bleiben sollen, es sei denn, einer von uns würde sich opfern.

Und derjenige bin jetzt ich.

»Immer zur Stelle, Tag und Nacht«, wiederholt er den Befehl von Sergio.

Ich kann nur gute Miene zum bösen Spiel machen und denke an das Geld, das ich mir damit verdiene. Vielleicht wird der Chef, wo ich schon nicht mehr besonders beliebt bin, wenigstens meine Opferbereitschaft zu schätzen wissen. Normalerweise passiert an den Tagen nach dem 15. August nicht allzu viel. Es geht immer um dieselben Themen: die Strände, die Restaurants und die ausgebuchten Hotels, den höllischen Verkehr auf der Aurelia, die mangelhafte Abfallbeseitigung, einen Komiker oder ein Konzert auf der Ariston-Bühne. Dann muss ich anstelle von Alice, die sowieso nichts macht, Pressemeldungen annehmen und weitergeben.

Nichts, was man nicht mühelos schaffen könnte. Ich muss nur alles mit den Öffnungszeiten des Observatoriums koordinieren, aber das schaffe ich schon. Was mich am meisten stört, ist, dass ich arbeiten muss, während alle anderen in der Sonne liegen oder erfrischende Bäder nehmen, Granita und Bier mit einer Zitronenscheibe trinken.

Plötzlich hört man ein Zischen, auf das ein lauter Knall folgt, und der erste bunte Blitz leuchtet in der Dunkelheit. Das pyrotechnische Schauspiel des Hochsommers hat begonnen.

Während die ersten Feuerwerkskörper explodieren, denke ich an Emma und wünschte, sie wäre hier. Ich stelle mir vor, wie ich sie an der Hand halte, und bin sicher, von diesem Schauspiel wäre sie begeistert. Ich sehe sie wieder vor mir, im Kreuzgang der Sternwarte, als sie die Sternschnuppen sah und ganz verzaubert verstummte, oder ihr

Entzücken über die Glühwürmchen, die sie umgeben hatten wie ein Goldregen. In diesem Augenblick war die Zeit für uns stehen geblieben.

Ilenia liest in meinem Blick wie in einem offenen Buch. Sie schürzt nachdenklich die Lippen und seufzt.

»Ich würde dir so gern helfen«, sagt sie.

»Ich habe keine Hoffnung mehr, und es ist alles meine Schuld«, antworte ich. »Ich würde so gern verstehen, was passiert ist.«

Meine Freundin sieht mich liebevoll an.

»Verstehen wird überbewertet. Das hier ist das, was am meisten zählt«, sagt sie und tippt mit dem Zeigefinger an meine Brust. »Wir sind nur dann Menschen, wenn wir zerbrechlich und empfindsam sind.«

In ihren Augen leuchtet das Licht, das ich immer sehe, wenn sie von der Liebe redet, die jegliche Pläne durchkreuzt, die die Karten so durcheinanderbringt, dass nichts mehr ist wie vorher. Sich zu verlieben bedeutet Verzauberung, und Liebe ist wie Macht, sie tut dem weh, der sie nicht hat.

Oben an den Hängen werden die Umrisse der Häuser bei jedem Feuerwerksregen erleuchtet, das Meer strahlt in tausend Farben. Das Knallen erfolgt in immer kürzeren Abständen, bis der Himmel taghell ist. Jetzt kündigen die Schiffssirenen das Ende des Feuerwerks an, und in der Luft bleiben nur noch ein paar Rauchwolken hängen.

Ich habe mir kaum Notizen gemacht. Das Übliche, was man zu solchen Festivitäten sagt. Als wir uns wieder mit meinen Kollegen treffen, diesmal am Forte Santa Tecla, verlassen die Leute allmählich die Fußgängerzone, während sich Valerio und ein paar Polizisten dazu beglückwünschen, wie reibungslos alles vonstattengegangen ist.

Schließlich schüttelt er ihnen die Hand und kommt zu uns herüber. Alice kontrolliert ein letztes Mal ihr Make-up im Rückspiegel einer geparkten Vespa und ist schon auf dem Absprung.

»Okay, Leute. Gute Arbeit. Ihr könnt wegtreten«, gebietet der neue Chef der Zeitung.

Der Staffelstab wird nun offiziell an mich übergeben. Valerio fährt mit dem Schiff von Savona nach Korsika. Er kauft die Karten online und kehrt erst zurück, wenn auch der Chef aus seinem Urlaub wiederkommt.

15

San Remo, die Stadt der Blumen und der italienischen Canzona hat nie eine zerknirschtere Seele gesehen als meine, und zwar in der einsamen Arbeitswoche in der Redaktion.
Ich habe an alles gedacht. Ich habe die Fahrradreifen aufgepumpt, die Kette geölt und bin mit voller Energie überall hingefahren, um Online-Artikel zu schreiben, ohne von meinem Chef, dem Liebhaber der Printmedien, gestört zu werden.

Irgendwie befand ich mich in einem seltsamen Zustand: Tagsüber war ich der super produktive Reporter, der ich lange nicht mehr gewesen war, aber abends, ganz gleich ob ich in der Sternwarte war oder nicht, machte ich Pläne mit dem Ziel, Emma wiederzufinden. Auch wenn es unmöglich war, eine Stecknadel im Heuhaufen zu suchen, habe ich mich doch durchgeschlagen, mit Zigaretten, wenig plausiblen Theorien und vielen Gläsern Rossese. Ich könnte nicht sagen warum, vielleicht wollte ich mir beim vergeblichen Durchsuchen von Google und Facebook auch nur selbst wehtun.

»Wie geht's nun weiter?«, fragte Ilenia mich eines Abends, als sie mich besuchte und zwei Eisbecher mit halbgefrorener Sahne mitbrachte.

»Ich habe nicht die geringste Ahnung«, gestand ich ihr mit dem Anflug eines Lächelns. »Iacopo glaubt sowieso, sie hätte mir einen falschen Namen gesagt und sei verschwunden, weil sie nicht wollte, dass ich sie finde.«

»Ich würde mich nicht unbedingt an Iacopos Meinung orientieren. Der ist doch ein Idiot.«

»Aber er könnte recht haben, oder? Vielleicht möchte Emma keine Liebesgeschichten oder komplizierten Beziehungen. Frauen sind doch sehr wechselhaft in ihren Stimmungen, oder etwa nicht?«

Anstatt auf diese freundlich gemeinte Provokation zu reagieren, gab mir Ilenia einen Kuss auf die Wange.

»Ich mag dich, Samu.«

Unheilbar romantisch wie sie ist, redete sie mir gut zu, ich solle mich nicht geschlagen geben.

Aber ich bin mit meinen Recherchen am toten Punkt angekommen, auch deshalb habe ich mich so in die Arbeit gestürzt. Ein paar gute Ideen, und ich war hochzufrieden mit meiner Arbeit im Bunker der San Remo PuntoNews. Die Reporter der Konkurrenz führten Interviews mit Badegästen, Restaurantbesitzern und Hoteliers. Jedes Jahr im August erscheinen überall die gleichen langweiligen Artikel. Ich hatte keine Lust darauf und habe versucht, andere Perspektiven einzunehmen.

Jeden Morgen bin ich mit dem Rad ins Zentrum gefahren, durch kleine Straßen mit holprigem Kopfsteinpflaster, an den Häusern der Altstadt vorbei, wo Hausfrauen in den Fenstern lehnen und über das Leben, den Tod und alle möglichen Wunder reden. Das ist doch etwas anderes als WhatsApp.

Ich fuhr in den Hafen und sah mir die Fischerboote an, die das Meer und die Klippen besser kennen als sich selbst, ich redete mit einigen Fischern und schrieb ein paar interessante Porträts. Ich stürzte in die Redaktion, veröffentlichte alles und fuhr dann zur Fahrradstrecke an der Blumenriviera: vierundzwanzig Kilometer in schönster Landschaft, dort wo früher die Bahngleise entlangführten. Ein Grenzstreifen zwischen Land und Meer, von dem man weit über den Horizont blicken kann, wo sich Korsika verbirgt, das manchmal zum Vorschein kommt, gemächlich und ohne Eile, ähnlich wie das Leben dort.

Dies ist eine ideale Gegend für alle, die wie ich gern in die Ferne schauen. Unter mir wilde Wellen voller Gischt, die versuchten, den Sand zu überspülen, und sich gegen gezackte Klippen warfen.

Ich sah aufs Meer und fasste wieder Mut. Eine so poetische Gegenwart konnte nicht in eine schreckliche Zukunft führen, solange es die Natur gab, die mich daran erinnerte, was für ein Privileg es war, auf der Welt zu sein und hier zu leben.

In jenen Tagen spürte ich den Atem des Sommers, so stark und durchdringend, dass ich eine Zeit lang dachte, es sei der Atem der ganzen Welt.

Ich genoss den Duft von Pinien und Jasmin, während ich an Mimosenbüschen vorbeifuhr, die sich an alten Ziegelmauern hochrankten. Auf diesem Radweg explodierten die Farben geradezu, und dieser Anblick gab mir Kraft. Der Himmel leuchtete in schönstem Blau. Es roch auch nach Salz, der Wind trieb kleine Wolken vor sich her, und ab und zu bekam ich Spritzer von den Wellen ab.

Auf diesem Weg kam ich schnell zum Strand von Tre Ponti, doch dort richtete ich mein Augenmerk nicht auf die Inline-Skater, Tretboote oder das berühmte Volleyball-Feld, auf dem ich als Schüler oft gespielt hatte. In dieser kleinen, von den Göttern gesegneten Bucht gibt es wie durch ein Wunder das ganze Jahr über Wellen. Niemand kennt den Grund, auch wenn manche Geologen von einer günstigen Wassertiefe sprechen. Hier ist das Reich der Surfer, die Taucheranzüge tragen und in Richtung Meer rennen – der Kraft des Lebens, der Jugend und der Liebe entgegen –, ihr Surfbrett unter dem Arm. Das Meer trägt sie, hebt sie hoch und bringt sie zum Ziel in einem zugleich wilden und wunderbaren Flug, auf der Grenze zwischen dem, was der Mensch darf und was nicht.

Als diese Jungen und Mädchen die Wellen am Gipfel der Welt erstiegen hatten und wieder am Ufer aufschlugen, liefen sie über den Sand, stießen Freudenschreie aus und umarmten sich, als hätten sie einen Wettlauf gewonnen.

Ich zog mein Schuhe aus und lauschte dem Geräusch der Brandung, die Sonne schien ganz warm. Ich hörte, wie einer von den Surfern sagte: »Hier am Meer kommt mir das Leben leichter vor und das Glück greifbarer.«

Für mich war das Glück greifbar gewesen, als Emma neben mir ging, bevor sie im Nichts verschwand. Jetzt ist es, als gehörte sie zu einer anderen Welt, einer anderen Zeit. Sie und ihre leuchtenden blauen Augen, sie und ihr Schatten, ihr Zauber, ihre sorgfältig gehüteten Geheimnisse.

Ja, Iacopo hat recht, ich bin wie besessen von ihr, und das kann mich teuer zu stehen kommen.

Beim Anblick dieses Meeres, das sich vor und zurück bewegt, als werde es von einer göttlichen Kraft angetrieben, frage ich mich, ob die Gefühlsreise, auf die ich mich begeben habe, nicht eine Einbahnstraße ist.

Was, wenn es dieses Wir, an dem ich mich mit aller Macht festgehalten habe, nur in meiner Phantasie gegeben hat? Wenn meine ganze Suche nach einem Anhaltspunkt, dieser atemlose Lauf nach rechts und links, all meine Hoffnung, mein Trinken und Rauchen, während ich mir den Kopf zerbreche, vergeblich ist, weil sie sich gar nicht für mich interessiert hat?

16

Die Buchhandlung von Alices Eltern ist nicht sehr groß, an der Tür befindet sich ein kleines Holzschild mit einem Tintenfass und einer Rolle Pergament. Auch wenn ich schon öfter dort war, ist es doch immer wieder ein Erlebnis für mich, an den Regalen entlangzugehen, die vollgestopft sind mit lauter Kostbarkeiten. Es ist ein wunderbar gemütlicher Ort mit einem kleinen rückwärtigen Raum, in dem Sessel und kleine Tische stehen, Gläser mit Karamellbonbons und ein Ficus in einem alten Übertopf aus Steingut. Man nimmt sich ein Buch und setzt sich dort hin, in einer Atmosphäre völliger Entspannung.

»Seit wann interessierst du dich für Kinderbücher?«, fragt mich Alice überrascht.

»Das ist eine lange Geschichte.«

»Ich dachte, du magst eher bulgarische Lyrik und solche Sachen. Oder vielleicht *graphic novels*, wenn's gar nicht anders geht.«

»Ich weiche eben manchmal von meinen Gewohnheiten ab.«

Sie zieht eine Augenbraue hoch. »Brauchst du ein Geschenk?« Sie wirft einen Blick auf ihre frisch manikürten Hände. »Weißt du, ich bin nicht besonders geschickt beim Einpacken.«

»Keine Sorge, ich brauche keine Verpackung. Aber du kannst mir trotzdem helfen.«

Alice sieht mich fragend an und seufzt.

»Dann lass uns lieber gleich anfangen, umso schneller sind wir fertig.«

Sie führt mich in einen Nebenraum, in den ich sonst nie gehen würde. An den weißen und blauen Wänden hängen bunte Poster, Figuren aus Pappe und Buntstiftzeichnungen von Montgolfieren in allen Regenbogenfarben, von riesigen Walfischen und einem großen Mond mit Augen, Nase und einem lächelnden Mund. An der einen Seite stehen kleine Bänke und winzige Stühle wie im Kindergarten, gegenüber gibt es einen Bereich, in dem man mit den Kleinsten spielen kann.

Vor den Regalen stehen Mütter und Väter in Begleitung ihrer Kinder und blättern in Büchern, die nach Lese-Alter sortiert sind.

Ich versuche, mich zu konzentrieren und methodisch vorzugehen. Aber es ist nicht so einfach, sich in all diesen Märchen mit Feen, Prinzessinnen und Kobolden zurechtzufinden.

»Samuele, was genau suchen wir eigentlich?«

»Den Namen einer Illustratorin. Er steht nicht unbedingt auf der Vorderseite. Wir müssen auch im Impressum danach suchen, auf den Klappen oder der Rückseite.«

»Von allen Büchern? Du bist ja verrückt!«

»Alice, ich bitte dich zum ersten Mal in meinem Leben um einen Gefallen und erinnere dich daran, dass du mir eine Woche Ferien zu verdanken hast.«

Sie schnauft, aber am Ende ist sie bereit, mir zu helfen. Wir sehen uns ein Buch nach dem anderen an, stellen jedes wieder an seinen Platz, und manchmal nehme ich ein

Buch noch mal zur Hand, weil mir scheint, dass ich ein Detail übersehen habe.

Nach einer halben Stunde schlägt mir die lustloseste Buchhändlerin von San Remo vor, eine Pause zu machen. Ich nutze sie, um mich unter den Büchern für Erwachsene umzusehen. Ich bleibe unweigerlich vor den Werken von Italo Calvino stehen. Ich nehme den *Baron auf den Bäumen* zur Hand, blättere darin und kann nicht umhin, daran zu denken, dass Calvinos erste Wortspiele, sein erstes Denken über das Schreiben, sogar die ersten Ideen für seine späteren Bücher nicht nur in dieser Stadt entstanden sind, sondern dass er sogar auf demselben humanistischen Gymnasium war, das ich viele Jahre später besucht habe und das nach Gian Domenico Cassini benannt ist.

Calvino, Sohn eins Agrarwissenschaftlers, lebte in der Glanzzeit der Riviera in San Remo – in einer kosmopolitischen Gesellschaft, zu der englische Adlige und russische Großfürsten gehörten – und nicht in der eher ligurisch geprägten Zeit nach dem Krieg. Er wohnte mit seiner Familie in der Villa Meridiana in einem riesigen Park mit seltenen Pflanzen und riesigen Bäumen, ganz ähnlich wie die, auf die er in seinem Buch *Der Baron auf den Bäumen* Cosimo klettern lässt, der nie wieder einen Fuß auf den Boden setzen will.

Als Jugendlicher ging er gern und fast jeden Tag, wobei er sich heimlich von zu Hause entfernte, ins Cinema Centrale in der Via Matteotti, weil ihn die Filme faszinierten und auch die Metallkuppel an der Decke, die sich in der Pause öffnete und ihm den Himmel und die unbekannte Reise der Wolken zeigte. Auch liebte er Ausflüge in die

Berge und die ligurischen Wälder, besonders Streifzüge in die Pigna, das alte San Remo, durch das er mit seinem Bruder Floriano kam, wenn er zur Schule ging. Es faszinierte ihn so sehr, dass er dort einen großen Teil seines ersten Buches *Wo Spinnen ihre Nester bauen* spielen ließ. Er blickte auf die alten Häuser, vor denen die Wäsche getrocknet wurde, genau wie heute, wenn ich mit dem Fahrrad auf dem Weg in die Redaktion ins Zentrum fahre.

Das Studium und seine Karriere führten Calvino anderswohin – nach Turin, Rom und Paris –, aber die stärkste Bindung behielt er zu San Remo, wie man in vielen seiner unsichtbaren Städte sehen kann.

»Samuele, komm mal her!«

Alices Stimme holt mich aus meinen Gedanken. Ich verabschiede mich höflich von Calvino und gehe wieder in den Raum mit den Kinderbüchern.

»Ich hab sie gefunden. Jetzt schuldest du mir was!«

Ich sehe sie staunend an. Nie hätte ich gedacht, dass sie allein weiter die Regale durchsuchen würde.

»Aber bitte keine Blumen, lieber Champagner oder etwas von Michael Kors«, sagt sie, während sie mir ein Büchlein in die Hand drückt.

Ich drehe es um und betrachte es wie verzaubert. Ich bekomme eine Gänsehaut, während ich es vorsichtig aufschlage, und dann lese ich mit leichtem Schauer »Emma«. Und jetzt weiß ich auch endlich ihren Nachnamen: »Argenti«.

Dann blättere ich durch das Buch. Die Illustrationen sind wunderschön. Diese Zeichnungen stammen von einer wirklich talentierten Hand. Der besondere Stil, der zarte, feine Strich, die Farben, die von Seite zu Seite kräftiger werden, wie ein Gefühlscrescendo, das sich in die ausdrucksstarken, fröhlichen Bilder mischt.

Ich streiche mit der Hand über das Cover. Ich küsse das Buch und drücke es gegen meine Brust, als wäre es ein Kind.

»Du ahnst ja nicht, was du mir da geschenkt hast. Danke, Alice, vielen Dank!«

Sie sieht mich verblüfft an.

Ich zahle schnell und verlasse den Laden, weil ich sofort einen Anruf machen muss.

Kaum habe ich die Nummer gewählt, da überkommt mich Angst. Es ist Mitte August. Ganz Italien ist in den Ferien. Warum sollte jetzt jemand im Verlag sein? Während das Telefon auf der anderen Seite klingelt und klingelt, stelle ich mir schon vor, wie ich der Sekretärin einen Bittbrief nach dem anderen schreibe. Aber zum ersten Mal, seit diese Geschichte angefangen hat, scheine ich eine Glückssträhne zu haben.

Plötzlich höre ich eine raue Männerstimme.

»Pronto?«

Mein Herz macht einen wilden Satz, und ich rufe mich zur Ordnung. Ich muss mich benehmen wie ein ganz normaler Mensch, der eine ernste Frage hat. Natürlich kann ich nicht sagen, ich suchte eine Illustratorin des Verlags mit johannisbeerfarbenen Lippen, ohne deren Liebe ich nicht leben kann.

»Guten Tag, mein Name ist Samuele Serra von den San Remo PuntoNews. Ich würde gerne Kontakt zu Emma Argenti aufnehmen. Könnten Sie mir vielleicht ihre Adresse geben, damit ich mich mit ihr in Verbindung setzen kann?«

»Das ist gar nicht notwendig.«

Was zum Teufel soll das jetzt heißen? Wahrscheinlich geht es wieder um das Datenschutzgesetz … Oder Emma hat den Kollegen eingeschärft, dass sie niemanden mit dem Namen Samuele sprechen will, diesen Verrückten, der hinter ihr her ist. Ein paar Szenarien huschen durch meinen Kopf, aber ich schiebe sie beiseite und versuche, nicht auf die pessimistische Stimme zu hören, die mir so viel Negatives ins Ohr flüstert.

»Sie sitzt mir gerade gegenüber«, erklärt der Mann am anderen Ende der Leitung unbekümmert, und das versetzt mir einen Stich. »Wir sitzen hier im Büro zusammen, weil ihr neues Buch in wenigen Tagen in den Druck gehen muss.«

Das ist sie! Ohne Zweifel. Ich habe sie gefunden. Deshalb hat sie nichts mehr von sich hören lassen. Sie hatte mir doch gesagt, dass sie eine dringende Arbeit fertig machen muss. Warum habe ich Idiot das nicht gleich kapiert. Mich überkommt ein Gefühl der Freude.

»Bleiben Sie dran, ich gebe sie Ihnen.«

Mir bleibt einen Moment lang das Herz stehen.

»Hallo?«

»Emma, endlich! Hier ist Samuele! Aus San Remo.«

Sie schweigt. Vielleicht ist sie überrascht, dass ich sie gefunden habe. Ich hoffe, dass sie sich nicht darüber ärgert, dass ich im Verlag anrufe.

Ich höre nur ein Rauschen, vielleicht eine Störung in der Leitung.

»Du kannst dir nicht vorstellen, wie froh ich bin, dich gefunden zu haben.«

Immer noch Schweigen auf der anderen Seite, ich könnte schwören, dass sie einfach sprachlos ist. Ich wische mir mit der Hand über die Stirn. Ich gerate ins Schwitzen. Ein Dutzend Mal habe ich mir diesen Augenblick vorgestellt. Ich weiß natürlich, wenn man sich eine Situation ausmalt, weiß man genau, was man tun würde. Tritt sie aber wirklich ein, läuft alles ganz anders, aber mit so einer Reaktion hatte ich nun wirklich nicht gerechnet.

»Emma, bitte, sag etwas. Was ist passiert? Seit jener Nacht glaube ich verrückt zu werden. Die Sternwarte, das Essen bei mir zu Hause, unsere Umarmung ... Das war alles so wunderbar ...«

Sie sagt weiterhin nichts, und ich habe das Gefühl, dass sie heftig gestikuliert.

Ich beschließe, aufs Ganze zu gehen.

»Emma, dann erklär mir wenigstens, was der Kuss auf dem Spiegel bedeutet.«

Ich schließe die Augen, auf diese Frage muss sie eine Antwort geben.

Aber ich habe zugleich Angst, dass sie es tut, ich fürchte mich vor der Wahrheit. Ich spüre, wie mir Schweißtropfen den Rücken herunterlaufen. Ich glaube zu fallen und umklammere das Telefon mit aller Kraft.

Endlich fasst sie sich ein Herz und antwortet.

»Entschuldigen Sie bitte, aber das muss ein Irrtum sein.«

17

Es wäre einfach zu schön gewesen.

Es gibt Emma Argenti also wirklich. Sie ist Kinderbuchillustratorin, aber sie ist nicht die Frau, die ich kennengelernt habe und nach der ich suche. Emma Argenti lebt und arbeitet in Bologna und ist glücklich mit einem gewissen Guido verheiratet – sie haben eine Tochter, die gerade ihr Abitur bestanden hat – und im letzten Monat ist sie fünfzig geworden.

Sie hat es mir selbst am Telefon erzählt, mit einer Stimme, die sehr viel reifer klang als die meiner Emma. Sie sagte, dass es eine Verwechslung sein müsse und wir uns nie gesehen und schon gar nicht umarmt hätten. Sie wisse nichts von einem Lippenstiftabdruck in meinem Badezimmer. Nachdem sie ihre Irritation überwunden hatte, nahm sie meine Geschichte mit Humor und hat mir viel Glück bei meiner Suche nach der richtigen Emma gewünscht.

»Schade, Leo, es ist schiefgegangen«, habe ich zu meinem Goldfisch gesagt. »Einen Moment lang habe ich wirklich geglaubt, ich hätte es geschafft.«

Ich bin schwer enttäuscht, aber ich verliere nicht den Mut, weil ich noch andere Trümpfe im Ärmel habe. Ich habe sie, erstaunlich, aber wahr, von meinem technologischen Ingenieursfreund erhalten.

»Abgesehen davon, dass du dir auf Tinder ein Profil erstellen solltest, eine sehr zufriedenstellende App übrigens«, erklärte Iacopo augenzwinkernd und mit einer bedeutungsvollen Geste, »es gibt nicht nur Google und Facebook. Was bist du nur für ein Journalist?«

So habe ich von einigen Online-Diensten erfahren, mit denen man Personen ausfindig machen kann.

»Ich habe noch nie davon gehört«, gab ich zu.

»Weil du deine Zeit damit vergeudest, unwichtige Informationen zusammenzutragen«, sagte er und richtete den Zeigefinger auf mich. »Dabei entgeht dir eine Menge.«

Unwichtige Informationen, wie er es nennt, können ihn auf die Palme bringen. Zum Beispiel, wenn ich ihm erzähle, dass auf Jupiter ein Tag kürzer ist als zehn Stunden und der Polarstern nicht der hellste Stern am Nachthimmel ist, sondern Sirius aus dem Sternbild des Großen Hundes. Meistens hört er nach zwei Sekunden schon nicht mehr zu.

»Zum Glück hast du mich«, prahlte er.

Ich habe nichts darauf entgegnet. Ich habe mir seine Anweisungen genau gemerkt, alle Ideen gesammelt und bin nach Hause geeilt, um sie in die Tat umzusetzen.

»Hoffen wir mal, dass nichts daran illegal ist, Leo.«

Ich wasche mir das Gesicht und setze Kaffee auf, während Leo sich um seine Angelegenheiten kümmert.

Den ersten Versuch mache ich mit Pipl, einer Suchmaschine, von der man, wenn man Namen oder andere Parameter wie eine E-Mail-Adresse oder ein Pseudonym eingibt, eine Reihe von Links zu Personen erhält, unter denen die gesuchte sein könnte.

Schade, dass ich über Emma nur so wenig weiß und auch nicht, wovon ich ausgehen soll. Ich weiß nicht, in welcher Stadt sie wohnt, wo sie geboren ist, ich kenne ihr genaues Alter nicht, weiß nicht, auf welche Schulen sie gegangen ist. Und bei dem Gedanken, dass sie vielleicht eine feste Beziehung hat, wird es mir ganz anders. Glücklicherweise weiß ich das nicht genau.

Das Einzige, was ich habe, ist immer dasselbe – ihr Name, und ich kann mir nicht mal sicher sein, ob der stimmt. Ich tippe ihn in das Suchfeld ein, und zwischen Angst und Schrecken klicke ich auf die Lupe des Detektivs.

Hunderte und Aberhunderte Emmas tauchen auf und starren mich an. Manche stehen mit Foto oder einem Lebenslauf da, andere haben ein Avatar oder nur ein großes E auf rosa Grund.

Deprimiert setze ich meine Tasse auf dem Tisch mit den Werbe-Zeitschriften ab. Ich werfe einen Blick zu Leo hinüber.

»Mein Freund, ich fürchte, das wird eine lange Nacht.«

Ich kann einfach nicht aufhören und versuche es immer weiter. Mich erstaunt, dass diese Interface-Seite mich zu Personen führt, die ich in normalen Suchmaschinen nicht gefunden hätte. Es ist, als finge ich ganz von vorne an, das Leben von Hunderten von Unbekannten zu durchsuchen. Ich klicke zwanghaft immer weiter, mein Herz schlägt dabei heftig. Manchmal fahre ich hoch, wenn ich glaube, die leuchtenden melancholischen Augen oder die kastanienbraunen Haare mit den honigfarbenen Strähnen wiederzuerkennen. Aber da ist nichts zu machen. Ich spioniere das Leben einer endlosen Zahl von Emmas aus – darunter gibt es alles Mögliche: Ärztinnen, Finanzanalystinnen, Sekretärinnen, Kauffrauen, Studentinnen und Schwimmlehrerinnen, aber ich finde meine nicht, die Kinderbuchillustratorin taucht nirgendwo auf. Ich schränke den Suchradius zuerst auf Italien ein, dann auf Ligurien, dann auf San Remo. Dann kommt mir ein furchtbarer Gedanke. Was wäre, wenn sie im Ausland lebt?

Ich habe kein Glück. Jetzt nehme ich den Trumpf Nr. 2 in die Hand: Intelius.

»Das ist eine Online-Gesellschaft«, hat mir Iacopo in seiner üblichen professoralen Manier erklärt, »die öffentliche Register bereitstellt. Geh auf die Seite, richte deinen Account ein, zahl mit der Kreditkarte, und das Spiel geht los.«

»Sag mal … Wie kommt es eigentlich, dass du das alles weißt?« Ich konnte nicht anders, als ihn das zu fragen.

»Na ja …«, er grinst, »du bist ja nicht der Einzige, der sich auf die Jagd nach Frauen macht, die er kennengelernt hat.«

Da fällt mir wieder ein, dass er am liebsten eine App wie Shazam hätte, die anstatt Songs zu erkennen, wenn man nur wenige Noten hört, die Identität von Leuten preisgibt, indem man sie einfach auf der Straße fotografiert.

»Glaub mir, der Erste, der ein solches System einrichtet, wird Millionen machen …«

«Ja, vermutlich, aber wie funktioniert jetzt Intelius?«

»Ich benutze es, um herauszufinden, ob eine Frau verlobt oder verheiratet ist, dann komme ich leichter an sie ran. Intelius ist so genau, dass du die Adresse findest, die Telefonnummer, den Arbeitsplatz und die Verwandten ersten Grades.«

Ich wäre ja schon mit einem dieser Hinweise zufrieden, denke ich, während ich mich in Intelius einlogge.

Auch diese Seite ist extrem leicht zu bedienen. Ich folge den Hinweisen meines Freundes und bereite mich darauf vor, dass mir der Atem stockt.

Ein paar Stunden und viele Tassen Espresso später sitze ich immer noch da, das Gesicht in den Händen und mit tiefen Ringen unter den Augen.

Warum muss mir von allen Emmas, die es gibt, ausgerechnet die begegnen, die sich außerhalb der Internetwelt befindet? Ich stehe auf und lege ein paar Kilometer zwischen Sofa und Fenster zurück, ich kreise im Zimmer wie Galileo in seiner Glaskugel. Meine Schritte klacken auf dem Boden, während ich laut nachdenke und meinen Gefühlen freien Lauf lasse.

»Jemanden im Internet zu finden, wenn man kaum etwas über ihn weiß, ist nicht so einfach, wie ein Hotelzimmer zu buchen, Kleider zu bestellen oder etwas herunterzuladen, weißt du das?«

Leo sieht mich unbeeindruckt an wie immer.

Ich balle meine Hände zu Fäusten, sie sind ohne jede Kraft. Dann bleibe ich eine Weile am Fenster stehen. Ich fühle mich allein und verirrt wie der Mond, der über der Stadt aufgehängt scheint und von einem rötlichen Hof umgeben ist. Den Sternen ist es ganz schön egal, was ich mache.

Ich laufe noch ein bisschen in der Wohnung herum, dann gehe ich auf die Terrasse und rauche. Am Inhalt des Aschenbechers kann man erkennen, wie frustriert ich bin.

Als der Morgen graut, bin ich immer noch dort.

Ich kann nicht sagen, wie es mir geht.

Dritter Dialog mit Leo

Ich bin müde, Leo. Was sind das für Tage, oder besser gesagt, was für Nächte.

Mich plagt Unsicherheit. Offenbar tue ich immer genau das Falsche, ich vergeude Energie, renne immer dahin, wo es nichts bringt. Wenn ich an mich selbst denke, mache ich nichts anderes, als Listen anzulegen: Listen von dem, was mir fehlt, was ich verloren habe, von Wettbewerben, bei denen ich nicht auf der Höhe war.

Warum gerate ich bloß immer in solch missliche Lagen? Warum kann ich nie etwas zu Ende bringen?

Du bist stärker als ich, Leo, das kann man wohl sagen. Ich habe mein Leben lang versucht, mein Bestes zu geben, ohne andere zu belästigen. Ich träume davon, dass alles besser wird.

Als Emma auftauchte, als ich sie sah, leuchtend wie ein Komet, habe ich gleich gespürt, dass etwas ganz Besonderes passierte. Das überrascht dich jetzt vielleicht. Ja, klar, ich weiß, dass ich mich nicht so verrückt machen sollte. Ich laufe in dieser Wohnung hin und her, ich gehe zur Arbeit, manchmal vergesse ich sogar zu essen. Aber dir dein Futter zu geben vergesse ich nie, das musst du zugeben.

Ich fühle mich, als hätte ich einen Felsblock auf der Brust. Was denkst du, was das bedeutet?

Vielleicht liegt es am Gefühl der Einsamkeit, das einen abends überkommt, wenn Stille herrscht und wir entdecken, das wir nichts haben, um uns zu wärmen, und keinen Ort, um uns zu verstecken. Auch vor uns selbst nicht und den tausend Lügen, die wir uns erzählen. Es hilft auch nichts, sich mit dem Rücken gegen die Wand zu setzen, die Arme um die Knie zu schlingen, die Augen zu schließen und zu warten, dass es vorübergeht. Es wird wiederkommen, heimtückisch und hartnäckig.

Vielleicht ist es auch unser Zögern, die kleine oder größere Aufregung, wenn wir verzweifelt nach einem Sinn in unserem Leben suchen oder nach einer Rechtfertigung für das, was wir sind.

Vielleicht ist es auch die Angst, die uns so ausdauernd verfolgt, dass sie mit der Zeit zu einer Haltung wird. Die Angst, einen falschen Schritt zu tun und zu stolpern – als könne es einen Weg ohne Fehler überhaupt geben. Die Angst, nicht den Raum zu finden, von dem wir spüren, dass wir ihn brauchen. Die Angst, jemanden, den wir lieben, weggehen zu sehen, die Teile des Lebens, die sich ablösen, die verloren gehen, zwischen endlosem Warten und schmerzlicher Resignation.

Wir sprechen über unsere Probleme doch schon so, als würden wir sie nie lösen, während das Chaos der Welt da draußen sorglos und taub für alle unsere Wünsche bleibt.

In einer allgemeinen Gleichgültigkeit bitten wir um Aufmerksamkeit.

Es gibt mehr Sterne am Himmel als Sandkörner auf der Erde. Allein in unserer Galaxie, der Milchstraße, gibt es zwischen zweihundert und vierhundert Milliarden Sterne. Was kann bei all dem der Ort sein, der mir zusteht?

18

»Alles umsonst!«, erkläre ich Iacopo, der mich zum Mittagessen abholt.

»Gibst du jetzt etwa auf? Das passt doch gar nicht zu dir!«, sagt er, und seine Augen glitzern.

»Du kannst dir die Ironie sparen. Deine großartigen Recherchemethoden waren ein Schlag ins Wasser.«

»Wie dumm von mir, dir davon zu erzählen. Da hätte ich wohl besser den Mund gehalten.«

Draußen empfängt uns heller Sonnenschein, es ist ein wunderbarer Tag.

»Weißt du, was dein Problem ist?«, fragt er kopfschüttelnd.

»Wär prima, wenn ich nur ein einziges hätte«, gebe ich zurück.

»Und genauso ist es! Dein Problem bist du selbst, und daraus entstehen Tausende unlösbarer Missgeschicke.«

Wir gehen von der Via Feraldi aus Richtung Hafen auf die Baretti zu. Ich versuche ihn zu unterbrechen, bevor er mit seiner üblichen Leier weitermacht.

»Was sollen wir essen? Mir gefiele am besten etwas Einfaches, eine Bruschetta mit Tomaten, Olivenöl und Basilikum.«

Aber er hört gar nicht hin.

»Gefällst du dir wirklich so sehr in der Rolle des letzten Romantikers, der missgelaunt durch unsere eiskalte entfremdete Gesellschaft trabt, in der es mehr Videokameras als Umarmungen gibt?«

Ich fange an, die friedliche Gesellschaft von Leo zu vermissen. Mein Goldfisch hält sich jedenfalls mit Kommentaren zurück und hat immer ein offenes Ohr für mich.

»Du gehst mir auf die Eier«, brumme ich genervt.

»Na, wenn du meinst …«

Iacopo hört auf zu reden, weil in diesem Moment ein Mädchen in Shorts und einem winzigen Hemdchen vorbeikommt. Er wirft ihr ein verführerisches Lächeln zu, und sie lächelt zurück. Wie er das so einfach hinbekommt, ist sein Geheimnis.

»Sollten wir nicht eher davon ausgehen«, sagt mein Freund, der den Faden wieder aufgenommen hat, »dass es so am besten ist?«

»Wie am besten?«

»Vielleicht ist es nur gut, dass die mysteriöse Emma sich so schnell wieder verzogen hat, ich meine, bevor sie dich noch tiefer in den Abgrund stoßen konnte.«

Am liebsten würde ich ihm sagen, er solle sich mehr Einfühlungsvermögen antrainieren.

»Ende der Show?«

»Nur, wenn du mich zum Essen einlädst.«

»Na schön«, sage ich, und damit er endlich Ruhe gibt, müssen es Austern und Champagner sein. Aber das sage ich ihm besser nicht.

Als wir im Restaurant ankommen, liegt der typische Geruch von Gegrilltem in der Luft. Von weitem werfe ich einen schnellen Blick auf die Tische im Freien, an denen die

Touristen ihr Mittagessen verzehren. Hier ist es ziemlich laut, die Leute reden, lachen und machen Selfies.

Dann muss plötzlich irgendjemand der Welt den Stecker herausgezogen haben, alles verstummt, und ich beginne zu schweben.

Die Sonne blendet mich, aber selbst im Gegenlicht habe ich es gesehen. Ein rotes Kleid, getragen von einer jungen Frau, die mir den Rücken zudreht, und deren Gesicht ich nicht erkennen kann. Aber das ist auch nicht nötig, denn ihre Konturen sind im Licht der Sonne deutlich zu sehen. Die bloßen Arme, die Schultern, die Hüften, die Beine und Fesseln.

Sie ist von einem Tisch aufgestanden und geht in die uns entgegengesetzte Richtung.

»Sag mal, warum bist du plötzlich so ruhig? Willst du mir jetzt ein schlechtes Gewissen machen?«

Iacopos Worte erreichen mich wie durch dichten Nebel. Ich lege eine Hand an die Augen, um besser zu sehen. Das Herz klopft mir bis zum Hals und hüpft in den Himmel.

Da ist sie.

Das ist Emma.

Ich würde alles darauf verwetten.

»Samuele, bist du noch da?«

Nein. Eine Sekunde später höre ich auf zu denken. Ich sprinte los und renne beinahe ein paar Leute um, die vor mir hergehen. Ein Hund, den ein Mann an der Leine hält, fängt an zu bellen, als ich vorbeispurte. Iacopo ruft mir etwas nach, aber ich höre nichts mehr.

Ich höre die vorbeifahrenden Autos nicht – eines hupt laut, weil ich die Straße einfach so überquere –, ich höre die Stimmen der Passanten nicht mehr, ich sehe keine Promenade und keine Geschäfte mehr.

Irgendwann muss ich stehen bleiben, ein Lieferwagen mit Fischprodukten biegt Richtung Mole ab. Ich fluche laut, während der Fahrer in die Kurve geht. Er gibt mir ein Zeichen mit dem Arm, dass ich warten soll.

Als er weggefahren ist, kann ich sie nicht mehr sehen.

Ich schaue in alle Richtungen, nach rechts, links, nach vorne und hinten.

Sie ist verschwunden. Das kann doch nicht wahr sein.

Eine alte Dame fragt mich, ob es mir gut geht, ob ich mich vielleicht verlaufen habe. Ich schüttele stumm den Kopf.

Endlich sehe ich hinter einer Reihe parkender Autos wieder die rote Gestalt, die sich vorwärtsbewegt. Mir pocht das Blut in den Adern.

»Emma!«, rufe ich und schwenke wie wild die Arme, aber sie dreht sich nicht um. »Emma!«

Ich sehe noch ihren Kopf und ihr im Wind flatterndes Haar. Ich laufe ihr nach, so schnell ich kann, gerate mit dem Fuß in ein Loch im Asphalt, schwanke, kann mich aber wieder fangen. Ich überwinde noch andere Hindernisse: die Leitplanke eines Rondells mit einem Anker, den Rollwagen eines Eisverkäufers, ich störe zwei Verliebte beim Pärchenfoto. Ich habe das Gefühl, dass mich der gesamte Planet am Vorwärtskommen hindern will.

Nach dreihundert qualvollen Metern erreiche ich die Endstation.

Ich bin am Pian dei Nave, dem großen Platz, an dem noch die Reste eines Hafengebäudes aus dem siebzehnten

Jahrhundert zu sehen sind. Sie liegen tiefer, sind durch Glasscheiben abgegrenzt und von einem Geländer umgeben.

Ich sehe mich um. Ich höre die Musik eines Karussells, Kinder reiten auf Pferdchen oder sitzen in Wagen und drehen sich im Kreis.

Hinter dem Karussell sieht man eine Sonnenuhr an einer Mauer und eine riesige Bank, von der man aufs Meer blicken kann.

Völlig außer Atem bleibe ich stehen und brauche ein paar Sekunden, bis ich wieder Luft holen kann. Ich bin sicher ganz rot im Gesicht, mein Hemd ist verschwitzt und meine Haare sind noch struppiger als sonst.

Ich sehe sie nicht mehr, ich habe sie verloren. In meinem Kopf sind tausend Fragezeichen. Mein Herz ist wie ein Kreisel.

Nach ein paar Momenten der Panik holt Iacopo mich ein.

»Was zum Teufel ist mit dir los?«

»Ich habe sie gesehen!«, stoße ich hervor.

Auf seinen Lippen nur ein spöttisches Lächeln.

»Bist du neuerdings ein Geisterjäger?«, witzelt er.

»Das war Emma, ich bin mir absolut sicher!«, schreie ich ihn an.

»Ach wirklich, und wo ist sie jetzt?« Er sieht sich mit gespielter Aufmerksamkeit um und tut so, als seien wir bei einer spiritistischen Sitzung. »Hörst du mich, Emma«, sagte er mit dumpfer Stimme, »bitte komm heute Nacht nicht vorbei, um mir das Betttuch wegzuziehen.«

»Lass den Unsinn! Sie war es wirklich«, sage ich, aber schon etwas weniger überzeugt.

»Samu, ich fange allmählich an, mir Sorgen zu machen.« Er sieht mich an, als müsse er mir etwas ganz Normales begreiflich machen. »Du hast dir das eingebildet, okay? Oder vielleicht war es ein Mädchen, das ihr ähnlich sah.«

Mein Gott.

Werde ich langsam verrückt?

Ich weiß nicht, ob ich lachen oder weinen soll. Lachen, weil alles im Grunde so seltsam und absurd ist. Weinen, weil ich das Gefühl habe, dass das Schicksal mir böse Scherze spielt.

Iacopo weiß jedenfalls genau, was von beidem er machen soll. Er bricht in lautes Gelächter aus. »Das war wirklich zu komisch, wie du da eben losgesprintet bist. Ich werde dich dein Leben lang daran erinnern!«

Ich zweifele keine Sekunde daran, dass er es tun wird.

Am späten Nachmittag meines letzten Tages allein in der Redaktion – morgen kommen der Diktator Berti, der untadelige Valerio und das Partygirl Alice zurück –, halte ich die Lenkstange umklammert und fahre auf der Radstrecke, während mir der Wind das Haar zerzaust. Ich spüre, wie das Fahrrad unter mir vibriert.

Gleich hinter der Promenade von Bussana, dem östlichsten Teil der Stadt, unter der eindrucksvollen Kirche, in der sich viele junge Paare aus San Remo trauen lassen, gehe ich ins Impekabile, wo man das Gefühl hat, auf einem Kreuzschiff zu essen. Ich setze mich auf die Terrasse und bestelle eine Flasche Vermentino.

»Möchten Sie zwei Gläser, Signore? Warten Sie auf jemanden?«, fragt die Kellnerin.

»Bitte nur ein Glas.«

Ich möchte die Flasche für mich allein haben. Sie bringen sie mir in einem Kühlgefäß voller Eiswürfel. Dazu Focaccia mit Tomaten, Oliven und Kapern, die die Touristen für Pizza halten.

Eine angenehme Brise weht mir ins Gesicht, und ich rieche den Duft der Sommerblumen.

Während ich so am Tisch sitze, überkommt mich eine seltsame Gelassenheit, und ich nehme nur das auf, was ich gerade erlebe.

Der Geruch des Meeres, die Stille. Meine Augen und meine Seele sind noch von Licht und Wellen durchdrungen, und ich kann nicht anders, als mich zu fragen, ob es irgendwo geschrieben steht, dass wir das, was geschieht, verdienen, oder ob alles nur durch ein unvorhersehbares Chaos hervorgerufen wird.

Samuele, ich bin so froh, dass ich dich getroffen habe. Es ist, als habe das Schicksal es so gewollt.

Mir kommt wieder dieser Satz in den Sinn, den Emma auf der Terrasse meines Hauses gesagt hat, in jener Nacht, an jenem Morgen, als die Geräusche der Welt weit weg waren und wir wie auf einem Segelboot dahinglitten. Ich denke an die Art, wie sie es gesagt hat, leise, während sie mich so unverwandt ansah, als trage sie das ganze Universum in sich.

Diesen kostbaren Moment zwischen ihr und mir hat es gegeben und mein Herz hat ihn deutlich wahrgenommen.

Nein, ich habe mich nicht getäuscht. Das war Liebe. Jene Art Liebe, die auf der Haut brennt und die man nicht vergessen kann. Ich kann mich nicht damit abfinden, dass es jetzt nur noch eine Erinnerung sein soll. Ich habe das Glück ganz in meiner Nähe gespürt, so nah, dass ich es mit der Hand greifen konnte.

Ich kann und will nicht auf Emma verzichten. Das werde ich niemals tun.

Doch der Platz neben mir ist leer.

Ich fahre mit einem Finger über den Rand meines Glases und lache bitter.

Den meisten Leuten muss so etwas verrückt vorkommen, und trotzdem geschieht es immer wieder. Zwei Menschen setzen sich auf dieselbe Bank, ihre Hände berühren sich, ein kurzer Hinweis auf einen Film, ein Lied oder etwas, was beide interessiert, ein Lachen, und sechs Monate später tauschen sie vor einem Priester die Ringe aus. Ein Mann kauft beim Antiquar ein Buch, findet darin eine Widmung mit Telefonnummer und findet auf diese Weise seine erste Liebe wieder. Dein Hund läuft weg, rennt auf die Straße, ein Wagen bremst gerade noch rechtzeitig, und am Steuer sitzt die Frau deines Lebens.

Oder eines schönen Tages, der genauso schön ist wie alle anderen, aber viel bedeutungsvoller, erscheint die Frau deiner Träume mitten in der Nacht auf der Sternwarte eines kleinen Dorfes im Hinterland und schenkt dir Momente größten Glücks. Du würdest gern die Zeit zurückdrehen, um diese Nacht noch einmal zu erleben. Wir haben die Sterne zusammen betrachtet, waren ein Teil des Universums.

Ihr Blick hat mich tief berührt, wer weiß, was sie daran gehindert hat, mir eine Nachricht zu hinterlassen. Irgendetwas muss da gewesen sein.

Aber diese Überlegung hilft mir nicht, mich besser zu fühlen, kann die Lücke nicht ausfüllen, tröstet mich nicht, wenn abends der Kummer übermächtig wird.

Ich trinke noch einen Schluck von dem kühlen Wein, betrachte die Segelschiffe und die Motorboote, die an ihren Liegeplätzen am Rand der Badezone schaukeln.

Eine Möwe schwebt über meinem Kopf. Es ist alles da: das Meer, der Wind, diese schöne und so lebendige Jahreszeit …

Beim Anblick dieser paradiesischen Schönheit aus Sand und Meer überkommt mich die Versuchung, auf eines der Boote zu springen und einfach wegzufahren. Mir ein Jahr frei zu nehmen, alles hinter mir zu lassen. Mich eine Weile von der Welt zu verabschieden, von dem Leben, in dem es nur um Ziele und Erfolge geht, in dem ich immer gehetzt bin und nichts Bestand hat. Mich von den düsteren Gedanken zu befreien, die mich nicht schlafen lassen. Losfahren ohne Ziel, bis aufs offene Meer hinaus, wo die Möwen kreisen und es keinen Ort gibt, an dem man Halt machen muss. Sich die Freiheit zu nehmen, etwas anderes zu sein, als man immer war, nicht dem Bild zu entsprechen, das andere von einem haben. Mit dem Gesicht im Wind und dem Blick zum Horizont, um sich am Ende wiederzufinden.

Ich weiß nicht, was ich sonst tun soll, und so schaue ich der Sonne zu, die langsam hinter den bläulichen Hügeln verschwindet und die Nacht, die aufsteigt, mit neuen Versprechen beglückt.

Ich bete um ein Zeichen.

Irgendetwas, das mir sagt, dass das noch nicht das Ende ist.

19

Als mich der Chef ein paar Tage später zum Essen einlädt, überkommt mich das Gefühl, dass nun alles zusammenbricht.

»Wenn ich eins nicht leiden kann, ist es Inkompetenz«, bricht es aus Sergio Berti heraus, als wir von der Via Feraldi zum Burger-Restaurant an der Piazza Eroi Sanremesi gehen. »Aber Inkompetenz und Online-Journalismus, das ist ja gerade die tödliche Mischung.«

Ich frage mich, was ich nun schon wieder verbrochen habe, womit ich solche Worte verdient habe. Ich sitze da, esse mit ihm einen Hamburger und höre mir seine zornigen Predigten an.

»Ich hasse diese verfluchten Geräte, und sie hassen mich. Sie spüren meine Verachtung und wollen mir das bei nächster Gelegenheit heimzahlen. Im Steinzeitalter hatten die Menschen es besser als wir.«

Ja, ganz genau.

Wir sitzen auf hohen schmiedeeisernen Hockern, die Tische sind aus Holz, und an der Wand sind Schrauben und Schlüssel aufgehängt wie in einer Werkstatt. Und alles riecht nach Gegrilltem.

»Normalerweise mag ich dieses amerikanische Zeug ja nicht«, erklärt er mir, »ich meine, so ein Teller Tagliolini allo scoglio, das ist schon was anderes. Aber ab und zu überkommt mich die Lust, etwas Substanzielles zu essen.«

Er grinst mir zu, während er herzhaft in seinen Burger beißt.

Die düstere und bedrückende Frage, auf die ich warte, kommt, als er sich Ketchup auf die glasierten Zwiebeln schüttet. »Serra, darf man erfahren, was mit Ihnen los ist? Ich erkenne Sie gar nicht wieder. Ist Ihnen in jüngster Zeit etwas zugestoßen?«

Er schaut mich mit seinen kleinen Pokerspieleraugen durchdringend an.

Nein, Chef, mir ist nichts passiert. Aber mein Leben ist wegen einer Frau, die es nur eine Nacht gegeben hat, wie auf den Kopf gestellt, und seitdem fällt es mir schwer, mit der Welt und ihren Bewohnern zurechtzukommen.

»Ich durchlebe gerade eine etwas schwierige Phase, aber das ist nur vorübergehend«, sage ich und sehe woanders hin. Ich hoffe, dass diese Seelenfolter schnell vorbei ist.

Signor Berti zieht die Brauen hoch.

»Was, zum Teufel, reden Sie da? Serra, ich bin nicht Ihr Beichtvater, Ihre privaten Misserfolge interessieren mich nicht die Bohne! Aber da ich ein ehrlicher Mensch bin, will ich es Ihnen sagen: Ihre Beiträge der letzten Woche waren beachtlich.«

Wie? Was? Können Sie das noch mal sagen?

»Wirklich?«, stottere ich.

»Ja doch! Es ist ja kein Geheimnis, dass ich meine Angestellten nicht besonders schätze. Aber Ihre letzten Interviews sind spontan und lebendig. Wenn Sie wollen, schreiben Sie ausgesprochen gut, auch die Leser haben sehr positiv reagiert.«

Beglückwünscht er mich gerade? Dient diese ganze Show mit dem gemeinsamen Mittagessen, weit weg von Valerio und Alice, vielleicht doch nicht dazu, mir die Papiere zu geben, sondern mir Anerkennung zu zollen?

Oder macht er sich nur über mich lustig? Ich warte schweigend ab.

»Verstehen Sie mich nicht falsch, Serra«, fügt er schnell hinzu. »Sie bekommen keine Beförderung, und Sie sind auch nicht der neue Giovanni di Lorenzo. Doch wir müssen eine Lösung für das Problem mit Ihrem Vertrag finden, der ja bald ausläuft. Haben Sie sich dazu schon irgendwelche Gedanken gemacht?«

Aha. Es geht also doch um meine Entlassung. Die Komplimente hat der Wind weggeblasen.

Ich beuge mich vor, als hätte ich einen Schlag in den Magen bekommen. Ich räuspere mich, um Zeit zu gewinnen.

»Tja, also … nicht wirklich … ich muss schauen«, sage ich vorsichtig.

»Wenn Sie wollen, kann ich Ihnen helfen. Ich bin Experte und glaube, ich kann dazu etwas sagen.«

Er ergreift Messer und Gabel, schneidet ein riesiges Stück Hamburger ab, taucht es in die Sauce und schiebt es sich in den Mund.

»Sehen Sie, Serra«, erklärt er kauend, »ich habe mein ganzes Leben dem Journalismus geweiht. Man kann sagen, der Journalismus ist mein Leben. Feldforschung, Recherchen, bissige Leitartikel, Gesellschaftsanalysen, Skandale in Casinos. Ich erinnere mich an alles, als wäre es gestern gewesen. In Schlagzeilen war ich besonders stark, ich verfasste griffige Headlines und stellte Fragen, die die Leute mitten ins Herz trafen«, sagt er, und einen Moment lang drehen sich die Zeiger zurück in die Achtziger- und Neunzigerjahre, als San Remo noch San Remo war und ganz im Zeichen des Festivals stand. »Das hier ist eine hochmütige Stadt, sie ist es gewohnt, mit Musik und Chansons unterhalten zu werden. Sie hat nicht mal sechzigtausend Einwohner und ist immer in den Acht-Uhr-Nachrichten. Da verliert man leicht die Bodenhaftung.«

Nach dieser Einleitung verliere ich sie auch, offenbar mache ich einen verwirrten Eindruck.

»Serra, was ist los? Hören Sie mir überhaupt zu? Sie wirken so geistesabwesend.«

»Nein, überhaupt nicht. Ich habe nur in letzter Zeit schlecht geschlafen«, versuche ich mich zu rechtfertigen.

Der Chef holt tief Luft und schwelgt dann wieder in seinen Erinnerungen.

»Wir alle treffen eine Wahl. Ich habe immer gemacht, was mir gefiel, und deshalb bereue ich nichts, auch wenn heute alles schiefläuft«, sagt er schnaufend.

Ich spüre einen Stich im Magen.

»Chef, wollen Sie damit andeuten, dass Sie schon eine Entscheidung getroffen haben?«, frage ich unsicher.

Darauf folgt ein längeres Schweigen seinerseits, und das ist die deutlichste Antwort, die ich bekommen kann. Ich fühle mich seltsam benebelt.

»Da Ihr Vertrag noch nicht ausgelaufen ist, habe ich natürlich auch noch keinen Ersatz gesucht. Aber wir werden schon das Richtige tun.« Jetzt redet Sergio in ganz anderem Ton.

»Als meine Karriere begann, wusste ich genau, was ich wollte. Ich ging überallhin, gab mein Einverständnis, wenn es Grund dazu gab, drückte Hände. Wenn man jemandem etwas verwehren musste, war ich nicht zu feige. Ich schrieb meine Artikel, hatte Feuer in den Adern und nie Angst, es nicht zu schaffen. Manchmal kommt man im Leben an den Punkt, an dem man spürt, welchen Weg man zu gehen hat. Dann gibt es keine Ausreden mehr. Für Sie ist dieser Tag offenbar noch nicht gekommen, aber vielleicht passiert es morgen oder übermorgen.«

Er redet wie ein weiser Mensch, der zugleich klar und deutlich die Zukunft erkennt.

Ich frage mich, ob dieser Tag, von dem er spricht, für mich jemals kommen wird. Immer sehe ich nur, dass meine Bemühungen, zu verstehen, was für ein Mensch ich bin und was ich werden möchte, umsonst sind. Und ich muss zugeben, dass ich dieses Gefühl manchmal auch genieße.

»Wenn wir auf den Kern der Sache zu sprechen kommen, mein lieber Junge, glaube ich, die eigentliche Frage, die wir uns stellen müssen, ist, ob das alles zu Ihnen passt oder ob es nicht besser wäre, Ihren beruflichen Horizont zu erweitern. Sie denken sicher, dass ich das alles nicht sehe, aber ich sehe es sehr wohl, ich habe Sie genau im Blick.«

»Chef, ich …«

»Nein, warten Sie, ich habe noch ein paar Dinge zu sagen. Überlegen Sie mal, was Sie von uns haben. Wenig Geld, keinerlei Möglichkeiten weiterzukommen. Vielleicht würde ich Ihnen sogar einen Gefallen tun, wenn ich Ihren Vertrag nicht verlängere.« Dann gibt er mir mit seiner fettigen Hand einen Klaps auf die Schulter.

Ich weiß nicht, ob er sich wirklich Sorgen um meine Zukunft macht oder mir einreden will, wenn er mich entlässt, wäre das nur zu meinem Besten.

Ich lächele bemüht, während Sergio auf seinem Smartphone die Termine kontrolliert. Dann bittet er um die Rechnung und hebt seinen Cola-Becher.

»Gut, ich glaube, ich habe Ihnen deutlich gemacht, wie ich die Dinge sehe. Machen Sie jetzt erst mal so weiter. Alles Weitere sehen wir dann.«

Als ich drei Stunden später den Anruf erhalte, sitze ich in meiner Wohnung vor dem Computer und trinke einen Kaffee.

»Ich werde jetzt offiziell dein bester Freund sein«, erklärt Iacopo lachend. »Ich habe nämlich eine super Nachricht für dich.«

»Vielleicht will ich sie gar nicht hören.«

»Wir gehen zu viert aus!«

»Du brauchst nicht so zu schreien, du durchbohrst mir gerade das Trommelfell!«

Er zeigt sich völlig unbeeindruckt.

»In letzter Zeit gab es ein paar Missverständnisse zwischen uns. Deswegen will ich dir ein Friedensangebot machen, und dieses Angebot ist ein echter Knüller und heißt Marta.« Er überlegt einen Moment. »Oder Mara, ich bin mir nicht ganz sicher. Aber ich sage dir, bei der Figur ist das auch nur ein unwichtiges Detail. Also, bist du mit dabei?«

Ich muss lachen.

»Sie ist die Freundin einer Freundin. Ich habe ihr ein Foto von dir gezeigt, sie sagt, du seist echt süß. Na, was sagst du dazu?«

»Das ist wirklich sehr nett von dir.«

»Es ist eher ein humanitärer Akt.«

»Ich denk mal drüber nach. Allerdings …«, sage ich zögernd und gieße Milch in meinen Kaffee.

»Allerdings?«, hakt mein Playboy-Freund nach.

»Ich bin nicht gerade in der Stimmung, um jemanden kennenzulernen.«

Iacopo seufzt.

»Ach, Entschuldigung, wie konnte ich das nur vergessen. Du hast ja die Frau deines Lebens bereits gefunden. Oder besser gesagt, die Schimäre, die dir gerade das Leben ruiniert.«

»Bitte, lass uns nicht wieder davon anfangen«, sage ich gereizt.

»Bei dir redet man wirklich gegen eine Wand«, entgegnet er leicht eingeschnappt. »Und ich habe gehofft, dass du mich mal überraschen würdest. Ich kenne wirklich keinen sonst, der so blöd ist, auf ein Rendezvous zu verzichten, das ihm auf dem Silbertablett serviert wird und das mit solch einer Sahneschnitte.«

»Du wirst auch keinen sonst finden. Ich bin der größte Idiot auf Erden. Kapiert?«

Er gibt nicht auf, diesmal geht er aber etwas freundlicher vor. »Samu, in letzter Zeit warst du immer müde, hattest riesige Ringe unter den Augen. Ich will dich einfach nicht mehr wie einen Sack Kartoffeln auf dem Sofa rumliegen sehen, du musst unter Menschen. Mit Freunden zum Essen auszugehen, wird dir nur guttun.« Er kann sich einfach nicht bremsen, es ist stärker als er. »Und wenn du diese Titten sehen würdest!«

»Dein geistiger Abstieg erschüttert mich wirklich.«

»Ach komm, hör endlich auf, dir selbst zu schaden. Du könntest zufrieden sein. Und undankbar bist du auch noch. Ich sehe die Sache so …«

Ich bin drauf und dran, meine Tasse gegen die Wand zu schleudern. Ich sehe zu Leo hinüber, um mich zu beruhigen, aber es gelingt mir nicht. Iacopo dreht weiter das Messer in der Wunde, indem er wieder über Emma redet. Emma, diese böse Frau, die zu ihrem Amüsement ihr Spiel mit mir treibt; Emma, die, wenn sie wirklich so schön ist, wie ich behaupte, sowieso längst einen Verlobten oder Mann hat; Emma, die in undurchsichtige Angelegenheiten verwickelt ist und es mit wenig vertrauenswürdigen Leuten zu tun hat; Emma, die gar nicht Emma heißt und mir einen falschen Namen genannt hat; Emma, deren Lippenabdruck auf dem Spiegel Ciao für immer bedeutet.

»Jetzt reicht's!«, unterbreche ich ihn wütend. »So ist es ganz und gar nicht, hör endlich auf, mich zu therapieren!«

»Ruhig, ganz ruhig. Ich bin Guru und Philosoph, kein Psychologe. Hast du ein Problem? Ich habe die passende Lösung. Geh auf Distanz, und alles wird einfacher«, sagt er unbeeindruckt. Er ist stur wie ein Esel.

Ich trinke meinen Kaffee aus, stelle die Tasse ins Spülbecken und lächele meinem Freund Leo zu, der seine Richtung ändert und seine Schwanzflosse bewegt, dass das Wasser nur so spritzt.

»Nun komm schon, es ist doch bloß ein Abendessen«, insistiert Iacopo. »Zieh ein schönes Sakko an, kämm deine Haare und sprüh dich mit Parfum ein. Marta ist sensationell. Sie wird dich mögen.«

»Du hast gut reden.«

»Ist doch alles ganz easy. Sei freundlich, gib ihr bei allem recht, was sie dir erzählt, damit sie denkt, sie wäre was Besonderes … Dann wirst du garantiert einen tollen Abend verbringen, ohne über die Sterne zu philosophieren.«

Ich klemme das Telefon zwischen Kinn und Schulter und versuche, den Argumenten meines Freundes nicht zu erliegen.

»Iacopo, ich weiß, dass es verrückt ist, aber ich kann einfach nicht aufhören, an Emma zu denken. Irgendwie hoffe ich, dass ich sie doch noch finde.«

Ich trete ans Fenster, öffne die Läden und lasse die Sonne herein.

»Ja, klar, aber das hier ist doch eine ganz andere Sache. Nimm es als Zeitvertreib. Mach es dir nicht so schwer, ein bisschen Abwechslung tut dir nur gut. Du wirst sehen, danach geht es dir wieder viel besser.«

»Du bist aufdringlicher als ein Händler auf dem Basar.«

»Warum rufst du mich an, wenn du dir sowieso nichts von mir sagen lässt?«

»Na ja, eigentlich hast du mich angerufen.«

»Komm trotzdem mit, sei nicht so spitzfindig.«

Wir diskutieren noch weiter fünf Minuten. Am Ende gebe ich auf.

20

An einem warmen und klaren Vormittag Ende August habe ich zwei Begegnungen. Ich bin früh losgegangen, um Fischfutter für Leo zu kaufen und ein paar Besorgungen zu machen. Als ich wieder ins Haus komme, begegne ich dem Postboten, dem Spaßvogel.

»Guten Morgen, Signor Serra. Hier bringe ich Ihnen Ihre beiden Lieblingszeitschriften.«

Er hält sie mir unter die Nase und sieht mich mit seinen braunen Augen lauernd an.

»Ich hab in meinem Leben ja schon unzählige Magazine gesehen. Über Medizin, die Jagd, über das Angeln, Inneneinrichtungen und sogar über Küchenmesser. Aber das hier schlägt dem Fass den Boden aus!« Er lacht und scheint sich kaum beruhigen zu können. Dann liest er laut vor:

»*Zehn unverzichtbare Ratschläge für komplexe digitale und transmediale Kommunikationsvorhaben.* Meine Fresse, das sind ja mal Ausdrücke! Jetzt sagen Sie mal ehrlich, sind Sie auch einer von denen?«, fragt er unverblümt.

Ich trete automatisch einen Schritt zurück. Dann sage ich mir, dass ich reagieren muss. Ein bisschen Spaß ist ja schön und gut, aber das hier geht zu weit.

»Ich habe Sie nicht nach Ihrer Meinung gefragt«, sage ich und nehme ihm die Zeitschriften aus der Hand.

»Uiii! Was ist denn mit Ihnen los?«

»Das will ich Ihnen gern erklären. Es geht Sie nichts an, welche Zeitungen ich lese, und Sie müssen das auch nicht kommentieren. Machen Sie einfach Ihre Arbeit, da wäre schon viel gewonnen!«, fahre ich ihn an.

Der Briefträger sieht mich perplex an. Dieser aufgebrachte Mann, den er da vor sich hat, muss ein anderer sein als der immer so friedliche Samuele Serra.

Die Witwe Verrando öffnet ihre Tür einen Spalt und lugt hindurch. Manche Situationen sind Wasser auf ihre Mühlen.

»Was ist denn hier los? Ach, junger Mann, immer in Bewegung«, sagt sie zufrieden.

»Guten Tag, Signora«, erwidere ich höflich. »Nichts ist los, keine Sorge. Nur ein kleiner Gedankenaustausch zwischen einem Dienstleister und einem Kunden.«

»Schon gut, schon gut, ich wollte Sie nicht beleidigen«, murmelt der Postangestellte. »Vielleicht habe ich da auch etwas falsch verstanden.«

Er grüßt die Witwe und trottet mit eingezogenen Schultern von dannen. Ich führe Krieg gegen den Briefträger, die Verrando kämpft gegen den Mann vom Reinigungsservice.

»Sehen Sie mal hier, dieser Mann hinterlässt die Treppen immer in einem katastrophalen Zustand«, schimpft sie und lehnt sich weiter aus der Tür heraus. »Irgendwann nehme ich den Putzeimer und den Aufnehmer und zeige ihm, wie man das macht. Das ist doch kein Putzen!«

»Signora Verrando, regen Sie sich doch nicht so auf.«

»Ich soll mich nicht aufregen? Und ob ich mich aufrege, ich sehe dieser Schlamperei nicht mehr tatenlos zu.

Ich werde mich bei der Hausverwaltung beschweren. Hoffentlich antworten sie dieses Mal. Eine Bande von Drückebergern ist das! Die Leute haben vor nichts mehr Respekt!«

Sie macht sich an der Tür zu schaffen und schiebt die Fußmatte zurecht.

»Ach, lassen wir das, es bringt ja doch nichts.« Sie zögert eine Weile, dann sagt sie:

»Darf ich Ihnen einen guten Rat geben?«

»Sicher, einen guten Rat sollte man nie ablehnen.«

»Ärgern Sie sich nicht zu sehr über den Briefträger, er ist ein seltsamer Typ, manchmal ein bisschen aufdringlich mit seinen dummen Späßen, aber im Grunde ist er harmlos.«

Sie bringt mich in Verlegenheit, und ich versuche, mich zu rechtfertigen.

»Ich weiß, aber diese Zeitschriften sind mir sehr wichtig.«

»Ich glaube, die Dinge sind jetzt für alle Beteiligten klar«, sagt sie leicht amüsiert. »Wissen Sie eigentlich noch, dass wir eine Verabredung hatten? Haben Sie noch Lust auf einen Kaffee und ein Stück von meiner Focaccia?«

Ich habe ein schlechtes Gewissen. Ich hatte ihr versprochen, sie zu besuchen, habe mich dann aber nicht mehr blicken lassen. Ich will ihr zulächeln, denn damit kann man nie etwas falsch machen, aber mir gelingt nicht mehr als eine komische Grimasse.

»Sie sehen aus wie ein geprügelter Hund, junger Mann.«

»Das sagen alle«, antworte ich verlegen und reibe mir verlegen den Nacken. »Deshalb nehme ich Ihre Einladung gerne an.«

Die Verrando strahlt.

»Eine richtige Entscheidung. Heute ist meine Focaccia besonders gut geworden«, erklärt sie zufrieden.

Die kleine alte Frau bietet mir einen Platz an und setzt sich auf einen Sessel. Auf einem Tisch steht schon alles bereit. Teller, Tässchen, Zuckerdose und Kaffeekanne auf einem Spitzendeckchen.

Ich betrete diese Wohnung zum ersten Mal. Ich setze mich und sehe mich um. Die Wohnung ist, obwohl sie im Parterre liegt, groß und hell, die Möbel sind massiv und an den Fenstern hängen Gardinen aus weißer Spitze. Auf Kommoden stehen verschiedene Vasen mit Blumen – Orchideen, Pfingstrosen und stark duftende Gardenien –, an den Wänden hängen Landschaftsbilder, die Ruhe und Heiterkeit ausstrahlen.

»Die hat mein armer Mann gemalt«, sagt sie gerührt und zeigt darauf. »Er war Lokführer, und da er immer in seine Lok eingesperrt war und durch Tunnel fahren musste, begann er zu malen, sobald er im Freien war.«

»Diese Bilder sind wunderschön. Ihr Mann muss ja ein toller Kerl gewesen sein«, sage ich, während ich mir zwei Löffel Zucker für den Kaffee nehme.

Sie sieht stolz und glücklich aus. Sie erzählt, dass er ein guter Mann gewesen sei, wie es sie heute nicht mehr gebe. Dann sieht sie bekümmert aus dem Fenster.

»Als junges Mädchen war ich Näherin in einem großen Laden beim Casino, aber nach unserer Heirat brauchte ich nicht mehr zu arbeiten. Ich wurde Hausfrau und kümmerte mich um alles: Putzen, Kochen, Sparen, Pläne machen, Freunde einladen.«

Ich wage mir kaum vorzustellen, wie viel Energie die Verrando gehabt haben muss, als sie jung war.

»Von uns beiden war ich die Stärkere. Aber er war einfach der Beste von allen.« Sie macht eine Pause, als hätte ihr etwas auf den Magen geschlagen. »Er war der Mann meines Lebens. Bescheiden, immer freundlich und dankbar. Er wollte nie das letzte Wort haben. Streiten konnte man sich nicht mit ihm, alle hatten ihn gern. Er war liebevoll und großzügig. Zusammen zu sein war unser ganzes Glück. Wenn er wegfahren musste, schickte er mir immer ganz reizende Liebesbriefe.«

»Das ist ja wirklich romantisch.«

»Er war kein Dichter, aber wenn er an mich dachte, fielen ihm wunderschöne Sätze ein. Seither ist viel Zeit vergangen, aber ich bin sicher, dass es nicht umsonst war.«

»Haben Sie denn immer hier in der Wohnung gelebt?«

»Ich bin in San Remo geboren, habe hier in der Wohnung seit meiner Hochzeit gelebt, und eines schönen Tages, der noch sehr weit entfernt ist, werde ich auch hier sterben«, sagt sie nicht ohne Stolz.

Ich werde neugierig und frage sie, wie die Stadt früher war.

»Sie war ein einziges Schauspiel. Meine Erinnerungen sind die eines kleinen Mädchens, das vom blauen Meer und den Schiffen, den schönen Belle-Epoque-Palästen und den luxuriösen Schaufenstern begeistert war. Von den Villen und den prächtigen Gärten ganz zu schweigen. Die englischen und nordeuropäischen Adeligen waren verliebt in das milde Klima der Riviera. Blumen in allen Farben, so weit das Auge reichte, und man spürte die Atmosphäre von echtem Wohlergehen. Dann kam der Krieg …«

Die Witwe hält einen Moment inne, verzieht leicht den Mund und fährt dann fort, als erzählte sie ein Märchen:

»Wir wurden bombardiert. Wir sind gefallen und wieder aufgestanden. Ich wurde ein junges Mädchen, dann eine junge Frau, und als ich volljährig war, eine liebende und hingebungsvolle Ehefrau. San Remo und die Welt, meine Welt, haben sich weiterentwickelt. In all diesen Jahren habe ich gespürt, wie das Leben durch mich durchfließt. Tausende Nachmittage bin ich am Meer spazieren gegangen und habe gedacht, dass es schon vor mir da war und auch nach mir da sein wird. Alles hatte seinen Sinn. Oft kam ein leichter Wind auf, wenn ich am Strand war. Damals waren wir noch zu zweit.«

Sie denkt einen Moment nach und zieht die Augenbrauen zusammen. Sie braucht Zeit, um in diese lang vergangene Epoche zurückzukehren.

Ich schweige, um den Zauber nicht zu zerstören.

»Es heißt immer, heute wäre alles nicht mehr so gut, aber dieser Meinung bin ich nicht. Man lebt länger, alles ist bequemer geworden, man heiratet später, und die Kinder kommen nicht mehr so früh. Das ist aber nur eine Art, die Dinge aufzuschieben. Man hat nicht mehr das Bedürfnis und die Lust, einen Schritt weiter zu gehen, weil es zu einfach und zu angenehm ist, bei dem zu verharren, was man hat.«

In der Ferne hört man eine Glocke läuten. Die Verrando sieht mich lange an. Ich glaube, sie weiß es zu schätzen, dass ich schweige und zuhöre.

»Ich habe erlebt, wie Leute groß wurden und weggingen, um anderen Platz zu machen. Anderen wie Sie einer sind, Samuele. Solche, die ihren Raum so schnell wie möglich einnehmen.«

Wieder macht sie eine Pause.

»Wenn ich Kinder gehabt hätte, wäre mein Enkel jetzt ungefähr so alt wie Sie.«

Ich möchte ihr sagen, dass ich gern dieser Enkel sein würde, aber das wäre vielleicht ein bisschen übertrieben.

Wir lachen beide ein wenig, und jetzt kann ich unbeschwert weiter ihre Erinnerungen anhören. Ich rühre in meinem Kaffee und tauche ein Stück Focaccia hinein.

»Sie ist wirklich ausgezeichnet«, sage ich.

»Sie brauchen sie nicht zu loben, nehmen Sie lieber noch ein Stück, junger Mann. Nachmittags mache ich neue.«

»Strengt Sie das Backen nicht zu sehr an?«

»Ich bin allein und habe sehr viel freie Zeit. Backen ist immer noch besser, als ins Altersheim zu gehen und nur noch fernzusehen.«

Ihr Lachen erfüllt das Zimmer, dann wird sie plötzlich ernst und meint, ich sähe mitgenommen aus und hätte abgenommen. Nachdem sie ein paar Minuten von früher erzählt hat, fragt sie mich, ob ich verliebt bin.

»Ja, diesmal bin ich es wirklich«, erkläre ich seufzend. »Als hätte ich nicht schon genug Probleme, kommt das jetzt auch noch dazu.«

»Das hatte ich mir schon gedacht. Wie ist sie denn so? Ist sie hübsch?«

Sie sieht mich neugierig an, während ich meine Gedanken ordne.

»Ich habe völlig den Kopf verloren«, sage ich verträumt. »Sie ist ein wunderbares Mädchen, aber ich kann sie leider nicht erreichen. Ich weiß nicht mal, ob ich sie wiedersehe.«

»Warum suchen Sie nicht nach ihr?«

»Ich habe schon alles versucht, aber allmählich weiß ich nicht mehr, wie ich sie wiederfinden soll. Wahrscheinlich bleibt mir nichts anderes übrig, als aufzugeben«, sage ich traurig.

»Sie reden von ihr, als ob sie eine Erscheinung wäre.«

»Das kommt der Sache ziemlich nahe.«

Die alte Frau sieht mich voller Mitgefühl an.

»Soll ich Ihnen ein Geheimnis verraten?«

Ich nicke.

»Heute ist mein Geburtstag. Mein Arzt hat gesagt, ich soll mich ruhig verhalten und ausruhen. Aber heute werde ich achtzig und habe einen guten Schluck verdient. So sind wir schon zwei. Das Alter nimmt einem so viele Dinge, da muss ich mir andere einfach erlauben.« Sie lächelt schelmisch.

Ich komme nicht dazu, ihr zu gratulieren, denn schon ist sie in der Küche verschwunden. Dann höre ich das Geräusch von Besteck und das Knallen eines Korkens. Die Verrando kommt eiligen Schrittes herein, mit einer Flasche Spumante, aus der noch Schaum herausspritzt, und zwei bis zum Rand gefüllten Gläsern.

»Trinken wir auf Ihre ersten achtzig Jahre«, sage ich scherzhaft.

»Trinken wir auf das Leben und die Liebe!«, entgegnet sie.

Die Verrando strahlt, ihre Augen leuchten, offensichtlich tut es ihr gut, zu reden. Einen Moment habe ich das Gefühl, es mit einer alt gewordenen Ilenia zu tun zu haben.

»Nein, Signora, dieser Schluck soll ganz auf Ihr Wohl sein. Heute ist ein sehr wichtiger Tag. Herzliche Glückwünsche!«

Sie sieht mich für den Bruchteil einer Sekunde an. Ihr Gesichtsausdruck ist feierlich.

»Ich sage Ihnen etwas ganz Einfaches: Jeder Tag ist wichtig. Ich habe es immer wieder zu meinem Mann gesagt und wiederhole es auch für mich selbst, seit er nicht mehr da ist. Jeden Tag für sich zu genießen ist das Geheimnis der Gesundheit. Aber darf ich Sie etwas fragen?«

»Natürlich, gerne.«

»Sind Sie glücklich, Samuele?«

Ich beiße mir auf die Unterlippe. Ich kann mich nicht erinnern, wann ich zum letzten Mal so niedergeschlagen war.

Ich trinke einen Schluck Spumante.

»Ich bin es mal gewesen, allerdings nicht für sehr lange Zeit.«

»Sie haben so einen verlorenen Blick.«

»Es ist, als ob ein Teil von mir selbst fehlte, aber ich will Sie damit nicht langweilen.«

Die Signora Verrando richtet sich gerade auf, stellt ihr Glas ab und verschränkt die Hände.

»Das Leben ist voller Gefahren, es passiert viel Überraschendes, und plötzlich begegnet man jemandem. Wenn ich eins gelernt habe, dann dies: Man darf die Menschen, die einem wichtig sind, nie aus den Augen verlieren.«

»Das ist leider wahr. Es gibt im Leben Situationen und Menschen, die nicht wiederkommen«, sage ich zustimmend und hoffe zugleich, dass Emma nicht eine von ihnen ist.

»Jedenfalls ist es kein Fehler, etwas zu versuchen, auch wenn man scheitert.«

Die Signora Verrando hat eine Art, die Dinge, die mir kompliziert erscheinen, in einfachen Worten auszudrücken.

Als ich mich verabschiede, ist es schon Mittag.

»Vielen Dank, Signora, und bitte entschuldigen Sie, dass ich Sie nicht früher besucht habe.«

Zu meiner Überraschung umarmt mich die Verrando.

»Keine Sorge, junger Mann. Wer gut leben will, sollte sich nicht zu viele Sorgen machen.« Jetzt erinnert sie mich an Iacopo. »Es hat mich sehr gefreut, meinen Geburtstag mit Ihnen zu feiern.«

»Mich auch. Sie sind eine ganz besondere alte Dame.«

»Und Sie, Samuele, sind ein junger Mann mit unglaublich viel Mut«, sagt sie augenzwinkernd.

Die Aussicht, heute Abend auszugehen, trägt nicht zur Besserung meiner Stimmung bei.

Ich stehe vor dem Schrank und suche nach dem passenden Sakko. Am liebsten würde ich Iacopo anrufen und ihm sagen, dass ich mich nicht wohlfühle und wir den berühmt-berüchtigten Abend zu viert, an dem er mir Marta, Mara oder wie zum Teufel sie heißt, vorstellen will, verschieben müssen.

»Was sagst du dazu, Leo?«

Leo ist ein ruhiger Fisch, der auf Akrobatik verzichtet. Er macht keine großen Sprünge.

»Ach so! Ich verstehe, ihr zwei steckt unter einer Decke, du hast dich mit dem Verführer abgesprochen und ihr wollt unbedingt, dass ich andere Frauen kennenlerne. Aber eins ist klar, wenn ich es mache, dann nur für dich, nicht für Iacopo!«

Ich versuche, seinem Blick zu begegnen, doch das ist nicht leicht.

»Im Grunde ist es ja auch nicht so schlimm, wenn ich hingehe. Immerhin ist Emma auch gegangen und hat sich auf den Weg gemacht. Ich muss meinen Weg auch finden. Schließlich sind wir nicht verlobt.«

Das Licht fällt durch die Gardinen und malt kleine Kreise auf den Boden.

»Hat sie sich bei dir gemeldet, Leo? Nein, bei mir auch nicht. Was soll's? Ich ziehe mich jetzt an und gehe aus. Und wenn es mit dieser Frau nichts wird, dann warte ich noch ein bisschen. Es gibt so viele da draußen.«

Seinen Träumen zu folgen bedeutet vielleicht genau das: den Mut zu haben, sich nicht an einer Illusion festzuhalten und nach vorn zu schauen. In die Zukunft, auf das Neue.

»Zum Teufel mit Emma! Es wird Zeit, dass ich mir eine neue Freundin suche.«

Ich verspüre eine enorme Wut. Auch auf mich selbst, weil ich nie aus meinen Fehlern lerne. Ich muss aufhören, mich so schlecht zu fühlen. Ich muss den Knoten in mir lösen.

Wenn man das nur auf Befehl könnte!

Ich gehe in der Wohnung auf und ab. In keinem meiner Zimmer fühle ich mich wohl. Weder auf dem Sofa noch auf dem Bett, auch nicht am Schreibtisch, auf dem Unmengen Papiere liegen. Vielleicht dusche ich noch mal, aber im Bad sehe ich dann den Spiegel mit dem Abdruck von Emmas Lippen.

Wenn Leo mehr Anteil nähme – wenn er es nur könnte –, würde er vielleicht einen Arzt rufen, der mich untersucht.

Ich schüttele den Kopf, atme durch und gehe auf die Terrasse, um frische Luft zu schnappen.

Ich versuche, mich zu entspannen. Ich möchte mich in der Magie des Augenblicks verlieren, aber diese Bucht und diese Farben reichen nicht, um meine Seele zu besänftigen. Ich bin vom ersten Moment an nicht Herr über die Handlung dieser Geschichte gewesen, ihr Held ist nur noch ein Schatten seiner selbst.

»Die Zeit vergeht nicht umsonst«, hat die Signora Verrando gesagt. »Alles hat irgendwo seinen Sinn.«

Wenn die Zeit ihre Ziele hat, es also so etwas wie ein Schicksal gibt, dann ist meines eher lachhaft.

»Wir haben alle schon mal Momente erlebt, in denen wir vor Angst wie gelähmt waren, so dass wir uns nicht trauten, eine Entscheidung zu treffen, oder uns so sehr an die Vergangenheit klammerten, dass wir nicht mehr vorwärtskamen«, hat die muntere Achtzigjährige gesagt, bevor sie noch einen großen Schluck Spumante trank. »Aber die wahre Liebe dauert ewig und hört niemals auf.«

Ein tiefsinniger Gedanke, den sie mit einer bereits etwas schweren Zunge äußerte, und danach herrschte ein fast mystisches Schweigen, das keiner von uns zu durchbrechen wagte.

Ich zünde mir eine Zigarette an. Der vom Wind freigelegte rosa Himmel beruhigt mich, die Sonne geht unter. Ich bin unsicher. Vielleicht sollte ich ausgehen. Vielleicht sollte ich allein sein, alles absagen und mich aufs Sofa legen.

Ich nehme mein Mobiltelefon aus der Tasche und überlege schon, ob ich Iacopo anrufen soll, da klingelt es an der Tür.

21

»Ich versuche dir zu helfen, und das ist dein Dank! Super! Was bist du nur für ein Freund.« Iacopo schwenkt protestierend die Arme.

»Pst! Sei doch leise, sonst hören sie uns noch! Jetzt zieh nicht so ein Gesicht. Und du redest von Freundschaft? Ich müsste dich eigentlich fragen, ob du wirklich mein Freund bist.«

»Natürlich bin ich das. Deswegen nehme ich dich doch so, wie du bist.«

Zur Abwechslung streiten wir uns mal wieder. Weil er fürchtete, dass ich im letzten Augenblick absagen würde – und ich war ja auch kurz davor –, hat Iacopo mich zu Hause abgeholt. Er kam hier mit zwei Frauen an, die sofort zu Leos Aquarium gestöckelt sind – »Oh, ist der süß! Wie niedlich!« –, dann haben sie sich mit ihren verführerischen, nach Parfum duftenden Kleidchen auf dem Sofa niedergelassen.

Nach ein paar Höflichkeiten habe ich den Eindringling gefragt, ob ich einen Moment mit ihm allein reden könnte, und wir sind auf die Terrasse gegangen.

»Du hättest mich wenigstens vorwarnen können.«

»Eben gerade nicht. Der Überraschungseffekt hat's doch voll gebracht.«

Ich verschränke die Arme und sage leise:

»Du bist ein super Stratege. Und was machen wir jetzt?«

»Du hast sie doch gesehen, das sind doch wirklich zwei großartige Mädchen. Und das Gute daran ist: Es gibt sie tatsächlich.« Er kichert hämisch und wackelt übermütig mit dem Kopf hin und her. »Wir machen jetzt erst mal eine Flasche auf, dann wickeln wir die beiden Hübschen langsam ein. Ich habe mir Folgendes überlegt: Wir gehen zusammen essen – keine Sorge, ich zahle –, und dann gehen wir auf eine Strandparty. Und dann ab in die Kiste.« Er zwinkert mir zu. »Man muss die Feste feiern, wie sie fallen.«

Ich nage unschlüssig an meiner Unterlippe. »Und was ist mit Emma?«

»Oje, die Paranoia kehrt zurück.«

»Sie wäre die Richtige für mich. Das Universum hat sie mir geschickt, verstehst du?«

»Du solltest dich wirklich mal untersuchen lassen.«

»Vielleicht haben wir uns schon in einem früheren Leben gekannt.«

»Am besten von einem Neurologen.«

»Und jetzt ist sie wiedergekommen, um ein zeiträumliches Kontinuum herzustellen.«

»Mein Gott, ist dir klar, was du da für einen Unsinn schwafelst? Hör sofort auf damit, Samu! Wir gehen jetzt zu den Mädchen, und ich schwöre dir, das wird ein Abend, von dem wir noch lange reden werden.«

Er packt mich und führt mich ins untere Stockwerk. »Lächeln, aber ganz unverkrampft, und mach nicht alles kaputt. Aber übertreib es auch nicht.«

Die Mädchen, Vanessa und Tamara, also weder Mara noch Marta, das hätte ich gleich wissen müssen, blättern gerade in meinen Werbefachzeitschriften, die auf dem Sofatisch liegen.

Objektiv betrachtet sind sie sehr hübsch. Zuerst hatte ich sie vor lauter Ärger gar nicht richtig angesehen.

»Jetzt gehören wir euch!«, ruft Iacopo triumphierend. »Weil ihr auf uns warten musstet, bekommt ihr gleich etwas zu trinken.«

Ich sehe die langen gebräunten Beine von Tamara, anmutig übereinandergeschlagen, einen niedlichen Fuß, der in einer Sandale mit hohem Absatz steckt. Mein Verstand sagt mir, dass ich mich an diesem Abend zwingen sollte, an etwas anderes zu denken, anstatt mich weiter zu quälen.

Tamara hat sich ein paar Kissen in den Rücken gelegt, um bequemer zu sitzen. Sie ist sechsundzwanzig und absolviert gerade ihre praktische Ausbildung in einem Anwaltsbüro. Sie hat in Genua studiert und nach dem Examen in einer Kanzlei für Zivilrecht an der Piazza delle Erbe gearbeitet. Aber San Remo hat ihr so gut gefallen, dass sie, wann immer sie Zeit hat, am Wochenende in den Zug springt und herkommt. Immer wenn sie da ist, geht sie mit Vanessa aus, die im Alten Hafen in einem Fischrestaurant kellnert. Mit ihrem letzten Verlobten ging es schief, weil er zu eifersüchtig und besitzergreifend war.

Während ich sie reden höre und ihr glattes schwarzes Haar ansehe, legt sich meine Nervosität, und die Erde wird wieder ein bewohnbarer Planet. Von allen Reden, mit denen mir Iacopo auf die Nerven gegangen war, ist eins sicher richtig: Ein bisschen Leichtigkeit kann nicht schaden, und angesichts der verschwundenen Emma, dem Damoklesschwert meines auslaufenden Vertrags und meiner abgelehnten Werbeprojekte wird mir klar, dass ich ein bisschen Unbeschwertheit gut gebrauchen kann.

Iacopo gießt Wein ein, wie immer Rossese, dabei flüstert er Vanessa etwas ins Ohr, die lauthals lacht und dabei den Kopf nach hinten wirft. Ab und zu schaut er zu mir herüber und gibt mir mit erhobenem Daumen Zeichen.

»Ich habe einen Tisch im Restaurant vor dem Casino reserviert«, verkündet er schließlich, während Tamara interessiert meinen Geschichten von der Sternwarte lauscht. »Auf der einen Seite das Casino, auf der anderen das Meer, so nah, das man beinahe darin zu essen glaubt. Wenn ihr losgehen wollt, die besten Gamberetti von San Remo warten auf uns.«

Die Mädchen sind begeistert, erheben sich und stellen dabei ihre hohen Absätze auf eine harte Probe.

»Ich hole nur mein Sakko, und dann können wir gehen«, sage ich, und sogar Leo scheint mir zuzuzwinkern.

Tamara ist wirklich eine Superfrau. Wenn ich ihr heute Abend nicht gefallen sollte, kann ich vielleicht morgen eine andere Frau kennenlernen.

Früher oder später wird sie schon kommen, die Frau, die meine Wohnung betritt und für immer dableibt. Mit der ich aufwache und frühstücke, die Freuden des Alltags genieße und erlebe, wie überraschend schön auch kleine Dinge sein können. Mit der ich mir Filme ansehen und stundenlang reden kann, ohne zu merken, wie die Zeit vergeht. Mit der ich mir die Zähne putze und etwas zu ihr sage, noch mit der Zahnbürste im Mund, mit der ich am Wochenende in die Berge fahre und gemeinsam einkaufen gehe.

Nachdem ich das Sakko angezogen habe, will ich noch einen Blick in den Spiegel werfen und gehe ins Bad. Und da sehe ich ihn: den roten Kuss, mit dem Emma mir Adieu gesagt hat.

In meinem Kopf beginnt es zu summen. Die Welt fängt wieder an sich zu drehen, und ganz plötzlich ist meine Begeisterung wie weggeblasen. Trotz der warmen Sommertemperaturen friere ich am ganzen Körper.

Als ich mich wieder zu den anderen geselle, empfängt mich Tamara mit einem verführerischen Lächeln, aber ich bin schon ein anderer. Jemand, der keine Lust mehr hat auszugehen.

»Iacopo, ich muss dir etwas sagen …«, sage ich mit ganz leiser Stimme und ziehe ihn am Ärmel, »ich bin raus.«

Mein Freund fragt sich, ob er mich richtig verstanden hat.

»Nein, Samu, bitte nicht. Fangen wir nicht wieder von vorne an.«

»Reden wir nicht mehr davon. Ich komme nicht mit.«

»Was?! Samuele, hör mit dem Unsinn auf«, zischt er mir zu. »Wir müssen jetzt los, krieg endlich deinen Arsch hoch.«

Er zieht mich am Ärmel. Er weist auf Tamara und Vanessa, die schon zur Tür gehen und sich auf einen heißen Abend freuen.

Ich sehe in die andere Richtung, aus dem Fenster. Der Mond lächelt mir vom Himmel zu und taucht die Bäume und Dächer in silbernes Licht.

»Tut mir leid, Iacopo. Mir ist nicht danach. Mehr habe ich nicht zu sagen.«

»Kannst du mir erklären, warum du jetzt alles vermasselst? Ich weiß echt nicht, was das soll.«

»Ich erwarte nicht, dass du mich verstehst.«

»Ist dir klar, dass ich deinetwegen dastehe wie ein Idiot? Du bringst mich wirklich in eine super peinliche Lage.«

»Jetzt beruhige dich mal. Wenn du hier nicht einfach so aufgetaucht wärest und mir ein bisschen mehr Zeit zum Nachdenken gelassen hättest …«

»An was willst du denn denken?« Er packt mich fester am Arm. »Diese Geschichte ist einfach nur lächerlich!«, ruft er aus.

Die beiden Frauen drehen sich überrascht um.

»Was ist? Gehen wir? Oder sind wir so langweilig, dass ihr nicht mehr mitkommen wollt?«, fragt Tamara kokett.

»Entschuldige, Iacopo. Ich finde keine Ruhe, solange ich nicht weiß, was mit Emma passiert ist.«

»Das kommt nicht in die Tüte«, sagt er wütend. Er zeigt wieder auf die beiden Frauen, die beide ihre Telefone gezückt haben. Vielleicht suchen sie schon nach einer Alternative für den heutigen Abend. »Diesen absurden Quatsch ertrage ich nicht mehr, nur über meine Leiche!«

Jetzt sehen mich alle drei gespannt an und warten auf meine Antwort.

»Ich komme heute Abend nicht mit«, sage ich leise, »bitte verzeiht mir. Es hat nichts mit euch zu tun. Es war schön, euch kennenzulernen.«

Ich gebe mir Mühe, freundlich zu lächeln, und bilde mir ein, das genügt, um die Wogen zu glätten.

»Warum soll ich noch etwas mit dir zu tun haben wollen, Samuele? Nenn mir einen einzigen Grund.«

»Gern. Können wir morgen in Ruhe darüber reden?«

»Nein, Samu, geh zu Teufel! Du bist ein armer Irrer!«

Ich sehe ihn an und weiß nicht, ob ich entsprechend antworten soll. Dann aber redet er.

»Schau mal in Leos Glaskugel nach. Vielleicht sind deine Hirnzellen dort verloren gegangen!«, sagt er und lässt mich los.

Er hakt sich bei Vanessa und Tamara ein, und sie gehen gemeinsam fort.

22

»Ich kann es kaum glauben, du hast sie einfach so abblitzen lassen? Das war nicht gerade nett von dir.«

Ilenia sieht mich mit großen runden Augen ungläubig an, während sie in ihrer Küche herumwirbelt. Mit der Spritztüte in der Hand kreiert sie kleine Nusskekse und ihre berühmten Baci di San Remo.

»Ja, ich weiß«, sage ich hinter der Schutzscheibe und breite in einer bedauernden Geste die Arme aus.

So ein Durcheinander hat es in meinem Leben noch nie gegeben. Ich ertrinke buchstäblich in diesem Wirrwarr. Manchmal glaube ich, genau das Richtige zu tun, dabei mache ich alles falsch.

»Und Iacopo?«

»Er hätte sich fast auf mich gestürzt.«

Ich denke wieder an meinen Freund, an unsere gemeinsame Zeit auf dem Gymnasium, an die Hausaufgaben und Berichtigungen, die Weihnachtsferien, die Tage am Meer, die vielen Stunden, in denen wir phantasierten, was wir später machen wollten, wie wir als Erwachsene sein würden, ohne zu ahnen, was das ist; wie er mir beim Umzug geholfen hatte, wie wir auf der Terrasse Bier getrunken hatten. Zusammen aufzuwachsen war ein großes Abenteuer.

Bei den meisten Dingen waren wir verschiedener Meinung, wir hatten oft andere Ansichten und haben uns oft in die Haare gekriegt, aber doch ohne dem anderen wirklich böse zu sein.

Diesmal aber haben wir eine Grenze überschritten.

»Die Lage ist wirklich verfahren, Ilenia«, seufze ich und fühle mich miserabel. »Und das alles wegen einer Sache, die ich mir vielleicht nur eingebildet habe. Aber was soll ich sagen? Mir war einfach nicht danach auszugehen.«

»Hast du versucht, ihn anzurufen?«

»Mindestens zwanzig Mal. Er geht nicht dran und reagiert auch nicht auf Nachrichten.«

»Ihr seid so lange schon Freunde. Lass ihm Zeit, sich zu beruhigen, dann kommt schon alles wieder ins Lot.«

»Das hoffe ich.«

Ilenia schüttelt in freundlicher Nachsicht den Kopf und lächelt mir beruhigend zu.

»Nur Mut! Ein schlimmer Tag ist nur ein schlimmer Tag, nicht mehr. Ich kenne da etwas, das auf jeden Fall hilft.« Sie sagt es voller Begeisterung. »Siebzig Gramm geschmolzene Schokolade und zweihundertfünfzig Gramm gemahlene Nüsse.«

Sie macht eine schnelle Bewegung zur Seite, und schon hat sie eine Auflaufform in der Hand.

»Die Nüsse kommen hier rein und werden zehn Minuten lang im Ofen geröstet.«

Sie geht hin und her, singt dabei vor sich hin, und ich weiß, dass ich dieses Ritual nicht mal mit Kanonenschüssen unterbrechen könnte.

»Wenn sie lauwarm sind, kommen sie in den Mixer. 200 Gramm Zucker kommen dazu, 25 Gramm Kakaopulver und alles wird verquirlt.« Die Maschine übertönt ihre

Stimme. »Und dieses feine Pulver hier kommt jetzt in eine Schale. In die andere dort tue ich zwei Eiweiß und schlage sie mit dem Rührgerät.«

Ein Lichtschein fällt durchs Fenster, und sie sieht plötzlich aus wie eine Fee, die gleich zum Zauberstab greifen wird.

»Jetzt vermische ich mit einem Holzlöffel den Eischnee und das Pulver, aber ganz vorsichtig. Dann kommen noch 25 Gramm Honig dazu, und wir sind fast fertig«, erklärt sie fröhlich.

Sie nimmt die Spritztüte, und mit Meisterhand formt sie fünfzig Teighäufchen.

»Die kommen jetzt 25 Minuten in den Ofen, genau die Zeit, die ich brauche, um die Schokoladencreme zu machen. Ich schmelze die Schokolade im Wasserbad und verrühre dann alles mit dem Schneebesen.«

Ich frage mich, was bei Ilenia stärker ist, ihr Talent für die Konditorei oder ihre Leidenschaft, und ich komme zu dem Schluss, dass es beides sein muss und sich in schönster Harmonie miteinander vermischt wie die Zutaten eines feinen Kuchenteigs.

»Jetzt wärme ich die Sahne in einem kleinen Kochtopf, vermische alles miteinander, und fertig ist die Schokoladensauce, die dann bei Zimmertemperatur abkühlt.«

Nun ist das Meisterwerk fast fertig.

»Und am Schluss nehme ich eines der kleinen Biskuits, bestreiche es mit der Creme, lege ein zweites darauf und drücke es an. Und jetzt ist das erste Bacio di San Remo fertig!«, ruft sie und reißt die Arme hoch, als hielte sie eine Trophäe in den Händen.

Sie legt es auf die Arbeitsplatte und lächelt mir zu. Ich halte mich an der Wand fest, als hätte ich Angst zu fallen.

»Ilenia, was soll ich bloß tun?«

»Ich habe keine Ahnung, aber ich finde es schrecklich, dich so zu sehen.«

»Ich bin zu müde, um weiterzukämpfen. Um die wahre Liebe, um einen guten Job, um meinen Platz in der Welt. Ich würde gern alles zum Guten verändern«, sage ich mit Tränen in den Augen. »Weißt du, was ich glaube? Manche Menschen werden unglücklich geboren, so einfach ist das. Ich bin ein Unglücksrabe und werde es immer bleiben.«

»Jetzt hör aber auf! Iss erst mal ein paar von den Baci, und du wirst sehen, du wirst auch wieder Geschmack an allem anderen finden.«

Sie schiebt mir ein kleines Tablett durch die Öffnung zu.

Ich stopfe mir den Mund mit Baci di San Remo voll und versuche, mich zu beruhigen.

»Die sind wirklich köstlich«, sage ich.

»Kehrst du jetzt der Welt nicht mehr den Rücken?«

Ich nicke. Mir geht eine philosophische Frage durch den Kopf, und niemand kann sie mir besser beantworten als die Zuckerbäckerin der Vecchia Matuzia von San Remo.

»Kann eine einzige Nacht alles auf den Kopf stellen? Kann sie unsere Lebensweise verändern? Kann eine einzige Nacht ein ganzes Leben aufwiegen? Mir ist es fast peinlich, dich das zu fragen …«

Ilenia sagt, ich brauchte mich nicht zu schämen. »Du wünschst dir nur, was alle sich wünschen«, erklärt sie, während sie sich die Hände an der Schürze abwischt.

»Nämlich geliebt zu werden. Wenn man jemanden liebt, hofft man, dass er genauso empfindet wie man selbst. Und das verändert alles. Augenblicke der Liebe sind das Allerschönste überhaupt.«

Ihre Worte klingen vernünftig, doch dann sagt sie schwärmerisch:

»Sich im Regen an der Hand nehmen, sich einhaken und sich Dinge zuflüstern und gemeinsam lachen … Die Liebe gibt allem Farbe und Licht. Sie regt die Phantasie an. Auch wenn ich meine Kuchen herstelle, geschieht das mit Phantasie und Liebe.«

Meine beste Freundin gerät richtig in Fahrt. Sie redet von Blumen, Überraschungen, Abendessen bei Kerzenschein, romantischen Wochenenden, läuft dabei in ihrer Küche hin und her und macht tausend Sachen gleichzeitig mit erstaunlicher Leichtigkeit und ihrem unerschütterlichen Optimismus.

»Ilenia, sag mal ganz ehrlich, wie siehst du mich?«

Diese Frage bleibt in der Luft hängen und führt zu einer seltsamen Reaktion.

»Ich verstehe nicht.«

»Ich meine … Wir kennen uns schon lange, wir erzählen uns alles und sind uns in vielem einig. Was siehst du in mir?«

Ein kleines Licht leuchtet in ihren Augen auf. Sie bleibt stehen und stellt auf der Arbeitsplatte eine Tortenform mit gefülltem Zitronenkuchen ab.

»Samu, ich sehe in dir Mut, Talent, Hingabe«, erklärt sie nicht ohne Rührung. »Ich sehe deinen Willen, weiterzukommen, und die Fähigkeit zu starken Gefühlen, ohne Zurückhaltung und Rückversicherung.«

Ich höre ihr entzückt zu und lecke dabei die Schokolade von meinen Fingern.

»Vielleicht werde ich dir jetzt sogar mein größtes Geheimnis verraten …« Dann wird sie rot, zögert und tritt einen Schritt zurück. »Ach nein, lieber nicht, ich behalte es besser für mich. Es müsste dir schon aufgefallen sein …«

Ich schüttele den Kopf.

»Jetzt sag es mir schon«, bitte ich sie lächelnd. »Einem armen Kerl wie mir kannst du deine Hilfe nicht verweigern.«

Ilenia dreht sich halb zu mir um.

»Ich und du, wir haben vieles gemeinsam«, sagt sie. »Die Träume, die Zukunft, die uns immer Angst macht, aber es ist jene positive Angst, die einen anzieht wie ein Unglück. Die Hoffnung, dass der nächste Tag besser wird als der heutige, auch wenn dies nie passiert und alle Tage gleich sind. Wir sind sensibel, daran ist nichts schlecht oder falsch.«

Sie hält inne und zieht aus dem Ofen duftende Brioches. Sie öffnet sie und füllt sie mit Aprikosen- und Waldbeermarmelade, und so entstehen kleine Köstlichkeiten, zur Freude aller, die heute an der Uferpromenade Imperatrice di San Remo in diesem Reich der Leckereien frühstücken werden.

»Du musst bleiben, wer du bist, Samuele, versprich es mir!«

»Ich werde tun, was ich kann.«

»Du bist ein so großzügiger Mensch, altruistisch und voller Träume. Es wäre schade, wenn du dich aufgeben würdest. Bleib so, wie du bisher warst.«

Ich muss sie nicht anschauen, um zu wissen, was für ein Mensch sie ist. Sie ist großartig, eine Freundin im besten Sinn. Ilenia ist in der Lage, auch an Unerfreulichem das Positive zu sehen. Ilenia hat den Mut, sich auf das Leben einzulassen, es zu nehmen, wie es ist, jeden Morgen, wenn sie aufwacht, ja zum Leben zu sagen. Immer gibt sie gute Ratschläge, immer unterstützt sie mich bedingungslos, immer weiß sie, wie sie mir helfen kann.

»Danke, Ilenia. Danke für alles. Es hat mir gutgetan, mit dir zu sprechen.«

»Du kannst immer zu mir kommen, wenn es dir nicht gut geht. Es wird schon alles werden, Samu«, sagt sie zum Schluss, reicht mir einen Becher Eis und begleitet mich zum Ausgang.

Ich bin immer erstaunt, wie sie es schafft, sich nie die Laune verderben zu lassen.

»Ich bin ganz sicher, dass auch bei deiner Arbeit irgendetwas Gutes herauskommen wird. Die Werbung ist ein hartes Geschäft, du musst dich einfach weiter engagieren.«

»Du bist unglaublich, Ilena, woher nimmst du nur immer diese Zuversicht?«

Sie lächelt weise. »Menschen müssen wissen, dass alles gut wird, sonst wäre das Leben eine unerträgliche Qual.«

23

Der letzte Augustabend im Observatorium ist ein Erfolg. Die Sternwarte von Perinaldo ist voller Menschen, die sich begeistert durch das Teleskop die Saturnringe ansehen, in kleinen Gruppen kommen sie in die weiße Kuppel, um zu schauen. Kurz darauf ist die Königin der Nacht, Frau Luna, an der Reihe.

»Wussten Sie, dass der Mond uns immer dieselbe Seite zeigt?«

Die Anwesenden verharren in respektvollem, mit Staunen gemischtem Schweigen.

»Das ist deswegen so«, erkläre ich, »weil er dieselbe Zeit braucht, um sich um die Erde zu drehen und um die eigene Achse zu rotieren. Er ist der einzige natürliche Satellit unseres Planeten und entfernt sich pro Jahr um etwa vier Zentimeter von uns.«

Die Leute schauen verzückt nach oben, und über allem liegt eine wunderbare Magie. Nur ich bin nicht recht zufrieden, obwohl der atemberaubende Himmel dazu gemacht scheint, Liebe zu verschenken und ewige Bindungen zu schaffen.

An diesem Ort scheint alles möglich – Wünsche können sich erfüllen und unermessliche Entfernungen überwunden werden.

Wie die Entfernung zwischen zwei Seelen, die einander nicht wiederfinden können, denke ich wehmütig.

Wenn das Ende des Sommers kommt, werde ich immer etwas melancholisch.

Als alle weggegangen sind, kehrt plötzlich große Ruhe in Perinaldo, dem Sternendorf, ein, dem von uralten Ölbäumen und Weinreben umstandenen Ort am Meer, der Heimat der Astronomen und Kartografen. Als mein Blick auf den Kreuzgang und den alten Kirschbaum fällt, atme ich erleichtert auf. Ich war schon früh hier, am späten Nachmittag, als es noch hell war.

Ich habe tief geseufzt, als ich den leeren Platz sah, auf dem noch keine Autos standen, ich sah die Schwalben, die zwitscherten und im Kirchturm verschwanden, ich bin ein bisschen spazieren gegangen, damit die Zeit schneller verging und auch, um nachzudenken. Hier im Dorf stehen dicht gedrängt kleine Häuser aus Stein, die engen Gassen sind gepflastert. Es gibt verwunschene Plätze und steile Treppen. Katzen lagern auf den Bänken oder Stufen vor den Haustüren, und manche Dorfbewohner – so erzählt man sich in der Stadt – begießen sie mit Wasser, um sie zu vertreiben. Zum x-ten Mal bin ich in die Kirche San Nicolò di Bari gegangen, die vor mehr als tausend Jahren auf den Fundamenten einer heidnischen Kultstätte gebaut wurde und eine der schönsten Orgeln der ganzen ligurischen Küste ihr Eigen nennt, außerdem die Madonna del Suffragio, ein Gemälde, das Cassini der Gemeinde von Perinaldo geschenkt hat.

Dann schlenderte ich weiter zum Oratorium San Benedetto, in dem jeden Sommer Konzerte mit klassischer Musik, Poesielesungen und Theateraufführungen stattfinden.

In der Bar des Dorfes spielten die Alten Doppelkopf und tranken einen Rotwein, der eine ganze Truppe Piraten umgehauen hätte. Ich habe ihr Angebot, mich zu ihnen zu gesellen, ausgeschlagen und bin weiter durchs Ortszentrum bis zum Eingang des Castello Miraldi gegangen, über dem die Statue eines Cherubim angebracht ist. Es ist ein imponierendes, zinnenbewehrtes Gebäude aus dem sechzehnten Jahrhundert, und nach der Chronik und dem Schild an der Mauer stammen von dort die Cassini. Vierhundert Meter Luxuswohnungen, alle riesengroß und unbewohnt.

Ich blieb einen Moment sinnend stehen und musste daran denken, dass Cassinis Liebe zur Astronomie durch puren Zufall entstanden ist.

Nur wenige wissen, dass er als junger Mann Schriftsteller war, lateinische Gedichte verfasste und lange Zeit nicht einmal den Unterschied zwischen Astronomie und Astrologie kannte. Doch er hatte einen Freund, Signor Lecaro, der später Doge der Republik Venedig wurde und ihn eines Tages mit einem Kleriker zusammenbrachte. Am Ende eines leidenschaftlichen Gesprächs über die Geheimnisse des Glaubens schenkte dieser Mann Cassini ein Buch über Sterndeutung und Prophezeiungen. Als er es gelesen hatte, änderte sich das Leben des späteren Astronomen des Sonnenkönigs von Grund auf. Er beschäftigte sich eingehend mit einigen Personen, deren Weissagungen sich erfüllt hatten. Doch am Ende kam er zu der Überzeugung, dass die Astrologie nichts mit der Wirklichkeit zu tun hat, und widmete sich ganz seinen wissenschaftlichen Studien zur Astronomie.

Wer weiß, wo wir heute wären, wenn Cassini nie dieses Buch gelesen hätte und kein Astronom geworden wäre?

Nachdem ich in die Sternwarte zurückgekehrt bin und meine Führung an diesem Abend gemacht habe, fühle ich mich wieder in meinem Element. Alle Besucher sind fort, es ist Nacht, und ich bin an meinem Lieblingsort, diesem sicheren Hafen, wenn ich mit mir allein sein will.

Ich strecke mich auf der Bank im Kreuzgang aus, meine Gedanken verlieren sich in der Stille und in unerreichbaren Galaxien. Ich zünde mir eine Zigarette an, der Rauch steigt in die Luft und verfliegt in der Nacht. Ich bleibe noch ein Weilchen so liegen und genieße die himmlische Ruhe.

Irgendwann wird die Stille durch ein mir vertrautes Geräusch unterbrochen. Ich verspüre einen Stich im Magen. Es ist das Quietschen des grünen Tors, das ich immer zu ölen vergesse. Jemand hat es aufgestoßen, und dieser Jemand hat die Sternwarte betreten.

Genau wie an jenem Abend, als wir uns begegnet sind …

Träume ich? Ist das alles wahr, oder habe ich mich schon wieder getäuscht? Ist Emma vielleicht wiedergekommen mit ihrem entwaffnenden Lächeln und ihrem empfindsamen Blick?

Ist sie hergekommen, um mir zu sagen, sie wisse jetzt, dass sie ohne mich nicht leben kann, nie jemanden so lieben kann wie mich, weil wir zueinander gehören wie in unserer langen Umarmung? Um mir zu sagen, dass es ein Fehler war, wegzugehen, ein sehr schwerer Fehler?

Ich eile zum Ausgang, doch dann sagt jemand etwas, und ich bleibe stehen wie angewurzelt.

»Wenn ich dich hier jetzt noch antreffe, dann musst du echte Sorgen haben.«

Es ist Pierluigi. Er sieht mich seltsam an. Ich muss kreidebleich sein.

»Was hast du?«, fragt er.

»Nichts, Entschuldigung. Ich dachte nur einen Moment, es wäre jemand anderes.«

Er steckt seine Hände in die Hosentaschen und kommt auf mich zu. Als er vor mir steht, seufzt er tief.

»Heute Nacht hat der Himmel eine Menge zu erzählen.«

Wir blicken beide nach oben. Das Himmelsgewölbe ist klarer denn je, Jupiter und Saturn sind zu erkennen. Die Sterne leuchten so hell, dass man meint, sie anfassen zu können.

»Ein unglaubliches Schauspiel, oder? Man meint, dass die Zeit stehen geblieben ist.«

»Ja, es ist überwältigend.«

»Die Menschen, die uns hier besuchen, bekommen vieles zu sehen, was sie sonst niemals sehen, aber vor allem entdecken sie den Sinn für Wunder wieder.« Pierluigi überlegt einen Augenblick. »Wenn man die Sternwarte verlässt, ist man ein anderer. Man hat sich verwandelt. Der Himmel bleibt immer in uns.«

Das Echo seiner Worte hallt im Kreuzgang wider.

Wir beide verstehen uns sehr gut. Ich mag diesen Mann, der doppelt so alt ist wie ich und wahrscheinlich auch doppelt so schwer, mit seinem unverwechselbaren Schnauzbart und der Brille, mit der er die Schönheiten des Kosmos gesehen, studiert und fotografiert hat. Er hat mich schon als kleinen Jungen auf einem Schulausflug beeindruckt, ein großes Abenteuer, bei dem wir den Winterhimmel betrachteten. Schon als ich klein war, habe ich immer nach oben geschaut und mich gefragt, wie wohl meine Zukunft aussehen würde. Pierluigi bemerkte meine Faszination, er nahm mich beiseite und erzählte mir vom Mond und von den Mitteln, die schon gegen Ende der Altsteinzeit zur Berechnung dieses Planeten verwendet worden waren.

»Durch den Mond hatte schon der Mensch der Frühgeschichte Hinweise auf die Zeit.«

Pierluigi hat mir auch beigebracht, dass die Augen etwa zwanzig Minuten brauchen, um sich an die Dunkelheit zu gewöhnen und die Himmelskörper in ihrer jahrtausendealten Macht zu erkennen.

Jetzt schauen wir beide nach oben, und ich überlege, wie es wohl ist, die Welt von dort oben zu sehen?

»Pierluigi, kann ich dich etwas fragen?«, sage ich, ohne den Blick vom zunehmenden Mond zu nehmen. »Wann lernt man wirklich, sich selbst und die Dinge des Lebens zu verstehen?«

Pierluigi denkt kurz nach, bevor er antwortet.

»Niemals. Man wird nie eine Antwort auf alles haben, ich glaube, man muss lernen zu akzeptieren, dass es Geheimnisse gibt. Auch die Liebe ist ein Geheimnis.«

Er zwinkert mir zu. »Andererseits ist das Universum grenzenlos, und ab und zu schickt es uns einen Menschen. Das ist wirklich verrückt, oder?«

Das kann man wohl sagen. Ich habe weder ihm noch seiner Frau Cecilia etwas erzählt, aber man muss wohl kein Wissenschaftler sein, um zu erkennen, dass hinter meinem seltsamen Verhalten der letzten Zeit eine Frau steckt.

»Wie klein wir angesichts dieser Weite doch sind«, sagt er und schaut in den riesigen Sternenhimmel. »Wir sind nichts, weniger als ein Millionstel Sandkorn, ein Stäubchen, das im Universum hängt. Neptun ist über vier Milliarden Kilometer von der Erde entfernt, da wird einem ganz schwindelig, was?« Er denkt eine Weile über diese unvorstellbaren Zahlen nach. »Wenn du aber den Himmel mit der Seele betrachtest, siehst du, dass wir das Universum sind und das Universum in uns ist. Der Himmel verbindet die Menschen miteinander. Die von heute, die von früher und auch die, welche nach uns kommen.«

Wir lächeln uns an. Seine Worte geben mir einen Sinn für das Unfassbare.

»Die Geheimnisse finden sich nicht am Ende der Reise, sondern in den Situationen, die sie ausgelöst haben«, fährt er fort. »Wenn die Dinge also nicht so sind, wie wir sie gern hätten, liegt das vielleicht daran, dass die Sterne genau wie das Schicksal seltsame Entscheidungen treffen. Aber früher oder später kommt alles miteinander in Einklang. Das Universum ist groß. Weil auch das Leben groß ist.«

Ich nicke nachdenklich. Es ist wieder ein Abend im August, der letzte, mit einem solchen Sternhimmel, und ich habe meinen Teil des Himmels noch nicht gefunden.

Ich schaue nach oben und bitte die Sterne, mir Emma wieder zu schicken. Ich höre den Schlag meines Herzens und sende meine Gebete an den funkelnden Himmel.

Emma, flüstere ich stumm. Ich denke an dich! Vielleicht bist du ja auch gerade wach, wirst von Unsicherheit geplagt und suchst nach etwas. Vielleicht schaust auch du dir gerade diesen Himmel an. Siehst du den Stern dort oben? Sieh nur, wie er leuchtet. Für dich, für uns. Vielleicht ist es wirklich so, wie du gesagt hast, und unsere Träume sind dort oben an dünnen Fäden aufgehängt. Lass uns die Hand danach ausstrecken, Emma, ergreifen wir diesen Stern, den wir uns in jener einen Nacht, die wir zusammen hatten, gemeinsam ausgesucht haben. Dies ist mein Liebesbrief an dich, Emma. Ein leise, leise geflüsterter Wunsch, der im Unendlichen wohnt.

Heute Abend scheint Perinaldo mich zu mögen. Die alten Ölbäume unter uns halten die Erde zusammen, weiter unten liegt das Meer. Der Duft der Sonnenblumen erfüllt die Luft, und bevor er mit dem Ende des Sommers verschwindet, steigt er noch einmal mit der Brise nach oben. Pierluigi geht, nachdem er mir einen Rat gegeben hat, den ich nicht vergessen werde.

»Samuele, man kann den Himmel nicht ausschalten. Träume kann man nicht kaufen, aber manchmal kann man sie mit Entschlossenheit und Mut erreichen. Kämpfe für das, was dein Herz bewegt. Alles, was am Ende übrig bleibt, ist die wunderbare Unordnung des Lebens.«

24

»Eine Sache kann ich auf den Tod nicht leiden, und zwar Unordnung«, brüllt Sergio Berti.

Es gibt viele Dinge, die er nicht leiden kann. Das sollte man ihm mal sagen, doch jetzt ist dafür nicht der richtige Augenblick. Wahrscheinlich wird es den niemals geben.

Der Chef geht in der Redaktion auf und ab, die Hände in die Seiten gestemmt, nachdem er den letzten Blumenstrauß in den Papierkorb geworfen hat. Heute sind hier sieben Sträuße angekommen, alle an die »Journalistin Alice Caviglia« gerichtet, die wie immer von oben herab um Entschuldigung bittet.

»Ich kann nichts dafür. Früher waren die Männer heimliche Verehrer, heute sind es Stalker.« Sie fährt sich wie eine Filmdiva aus den Fünfzigerjahren über ihr Haar.

»Was für ein Glück für uns alle, dass Sie nicht allergisch gegen Blumen sind!«

»Wenn es nach mir ginge, würde ich sie gar nicht annehmen. Eine Frau kann nicht mal ein Glas Champagner mit jemandem trinken, ohne dass die Männer sich gleich einbilden, sie könnten sich in ihr Leben einmischen.«

»Caviglia, hören Sie auf!« Sergio rollt die Augen und wedelt mit dem Zeigefinger, und sie hält den Mund. »Diese Einzelheiten interessieren mich nicht. Wenn es so ist, gehen Sie zum Gericht und erwirken Sie eine einstweilige Verfügung.«

»Gar keine schlechte Idee. Meinen Sie das ernst?«

»Nein, warum sollte ich? Ich bin heute zum Scherzen aufgelegt und verliere meine Zeit mit Unsinn.«

»Komisch, sonst verstehe ich Ihre Witze immer«, sagt Alice nach einigem Nachdenken.

»Caviglia, ich mache keine Witze. Ich will Ihnen nur deutlich machen, dass man nicht in Ruhe arbeiten kann, wenn alle zehn Minuten Blumen geliefert werden.«

Alice hatte schon viele aufdringliche Verehrer, aber dieser muss ein echter Champion sein.

Immer wieder rote Rosen und dazu Briefchen mit Gedichten und Liebeserklärungen.

Ich finde das eigentlich ganz nett. Endlich mal etwas anderes als die übliche Routine in der Redaktion. Das einzig Bemerkenswerte, was in der letzten Zeit passiert ist, sind die T-Shirts mit Tarnmuster und langem Arm, die Valerio Ottonello trägt.

Ich höre mir das Ganze unbeteiligt an. Ich sitze vor dem Bildschirm und überfliege noch mal die Überschrift meines Artikels, einen Bericht über das letzte Konzert des Sinfonieorchesters von San Remo im Park der Villa Nobel, in der fünf Jahre lang – es waren seine letzten, weil er dort auch starb – der berühmte schwedische Wissenschaftler lebte.

»So, Schluss jetzt«, erklärt der Chef, nachdem Alice endlich aufgehört hat, sich gegen seine Vorwürfe zu wehren.

»Und Sie, Serra? Ich warte noch immer auf Ihren Artikel. Wir dürfen uns nicht von der Konkurrenz ausbooten lassen. Was ist jetzt damit?«

Vor einer halben Stunde hat er mich in sein Büro gerufen und mir mitgeteilt, er habe eine eilige Aufgabe für mich.

»Eilig heißt, dass es *sofort* zu erledigen ist«, hat er gebellt. »In zehn Minuten ist es schon zu spät. Meine Uhren laufen nicht rückwärts, die Zeit auch nicht. Tick-tack, tick-tack, Serra.«

Seither sind nicht mehr als fünf Minuten vergangen. Ich drücke auf Senden und die Wörter und Bilder über einen Abend am Ende des Sommers an der Riviera, an dem ich teilnehmen musste, nehmen Form an. Ich sage nichts, lehne mich zurück und drehe den Laptop Richtung Berti, der nur nickt.

»Sehen Sie, das war doch nicht zu viel verlangt«, sagt er und fährt sich mit der Zunge über die Lippen. »Dafür werden Sie schließlich bezahlt.«

Nachdem er seinen Artikel bekommen hat, beklagt sich der Chef über die allgemeine Lage und breitet dabei sein ganzes Repertoire aus: die Rente, die er sehnsüchtig erwartet, das schöne Büro mit Aussicht, das er früher hatte, sein Eingesperrtsein in diesem Bunker und natürlich das Internet, dessen Vorteile heute alle feiern würden, an das man sich später aber als den größten Fehler des einundzwanzigsten Jahrhunderts erinnern würde.

Hätte ich antworten dürfen, dann hätte ich gesagt: Doch, es gibt Vorteile, aber wahrscheinlich nicht viele. Es ist Anfang September, bald werden wir auf der Sternwarte das Herbstäquinoktium feiern, und mein Leben geht weiter, ohne dass man vorhersagen kann, was für Ereignisse in der Luft liegen.

Iacopo hat mir inzwischen halbwegs verziehen, aber mein Gejammer über »die Frau, die du dir nur einbildest« will er nicht mehr hören. Im Grunde hat er recht, das muss ich zugeben, ich habe es ein bisschen übertrieben.

Eigentlich ist alles im Lot. Keinerlei Überraschungen.

Als ich auf dem Bildschirm sehe, dass eine E-Mail eingetroffen ist, öffne ich sie gleich und falle fast vom Stuhl. Alice sieht interessiert herüber. Sie hört sogar auf, ihre Augenbrauen zu zupfen, legt die Pinzette hin und fragt mich, ob ich ein Problem habe.

Nein, Probleme habe ich nicht, aber vielleicht hat das Schicksal mir gerade eine Riesenchance eröffnet.

Ich spüre, dass mich meine Kräfte noch nicht verlassen haben.

Und eins weiß ich ganz sicher. Wenn dies eine Gelegenheit ist, dann ist es die letzte.

25

Die Bewerbungsunterlagen sind fertig, nun ja, so gut wie.

Ich sitze auf dem Sofa, den Computer auf dem Schoß, vor mir eine leere Seite. Ich bin optimistisch.

»Leo, dies ist ein historischer Augenblick. Bist du bereit?«

Es ist das erste Mal in den letzten Wochen, dass ich mir nicht vorkomme wie ein Vollidiot. Ich stehe in den Startlöchern und sterbe vor Begierde zu zeigen, dass ich ein echter Mann bin, der sein Leben lebt, den Stier bei den Hörnern packt und auf sein Ziel zusteuert. Die Frauen, die sich von mir getrennt haben, wussten nichts von diesen Eigenschaften, eines Tages wird es ihnen leidtun.

Denn ich, Samuele Serra, werde eines Tages berühmt sein.

Das Leben stellt mich noch einmal auf die Probe. Als ich vor ein paar Stunden im Büro diese E-Mail bekam, ist eine Rakete hochgegangen und am Himmel explodiert. Noch nie habe ich etwas mit so viel Aufregung gelesen. Ich habe mir alles zehnmal, zwanzigmal durchgelesen, weil ich es zunächst nicht glauben konnte.

»Nein, nein, es ist alles wahr«, hat mir Marco versichert, mit dem ich früher studiert habe und der jetzt in Mailand bei der Conchiglia Group arbeitet und mich immer, wenn ein neues Projekt ausgeschrieben ist, darauf hinweist.

Auch wenn bisher nie etwas daraus geworden ist. Aber dieses Mal ist es kein kleiner Auftrag, sondern eine echte Herausforderung.

»Sag es noch mal, Marco«, habe ich ihn am Telefon angefleht. »Sag es bitte noch mal, weil ich es sonst nicht glauben kann.«

»Es ist, wie ich es dir sage. Dieser Wettbewerb ist Teil eines Programms, das die italienische Post finanziert. Wer die beste Idee für die neue Werbekampagne der Post hat, bekommt eine Anstellung in unserer Agentur, einen unbefristeten Vertrag.«

Von einem solchen Vertrag träume ich seit meiner Schulzeit. Als ich mich zum Studium einschrieb, hatte man mir gesagt, eines Tages stünden mir alle Wege offen, aber gemessen an der Realität war das eine reine Lüge. Und doch blieb ich bei allen Zweifeln und Rückschlägen überzeugt davon, dies sei das richtige Ziel für den Jungen, der inzwischen ein Mann geworden war und sich für Sterne und Planeten interessierte.

Jetzt wird es Zeit, dem Aufruf zu folgen und meine wahre Berufung vorzubereiten.

»Die *deadline* ist schon bald. Die Arbeit muss innerhalb von zehn Tagen eingereicht werden, bis Mitte September. Diese Ausschreibung zirkuliert schon seit Anfang August.«

»Keine Sorge, ich bin hochmotiviert. Ich nehme die Herausforderung an und werde mein Bestes geben.«

Ich fühle mich genau am richtigen Ort. Wie ein Scharfschütze, der jemanden im Visier hat. Auch wenn ich bisher nur sehr wagemutige Projekte vorgeschlagen habe, die niemanden überzeugt haben. Wenn dies der Weg ist, den ich gehen muss, dann lege ich ihn mit dem Fuß auf dem Gaspedal zurück. Diesmal werde ich die Leute von Marketing und Werbung beeindrucken. Ich glaube sie schon vor mir zu sehen, wie sie in ihrem Konferenzraum auf ihren Ledersesseln am großen Glastisch sitzen, den Mund weit aufreißen und sich vorwerfen, dass sie nicht früher erkannt haben, was für ein kreativer Kopf Samuele Serra ist.

Allein bei dem Gedanken platze ich vor Stolz.

»Ein paar Ideen habe ich schon«, erklärte ich selbstbewusst und nahm mein Notizbuch zur Hand.

»Ja, das könnte funktionieren«, sagte ich, während ich in Wirklichkeit lauter Schnörkel, Dreiecke und Rauten auf das Papier malte.

»Das ist deine letzte Chance«, sagte Marco in verschwörerischem Ton. »Diesmal musst du es schaffen, Samuele. Es ist das letzte Mal, dass ich mich für dich einsetze. Wenn du es dieses Mal nicht schaffst, kann ich mir das nicht mehr leisten.«

Ich sehe da kein Problem. Gelegenheiten gibt es immer, man muss sie nur beim Schopf packen.

»Wer am Meer aufgewachsen ist, lernt früh, sich über Wasser zu halten«, sage ich wie ein alter, weiser Mann und schaue dabei auf Leos Glaskugel.

Ich stelle mein Telefon aus, damit mich niemand stört, und fange an zu arbeiten.

»Leo, wir brauchen jetzt eine wirklich gute Idee.«

Einen Geistesblitz.

»Wenn alles gut geht, kann ich dir bald ein richtiges Aquarium kaufen, verstehst du? Warum sollten wir sparen, wenn wir alles haben können, was wir uns wünschen? Wir haben ein Recht auf ein besseres Leben, sich mit allem abzufinden ist etwas für Verlierer. Wenn ich erst mal bekannt bin, kriegst du ein Aquarium so breit wie die Wand. Was sagst du dazu, hörst du überhaupt zu, mein Freund?«

Ilenia, die mir dieses altmodische Glas gekauft hat, wird sich nicht so sehr darüber freuen. Aber auch sie wird begreifen, dass man den Fortschritt nicht aufhalten kann.

Leo bewegt seine Schwanzflosse mit den perlmuttfarbenen Schuppen, und ich glaube ein kristallenes Lachen zu hören.

»Ja, lach du nur, ich bin nicht beleidigt. Du brauchst mich gar nicht so anzusehen, als wolltest du mir sagen, dass wir schon tausend Mal in dieser Lage waren. Diesmal wird alles gut werden, das kann man von mir erwarten.«

Das Leben ist ein großes Durcheinander ohne Gebrauchsanweisung, aber zum Glück kommt immer der Moment, in dem man sich daraus befreien kann.

»Los, Samuele, du kannst es schaffen. Es ist der richtige Augenblick, du bist der richtige Mann, du hast bisher einfach nur Pech gehabt. Geh aufs Ganze, dein Vorschlag wird ihnen gefallen, und das hast du verdient.«

Mein ganzer Körper ist jetzt angespannt.

»Es kommt darauf an, sich keine Grenzen zu setzen, Leo.«

Der Goldfisch ändert seine Richtung.

»Man will immer das, was sicher ist, aber im Grunde suchen die Leute neue Dinge. Neue Ideen. Das ist ein Kinderspiel.«

Mit dieser Einstellung werde ich es schaffen. Da bin ich ganz sicher. Ich habe keine Angst mehr, neue Wege auszuprobieren. Ich brenne darauf, meine Ideen fliegen zu lassen und mich gleich an die Arbeit zu machen. Ich fühle mich wie ein Tiger vor dem Sprung, bereit, die Welt zu erobern.

Drei Stunden später bin ich ein Taugenichts, ein Versager, der nie Spuren hinterlassen wird. Serra, der Mann, der Geschichten mit der Leichtigkeit erzählt, mit der man ein Eis isst, der geniale Werbefachmann, auf den man an der Spitze der Conchiglia Group hätte aufmerksam werden müssen, hat leider nichts zustande gebracht, nicht mal zwei armselige Zeilen, die er hätte verwerfen können, nachdem er sie missbilligend betrachtet hat.

Es ist, als wäre ich plötzlich an einem fremden Ort aufgewacht und fände den Weg nach Hause nicht mehr. Und doch bewerbe ich mich, mein Kopf arbeitet fieberhaft, aber er hat noch nicht mal einen Ausgangspunkt gefunden. Mein Körper zeigt sämtliche Symptome der Angst, Schwitzen, Zittern, ich bin einem Kollaps nahe.

Die Gedanken überfluten mein Hirn.

Ich brauche nur einen Ruck, den Pinselstrich eines Malers, der mit einem Bild anfängt. Ein großes Werk, das im Museum hängen wird. Aber wie man schon an der Sache mit Emma sehen kann, haben meine Vorhaben immer eine Schwachstelle.

»Das wird eine Katastrophe«, sage ich. »Aber vielleicht bringe ich ja doch noch etwas zustande.«

Leo dreht mir den Rücken zu und schwimmt ungerührt auf den Grund der Glaskugel zu.

Ich habe immer gedacht, ich sei ein Sternenkenner, ein Ästhet, ein Künstler, ein Dichter, ein Romantiker.

»Wahrscheinlich bin ich einfach nur ein Versager, sonst nichts. Vielleicht ist es Zeit, realistisch zu werden, Leo. Den jugendlichen Größenwahn hinter sich zu lassen und erwachsen zu werden.«

Ich überlege, ob ich mich auf die Terrasse setzen und ein Glas Rossese trinken soll. Eine frische Brise steigt vom Meer auf und streicht mir übers Gesicht, und ich gehe ins Schlafzimmer. Ich streife die Schuhe ab, lege mich aufs Bett und seufze tief.

Ich muss wieder an den Kussmund auf meinem Spiegel denken. Jeden Tag gehe ich zehnmal dorthin, um zu sehen, ob er noch da ist, der einzige Beweis dafür, dass Emma in jener Nacht wirklich da war. Ich strecke meine Hand aus, passe aber auf, den roten Fleck nicht zu berühren.

Heute Abend passiert es, ich weiß nicht, wie. Glücklicherweise ist nichts verwischt. Während ich mir den johannisbeerroten Abdruck auf dem Spiegel ansehe, überkommt mich plötzlich eine Welle der Übelkeit, und ich spüre einen Druck auf der Brust.

Ich habe das Gefühl, die Kontrolle zu verlieren, und aus Angst wage ich nicht, mich zu rühren. Es ist die Angst, dass bei Verschwinden des Abdrucks auf dem Spiegel auch meine Aussichten, Emma wiederzusehen, für immer gestorben sein werden.

26

»Leo, alter Freund, ich muss jetzt etwas tun, das ich nicht aufschieben kann. Wenn ich zurückkomme, machst du keine blöden Bemerkungen und siehst mich vor allem nicht so vorwurfsvoll an. Es soll unser Geheimnis bleiben. Verstehst du?«

Auch im September ist San Remo die kostbarste Blume an der westlichen Riviera, und ich habe gerade das Gefühl, Herr der Lage zu sein. Das ist meine neueste Erkenntnis.

Die Leute, denen ich begegne, haben keine Ahnung von meinen wilden Absichten.

Die Signora Verrando ahnt nichts, als sie mir lächelnd ein Stück grüner Torte mit Gemüse der Saison und Reis überreicht. »Junger Mann, ich habe sie mit Zucchini und bestem Olivenöl gemacht. Es ist ein Mahl für die Götter.«

Auch der Postbote weiß es nicht, er senkt den Blick, als er mich sieht, und bringt mir endlich den angebrachten Respekt entgegen.

Ilenia und Iacopo tappen noch im Dunkeln, von Alice, Valerio und Berti ganz zu schweigen. Die Leute um mich herum können nicht ahnen, was sich hinter dieser Fassade verbirgt. Der gute Junge, immer nett und einfühlsam, bei alten Menschen beliebt, der unbeholfene Journalist, verlegen, zerzaust und immer in Eile.

In Wirklichkeit bin ein sehr ehrgeiziger Mensch, und wie! Eine echte Kampfmaschine.

Ich gräme mich nicht mehr, dass mir die richtige Idee noch nicht gekommen ist, die mir dazu verhelfen soll, eine gute Anstellung als Artdirector in einer der berühmtesten Werbeagenturen Italiens zu finden.

»Alle guten Dinge brauchen eben Zeit, Leo«, habe ich zu meinem Goldfisch gesagt, und plötzlich bin ich der Weisere von uns beiden.

Aus diesem Grund ist es auch ganz logisch und durchaus hinnehmbar, dass mir bisher noch nicht die großartige Idee gekommen ist.

Und dieser Meinung bin ich immer noch, als ich mein Fahrrad aufschließe und durch die Gassen der Pigna fahre, hinunter ins Zentrum und zum Meer.

In den Bars riecht es nach frischem Brot, Focaccia, Cappuccino und Kaffee. Mein Telefon klingelt, ich halte am Straßenrand an. Ohne Hast ziehe ich es aus der Jackentasche und gehe erst dran, nachdem es ein paar Mal geklingelt hat – so machen es die hohen Tiere.

»Samuele, bist du es? Hallo? Hörst du mich?«

Der Klang von Alices Stimme verliert sich in der lauwarmen Luft des Morgens.

Im Hintergrund höre ich den Chef über Smartphones schimpfen, die zu allem gut seien, außer zum Telefonieren, während die früheren Apparate aus Bakelit einen nie im Stich ließen, auch wenn sie nicht überallhin mitgenommen werden konnten.

Ich hingegen bin entspannt und emotionslos wie ein Roboter.

»Ja, Alice, ich kann dich ganz deutlich hören, aber ich habe leider keine Zeit …«

»Aber wir haben jetzt Redaktionskonferenz«, sagt sie und versucht, mich unter Druck zu setzen, indem sie hinzufügt: »Der Chef hat schon zwei Mal nach dir gefragt.«

Einen Moment blendet mich das Licht der Sonne. Ich habe gerade eine Entscheidung getroffen.

»Also, wann kommst du?«, fragt sie wieder. »Valerio ist wegen eines Feueralarms unterwegs, aber er wird auch gleich da sein.«

»Hör zu, Alice, heute komme ich nicht.«

Ich werde nicht in die Redaktion gehen. Ich will den Tag mit produktiveren Dingen verbringen.

»Was heißt das, du kommst heute nicht?«

Es vergehen ein paar Sekunden. Nicht ohne Stolz wegen meines rebellischen Verhaltens stelle ich mir vor, wie sich Alice und Sergio verblüfft ansehen.

»Ich kann nicht kommen«, sage ich schließlich ohne weitere Erklärungen. »Entschuldige, ich muss los, wir sehen uns morgen.«

Ich lege auf, stecke mein Handy in die Tasche und fahre weiter.

Mit neuem Selbstbewusstsein.

Samuele Serra ist neuerdings ein Mann, der auch nein sagen kann.

Der Laden liegt in der Via Corradi, einer hübschen kleinen Straße mit Bistros, Bäckereien und kleinen Läden im Herzen der Fußgängerzone zwischen der Hauptstraße und der Altstadt nahe bei einem Brunnen, der von Blumen umgeben ist.

Ich bin zu früh gekommen, der Laden ist noch geschlossen. Ich lungere vor dem Eingang herum und warte ungeduldig darauf, dass der Besitzer mir aufschließt. Er ist schon drinnen – ein Mann von etwa fünfzig, eher klein und schmächtig und mit einer unglaublich dicken Brille. Wann zieht er denn nun endlich das Gitter hoch und wirft die Kasse an?

»Bitte sehr, jetzt ist geöffnet«, sagt er schließlich, »wo käme ich hin, wenn mir alle Kunden so auflauern würden wie Sie.«

Ich schiebe mich an ihm vorbei, springe ein paar Stufen hoch und gehe zu den Regalen. Ich weiß gar nicht, wann ich zum letzten Mal in einem Geschäft für Künstlerbedarf war.

Im Gymnasium kannte ich einen Jungen, der Graffiti auf leerstehende Eisenbahnwaggons sprühte, ein- oder zweimal begleitete ich ihn mit anderen Freunden, als er sich Spraydosen besorgte.

Das war aber auch schon der Gipfel an verbotenen Sachen, denn damals habe ich mich nicht mal getraut, einen Knallfrosch anzuzünden, aus Angst, ich könnte mich verletzen. Auf die nächtlichen Streifzüge zum Bahnhof bin ich nie mitgegangen.

»Kann ich Ihnen helfen?«

Der Händler lächelt jetzt. Ich sehe ihn verlegen an.

»Es geht um einen Lippenstiftfleck«, antworte ich.

»Lippenstift sagen Sie? Da sollten Sie besser in eine Reinigung gehen.«

»Nein, nein, ich bin hier genau richtig.« Ich lasse den Blick suchend über das Regal schweifen.

»Ach so, verstehe, Sie wollen es lieber selber machen. Dann empfehle ich Ihnen ein Lösungsmittel. Wir haben verschiedene da, alle von bester Qualität.« Der Mann geht auf ein Regal zu, das bis zur Decke reicht, und gibt mir dann ein Fläschchen mit einer durchsichtigen Flüssigkeit. »Damit können Sie den Fleck problemlos entfernen.«

»Nein, darum geht es nicht. Ich muss Ihnen etwas erklären. Zuallererst befindet sich der Fleck nicht auf einem Stoff.«

»Ach nein?«

»Nein, er ist auf dem Spiegel in meinem Badezimmer. Zweitens: Ich möchte nicht, dass er verschwindet, sondern genau das Gegenteil. Gibt es irgendwas, womit man ihn dauerhaft konservieren kann?«

Der Mann überlegt eine Weile.

»So etwas hat noch nie jemand gefragt«, sagt er dann und verschränkt die Arme. »Sind Sie sicher, dass Sie den Fleck nicht doch entfernen wollen?«

»Hundertprozentig, so sicher, wie ich an die Lehre des Kopernikus glaube.«

Nun sieht der Händler mich misstrauisch an. Ich scheine ihm nicht ganz geheuer zu sein.

»Hören Sie, junger Mann, ich will hier keinen Ärger. Vielleicht gehen Sie jetzt besser.«

Er hat sich an die verschiebbare Leiter vor den Regalen gelehnt und mustert mich abschätzig.

»Was wollen Sie damit sagen? Na, reden Sie schon. Ich habe nicht den ganzen Tag Zeit.« Ich merke, wie ich ungeduldig werde.

»Ist das, was Sie da vorhaben, überhaupt legal?«

»Wie bitte? Für wen, zum Teufel, halten Sie mich?«

»Keine Ahnung. Sie platzen hier in den Laden rein, und Ihre Fragen sind ziemlich merkwürdig … Da draußen laufen jede Menge komischer Vögel herum, da ist es wohl normal, dass man sich fragt, mit wem man es zu tun hat.«

Ich denke kurz über seine Worte nach. »Sie können ganz beruhigt sein. Ich bin Journalist bei den San Remo PuntoNews. Wenn Sie mir behilflich sind, schreibe ich einen positiven Bericht über Sie und Ihren Laden. Das kostet Sie dann keinen Cent.«

Sofort sieht der Händler weniger skeptisch aus. Er scheint sogar ganz angetan von meinem Angebot.

»Ach so, jetzt verstehe ich. Vielleicht habe ich doch etwas für Sie«, sagt er. »Versuchen Sie es mal mit diesem Fixierlack.« Er reicht mir eine Sprühdose. »Die Farbe wird damit aufgefrischt und gleichzeitig fixiert.«

»Wenn ich das benutze, hat es also die gewünschte Wirkung.«

»Ich denke, ja. Die Anwendung ist einfach, der Lack trocknet sofort. Wir empfehlen ihn normalerweise für Pastelle und Aquarelle, und da funktioniert er sehr gut.«

»Schön. Muss ich sonst noch etwas beachten?«

»Vor Gebrauch sollten Sie die Dose gut schütteln, sprühen Sie aus 30 cm Abstand auf das Bild. Entschuldigung, ich meine natürlich auf den … äh … Lippenstiftfleck.«

Ich bezahle und renne los, als hätte ich mich um Jahre verspätet, dann radle ich durch ein paar Seitenstraßen, und zehn Minuten später habe ich mein Rad wieder an dem üblichen Laternenpfahl angeschlossen.

Als ich in die Wohnung komme, stelle ich die Tüte auf dem Tisch ab und würdige Leo, der argwöhnisch herüberglotzt, keines Blickes. Dann hole ich den Spray hervor und verziehe mich ins Bad. Draußen scheint die Sonne und dringt durchs Fenster herein, aber ich mache trotzdem Licht. Ich darf nichts verschmieren.

Wie hypnotisiert starre ich auf den roten Abdruck und bin unfähig, mich zu rühren. Dann reiße ich mich zusammen und trete einen Schritt zurück.

Der Samuele im Spiegel sieht entschlossen und tatkräftig aus. Ich schüttele die Spraydose und sprühe eine Fixierwolke auf Emmas Lippenabdruck.

Warum soll ich meine Zeit im Bunker der Redaktion verlieren – gefangen in ewig dauernden Sitzungen, in denen alle reden, aber nur einer entscheidet und stets betont, wie recht er hat –, während draußen eine ganze Welt zu erobern ist? Da fahre ich doch lieber mit dem Rad herum und suche nach Inspiration.

»Tja, Leo, so ist das. Ich muss einfach mal raus, verstehst du? Es bringt ja nichts, auf dem Sofa zu sitzen und sich den Kopf zu zerbrechen. Was ich nicht zu Hause gefunden habe, das finde ich da draußen.«

Mit diesen Worten verabschiede ich mich von meinem erstaunten Goldfisch und lasse die Tasche mit dem Laptop stehen. Für das, was ich vorhabe, brauche ich keinen Computer, außerdem kenne ich meine Lage. Mein Vertrag läuft nur noch wenige Monate, der Chef hat bereits angedeutet, dass er ihn nicht verlängern wird, und ich fange an, mich darauf einzustellen. Ein Ende ist immer auch ein neuer

Anfang, man muss nur den Mut dazu haben. Ich merke, dass ich, was meine Zukunft angeht, viel optimistischer bin als bisher. Ich bin stolz auf meine Entscheidung, und meine Entwicklung schreitet mit Riesenschritten voran.

Ich stelle mir vor, wie aufgebracht Sergio darüber ist, dass ich nicht zur Redaktionskonferenz gekommen bin. Wenn sich der Chef etwas in den Kopf setzt, kann man ihn nicht davon abbringen.

»Serra mach dies, Serra mach das. Serra geh hierhin, Serra geh dorthin«, hätte er gesagt und mich dann mit der Hand aus seinem Büro geschoben.

»Aber heute nicht«, sage ich laut.

Ich vergesse sogar, zu Mittag zu essen, ignoriere den verlockenden Geruch von Farinata, der mir aus der Cantine Sanremesi entgegenduftet, der Osteria mit dem schönen Gewölbe, den Tischen mit den karierten Decken, dem Steinofen draußen und den Weinflaschen hinterm Tresen, die ganz in der Nähe der Kathedrale San Siro liegt, die die älteste Kirche von San Remo ist.

Ich habe Appetit auf etwas ganz anderes, ich habe Hunger auf Ideen. Stundenlang fahre ich durch die Stadt.

Das Fahrrad war meine erste Liebe. Eine mühsame Liebe, weil ich mit sieben noch Stützräder hatte – ich war ein zu großer Angsthase, um mich ohne auf die Straße zu trauen –, während alle meine Freunde schon sicher umhersausten und sich über mich lustig machten. An einem Sommermorgen hatte mein Vater sie abgeschraubt und mir erklärt, er habe sie weggeworfen.

Ich hatte die Wahl, ganz auf das Fahrrad zu verzichten oder ohne Stützräder zu fahren. Ich starrte auf das ungeschützte Hinterrad, und das Herz schlug mir bis zum Hals.

Da klopfte mein Vater mir auf den Rücken.

»Du schaffst das, Samu.«

Also stieg ich zögernd auf und stellte fest, dass Fahrradfahren ohne Stützräder wie Fliegen ist und dass Stürze, Schrammen an Knien, Schürfwunden und Kratzer keine Katastrophen sind, mit denen ein Junge nicht fertigwerden kann.

Während ich jetzt die Uferpromenade Imperatrice entlangfahre, vorbei an Ilenias Konditorei und der Statue der Primavera, habe ich das Gefühl, mich in einem impressionistischen Gemälde zu befinden. Vielleicht liegt es daran, dass Monet etwas weiter oben, in Bordighera, drei Monate wohnte, um eine Palme zu malen, begeistert von dem blauen Meer und der üppigen Vegetation. Aber auch ich fühle mich inspiriert, fähig zu kühnen Einfällen. Meine Gedanken sprühen, und während es mir in den Beinen prickelt, tauchen die ersten Ideen für das Drehbuch der Werbekampagne auf, die mich an den Himmel der Medienbranche katapultieren werden.

In der ersten Szene sieht man zwei Jugendliche, ein Paar, eine Sie und einen Er, die stehen bleiben, um sich Postkarten anzuschauen …

In meiner Phantasie hat das Mädchen johannisbeerrote Lippen, kastanienbraunes Haar mit honigfarbenen Strähnen und blaue Augen.

Die Post muss dafür sorgen, dass das Leben von allen einfacher wird. Das ist die zentrale Aussage, damit kann man eine große Zielgruppe erreichen …

Ich achte nicht mehr darauf, wohin ich fahre, so sehr bin ich damit beschäftigt, mir vorzustellen, welchen Weg der Spot nehmen soll.

»Oh Gott!«

Ich kann gerade noch bremsen. Und komme wenige Zentimeter vor einer Frau zum Stehen, die mit ihren Einkaufstaschen über den Zebrastreifen geht. Sie wirft mir einen hasserfüllten Blick zu, und ihr Ausruf gilt mir und allen Radfahrern der Welt: »Idiot! Ihr denkt wohl, die Straße gehört euch allein, was? Klar doch, fahrt nur alle über den Haufen, bloß nicht stehen bleiben, sonst zahlt ihr noch Strafe!«

Auch ich verziehe das Gesicht und setze mich wieder gerade auf den Sattel. Ich sollte mir vielleicht eine weniger belebte Straße aussuchen, um meine Gedanken in diesem Tempo schweifen zu lassen. Ich biege nach rechts Richtung Meer ab und fahre nun auf dem Fahrradweg in westlicher Richtung.

Eine einzige Wolke zieht über den Himmel und erinnert mich an ein riesiges Sahnebaiser mit einer Füllung von Ilenia. Der blaue Himmel wölbt sich über dem Wasser, auf dem lauter schimmernde Sprenkel zu sehen sind. An manchen Stellen der Strecke liegt der Duft von Hunderten Bougainvilleen, Oleandern, Jacarandabäumen und Zitronen in der Luft, und ich nehme ihn tief in mich auf.

In dieser friedlichen Oase zwischen Grün und Himmelblau, zwischen Palmen, Pinien und Stränden und den steilen Klippen am Meer, laufen ein paar Jogger, Radfahrer in ihren leuchtend bunten Trikots kommen mir entgegen, ich sehe Familien in Rikschas, Leute mit Kamera in der Hand auf der Jagd nach schönen Bildern, Kinder mit Rucksäcken, Jugendliche, die lachen und die Freiheit ihres glücklichen Lebensalters genießen, inmitten dieser Landschaft, die geflutet ist von Licht, das auf dem Wasser tanzt.

Jetzt bin ich dort, wo früher die Eisenbahn entlangrumpelte, heute gibt es hier nur noch Schönheit und Villen, deren Wert um das Doppelte gestiegen ist. Kleine Häuser ducken sich am Rande der Buchten. Ich lasse den Blick schweifen und merke, wie in meinem Kopf der Film weiterläuft.

In der zweiten Szene nehmen sich der Junge und das Mädchen bei der Hand und suchen ihre Lieblingspostkarte aus. Sie setzen sich auf eine Bank, um sie zu schreiben. Sie suchen einen Briefkasten, um sie einzuwerfen, finden aber keinen.

Meine Phantasie hat wieder eingesetzt, mir fällt genug ein, ich muss nur noch Bilder finden, die ein Gefühl des Vertrauens und der Kompetenz vermitteln.

Die Zeit vergeht wie im Flug, und ich fahre immer weiter – das zauberhafte und wildromantische Panorama befreit meine Gedanken, die Räder des Fahrrads sausen über den Asphalt, ich spüre die Wärme der Sonne auf der Haut –, bis der rotglühende Ball im Meer versinkt und die Dämmerung anbricht.

Plötzlich ist der Fluß der Gedanken versiegt. Ich schaue verstört auf den Radweg, und die Zweifel steigen wieder in mir auf.

Noch einmal sehe ich die junge Frau aus meinem Spot vor mir und stelle fest, dass meine Idee nicht besonders originell ist. Es wirkt wie eine Werbung gegen das Verschwinden der Briefkästen. Aber worauf will ich eigentlich hinaus? Ich habe nur meine Zeit verloren.

Ich komme mir vor wie ein Idiot, wie jemand, der erschöpft ist, nachdem er zu schnell Feuer gefangen hat, wie einer, der ganz anders lebt, als er es sich vorgestellt hat. Eine schlimme, niederschmetternde Erkenntnis.

Es gibt Leute in meinem Alter, die wichtige Ziele längst erreicht haben.

Niedergeschlagen fahre ich nach Hause, öffne die Läden und lasse frische Luft ins Wohnzimmer. Ich fange an, Baci di San Remo zu knabbern, starre dabei ins Leere und fühle mich selbst ganz leer.

Dann lege ich mich erschöpft aufs Sofa, das Mobiltelefon gleich neben mir.

Mein Gefühl des Scheiterns und mein Selbsthass wachsen, als ich Berti eine Nachricht schicke und mich entschuldige, dass ich nicht an der Konferenz teilgenommen habe. »Ich weiß nicht, was in mich gefahren ist«, schreibe ich und teile mit, dass ich morgen pünktlich in der Redaktion sein werde.

Vierter Dialog mit Leo

Ich habe eine Frage an dich, Leo: Bin ich etwas wert? Bin ich, Samuele, der sensible junge Mann, der oft melancholischer Stimmung und ziemlich unsicher ist, etwas wert?

Ich sehe mich im Spiegel und sehe eine Katastrophe.

Ich würde gern einen Schritt rückwärts gehen. Ich möchte wieder den Augenblick erleben, in dem Emma da ist. Oder ich möchte sie vergessen. Doch das Gesicht dieser jungen Frau verfolgt mich. Ich habe sie angeschaut, während sie in Gedanken in unbekannte Welten reiste. Sie wirkte so zerbrechlich und erschrocken wie jemand, der weit von seinem Zuhause entfernt ist. Vielleicht brauchte sie mich. Oder vielleicht auch nicht. Ich weiß nicht mehr, was ich denken soll. Ich werde einfach nicht fertig damit.

Weißt du noch, was ich vor ein paar Wochen zu dir gesagt habe? Natürlich weißt du es, denn dir entgeht ja nichts. Ich habe dir gesagt, dass du großes Glück hast. Weil du nichts erwartest und immer mit dir im Einklang bist. Du hast alle Antworten. Weil du keine Fragen brauchst. Du siehst mich an, und ich weiß nicht, ob du mich wirklich wahrnimmst. Aber auch wir sehen uns viele Dinge an, ohne sie wirklich zu sehen. Wir haben sie vor Augen und registrieren sie nicht mal. Wir sind tragische und komische Wesen zugleich, verzweifelt menschlich. Vielleicht sind wir einfach nicht fürs Glücklichsein gemacht. Wir kämpfen gegen Müdigkeit und Angst. Es ist nämlich immer da, dicht an unserer Seite, dieses unbehagliche Gefühl, dass wir nicht auf der Höhe sind, dass wir es nicht schaffen, dass wir nicht stark genug sind und alles jeden Moment zusammenbrechen kann.

Ich weiß nicht, ob es mir noch einmal gelingt, die Trümmer aufzusammeln und bei Null anzufangen. Ich versuche alles, ich schlage mich durch und schone mich nicht. Ich habe alles, woran ich glaubte, in die Waagschale geworfen, alles, was ich gelernt hatte, alles, was ich auf dem schmalen Grat zwischen Hoffnung und Wirklichkeit erfahren habe. Aber jetzt fange ich an daran zu zweifeln, dass es für jedes Problem eine Lösung gibt.

Ich brauche mir nichts vorzumachen, ich gehe auf dem Zahnfleisch.

Was sagst du? Ich soll nicht alles so tragisch nehmen? Du siehst immer das halb volle Glas. Bei dir geht es nur ums Überleben.

Mich quält nur eine Frage: Werde ich jemals wieder auf die Beine kommen?

27

»Kommen Sie herein, junger Mann, ich habe schon alles vorbereitet«, sagt die Witwe Verrando und lässt mich eintreten.

Sie weist mir einen Platz an dem kleinen Tisch zu.

»Sie haben sogar eine Farinata gemacht«, staune ich.

Meine Nachbarin ist wirklich reizend. Das Leben hat ihr weder Kinder noch Enkel geschenkt, aber sie ist die perfekte Großmutter.

»Ja«, antwortet sie stolz, »ich bin früh aufgestanden heute. Am Morgen ist diese Stadt wie eine aufblühende Blume.«

Focaccia, Farinata, eine Kaffeekanne, Tassen und Papierservietten stehen auf einem großen Porzellantablett.

Die Verrando zieht ihre Schürze aus und setzt sich in ihren Sessel. »Entschuldigen Sie, dass ich danach frage. War die Treppe vor Ihrer Wohnung sauber? Hier bei mir auf dem Treppenabsatz liegt drei Finger dicker Staub.«

»Hmm, darauf habe ich nicht geachtet.«

»Wie sollen Sie auch bei dem Tempo, das Sie immer an den Tag legen, irgendetwas bemerken. Werden Sie eigentlich nach Kilometern bezahlt, junger Mann?«

»Vielleicht.« Ich lächele. »Im Moment habe ich jedenfalls wenig genug auf meinem Konto.«

»Tsss!«, fährt sie fort und schüttelt missbilligend den Kopf. »Ich habe diesem Putzmann schon zwei Mal gesagt, dass er gründlicher sein muss. Aber das ist ihm offenbar völlig egal.«

»Na, jedenfalls danke ich Ihnen herzlich für die Einladung zum Frühstück«, sagte ich, um vom Thema abzulenken, denn ich möchte keinen Krieg gegen den Putzmann führen. »Heute sehen Sie wirklich sehr elegant aus, Signora Verrando, Kompliment!«

Die Verrando trägt ein perlgraues Kleid mit Blumenmuster und freut sich wie ein kleines Mädchen.

»Das habe ich mir zum achtzigsten Geburtstag geschenkt. Aber jetzt essen wir erst mal die Farinata. Sie ist mir gut gelungen. Nehmen Sie sich ein Stück auf die Serviette, wenn man sie auf den Teller legt, verliert sie an Geschmack.«

Ich folge ihren Anweisungen und beiße mit Genuss in den herzhaften Kuchen aus Kichererbsen.

»Na, wie schmeckt's?« Sie mustert mich eindringlich. »Sie kommen mir immer noch so vor, als hätten Sie Kummer.«

»Ich habe ein Problem mit meiner Arbeit«, sage ich, nachdem ich zu Ende gekaut habe.

»Und was heißt das genau?«

»Ich muss einen Vorschlag einreichen und brauche dringend eine Idee.«

»Eine Idee«, sagt die Verrando nachdenklich.

»Ich habe schon alles Mögliche probiert, aber bisher noch nicht viel zustande gebracht. Leider fehlt mir die Inspiration.«

»Hat das etwas mit diesem Mädchen zu tun?«

»Das kann man wohl sagen. Ich bekomme sie einfach nicht aus dem Koppf. Und so kann ich mich schlicht nicht konzentrieren.«

Die Witwe Verrando beugt sich mit verschwörerischer Miene vor. »Wissen Sie, was ich mache, wenn ich etwas verlegt oder verloren habe? Ich höre sofort auf, danach zu suchen, und eines Tages taucht es von selbst wieder auf, als ob nichts gewesen wäre.« Sie lehnt sich lächelnd zurück.

Diese Theorie scheint mir ein bisschen simpel, aber ich sage nichts.

»Und was mache ich, wenn das Mädchen nicht mehr auftaucht?«, frage ich schließlich.

»Das, was Sie immer tun, mein Lieber. Leben Sie Ihr Leben!«

Sie spricht diesen Satz mit großer Bestimmtheit aus, und so klingt er wahr und unangreifbar.

»Ich zeige Ihnen mal was«, meint sie jetzt. »Nehmen Sie die Focaccia, und teilen Sie sie in der Mitte. Dann legen Sie ein Stück Farinata hinein und klappen sie zu.«

Ich tue, was sie sagt, und mache mir ein Sandwich.

»Probieren Sie mal, und sagen Sie mir, wie es schmeckt.«

Wir beißen gemeinsam in unsere gefüllte Focaccia.

Ich nicke anerkennend.

»Es schmeckt großartig.«

Die Signora Verrando freut sich und sieht mich dann prüfend an.

»Sie haben ein Problem, und ich will mich da nicht einmischen. Aber darf ich Ihnen etwas sagen, ohne dass Sie mich für aufdringlich halten?«

»Ja, natürlich.«

»Lassen Sie sich nicht von den Leuten verunsichern. Verstehen Sie, was ich meine?«

»Nicht so ganz …«

»Haben Sie keine Angst vor dem, was passiert«, erklärt die Witwe, »und auch nicht davor, in sich hineinzuschauen. Dazu haben Sie nie Zeit, weil immer etwas Wichtigeres zu tun ist. Genau da liegt der Fehler.«

Sie legt den Kopf zur Seite. »Sie haben ein gutes Herz, Samuele. Ich beobachte Sie schon eine ganze Weile. Auch wenn wir jetzt erst Freunde geworden sind, habe ich es doch schon früher bemerkt. In achtzig Jahren sieht man eine Menge Dinge, die man nicht alle versteht, aber in manchem täuscht man sich nicht. Sie haben eine große innere Schönheit, wissen Sie das eigentlich?«

Ich sehe sie erstaunt an.

»Meinen Sie das wirklich?«

»Ich kann Menschen gut beurteilen, glauben Sie mir. Das Schöne an Ihnen ist, dass Sie alles mit so viel Freundlichkeit machen. Aber Sie sind auch ein bisschen wirr. Immer auf Trab, Sie rennen die Treppe hier runter, schneller als mit Lichtgeschwindigkeit. Aber Sie sind ein höflicher, liebenswerter Mensch, das merkt man Ihnen sofort an.«

Ich sitze auf der Sofakante.

»Das sagt meine beste Freundin Ilenia auch immer. Aber sie übertreibt ein bisschen, fürchte ich.«

»Ich widerspreche Ihnen ungern, aber wenn schon zwei Damen so denken, müssen wir recht haben.«

Sie schiebt mir ein weiteres Stück Farinata rüber.

»Essen Sie noch ein bisschen.«

»Danke, aber ich bin wirklich satt.«

»Nehmen Sie noch, Sie müssen sich stärken.«

»Signora, Sie schmeicheln mir mit Ihrem guten Essen und Ihren netten Worten. Ich fürchte, dass ich Ihrem Bild gar nicht entspreche.«

»Also wirklich, junger Mann, Sie sind immer so bemüht, Gutes zu tun, da müssen Sie es auch mal zulassen, dass jemand Ihnen Gutes tut.«

Sie nimmt die Kaffeekanne und gießt mir noch etwas Kaffee ein. Sie hat mir noch mehr zu sagen.

»Denken Sie einmal nicht an Ihre hochgesteckten Ziele, und versuchen Sie lieber, keinen Tag ohne Freude zu verbringen.«

»Das klingt vernünftig«, sage ich.

»Natürlich ist es das«, ruft sie. Dann scheint sie das Thema zu wechseln.

»Wissen Sie, was das Geheimnis der Farinata ist?«

»Nein.«

»Dass sie so einfach ist. Nichts anderes als Wasser und Kichererbsenmehl.«

Ich ziehe die Augenbrauen hoch.

»Glauben Sie mir«, fährt sie mit einem freundlichen Lächeln fort. »Ihr einfaches Rezept ist die Antwort auf eine ganz bestimmte Frage.«

»Nämlich?«

»Was gibt Ihnen das Gefühl, am Leben zu sein?«

28

»Soll das ein Witz sein, Samu? Bitte sag, dass du das nicht getan hast.« Iacopo sieht mich fassunglos an. »Leute sind schon für weniger in die Klapse gekommen.«

»Du übertreibst mal wieder.«

Ich verdrehe die Augen. Jetzt ist es mit meiner Nachtruhe vorbei. Dabei wollte ich heute zeitig ins Bett gehen.

Ich bin so früh wie möglich aus der Redaktion verschwunden – Berti hat mir verziehen, dass ich den einen Tag nicht gekommen bin, aber mich daran erinnert, dass er bald eine Entscheidung über die Verlängerung meines Vertrags trifft –, dann habe ich meine E-Mails durchgesehen, habe in den Werbe-Fachzeitschriften geblättert und in den Storys über international bekannte Werbetexter und Artdirectoren nach einer zündenden Idee gesucht. Dann habe ich den guten alten Leo gefüttert, der sich sein Futter mit solcher Langsamkeit einverleibte, dass ich vermutete, seine Vorfahren seien angelsächsische Adelige.

Ich habe die Wohnung aufgeräumt und wollte mir schon den Pyjama anziehen, dann aber klingelte es, und es blieb mir nichts anderes übrig, als Iacopo hereinzulassen, der unangemeldet mit einem Pack Bier vor der Tür stand.

»Was machst du denn hier?«

»Ich wollte nach dir sehen und fragen, wie es dir geht.«

»Dann hast du mir also nicht nur halb verziehen, sondern mehr als ganz.«

»Ich bin ein Heiliger«, sagte er und nickte ein paar Mal mit dem Kopf. »Ich tue es für dich. Ich weiß, dass ich dir gefehlt habe.« Dann kam er rein und drehte sich zu mir um. »Du könntest mir ruhig mal sagen, wie bescheuert du dich aufgeführt hast.«

»Okay, ich war in letzter Zeit etwas nervig.«

»Das ist eine sehr zurückhaltende Selbstkritik«, sagt er und stellt das Bier auf den Tisch. »Ich habe dir zwei Superfrauen angeschleppt. Die wachsen nicht auf Bäumen, verstehst du? Und du warst alles andere als ein Gentleman. Glaub bloß nicht, dass ich dir noch mal eine Dame auf dem Silbertablett serviere.«

Ich habe in der Schublade den Flaschenöffner gesucht und ihm zugeworfen.

Er fing ihn auf und sagte: »Bevor ich mir weitere Flüssigkeit zuführe, befreie ich mich erst mal von der alten.« Dann ist er im Bad verschwunden.

Ich wurde mir der Gefahr aber erst bewusst, als ich das Wasser aus dem Hahn laufen hörte. Verdammt, der Spiegel!

Iacopo kommt von oben runter, und es ist schwer zu sagen, ob er tief verstört ist oder nur sehr ernst. Ich werde blass. Ich versuche zu lächeln und bringe kein Wort hervor.

Dann folgt die Szene, die meine guten Vorsätze, früh schlafen zu gehen, zunichte gemacht hat.

»Sag mir wenigstens, dass du es nicht küsst, wenn du dich schlecht fühlst«, meint er. Er hält kurz inne und sieht mich an, als sei ich ein armer Irrer. »Dass du es nicht küsst oder gar …«

»Das ist das Einzige, was mir von Emma geblieben ist«, sage ich schnell, und es klingt selbst in meinen Ohren ziemlich verrückt.

»Du kannst sie doch nicht aufbewahren wie eine Reliquie«, sagt Iacopo streng.

»Ach ja? Warum eigentlich nicht? Das mit dem Lack war eine spontane Idee. In letzter Zeit ging es mir nicht besonders gut. Versetz dich doch wenigstens für eine Sekunde mal in meine Lage.«

»Reden wir lieber nicht davon, du bist total wahnsinnig geworden.«

Ich gehe im Wohnzimmer auf und ab und denke über alles nach, was mir in letzter Zeit passiert ist. Ich sehe meine jämmerliche Gestalt, die sich in Leos Glaskugel spiegelt. Man kann wirklich nicht behaupten, dass der dreißigjährige Mann mit dem struppigen Haar, dem ungepflegten Bart, den Ringen unter den Augen und den zerknitterten Kleidern besonders gesund wirkt.

»Du armer Teufel, falls du es noch nicht gemerkt hast, du siehst aus wie ein Zombie«, sagt mein Freund, der offenbar meine Gedanken gelesen hat. »Isst du wenigstens manchmal, schläfst du überhaupt noch?«

»Ich wollte gerade ins Bett, bevor mich ein gewisser Herr aufgesucht hat.«

»Lass uns vernünftig sein«, entgegnet Iacopo plötzlich in ganz freundlichem Ton. »Du solltest dir überlegen, ob du nicht eine Therapie machst.«

»Und die soll mein Problem lösen?«

»Es gibt noch andere Möglichkeiten, aber Tennis oder Reiten würden dir sicher nicht helfen.«

»Ich könnte vielleicht meine Rückhand verbessern«, witzele ich und tue, als hätte ich einen Tennisschläger in der Hand.

»Nein, diesmal meine ich es ernst, Samuele. Du könntest deine Erlebnisse besser verarbeiten und mit etwas Abstand auf die Dinge schauen.«

Iacopo, der Frauenheld mit der sonst so burschikosen Art, stellt sein Bier ab und tritt ganz nah an mich heran. Ich lese echte Besorgnis in seinem Blick.

»Samu, gibt es etwas, was du vor mir geheim hältst?«

Er versucht, in meinen Augen zu lesen.

»Ich weiß nicht, was du meinst.«

»Du redest wirres Zeug, bist zu oft allein. Du kannst nicht länger in einer Welt leben, die es nicht gibt.« Einen Moment sieht er mich schweigend an. »Solange du nicht mit dieser Geschichte aufhörst, kommst du nicht weiter.«

Ich schaue auf die Uhr. »Müssen wir unbedingt um diese Zeit darüber reden? Ich bin wirklich sehr müde und …«

»Ich wusste es«, sagt er, »Müdigkeit ist ein ganz typisches Symptom. Du hast Depressionen, das ist das eigentliche Problem.«

»Nein!«, fauche ich.

»Leider doch. Es ist auch meine Schuld, ich hätte mich mehr um dich kümmern müssen. Ich schenke dir zum Geburtstag ein paar Stimmungsaufheller.« Er schüttelt bedächtig den Kopf. »Soll ich heute Nacht hierbleiben?«

»Iacopo, vielen Dank für deine Anteilnahme. Ich möchte nur eins, nämlich mich ausruhen. Morgen habe ich einen harten Tag, sehr viel zu tun …«

»Du brauchst Hilfe, Samu.«

Wenn man bedenkt, wie verschieden wir sind und dass Iacopo keine Gelegenheit auslässt, mich zu kritisieren, muss man sagen, dass er sich jetzt benimmt wie ein guter Freund. Und das »trotz allem«, wie er mir zu verstehen gibt. Auch wenn wir uns viel gestritten haben, war er stets mein Freund und wird es auch immer bleiben. Außerdem bin ich ihm dankbar, dass er mir verziehen hat, und zwar ganz und gar. Aber jetzt möchte ich allein sein.

»Überleg doch mal, woran du dich da festklammerst. Sie ist weg, Samu. Du wartest und wartest. Aber sie wird nicht kommen. Verstehst du?«

»Nein, da täuschst du dich. So ist Emma nicht. Auch wenn wir getrennt worden sind, wieso, weiß ich nicht, ich werde sie wiederfinden.«

»Willst du wissen, was ich denke?«, sagt Iacopo und öffnet die Wohnungstür. »Inzwischen glaubst du selbst nicht mehr dran.«

29

Es gibt Nächte für Verliebte und Nächte, um sich zu verlieben. Wir von der Cassini-Sternwarte wissen das. In den letzten Jahren haben hier einige Liebesgeschichten begonnen, und es sind auch ein paar andere kleinere oder größere Wunder geschehen. Außerdem kommen vormittags Busse mit Schulkassen, die in Perinaldo das Planetarium besuchen und mehr über das Leben des großen Astronomen Cassini erfahren wollen.

»Guten Tag, Kinder, ich heiße Samuele und zeige euch heute hier alles«, stelle ich mich vor, während die Schüler aus der Grundschule sich im Kreuzgang, in einem Kreis aufstellen, die Schulranzen auf dem Rücken.

Es sind fünfzehn Kinder, und alle starren mich an, und ich komme mir vor wie ein Clown, den man für eine Geburtstagsfeier engagiert hat. Pierluigi und Carlotta haben die Kleinen mit ihrer üblichen Freundlichkeit empfangen. Auf einem runden Tisch stehen Plastikbecher, Flaschen mit Getränken und Schälchen mit Popcorn und Chips. Ilenia gehört heute auch zum Begrüßungskomitee, sie hat kleine Pflaumenkuchen mitgebracht und will sie nachher an die Kinder verteilen.

»Die heutige Führung beginnt hier auf diesem Platz«, sage ich zu den kleinen Gästen. »Wir werden verschiedene Teleskope anschauen mit konträren optischen Figurationen, und die Sonne beobachten, den Stern, von dem das

Leben auf der Erde abhängt. Ich erkläre euch erst mal die Instrumente, und dann gehen wir hinein, um das Planetarium und das Cassini-Museum zu sehen.«

Eine Hand schießt in die Höhe. Sie gehört zu einem Jungen, der in einem zu großen Pullover steckt, eine Kappe trägt und ein kariertes Heft in der Hand hat. So ist das immer, in jeder Gruppe gibt es einen, der neugieriger ist als die anderen.

»Entschuldigen Sie, Signor Samuele. Was sind optische Konfigurationen?«

»Sie sind wie besondere Linsen«, antworte ich geduldig. »Ein bisschen wie bei Sonnenbrillen, die kennst du doch. Wir setzen sie auf, und so werden wir vor den Sonnenstrahlen geschützt. So ist es auch bei diesen Teleskopen: Mit ihrer Hilfe können wir ungehindert die Sonne betrachten. Gibt es noch andere Fragen?«

»Kann man im Planetarium den Großen Wagen sehen und auch den Kleinen?«

Nachdem ich dem Jungen versichert habe, dass man den Großen und den Kleinen Wagen gut erkennen kann, setzt sich die Truppe im Gänsemarsch in Bewegung, und wir beginnen mit dem Beobachten. Ich stehe neben dem Teleskop, Pierluigi und Carlotta sind bei den anderen Geräten. Ilenia geht in der Bibliothek auf und ab, nimmt ab und zu ein Buch in die Hand, blättert darin und stellt es sorgfältig wieder an seinen Platz.

Alle Schüler haben sich in einer Reihe aufgestellt, bis auf einen. Der neugierige Junge steht direkt hinter mir, macht sich Notizen und versucht, meine Aufmerksamkeit zu erregen.

»Entschuldigung, Signor Samuele, stimmt es, dass Napoleon in Perinaldo war, weil er sehen wollte, wo Cassini geboren wurde? Und stimmt es, dass sich Cassini auch mit Ingenieurwesen, Biologie und Medizin beschäftigt hat?«

Ich will ihm gerade antworten, aber einer seiner Kameraden ermahnt ihn, zu warten, bis er an der Reihe ist, dann läuft er auf das Teleskop zu und stößt dagegen, so dass es wackelt und ich es wieder richten muss.

»Passt bitte auf«, ermahnt ihn die Lehrerin, eine magere Frau um die dreißig mit einer Brille. »Wir wollen doch nicht unangenehm auffallen.«

»Ist schon gut«, sage ich, um Selbstbeherrschung bemüht. »Daran sind wir gewöhnt. Wie heißt du?«, frage ich den Jungen mit der Kappe.

»Leonardo.«

»Oh, Leonardo, das ist ein anspruchsvoller Name. Schau mal, was ich hier für dich habe.« Ich gebe ihm eine Broschüre, die von Napoleons Besuch in Perinaldo erzählt. »Das kannst du dir in Ruhe durchlesen.«

Der Junge nimmt die Broschüre und setzt sich auf eine Bank im Kreuzgang, um sie anzuschauen.

Ich hole Luft und spreche dann mit lauter Stimme über die Sonnenflecken. Ich erkläre den Kindern, dass, wenn die Sonne groß wie ein Ball wäre, die Erde die Größe einer Erbse hätte.

Ich höre erst auf zu reden, als Ilenia zu mir tritt und ich ihre glänzenden Augen bemerke.

»Was ist passiert?«

»Nichts, ich habe nur gerade diese traurige und romantische Geschichte gelesen«, sagt sie und zeigt auf das

Buch in ihrer Hand. »Die japanische Legende vom siebten Abend.« Sie scheint den Tränen nahe. »Ich bin ganz gerührt vom Schicksal der beiden Helden, der Prinzessin Orihime und dem Mandarin Hikoboshi.«

Ich nicke ihr zu.

»Ja, ich kenne die Geschichte. In der Astronomie sind die beiden die Sterne Vega und Altair.«

»Oh, Samu. Ich habe eine richtige Gänsehaut.« Dann liest sie laut vor: »Es waren einmal zwei junge Menschen, die sich auf den ersten Blick heftig ineinander verliebten. Sie verbrachten alle Tage gemeinsam, Seite an Seite, so dass sie ihre Pflichten vergaßen. Daraufhin wurde Tentei, der Vater der Prinzessin und der Kaiser des Himmels, sehr ärgerlich und trennte die beiden Liebenden durch den Himmlischen Fluss.«

»Damit ist die Milchstraße gemeint«, erkläre ich.

Ilenia schnieft.

»Die Prinzessin war verzweifelt, sie weinte unaufhörlich, weil sie nicht ohne ihren Geliebten sein konnte. Tentei hatte schließlich Mitleid mit ihr und ermöglichte den beiden, sich einmal im Jahr zu sehen.« Sie macht eine Pause und schluckt. »Seither trifft sich am siebten Tag des siebten Lunarmonats, im Juli, eine Schar Elstern und bildet mit den Flügeln eine Brücke. So kann Orihime den Himmlischen Fluss überqueren und Hikoboshi treffen, und so wird ihr Versprechen, sich ewig zu lieben, jedes Jahr erneuert.« Sie schaut mich an. »Was für eine traurige Geschichte. Und zugleich so unglaublich schön.«

Ich lege ihr einen Arm um die Schultern und nicke. Ja, traurig und unglaublich schön. Wie meine Geschichte mit

Emma. Auch wir hatten nur eine Nacht. Und wer weiß, ob wir uns überhaupt wiedersehen. Hätte ich sie doch bloß geküsst! Hätte ich sie doch bloß noch einmal sehen und alles in diesen Kuss hineinlegen können. Den Himmel, das Meer und sämtliche Galaxien. Ich seufze tief.

»Hoffen wir mal, es steht nicht irgendwo in den Sternen geschrieben, dass ich Emma nur einmal im Jahr sehen darf«, sage ich und denke an das Märchen von der siebten Nacht.

Eine Nacht, um sich wiederzusehen. Oder um sich zu trennen.

Sind Emma und ich eine Gleichung oder eine Rechnung, die nicht aufgeht?

Während die Kinder im Kreuzgang herumlaufen, sagt mir Ilena eine große Zukunft voraus.

Natürlich habe ich ihr von der Werbekampagne für die Conchiglia Group erzählt.

»Bist du aufgeregt?«

»Ja, ziemlich. Ich bin sicher, dass ich irgendetwas falsch machen werde.«

Sie legt mir die Hand auf den Arm.

»Kannst du mal 'ne neue Platte auflegen? Dein Pessimismus ist echt schwer zu ertragen! Du machst ein Gesicht wie drei Tage Regenwetter, dabei hast du so viel Schönes im Leben!«

Ich sehe sie erstaunt und etwas irritiert an.

»Was denn zum Beispiel?«

»Das hier zum Beispiel«, erwidert sie. »Du bist ein exzellenter Lehrer, und die Kinder hängen an deinen Lippen.«

»Ach, das hier mache ich ja nur aus Spaß.« Ich mache eine wegwerfende Handbewegung.

»Und deswegen soll es nichts wert sein? Du hast hier eine wichtige Aufgabe, Samuele, das kann dir doch nicht egal sein. In Perinaldo sind ein paar bedeutende Personen geboren worden, sie haben hier gelebt, und man spürt direkt den Geist früherer Jahrhunderte. Das ist ein historischer Schatz, den es weiterzugeben lohnt.«

Sie appelliert an meinen Stolz, und ich versuche zu vergessen, dass ich so gut wie gar nichts damit verdiene, genau wie bei meinen anderen Jobs.

Eine Weile schweigen wir, um uns herum die aufgeregten Stimmen der Kinder nahe beim Campanile der Kirche nebenan und bei der weißen Kuppel mit dem Teleskop.

Die Ermahnungen der Lehrerin, leiser zu sein, bleiben wirkungslos.

Ilenia sieht mich auf eine Weise an, die mir wohlbekannt ist.

»Ich finde, du hast ein Riesenpotenzial. Du kannst nicht alles auf einmal haben. Das braucht Zeit. Wenn du in deine Bewerbung nur die Hälfte deiner Begeisterung für die Astronomie steckst, bauen dir die Marketing-Leute in Mailand ein Denkmal auf der Piazza del Duomo.«

»Ilenia, ich habe Angst«, gestehe ich.

»Und ich freue mich für dich.«

Und wieder macht meine Freundin mir neuen Mut. Ich sehe sie voller Dankbarkeit an. Sie, die stets so bodenständig und energisch ist und dann so gerührt von einer unglücklichen Liebesgeschichte am Himmel.

»Wie du so ruhig und zuversichtlich sein kannst, weißt nur du allein. Immer sagst du, alles würde gut werden. Aber kann es das wirklich geben?«, frage ich.

Ein Windstoß fährt durch die Zweige des Kirschbaums, ich schaue nach oben und sehe Wolken am Himmel treiben, die Erzfeinde der Astronomie.

»*Es gibt unsichtbare Verbindungen zwischen den Dingen, man kann keine Blumen pflücken, ohne einen Stern zu stören*. Weißt du, von dem dieser Satz stammt?«

»Von Galileo, soweit ich weiß.«

»Und was bedeutet er?«

Ich zucke mit den Schultern. »Vielleicht, dass unsere Taten Folgen haben, die wir uns nicht vorstellen können. Dass das Gleichgewicht der Welt sehr komplex ist.«

Sie antwortet mit einem Lächeln.

»Du bist der Kenner der Sterne. Für mich bedeutet dieser Satz, dass alle Dinge einen tieferen Grund haben.«

30

Es ist ein freundlicher Morgen und in der Bar ist viel los, lauter Kunden, die sich auf ein Frühstück freuen. Die meisten Leute an den Tischen sind Männer in Anzug und Krawatte.

»Gehen wir rein oder setzen wir uns draußen hin?«, fragt Ilenia.

»Ich bin lieber im Freien«, sage ich.

»Klar, so ist er. Er bleibt lieber unter freiem Himmel, wahrscheinlich um die Gestirne um Rat zu fragen«, sagt Iacopo und grinst.

»Was ist daran so komisch? Ich meine doch nur, dass wir draußen mehr Ruhe zum Reden haben.«

»Und ich versuche gerade wachzuwerden und zu verstehen, was ich hier eigentlich soll. Gestern Abend ist es spät geworden mit … wie hieß sie noch mal? Giulia vielleicht?«

Ilenia ist empört und setzt sich, dann legt sie mir beruhigend eine Hand auf den Arm.

Ich habe meine beiden Freunde herbestellt, bereue es aber schon, denn sie sind nicht gut aufeinander zu sprechen.

Für Ilenia ist Iacopo der »ideale Kandidat für den Weltrekord in geistiger Armut«, und sie ist für ihn »so attraktiv wie ein Granitblock«.

Ilena wohnt an der Piazza Brescia, wo das Herz des Nachtlebens schlägt, zwei Schritte von den Bäckereien, den Läden für Angelzubehör und dem Alten Hafen entfernt, ganz nahe beim Café Renaissance unter den Arkaden der Piazza Colombo. Sie ist meiner Einladung gleich gefolgt. Iacopo hingegen, der in einem kleinen Reihenhaus in der Nähe der Autobahnauffahrt auf einem Hügel wohnt, ärgert sich, dass er so früh aufstehen musste. Er kam halb verschlafen hier an, in Jeans, Turnschuhen und mit dem Hemd über der Hose.

»Auch wenn keiner meine Meinung hören will, für mich ist das Ganze völlig an den Haaren herbeigezogen«, sagt er jetzt und gähnt herzhaft. »Die Sache ist vorbei, sie hat ja auch nie richtig angefangen.«

»Für mich gab es immer Hoffnung«, entgegnet Ilenia nachdenklich.

In dreißig Sekunden haben sie ihre unterschiedlichen Standpunkte deutlich gemacht. Aber nicht nur das, sondern auch ihre Lebensphilosophie. Aber wir fangen ja gerade erst an.

»Hoffnung, was für ein dummes Wort, ohne jede Bedeutung.«

»Die hat sie sehr wohl, nur kennst du sie nicht.«

»Und was soll das bitte sein? Kannst du mir irgendetwas sagen, das mich nicht deprimiert?«

»Es bedeutet, dass schöne Dinge geschehen können, wenn man am wenigsten damit rechnet.« Ilenia wendet sich mir zu, mit roten Wangen und glänzenden Augen. »Vielleicht sogar, wenn du gar nicht mehr damit rechnest.«

Iacopo denkt nach und klopft sich mit dem Zeigefinger auf die Lippen.

»An so einen Humbug glaube ich nicht. Ich halte mich lieber an die Fakten.«

»Das ist voreilig. Aber du machst das ja immer so«, wende ich ein.

Er sieht mich mitleidig an. »Du hast dich in irgendein Mädchen verknallt. Na und? Das passiert mir an jeder Straßenecke«, sagt er dann und lacht amüsiert.

»Nein, es ist viel mehr als das. Und sie ist nicht irgendein Mädchen, sie heißt Emma. Und ich könnte ihr dasselbe bedeuten«, sage ich und werde rot im Gesicht.

»Mann, Mann, Mann. Wie oft muss ich mir das noch anhören?« Iacopo verdreht die Augen. »Das ist doch nichts als ein Film, der in deinem Kopf abläuft. Drehbuch, Darstellung und Regie Samuele Serra, nur dass die weibliche Hauptdarstellerin nicht gekommen ist.«

»Nun mal langsam«, ruft Ilenia dazwischen. »Jeder hat das Recht auf seine Meinung, aber du musst nicht gleich so boshaft sein.«

»Ich bin nicht boshaft, ich bin nur realistisch. Kennst du das Wort?«

»Ist schon gut, Ilenia«, sage ich beschwichtigend. »Es stimmt schon, Emma und ich waren nur wenige Stunden zusammen, aber es ist eben, als würden wir uns schon ewig kennen.«

»An Phantasie mangelt es dir wirklich nicht«, entgegnet Iacopo.

»Ich muss sie unbedingt wiedersehen, ich muss mit ihr reden.«

»Worüber denn?«

»Ich frage mich die ganze Zeit, was mit ihr los war. Sie hatte was, das habe ich genau gespürt. Und sie war drauf und dran, mir etwas Wichtiges zu sagen.«

Iacopo schüttelt den Kopf. »Ja, klar. Sie wollte dir sicher sagen: Schlaf bitte nicht ein.«

»Sehr witzig.«

»Warum weinst du ihr nach? Die meisten Liebesbeziehungen gehen zu Ende. Oft enden sie sogar vor Gericht. Warum also leiden?«

Ilenia hat die Arme verschränkt.

»Und was, du Klugscheißer, soll er deiner Meinung nach tun?«

»Na, was ich ihm die ganze Zeit über schon predige«, sagt Iacopo und sieht mich an. »Steck diese Geschichte endlich weg und vergiss das Weib für den Rest deiner Tage. Dann geht auch der Stress vorüber. Dein Leben wird wieder in ruhigere Bahnen kommen. Das ist eine Frage der Logik und der Vernunft.«

»Richtige Männer sind eben zu allem bereit, um das Herz einer Frau zu erobern. Jemanden an seiner Seite zu haben, mit dem man lachen und sich ewige Liebe schwören kann.«

»Ja, genau, alle, die sich ewige Liebe geschworen haben, sind heute noch zusammen«, erklärt Iacopo mit einem hämischen Grinsen.

»Könnt ihr aufhören, euch gegenseitig an die Gurgel zu gehen?«, sage ich. »Ich bekomme Kopfschmerzen, wenn ich euch höre.«

Iacopo aber kommt jetzt in Fahrt. »Wollt ihr meine Meinung wissen? Die Ehe ist eine Falle für alle Menschen männlichen Geschlechts.«

»Ich bin fasziniert, wie du die Dinge auf den Punkt bringst. Welche ideologische Finesse. Du bist ein brillanter Kopf, Ingenieur Renda, aber von der Liebe verstehst du leider gar nichts. Du bist einfach komplett gestört, was Frauen angeht.«

»Oh … Mir macht es nichts aus, dass man mich für gestört hält, aber ich bin nicht der einzige Psycho hier am Tisch.«

Ich funkele ihn an, damit er endlich den Mund hält, aber es ist zu spät. Ilenias weibliche Neugier ist erwacht.

»Was meinst du damit?«

»Hast du ihr eigentlich schon von dem kostbaren Sammlerstück deiner Herzensfreundin erzählt?«, fragt Iacopo erbarmungslos.

»Samu, wovon redet er?«

Ich schlucke verlegen. Jetzt weiß ich nicht mehr, wie ich den Kopf aus der Schlinge ziehen soll.

»Erinnerst du dich noch an den Lippenabdruck auf dem Spiegel?«, beginne ich vorsichtig.

Iacopo beugt sich vor und grinst triumphierend.

»Ja, sicher«, sagt Ilenia. »Du kennst meine Theorie dazu. Das war kein Adieu, sondern ein Versprechen.«

Sie sieht mich fragend an.

»Was ist denn damit?«

»Nun ja«, stottere ich verlegen. »Ich hatte Angst, dass der Abdruck verblassen könnte, und …«

»Nun sag's ihr schon«, spottet Iacopo, »worauf wartest du? Erzähl deiner Ilenia, was für ein Freak du bist. Oder soll ich es tun?«

»Na gut, also, ich habe einen Fixierspray gekauft und auf den Spiegel gesprüht. Um den Abdruck zu konservieren«, gestehe ich widerwillig, und Iacopo gibt ein düsteres,

Lachen von sich. Ilenia reißt die Augen auf und hält sich die Hand vor den Mund. Diesmal ist sogar meine Freundin entsetzt.

»Bringen Sie mir bitte einen doppelten Espresso«, ruft Iacopo dem Kellner zu, »ein einfacher reicht nicht, fürchte ich.«

»Ilenia, bitte, sag etwas.«

Sie schüttelt den Kopf und sieht mich prüfend an.

Iacopo nickt. »Siehst du? Was habe ich dir gesagt? Nicht ich bin es, der hier Unsinn redet.«

»Ilenia? Jetzt guck nicht so, so schlimm ist das doch nun auch wieder nicht«, sage ich verlegen.

»Aber das ist nicht normal, Samuele, es ist wirklich beunruhigend«, stammelt sie.

Der Kellner bringt den doppelten Espresso, und Iacopo trinkt ihn in einem Schluck aus.

Ich bringe kein Wort heraus. Selbst wenn ich es könnte, wüsste ich nicht, was ich sagen soll. Ich weiß selbst nicht, was mit mir los ist. Werde ich allmählich verrückt? Bin ich ein Gestörter, wie Iacopo sagt? Vielleicht werde ich bald meine Arbeit in der Redaktion verlieren, die meine Wohnung finanziert. Vielleicht habe ich gerade die Chance, endlich meinen Traumjob zu bekommen. Und doch …

»Ihr versteht das eben nicht«, sage ich leise.

Iacopo hebt die Hände und ergibt sich seufzend.

»Es ist schließlich dein Leben. Mach es kaputt, wenn dir danach ist«, ruft er so laut, dass alle Gäste sich zu uns umdrehen. »Meiner Meinung nach machen wir bei diesem Wahnsinn schon viel zu lange mit. Weißt du was? Deine verstiegenen Theorien machen mich fertig.« Er legt einen Zwanzig-Euro-Schein auf den Tisch. »Bin ich der einzige Mensch auf diesem Planeten, der noch normal ist? Ich plane Straßen, da weiß man, woran man ist. Und wo wir schon von Straßen reden: Deine läuft auf eine Katastrophe zu.«

Sein Gesichtsausdruck spricht Bände, ebenso wie die niedergeschlagenen Augen von Ilenia. Aber ich kann weder etwas sehen noch hören. Bis zum Abgabetermin sind es noch drei Tage, dieser Wettbewerb könnte mein Leben verändern, aber mir fehlen Ideen und Worte.

31

»Sag mal, hast du nun die Kopfhörer oder nicht?«, frage ich mit hoffnungsvollem Blick.

Alices blonder Haarschopf kommt unter dem Schreibtisch hervor.

»Einen Moment, bitte, ich will gerade jemandem etwas auf die Mailbox sprechen.«

Sie dreht sich von mir weg, das unvermeidliche Handy am Ohr, gestikuliert wild und erklärt, sie fühle sich nicht in der Lage zu einer dauerhaften Beziehung.

Ich werde ungeduldig und stemme die Hände in die Hüften.

»Geschafft«, sagt Alice schließlich, wendet sich mir zu und sieht aus, als sei sie gerade die Nervensäge ihres Lebens losgeworden. »Ich verstehe gar nicht, was an Liebesbeziehungen so kompliziert sein soll. Man muss nur klare Entscheidungen treffen.«

»Ist das Ihr Motto für den heutigen Tag, Caviglia?« Der Chef kommt aus seinem Büro und zieht ein Paket Zigaretten und sein Feuerzeug aus der Hosentasche. Dann seufzt er tief. »Ich werfe sie am besten weg, ich habe meiner Tyrannin von Frau versprochen, weniger zu rauchen, und alles nur wegen diesem Wellness-Wahn, der meiner Meinung nach völlig überschätzt wird.«

Man kann sich nur schwer vorstellen, dass es jemand gibt, der Berti Befehle erteilt.

»Sagen Sie das nicht, Chef, es kann jedenfalls nicht schaden, gesünder zu leben. Rauch, Stress und Aufregung erhöhen das Infarktrisiko«, verkündet Alice.

»Caviglia, habe ich Sie nach Ihrer Meinung gefragt?«

»Nein, aber …«

»Sehen Sie. Wenn ich Ihre Meinung hören will, werde ich Ihnen das schon sagen.«

Alice fährt sich mit ihrem Kakaobutterstift über die Lippen. Erst dann reicht sie mir die verwickelten Kopfhörer. Ich kann nicht umhin zu denken, dass meine Kollegin, die nichts anderes macht, als ihre Nägel zu feilen und die Blumensträuße der unliebsamen Verehrer in den Papierkorb zu werfen, prima zu Iacopo passen würde. Sie wäre für ihn sicher eine harte Nuss.

»Danke«, sage ich und fange an, das Wirrwarr der Kabel zu lösen. »Du bekommst sie gleich zurück.«

»Leg sie mir einfach auf den Schreibtisch. Ich muss jetzt los und den Tourismus-Beauftragten interviewen.«

»Sehr gut, Caviglia«, sagt Sergio Berti. »Wo ist denn Ihr Aufnahmegerät?«

»Das brauche ich nicht, Chef.«

»Ach, Sie machen es wie früher. Notizbuch und Stift.«

Für einen Moment wirkt der Chef vierzig Jahre jünger. »Was ich an Papier und Tinte verbraucht habe, als ich in Ihrem Alter war!«

Alice antwortet mit einem Schulterzucken. »Aber nein, Chef. Ich mache ein Video-Interview mit dem Handy. Das ist weniger Aufwand, ich brauche kein Wort zu schreiben, und in der Mittagspause lege ich mich an den Strand.«

Sie zieht am Träger ihres Bikinis, den sie unter ihrem leichten ärmellosen Sommerkleid trägt.

Iacopo würde voll auf sie abfahren, denke ich, während ich das Kabel der Kopfhörer in den Laptop einstöpsele.

»Caviglia«, ruft Sergio sichtlich genervt, »irgendwann werde ich Ihnen beibringen, was guter Journalismus einmal war.«

»Chef, passen Sie auf die Zeitformen auf. Was guter Journalismus ist, meinen Sie.«

»Nein, nein, Caviglia, was er *war*. Sie sind der lebende Beweis für sein trauriges Sterben. Wie grausam das Leben manchmal ist!«

Berti schaut Alice hinterher, wie sie in ihren Lederstiefeletten hinaustänzelt. Da kommt Valerio zurück.

»Ah, Valerio! Warum sind die Online-Nachrichten aus der Politik noch nicht auf neuestem Stand?«, blafft der Chef gleich weiter.

»Wegen einem *bug*«, erklärt der Mann von der Panorama-Seite.

Der Chef sieht ihn an, als habe er ihn aufgefordert, in Unterhosen *Nessun dorma* vor dem Publikum des Ariston-Kinos zu singen.

»Ein *bug*? Was zum Teufel ist ein *bug*?«

»Ein Fehler im System. Ich habe schon bei unserem Provider angerufen. Sie lösen das Problem, so schnell sie können, das haben sie mir jedenfalls versprochen.«

Ich sehe zu Berti hinüber und weiß, dass er gleich explodiert in drei … zwei … eins …

»Verflucht noch mal!«, schreit der Chef. »Es kann doch nicht sein, dass mein Arbeitstag von einer Kiste abhängt, die, wann immer es ihr passt, aufhört zu funktionieren? Und dann ist da irgendein Kerl in Indien, der in einer Garage sitzt und an einer anderen Kiste rummacht, um das Problem zu lösen, das ich mit meiner habe …«

Er ist auf hundertachtzig. »Ich werde noch wahnsinnig!«, wütet er.

»Wir können nichts tun als warten«, erklärt Valerio. »Sie arbeiten schon dran. Eigentlich ein guter Grund, eine kleine Pause einzulegen.«

In dem ganzen Geschrei und Geschimpfe über Computer und andere Erzeugnisse moderner Technologie versuche ich, mich auf die E-Mail zu konzentrieren, die mir Marco gerade geschickt hat. Der Betreff ist nicht gerade ermutigend. Um mich daran zu erinnern, dass die Frist für die Abgabe der Werbekampagne bald abläuft, hat er nur zwei Worte in die Betreffzeile geschrieben: Memento mori. Dann folgt der Text:

Lieber Samuele, ich schicke dir hier ein Werbevideo von unserer Firma. Sieh es dir an, es könnte nützlich sein. Noch drei Tage bis zur deadline. *Wie weit bist du? Hals- und Beinbruch!*

Ich rücke die Kopfhörer zurecht und drücke auf die Play-Taste.

Eine virtuelle Reise.

Im Zentrum von Mailand taucht das Gebäude der Conchiglia Group auf.

Die schweren Drehtüren aus Glas öffnen sich mit einem Rauschen, geschäftige Leute gehen hindurch. Eine

Sekretärin am Empfang hebt den Blick, schiebt sich den sorgfältig geschnittenen schwarzen Pony zur Seite und lächelt. Man sieht an allen Details, dass es sich um ein luxuriöses Gebäude handelt. Eine helle Eingangshalle führt zu den Aufzügen. Man fährt nach oben, tritt hinaus und sieht ein Labyrinth von Fluren und Abteilungen.

Dutzende Menschen laufen an der Telekamera vorbei, manche von ihnen spielen an ihren Kopfhörern herum und sehen aus wie psychisch Kranke, die Selbstgespräche führen. Gruppen von Werbetextern in farbenfrohen Pullovern und gepunkteten Hosenträgern tauschen sich aus und zeigen aufeinander.

In den Räumen sitzen Leute, die emsig auf ihre Computer tippen, es werden Storybords gezeichnet, die Drucker arbeiten wie Maschinengewehre. Gruppen von Männern und Frauen in großzügigen Räumen reden lebhaft vor Projektoren, auf denen Grafiken zu sehen sind.

Hier werden wichtige Entscheidungen getroffen, Werbekampagnen verabschiedet, Hebel in Bewegung gesetzt, Fäden gezogen, Dinge kontrolliert, Getriebe geölt, Mosaiksteine zusammengesetzt. Allein bei dem Gedanken überkommen mich Lust und Neid auf die, die es geschafft haben.

Die Szene löst sich auf, der Film wird in einem Saal fortgesetzt, man hört Applaus und eine Stimme, die ins Mikrofon spricht.

»Werbung kann Grenzen überwinden. Sie kann Sitten und Gebräuche verändern und Kulturrevolutionen auslösen.«

Der Mann, der diese Sätze spricht, ist kein anderer als Biagio Baldelli, der Vorstand und Artdirector der Conchiglia Group. Einer der weltweit einflussreichsten Männer im Bereich Werbung, dabei ist er noch keine vierzig Jahre alt.

»Wir brauchen immer kreative Köpfe. Wir müssen nachdenken, um Probleme auf verschiedenste Weise zu lösen, Perspektiven verändern. Einfach ausgedrückt – wir gehen den Weg der Innovation, und zwar immer.«

Der Mann schreitet gelassen auf der Bühne hin und her, während er in sein Mikrofon spricht und aufsehenerregende Ideen von sich gibt. Er ist salopp gekleidet. Eine dunkelblaue Jeans, Wildlederschuhe, ein leichter schwarzer Pullover, aus dem oben der Kragen eines weißen Hemdes herausschaut.

Ich kenne den Werdegang von Biagio Baldelli in- und auswendig, von seinen Erfolgen wird in all den Zeitschriften berichtet, über die sich mein Postbote lustig macht. Gleich nach dem Studium hat er als Werbetexter in Manhattan angefangen. Er dachte sich mehrere durchschlagende Werbekampagnen aus, kehrte nach Italien zurück und wurde Chef der Conchiglia Group, die heute zu den größten Werbeagenturen zählt.

»Wir müssen in der Lage sein, andere zu inspirieren, neue Standards zu entwickeln. Wichtige Kunden zu haben ist großartig, und wir sind uns unserer großen Verantwortung stets bewusst. Wir machen keine Kompromisse. Für uns ist nur das Beste gut genug.«

Das Publikum applaudiert begeistert.

Dort sollte ich jetzt stehen und solche großen Sätze von mir geben, bombastische Phrasen über die Wichtigkeit, Netzwerke aufzubauen, mit diesem feinen Unterton in der

Stimme, der deutlich macht: Ich bin einer, der es geschafft hat, ich bin ganz oben.

»Versuchen Sie, Geschichten zu erzählen. Geschichten sind stärker als die Zeit, sie überdauern alle Krisen. Geschichten überleben in der Phantasie von uns allen. Sie sind ewig wie die Musik, wie das Meer, der Himmel und die Sterne.«

Baldelli ist für ungewöhnliche Werbekampagnen bekannt. Es ist kein Auto, kein Energiedrink, kein Bier und keine Versicherungsgesellschaft auf den Markt gekommen, über die er keine geniale Geschichte erzählt hätte. Wie damals, als er in den Vergnügungsparks mancher europäischer Städte Holzbänke aufstellen ließ, die wie Schokoriegel aussahen, grade eben ausgepackt und frisch angeknabbert. Oder als er, um für ein Musikfestival auf dem Kontinent zu werben, einen Werbespot schrieb, in dem sich berühmte Sänger verschiedener Nationalitäten in Metro-Waggons präsentieren, Kleingeld aufsammeln und erklären, Musik sei für alle da.

»Haben Sie keine Angst, in großen Dimensionen zu denken, und glauben Sie an Ihre Ideen. Die Welt wird von Menschen gestaltet, die eine Vision haben. Wer etwas wirklich Wichtiges zu sagen hat, ist bei uns richtig. Deshalb haben wir beschlossen, ein besonderes Projekt mit der Post zu starten, einem unserer wichtigsten Kunden. Sie haben sicher davon gehört.«

Zustimmendes Gemurmel im Saal.

»Wir von der Conchiglia Group haben eine weittragende schöpferische Vision. Es geht darum, der audiovisuellen Werbeproduktion ganz neue Impulse zu geben.

Einen Raum für junge Talente, sich auszuprobieren und unseren Kunden innovative Projekte anzubieten. Ich habe diese Initiative selbst ins Leben gerufen.«

Baldelli macht eine Pause, um ein paar Bilder zu zeigen. Wegen der auf ihn gerichteten Punktstrahler ist er in grellweißes Licht getaucht, fast wie eine Erscheinung.

»Eine Jury internationaler Experten, deren Vorsitzender ich bin, wird die Arbeiten bewerten. Wir haben schon Hunderte von Bewerbungen und rechnen noch mit weiteren hundert, wenn nicht mehr bis zum Ende der Bewerbungsfrist. Ich will meine Aufregung gar nicht vor Ihnen verbergen, ich setze in dieses Projekt große Erwartungen. Das ist ein großartiges Experiment, und es wird, sofern es funktioniert – und daran glaube ich fest –, in allen unseren Niederlassungen zum Tragen kommen.«

Dann wendet er sich wieder dem Publikum zu.

»Sie da hinten«, sagt er und zeigt auf einen jungen Mann, »warum wollen Sie in der Werbung arbeiten?«

»Meinen Sie mich?«

»Ja, Sie. Erklären Sie mal den anderen, warum Sie in die Werbung gehen wollen.«

Der Angesprochene steht auf, schafft es aber nicht zu antworten, und die Leute in seiner Nähe schauen, ob es ihm gut geht. So etwas passiert nicht jeden Tag. Der Junge steht da, aufrecht und starr vor einem Genie der Werbebranche, das eine endlose Reihe internationaler Preise bekommen hat.

Er lächelt verkrampft.

Dann beginnt er zu sprechen und redet davon, dass sich Begeisterung und Energie entfalten sollen, von menschlichen Ressourcen, von einer Neudefinition von Botschaften, dem Willen, nie vor Schwierigkeiten zurückzuschrecken. Er bekommt nur mühsam Luft, seine Worte dringen stotternd heraus wie Morsezeichen.

»Nein, das ist es nicht.« Baldelli wirkt enttäuscht. »Das sind nur Slogans, Sprüche aus Werbehandbüchern, deren Ideen nie realisiert werden. Nennen Sie mir einen besseren Grund, ein echtes Motiv.«

Der junge Mann erschrickt. Die Fernsehkamera ist auf ihn gerichtet. Sein Gesicht ist feuerrot, er versucht mit Husten Zeit zu gewinnen und fährt sich mit den Fingern durchs Haar.

»Um bei Menschen Emotionen zu wecken.«

»Bravo, das ist schon sehr viel besser! Die Macht der Gefühle ist bei jeder Arbeit wichtig, aber bei unserer ganz besonders. Ein weiterer faszinierender Aspekt ist die Idee von schöpferischer Innovation, die wir uns zum Ziel gesetzt haben. Wie denken Sie darüber?«

»Das ist sicher richtig. Wir müssen aber auch der Technologie vertrauen.«

»Meinen Sie? Da bin ich mir nicht so sicher«, wendet Baldelli ein. »Für mich ist das wirklich Neue eine Rückkehr in die Vergangenheit. Wir sollten nicht losrennen, sondern uns Zeit für die Dinge nehmen, die uns am Herzen liegen. Sind Sie ein harter Arbeiter?«

»Ich habe keine Angst davor, mich zu engagieren.«

»Dann will ich ein Geheimnis mit Ihnen teilen und natürlich auch mit Ihnen allen.« Er lächelt ins Publikum. »Nur wenn ihr bereit seid, alles infrage zu stellen, alles aufzugeben, auch euch selbst und eure Ambitionen, könnt ihr

Erfolg haben. Merkt euch eure spontanen Einfälle. Hört auf euer Bauchgefühl. Wenn der Ehrgeiz stärker ist als die Leidenschaft, werden unsere Ergebnisse artifiziell und verlieren ihre Echtheit.«

Mit diesen Worten endet das Video. Ich ziehe die Kopfhörer aus den Ohren. Jetzt bin ich mehr denn je davon überzeugt, dass ich, wenn ich diese Arbeit wirklich machen will, aufs Ganze gehen muss.

»Wie weit sind wir mit der Geschichte über diesen Überfall im Telefonladen?«

Valerio nickt zum Zeichen, dass er die Situation unter Kontrolle hat. »Ich erwarte bis Mittag die Erklärung des Chefs der Carabinieri«, versichert er.

»Gut, sehr gut. Und Sie, Serra?« Die Stimme des Chefs holt mich aus meiner Trance. »Ich nehme an, Sie sind auch im Bilde.«

»Natürlich, klar«, murmele ich.

»Nun, ich habe den Eindruck, Sie sind mit dem Kopf ganz woanders … Wie sieht denn Ihr Zeitplan für heute aus?«

»Um sechs gehe ich zur Eröffnung einer Ausstellung von Aquarellen aus dem frühen zwanzigsten Jahrhundert im Foyer des Casinos.«

Urplötzlich verliert der Chef seine übliche Distanz.

»Wissen Sie was, Serra? Nehmen Sie heute Nachmittag mal frei, und gehen Sie nach Hause. Die Sache ist nicht so wichtig.«

Ich traue meinen Ohren nicht. Das Schicksal meint es gut mit mir und reicht mir unerwartet die Hand. Ich kann gehen und mich der zukunftsweisenden Partnerschaft zwischen der Post und der Conchiglia Group widmen.

»Danke«, sage ich, und ehe er es sich wieder anders überlegt, schnappe ich mir mein Rad und steuere zum Ausgang, Richtung große Karriere.

»Und Serra?«

»Ja?«

Einen Moment sieht mich der Chef stirnrunzelnd an. »Nichts, schon gut. Ich dachte, ich müsste Ihnen noch etwas sagen, aber ich habe es vergessen.«

Am Abend sitze ich lange auf der Terrasse mit meinem üblichen Glas Rossese in der Hand. Ich bin erschöpft. Ich seufze und blicke in den Himmel.

Die Wolken lassen den Mond unbedeckt und verwundbar, und einen Moment wünsche ich mir, dass ein Stern vom Himmel fällt und mir eine Idee eingibt, mit der ich die Konkurrenz aus dem Feld schlagen und den Wettbewerb gewinnen kann.

Wie zum Teufel machen die anderen es, ihre Karriere voranzutreiben und so ausgezeichnete Arbeit zu leisten? Ich habe die Rede von Biagio Baldelli gesehen. Die Möglichkeit, zu hören, was er zu sagen hat, ist für viele ein Privileg. Das Charisma und die Sicherheit dieses Mannes, der fähig ist, Regeln und Richtungen des Marketing zu diktieren, haben mich tief beeindruckt, aber auch ein Gefühl des Unbehagens hervorgerufen. Ich frage mich, ob ich je in der Lage sein werde, Ergebnisse zu erzielen, die andere verblüffen, ob ich je den Mut habe, mich voll auf das Leben einzulassen, diese endlose Kette von Süße und Bitterkeit.

Um Erfolg zu haben, muss man nach den Worten dieses Werbe-Gurus in der Lage sein, auf alles zu verzichten.

Er hat davon geredet, alles aufzugeben, sogar sich selbst. Das ist pure Ironie. Wenn jemand sich aufgegeben hat, dann bin das doch ich.

Ich gehe wieder in die Wohnung und schließe die Fensterläden. Der weiße Monitor des Bildschirms sieht mich vom Sofa her an und erinnert mich daran, dass er noch auf meine grandiosen Ideen wartet.

Fünfter Dialog mit Leo

Los, Leo, nun iss schon! Heute ist ein neuer, wichtiger Tag, wir müssen in Form bleiben. Wir sind ewige Träumer, unkontrollierbar. Wir warten auf den einen Moment, in dem sich alles entscheidet: auf das, was aus dem Nichts auftaucht und uns aus diesem ungewissen Leben erlöst, die Schwarz-Weiß-Bilder in unserem Kopf mit Farbe versieht. Wir reden uns den Mund fusselig über tolle Projekte, haben aber nicht den Mut, das zu machen, was wir uns wirklich wünschen. Oder es zumindest zu versuchen, auch wenn es aussichtslos erscheint.

Und du, Leo? Erklär mir, wie man es schaffen kann, mit seinen Träumen zu leben, ohne dass es zu sehr schmerzt. Irgendwann müssen wir aufwachen. Unsere Träume kämpfen gegen diese Welt, die verändert und von Grund auf neu gestaltet werden müsste. Diese Welt, die die Phantasie tötet, wahre Gefühle vernichtet, sie in Fotogalerien sperrt oder billige Souvenirs daraus macht.

Manchmal denke ich, dass ich keine Zukunft habe. Dass ich nie erwachsen werde. Dass ich nie Spuren hinterlassen werde. Vielleicht ist aber genau das das Geheimnis – dass man sich nicht Dinge in den Kopf setzen soll, die größer sind als man selbst. Ohne zu träumen, würden wir weniger leiden, oder? Wir würden nicht immer das Bedürfnis haben, den Abstand zwischen Erde und Himmel zu verringern.

Aber wie soll man es denn schaffen, nicht zu träumen? Auch wenn man weiß, dass Träume nicht wahr werden, dass wir sie vielleicht nie wirklich erleben, dass sie am Ende vergehen, so will ich sie doch nicht irgendwelchen seelenlosen Kreaturen aus der Vorhölle überlassen, in der es kein Gut und Böse gibt.

Wie kann man sich von den Illusionen befreien, die uns vorgaukeln, dass wir es eines Tages schaffen? Die uns lächeln lassen, selbst wenn uns zum Weinen zumute ist?

Sag es mir, Leo!

Wie kann man aufhören zu träumen?

32

Ein Lichtschimmer dringt durchs Fenster herein. Ich bin früh aufgestanden. Ich habe dem Goldfisch Frühstück gebracht, habe den letzten Rest Proteinfutter in die Glaskugel geschüttet. Ich lausche den Geräuschen der Stadt, die gerade erwacht.

Ich habe ein Stück Focaccia gegessen und einen Cappuccino getrunken, nun hänge ich mir die Computertasche um und laufe die Treppe hinunter.

Im Hausflur riecht es nach Putzmittel mit grünem Apfel. Signora Verrando hat den Sprung gewagt. Sie ersetzt jetzt den Putzmann und ist gerade mit dem Wischen fertig.

»Kommen Sie ruhig, junger Mann. Macht nichts, wenn es Spuren gibt. Sehen Sie, wie das Treppenhaus glänzt? Das kann sich sehen lassen«, sagt sie zufrieden. »Stellen Sie sich vor, ich war heute Morgen schon einkaufen, habe zwei Maschinen gewaschen, die Wäsche aufgehängt und gekocht. Wer behauptet denn, dass man nicht alles schaffen kann?«

Ich nicke ihr zu und schiebe mich zwischen ihr und dem Briefträger durch, der gerade Umschläge in die Briefkästen der Nachbarn steckt. Er klagt über die Abrechnungen – »Kaum hat man eine fertig, geht es schon mit der nächsten weiter« –, aber er reicht mir die Werbezeitschriften ohne abwertende Bemerkungen oder Blicke.

»Ich habe gerade zum Briefträger gesagt, wie schade es ist, dass die Leute immer weniger Briefe schreiben«, erzählt die Verrando.

»Ja, ja«, antwortet dieser, »heute trage ich fast nur noch Strafzettel, Rechnungen und Zeitschriften aus …«

Er hält inne und sieht mich ängstlich an.

Er fürchtet, dass ich wieder heftig werde und ihn erneut zurechtweise. Aber ich bin mit meinen Gedanken ganz woanders.

»Zu meiner Zeit«, fängt die Verrando wieder an, »schrieb mir mein Liebster romantische Briefe. Mindestens einen pro Woche. Das machte er auch noch, als wir schon verheiratet waren.«

»Er war eben ein echter Gentleman, und zudem natürlich ein großartiger Zugführer und Maler«, sage ich, da ich ja seine Bilder kenne.

»Er ist durch seine Arbeit viel gereist, und er rief mich nicht an, weil er lieber Briefe geschrieben hat.« Die Witwe seufzt und schüttelt den Kopf. »Das war eine schöne Gewohnheit. Seine Worte waren so bewegend und voller Liebe. Ich habe seine Briefe alle noch.«

»Das klingt wirklich romantisch«, sagt der Briefträger.

»Die Digitalisierung macht alles kaputt«, sage ich zustimmend und komme mir für einen Moment vor wie Sergio Berti, »und sie ist so gesichtslos.«

»Man muss eben Schritt halten mit der Technik«, seufzt der Briefträger.

»Ja«, sagt die Verrando, »aber ich glaube, es wäre trotzdem schöner, einen handgeschriebenen Brief zu bekommen, den Umschlag zu öffnen und den Schatz zu heben, den jemand einem gewidmet hat. Denn dafür hat er sich viel Zeit genommen. Finden Sie nicht?«

Ich nicke nachdenklich.

»Habe ich etwas Falsches gesagt, mein Junge?«

»Nein, nein, Entschuldigung, ich war nur mit meinen üblichen Problemen beschäftigt.«

Die Verrando wedelt mit der Hand.

»Jetzt hören Sie aber mal! An sonnigen Tagen wie heute gibt es keine Probleme.«

Wäre ich in einer anderen Lage, würde ich lächeln.

»Ich habe Gnocchi mit Minze gemacht. Ich lasse Ihnen ein paar übrig, wenn Sie wollen.«

»Sie sind ein Schatz, Signora Verrando. Ich hole sie mir später ab. Vielen Dank!«

Am frühen Nachmittag gehe ich zu Ilenia. Unterwegs habe ich das Gefühl, dass ich niemals die *deadline* der Conchiglia Group einhalten kann.

Meine beste Freundin steht hinter der Scheibe, die uns immer trennt, und macht Kekse mit einer Verzierung aus Zuckerguss.

»Ich bin geliefert«, klage ich. »Übermorgen ist der letzte Tag für die Abgabe.«

»Hast du denn schon eine Skizze? Wenigstens irgendetwas?«

»Klar, ein paar Notizen habe ich schon, aber nichts Substanzielles.«

Ich habe mir wirklich den Kopf zerbrochen, zu Hause auf dem Sofa und in der Redaktion, und habe nur zwei klägliche Szenen zustande gebracht.

Die eine ist eine Geschichte nach der Apokalypse, in der die Menschen unter der Erde leben, um nicht von Zombies gefressen zu werden. Um miteinander zu kommunizieren, haben sie ein System entwickelt, das von ein paar mutigen Briefträgern betrieben wird. Leo hat mich mit starrem Blick darauf hingewiesen, dass dies keine gute *message* ist.

In der zweiten Geschichte beschließen zwei Indianerhäuptlinge, die Rauchzeichen in den Ruhestand zu schicken und eine Papierkorrespondenz einzuführen. Das ist sicher besser als die erste Idee, aber es hat Grundschulniveau.

Ich habe beide Entwürfe in den Papierkorb geworfen. Dann habe ich etwas Neues versucht, ohne Erfolg. Stunden um Stunden vergingen, und ich strapazierte meine Augen am Bildschirm, schließlich klappte ich meinen Laptop zu und sah aus dem Fenster, als könnte ich dort eine Lösung finden.

»Ilenia, ich trete auf der Stelle. Ich muss mich wohl damit abfinden, Sklave der San Remo PuntoNews zu bleiben, vorausgesetzt, Berti verlängert überhaupt meinen Vertrag. Ich hatte gedacht, jetzt würde sich alles ändern …«

»Du bist ein Dummkopf.« Ilenia schneidet mir das Wort ab und schiebt meinem Selbstmitleid einen Riegel vor, während sie Butterkekse mit Sternchen und Liebesperlen dekoriert. »Du hast noch Zeit, du kannst es noch immer versuchen. Hinter der nächsten Ecke wartet im Leben immer etwas Neues auf uns, vielleicht liegt die Lösung schon vor deinen Augen und du kannst sie nur nicht sehen.«

Ich sehe meine Freundin an.

»Ich wette, du meinst damit nicht nur die Arbeit.«

»Du kennst mich … Was ist daran schlecht?«, sagt sie lächelnd und zwinkert mir zu. »Überleg mal, wie schön es wäre, wenn dir morgen die Liebe begegnen würde, die dich von der Erde wegfegt wie ein Tornado.«

Ich höre schweigend zu und versuche meine Gedanken zu ordnen.

»Wenn man sein Herz an jemand anderen verliert, wird es sehr schwer, es wiederzufinden.«

Dann wird sie plötzlich melancholisch, bleibt stehen und sieht mich seltsam an. Sie öffnet die Tür der Backstube und kommt zu mir heraus. »Samu?«

»Ja?«

»Kannst du mich vielleicht auch mal fragen, wie es mir geht?«

Ich sehe sie überrascht an. Doch dann fällt es mir wie Schuppen von den Augen. Ich war so mit meinen eigenen Problemen beschäftigt, dass ich mich nicht gerade wie ein guter Freund benommen habe. Und das nicht erst seit heute. Wie konnte ich nur so egoistisch sein?

»Entschuldige bitte. In den letzten Wochen habe ich nichts anderes gemacht, als an mich selbst zu denken, und dich mit meinen Problemen genervt.«

Ilenia Berberis, diese wunderbare Freundin, hat in ihrem Leben ganz sicher anderen mehr zugelächelt als diese ihr. »Du bist etwas ganz Besonderes«, sage ich. »Der beste Mensch, den ich kenne.«

»Kannst du mich mal kurz in den Arm nehmen? Nur für einen Moment.«

Ich tue es sanft, dann schiebe ich die Haube auf ihrem Kopf nach hinten, um sie auf die Stirn zu küssen.

»Geht's dir jetzt besser?«

Sie nickt stumm.

»Sag nicht, dass dir jetzt die Worte fehlen. Das ist nicht deine Art.«

Ilenia schnieft ein bisschen. Ich sehe sie an und erkenne plötzlich, dass sie fast genauso zerbrechlich ist wie ich.

»Es geht schon wieder, aber manchmal fühle auch ich mich verloren.«

»Wie schaffst du es dann, immer so optimistisch zu sein und nach vorn zu schauen?«, frage ich und lasse sie los.

Sie deutet ein Lächeln an.

»So bin ich eben. Wer zu sehr in der Vergangenheit lebt, ruiniert seine Gegenwart und hat wenig Hoffnung für die Zukunft. Auch wenn …«

»Auch wenn?«

»Mit einer Sache werde ich wirklich nicht fertig.«

»Was denn?« Ich sehe sie fragend an.

»Es vergeht alles so schnell, das ist das Problem«, seufzt sie. »Der Sommer ist schon fast zu Ende, und ohne dass wir es merken, wird es bald Weihnachten, und dann muss ich dieses ganze Gebäck machen, Tannenbäume und Schneemänner. Versteh mich nicht falsch, ich mache es ja, aber dann kommt schon wieder der Valentinstag, das Fest der Verliebten, die Zeit der Liebesbotschaften. Und weißt du, was wirklich traurig ist?«

Ich zucke mit den Schultern.

»Dass heute alles per Smartphone erledigt wird und keiner mehr Papier und Stift zur Hand nimmt. Es bleibt nichts, und das finde ich schlimm.«

Ihre Augen leuchten plötzlich auf. »Was würde ich darum geben, dass mir jemand zum Valentinstag einen Brief schreibt.«

Ich nehme sie wieder in den Arm. Das ist typisch für Ilenia, immer noch glaubt sie an die unmögliche Liebe, die alle Härten des Lebens übersteht und mitten in der Wüste erblüht.

Wir verabschieden uns mit zwei Küssen auf die Wange und einem Lächeln.

»Wir gehen bald mal ins Kino«, verspreche ich ihr. »Dann essen wir Unmengen von Popcorn, und nach dem Film gehen wir tanzen, einverstanden?«

Ich will gerade los, da hält sie mich auf.

»Du schaffst das.«

»Was? Mit dir auszugehen?«

»Rechtzeitig deinen Vorschlag einzureichen, Idiot.«

»Schön, dass du daran glaubst.«

»Was machst du jetzt?«

»Ich gehe in die Redaktion und anschließend nach Hause. Meine Nachbarin hat Gnocchi gemacht und mir welche aufgehoben.«

Ilenia lacht.

»Ich meinte nicht, was du jetzt sofort machst.«

»Was soll ich schon machen? Ich versuche, nach vorn zu schauen, so gut ich kann.«

Die Konditorin, die eine heimliche Schwäche für Geschichten hat, in denen jemand sein Leben ändert und wieder auf die Beine kommt, schiebt die Kekse in den Ofen, wischt sich die Hände an der Schürze ab und gibt mir einen schönen Gedanken mit auf den Weg.

»Weißt du was, Samuele. In unserem Herzen steckt so viel Liebe. In meinem wie in deinem. Irgendwann werden wir einen Weg finden, diese Liebe zu geben.«

33

Ich hatte es nicht eilig, ins Büro zu kommen. Ich bin durch die Altstadt gefahren, über holprige Gässchen und verschwiegene Plätze, und habe den frühen Morgen genossen.

Meine wichtigste Aufgabe heute ist ein Artikel mit dem Titel *Was mache ich am Wochenende in San Remo?*. Außerdem muss ich Telefonate erledigen, in meine E-Mails schauen, und das alles schnell, damit wir der Konkurrenz immer einen Schritt voraus sind.

Ich stelle eine Wasserflasche auf meinen Schreibtisch und sehe zu Valerio und Alice hinüber, während der Computer warmläuft.

»Na, Leute, was gibt's Neues?«

Schweigen.

Ich packe meine Baci di San Remo aus und stecke mir ein Gebäckstück in den Mund.

»Wollt ihr auch? Ich habe für uns alle genug mitgebracht.«

Meine Kollegen lächeln bemüht. In unserem Bunker herrscht angespannte Stimmung. Valerio schüttelt den Kopf. Alice – im Minirock, hochhackigen Stiefeletten mit Fransen und Lederblouson mit Sternchen und Streifen – reibt sich nervös die Hände. Für jemanden, der sich zehnmal am Tag eincremt und einmal pro Woche zur Kosmetik geht, ist das ungewöhnlich.

»Der Chef hat schon nach dir gefragt«, meint sie zögernd.

»Was? Schon wieder Redaktionskonferenz? Das ist das dritte Mal in dieser Woche.«

»Nein, er will dich allein sprechen«, sagt Valerio und macht ein besorgtes Gesicht.

»Hat er heute wieder schlechte Laune?«

»Nicht dass ich wüsste, jedenfalls nicht mehr als sonst.«

Ich schenke der Äußerung des Panorama-Spezialisten keine weitere Beachtung und gehe Richtung Nachbarraum. Als ich eintrete, steht Berti auf und kommt mir entgegen.

»Serra, wir müssen reden. Na, kommen Sie, kommen Sie, bleiben Sie nicht im Türrahmen stehen, als wären Sie angewurzelt. Caviglia, können wir zwei Kaffee bekommen?«

Sergio lässt sich in seinen Sessel fallen. Er zieht die Ärmel hoch, so dass ich seine beiden Uhren sehen kann.

»Ich habe mich ehrlich gesagt auf dieses Gespräch gefreut«, sagt er und deutet ein Lächeln an.

Ich nehme ihm gegenüber Platz.

»Das freut mich, Chef. Falls es um den Artikel über die Ausgehmöglichkeiten fürs Wochenende geht, den habe ich in einer halben Stunde fertig. Ich habe die Themen schon ausgewählt …«

»Nein, darum geht es nicht«, unterbricht er mich. Er sieht auf seinen Bildschirm und schnauft ärgerlich. »Oh nein, schon wieder diese verdammten Updates! Irgendwann werfe ich das Ding hier auf die Straße und schreibe meine Artikel wieder mit der Hand«, sagt er und ergreift einen Stift.

Ich warte auf den nächsten Wutausbruch, doch er zieht nur wieder sein übliches sauertöpfisches Gesicht.

»Serra, halten Sie mich für einen guten Chef?«, fragt er plötzlich.

»Äh … Ja! Ja, natürlich«, sage ich leicht alarmiert. »Sie sind immer erreichbar, hilfreich und wenn notwendig auch fordernd.«

»Ich hatte viele Lehrmeister im Laufe meiner beruflichen Karriere. Keinen, der im Journalismus Geschichte geschrieben hätte, das nicht, aber ob sie nun brillant oder inkompetent waren, in einer Sache stimmten sie überein: Man muss den richtigen Blick auf die Dinge haben. Zur Lösung eines Problems die passenden Überlegungen anstellen.«

Ich beginne unruhig zu werden. Vielleicht will er mich irgendwo hinschicken, um eine unangenehme Arbeit zu übernehmen, vielleicht braucht er einen Sündenbock, der am Sonntag in der Redaktion bleibt, dabei habe ich mich doch schon Mitte August aufgeopfert, soll es diesmal ein anderer machen …

»Auch wenn uns unsere Arbeit oft begeistert, muss man doch erkennen, wann es Zeit ist, aufzuhören. Auch damit es nicht zu Missverständnissen kommt. Was ich Ihnen sagen will, ist nicht ganz einfach«, erklärt er mit ernster Miene, seine Gesichtszüge sind angespannt. Er stützt sich mit den Ellbogen auf den Schreibtisch und sagt: »Niemand mag diesen Gedanken, Serra, aber ich fürchte, dass unsere Wege sich trennen.«

Sein Satz hallt in meinem Kopf nach wie ein Schuss in einer menschenleeren Kirche. Ich öffne verblüfft den

Mund, aber es kommt nichts heraus. Ich brauche einen Moment, um die Fassung wiederzugewinnen.

»Aber wieso heute?«, sage ich aufgeregt. »Mein Vertrag läuft doch noch.«

Ich hole ein paar Mal tief Luft, um Ruhe zu bewahren, habe aber nicht den Mut, Sergio länger als ein paar Sekunden in die Augen zu sehen, während er redet.

»Wir sollten jetzt nicht emotional werden, Serra. Lassen Sie uns die Sache rational betrachten.«

Ich schweige und deute ein Nicken an.

»Gut, ich weiß Ihre Kooperation zu schätzen. Neulich hat mich der Herausgeber angerufen. Er hat Druck gemacht. Es geht uns nicht schlecht, Serra, aber sehen Sie mal, wo wir stehen.« Berti verzieht leicht das Gesicht. »Die Welt der Medien ändert sich immer schneller, und ich mache ja keinen Hehl daraus, was ich persönlich von dieser Entwicklung halte. Heute wollen alle ihre Zeitungen mit möglichst geringen Kosten herstellen, am liebsten gratis. Wie soll so etwas vom ökonomischen Standpunkt her möglich sein?«

An meinem bestürzten Gesichtsausdruck erkennt der Chef, dass er mir die Dinge genauer erklären muss.

»Es trifft zu, dass Ihr Vertrag offiziell erst Anfang nächsten Jahres ausläuft, ich kann immer noch rechnen. Aber in letzter Zeit habe ich immer wieder versucht, Sie anzuhalten, sich nach etwas Neuem umzusehen.« Er macht eine Pause und räuspert sich verlegen. »Serra, das ist auch für mich ein schwieriger Moment. Der ganze Verlag wird umstrukturiert. Der Herausgeber hat mir zu verstehen gegeben, dass wir die Personalkosten unverzüglich reduzieren müssen und mit einem Praktikanten weiterarbeiten sollen.«

Einem, der kein Geld bekommt. Als würde ich gut bezahlt werden!

Mich überkommt ein Gefühl der Bitterkeit. Ich zwinge mich, mein Gewissen zu prüfen. Nein, ich habe mir nichts vorzuwerfen. In zweieinhalb Jahren habe ich alle seine Aufträge erledigt, und das immer mit gutem Ergebnis. Na schön, vielleicht bin ich manchmal zu spät gekommen. Ein einziges Mal habe ich die Arbeit verweigert und bin nicht in die Redaktion gekommen, weil ich auf dem Rad herumfuhr, um mich zu großen Ideen inspirieren zu lassen – man weiß, wie das ausgegangen ist –, aber dafür habe ich mich entschuldigt und bin am nächsten Tag unverzüglich an meinen Arbeitsplatz zurückgekehrt.

»Sie wissen ja, wie so ein Herausgeber denkt«, fährt Berti fort. »Er hat die üblichen Phrasen verwendet. Der Markt ist, wie er ist, gegen die Fakten kann man nichts machen, wir müssen uns den veränderten Bedingungen anpassen, wir alle müssen Opfer bringen, um uns zu sanieren … Mehr brauche ich Ihnen nicht zu sagen.«

Nein, braucht er nicht. Die Dinge sind ganz klar. Ich sitze hier, reglos wie eine Statue, und höre ihm zu, wenn ich auch am liebsten weglaufen oder ihm ins Gesicht sagen würde, dass mich das alles nicht trifft, dass es mir völlig egal ist und ich eh viel mehr wert bin.

»Auch wenn ich vielleicht nicht so aussehe, ich bin schon recht alt. Ich kann keine großen Forderungen mehr stellen«, sagt er entschuldigend, lehnt sich zurück und spielt mit seinem Stift. »Es ist eh schon alles entschieden, mir sind die Hände gebunden, verstehen Sie?«

Er macht eine Pause und Alice kommt mit zwei Espressi herein, einem Espresso macchiato für Sergio, einem einfachen Espresso für mich.

»Caviglia, Herr im Himmel!«, sagt der Chef. »Ich trinke ihn doch *kalt*. Wie oft soll ich das eigentlich noch sagen. Hört mir hier irgendeiner zu?«

Alice holt tief Luft, fährt sich durchs Haar und verlässt zerknirscht den Raum.

»Glauben Sie, Serra, mir steht es auch bis hier. Müssen denn alle immer alles noch schwieriger machen?«

Ich habe einen bitteren Geschmack im Mund und verzichte auf den Kaffee. In einem Anflug von Hochmut, den ich aber nicht zum Ausdruck bringen kann, frage ich mich, warum eigentlich ich derjenige sein soll, der entlassen wird.

Vielleicht liest Berti meine Gedanken.

»Mal ehrlich, Serra, Sie werden etwas Besseres finden. Betrachten Sie es als Chance. Sie wissen doch selbst, dass dieser Job eigentlich gar nicht das Richtige ist für Sie … Valerio hingegen ist für diese Arbeit wie gemacht. Er ist der geborene Journalist und wird als solcher sterben, ohne andere Ambitionen und Karrieremöglichkeiten.«

»Ich verstehe«, murmele ich. Valerio war ja schon immer sein Liebling.

»Was Caviglia angeht … Sie geht mir oft auf die Nerven, aber im Grunde ist sie ein tüchtiges Mädchen.« Er runzelt die Stirn. »Also reden wir Klartext – sie war von Anfang an dabei, sie kann keine zwei Seiten hintereinander lesen, und ich zweifle ernsthaft daran, dass sie je eine Buchhandlung führen wird, auch wenn ihre Eltern noch so viel Liebe in ihre Arbeit stecken.«

Ich sehe mich um, auch wenn man in diesem Keller kaum etwas sieht, in dem immer Licht brennen muss, auch bei hellstem Sonnenschein, weil der Erbauer nichts von Fenstern wissen wollte, und in dem es für die Luftzufuhr nur einen Ventilator gibt, der einen höllischen Lärm macht. Ist es überhaupt erlaubt, so etwas ohne Fenster zu bauen?

Erlaubt oder nicht, ich habe hier fast drei Jahre meines Lebens verbracht mit Berichten über das Leben der feinen Gesellschaft, über sinnlose Auseinandersetzungen innerhalb der Mauern des Palazzo Bellevue, dem Sitz der Kommune, mit Nachrufen auf verstorbene Gelehrte und Berichten über Besitzer kleiner Läden, die sich Handelsketten angeschlossen haben.

»Ich bin ein einfühlsamer Mensch und weiß, was Sie gerade fühlen. Im Grunde sind Sie ein wertvoller intelligenter Mitarbeiter, aber Ihr Problem ist die mangelnde Motivation. Man kann Ihnen schon aus meilenweiter Entfernung ansehen, dass Sie sich hier nicht richtig am Platze fühlen.« Der Chef trinkt seinen Espresso aus und fährt sich über das Kinn. »Serra, machen wir uns nichts vor, ich weiß, dass Sie lieber etwas anderes machen würden, etwas, dass Sie wirklich gerne tun. Ich hoffe, dass Sie mir nicht böse sind, und ich wünsche mir, dass Sie Ihren Weg finden werden. Sie müssen hier raus, Samuele, Sie müssen sich öffnen. Suchen Sie sich bessere Möglichkeiten, stellen Sie etwas Gutes mit Ihrer Zeit an.«

Sergio streckt sich aus und seufzt tief.

»Werden Sie endlich der, der Sie werden wollen! Zeigen Sie, wer Sie sind!«

Mit diesem heroischen Appell beendet er seine Rede. Ich sitze da wie betäubt.

»Gut, ich bin froh, dass wir alles klären konnten.«

Berti nickt mir kurz zu, und dann macht er etwas sehr Überraschendes. Umständlich nimmt er die Uhr von seinem linken Handgelenk ab und überreicht sie mir mit einem anteilnehmenden Grinsen.

»Es ist Zeit, erwachsen zu werden, Serra. Ich schenke sie Ihnen als Zeichen meiner Wertschätzung.« Er sieht mich an. »Möchten Sie noch etwas sagen?«

Ich überlege, finde aber keine Worte, die es sich auszusprechen lohnt. Ich fühle mich gedemütigt, und meine Eingeweide lassen es mich spüren. Ich schüttele nur den Kopf.

»Es wird schon werden, Serra. Eigentlich haben Sie doch das Talent zum Glücklichsein.«

Das Gespräch ist zu Ende, Sergio verabschiedet mich mit einem warmen Händedruck und begleitet mich zur Tür.

»Wie fühlst du dich?«, fragt Alice, die alles schon gewusst hat, als ich vorhin ankam.

»Etwas benommen. Ich habe nicht viel sagen können.«

Meine Ohren fühlen sich heiß an. Ich möchte nur noch verschwinden, mich in einer Rauchwolke auflösen und keine Spuren hinterlassen.

Alice verdrückt eine Träne, umarmt mich und steckt die Hände in die Taschen ihrer Lederjacke. Valerio klopft mir auf den Rücken und beginnt angelegentlich, irgendein Schriftstück zu lesen, das auf seinem Schreibtisch liegt.

Ich suche langsam meine Sachen zusammen, hänge mir die Computertasche um, nehme mein Rad und verlasse schleppenden Schrittes die Redaktion.

Draußen bleibe ich ein paar Minuten auf dem Bürgersteig der Via Feraldi stehen, ich weiß nicht, ob das, was passiert ist, gut ist oder schlecht. Ich bin schweißgebadet, das Haar klebt mir an der Stirn, mir dreht sich alles. Mein Leben befindet sich im freien Fall.

Ich mache unwillkürlich ein paar Schritte auf den Eingang der Redaktion zu und höre aus dem Bunker das übliche Geschrei.

»Ottonello, ich warte auf eine E-Mail des Bürgermeisters, ich habe dort angerufen und die schwören, dass sie die verdammte Mail abgeschickt haben. Warum habe ich sie dann nicht?«, ruft Berti erbost.

»Ich sehe mal im Spam-Ordner nach, Chef.«

»Finden Sie es normal, dass ein elektronischer Hampelmann darüber entscheidet, ob ich eine Mail bekomme oder nicht? Dieser Unfug wird mich noch ins Grab bringen.«

Ihr werdet mir fehlen, denke ich.

Es ist ein unglaublich frischer und klarer Morgen. Der Himmel über San Remo ist von leuchtendem Blau. Es ist Mitte September, wir haben an die dreißig Grad, und die Sonne scheint auf das Meer und die Hügel ringsum.

Sechster Dialog mit Leo

Jetzt ist es passiert. Sie haben mich entlassen. Hast du es geahnt? Ich wette, du hast schon nach dem ersten Gespräch mit dem Redaktionsleiter gewusst, dass die Sache nicht gut enden würde. Du fragst, wie es mir geht? Was soll ich sagen? Ich habe ein Gefühl völliger Kraftlosigkeit. Ich kann mich kaum noch auf den Beinen halten. Im Spiegel sehe ich einen Mann, der am Ende ist. Einen Gescheiterten, der nichts richtig hinbekommen hat, weil er stets Angst hatte, es sowieso nicht zu schaffen.

Es ist doch so: Die Menschen haben heutzutage Angst vor sich selbst, die meisten wissen es aber nicht. Könnten wir doch bloß unseren Gefühlen Ausdruck verleihen, um uns nicht im Kreis drehen zu müssen, wie du es tust. Wir hegen Erinnerungen an kurzes Glück und endlosen Kummer. Wir hoffen, dass sich eines Tages alles ändert, aber es ändert sich nie etwas. Genau wie bei dir, Leo. Du siehst und tust doch auch immer nur dasselbe. Geht dir dieses sich stetig wiederholende Einerlei nicht auf den Geist?

Wir haben tausend Sorgen und chronischen Zeitmangel. Es wird aber Zeit, an die Dinge zu denken, die wirklich zählen. Wir brauchen Zeit, um glücklich zu sein und der schwierigen Sache, die wir das Leben nennen, den richtigen Stellenwert einzuräumen. Wir strengen uns an, machen Pläne. Wir bauen Hindernisse auf, als gäbe es nicht auch so schon genug. Wir glauben, alles im Griff zu haben, aber wir sind machtlos – hin- und hergerissen zwischen dem Wenigen, was wir gern tun, und all unseren Pflichten. Wir bilden uns ein, die Welt zu kennen, mit sonnigen Vormittagen und Nächten voller Sterne und Träume. Wir jagen unseren Wünschen hinterher. Aber das Leben verspottet uns, es entgleitet uns, es gibt keine Garantien, wir sitzen nie fest im Sattel.

Wir drehen uns im Kreis, und wenn wir einen Schritt hinaus machen wollen, stoßen wir gegen die immer gleiche Glaswand. Ja, Leo, wir sind wie du, wir befinden uns unfreiwillig in einem durchsichtigen Behälter. Wir gewöhnen uns daran. Wir tauschen das Wasser aus, kümmern uns um unsere kleine Welt in der Glaskugel. Das gibt uns für einen kurzen Moment die Illusion von Sicherheit, eine scheinbare Harmonie in der Absurdität unseres Lebens. Doch wenn wir den Kopf hinausstrecken, ersticken wir, weil wir merken, dass wir nicht so werden können, wie wir möchten. Dann fehlt es uns an Atemluft, wie es dir an Wasser fehlen würde.

Da ist es schon besser, in unserer kleinen Kugel zu bleiben, um sich mit all dem nicht auseinandersetzen zu müssen, mit all diesen Täuschungen, die unsere Ängste zudecken. Es ist ein *circulus viciosus*. Wir können nicht über unsere schwankenden Gewissheiten hinausblicken. Wir sind groß darin, uns anzupassen.

Wir wollen es nicht zugeben, Leo. Aber wenn wir uns der Zukunft zuwenden, dann deshalb, weil die Gegenwart uns nicht zufriedenstellt. Die Gegenwart ist zu schmerzlich. Dann ist es besser, sich in süßen Erinnerungen an schöne Momente zu verlieren und zu glauben, dass morgen alles besser wird. Nur Unglückliche müssen in Phantasiewelten ausweichen.

Wir haben nur uns selbst, und das ist schon viel. Aber es genügt uns nie. Du bist doch so weise, Leo, hast du eine Antwort für mich? Du bist doch ein ganz besonderer Fisch, ausgewählt unter vielen anderen ähnlichen, unbedeutenden, dummen, stumpfsinnigen, reinen Dekorationsobjekten, die man leicht ersetzen kann, wenn man sie eines Tages bäuchlings auf der Wasseroberfläche schwimmen sieht. Entschuldigung, ich wollte nicht pietätlos sein, lieber Freund.

Wir hoffen auf etwas, das uns rettet. Auf ein Wunder. Wir suchen jemanden oder etwas, das uns ergänzt, von Verletzungen heilt, uns eine Richtung gibt. Dies ist das Schwierigste überhaupt. Die Stille, die Leere, die Einsamkeit, in der man herumschwimmt. Wie macht man das nur, Leo, kannst du es mir nicht beibringen? Wie kann man so leben?

Mein Gott … Aber warum rede ich über all das mit dir, für dich sind alle Probleme mit einer einfachen Bewegung deiner Flossen erledigt, während ich bei existenziellen Zweifeln Kaffee in mich hineinschütte oder ein Glas Rossese trinke.

Manche Dinge kannst du dir einfach nicht vorstellen, Leo.

Du kennst den Himmel nicht, du bist ja nur ein kleiner Goldfisch.

Du heißt zwar Galileo, aber gesehen hast du die Sterne noch nie.

34

Ich sitze auf der Bank im Halbdunkel des Kreuzgangs, fühle mich verloren und rauche schweigend in der funkelnden Sternennacht.

Heute ist Samstag, und wir hatten wieder viele Besucher.

»Schließt du nachher ab?«

»Ja, Pierluigi. Ich würde gern noch ein bisschen bleiben.«

»Ich lasse dich gar nicht gern hier allein.«

»Ist schon gut, wir sehen uns morgen.«

»In Ordnung, also dann gehe ich jetzt mal. Cecilia wartet schon im Auto auf mich. Und Samuele …«

»Ja?«

»Kopf hoch!«

»Versprochen.«

»Bleib nicht mehr zu lange, es wird kühl heute Nacht.«

Nachdem ich die Redaktion verlassen hatte, war ich noch an der Promenade dell'Imperatrice entlanggegangen, weit über das Casino hinaus. Ich habe eine Weile zugeschaut, wie das Meer aufgewühlt gegen die Klippen schlug, dann bin ich nach Hause gefahren und habe mich auf den Abend in der Sternwarte vorbereitet. Heute waren die Hauptpersonen der Mond und der Jupiter, der Riese des Sonnensystems.

Ich lehne mich zurück und schaue nachdenklich dem weißen Rauchwölkchen nach, das in den nächtlichen Himmel steigt, um sich dann in nichts aufzulösen.

Weniger als vierundzwanzig Stunden bis zum Abgabetermin. Das schaffe ich nie!

Was ich im letzten Monat erlebt habe, hätte einen Stier zur Strecke gebracht.

Ich denke immer noch an Emma. Begleitet von dem bitteren Gefühl, dass alle meine Illusionen zerplatzt sind.

Es ist nicht leicht, etwas zu vergessen, denn es bedeutet, wegzuwerfen, was wir gewesen sind.

Ich nehme einen letzten Zug aus meiner Zigarette, dann gehe ich die Stufen hinunter, die zum Museum führen, um nachzusehen, ob alles in Ordnung ist, bevor ich abschließe.

Die Stühle stehen auf einer Seite des Raumes, die Sammlungsobjekte liegen an Ort und Stelle. Als ich die Lichter lösche, sehe ich, dass das Porträt von Gian Domenico Cassini vom Schein einer Laterne erhellt wird, der von draußen durch das Fenster fällt. Wie bezaubert gehe ich durch das Dunkel bis zu dem Bild, um es mir aus der Nähe anzusehen. Eine seltsame Befangenheit erfasst mich.

Vor dem Bild dieses großen Genies fühle ich mich noch unsicherer. Ich strecke die Hand aus und fahre vorsichtig über die Gesichtszüge des Gelehrten.

»Wie hast du nur deinen Weg gefunden?«, frage ich Cassini, der mich unergründlich ansieht. »Du hast dein kleines ligurisches Dorf verlassen, in Paris die Weihen der Wissenschaft erhalten und wegweisende Schriften für die Astronomie verfasst.«

Ich schaue das Bild noch eine Weile gedankenverloren an. Es ist stumm und kann nicht mit mir sprechen, leider.

Und dann kommt mir ein seltsamer Gedanke.

Vielleicht hat Cassini sich einfach nach etwas anderem umgesehen, weil alles hier ihm zu wenig erschien und ihm nicht gefiel. Vielleicht träumte auch er von anderen Dingen.

Mein Leben hat eine neue Richtung eingeschlagen, aber nicht die gewünschte. Als ich nach Hause komme, habe ich Lust, mich zu betrinken. Ich greife meine Rossese-Reserve an, proste Leo mit der Flasche zu und lasse mich auf dem Sofa nieder.

»Tja, mein Freund, so ist das. Wenn man alles verloren hat, braucht man nur noch sich selbst zu verlieren«, sage ich und kreise mit der Hand in der Luft wie ein philosophierender Säufer.

Ich lasse den Blick im Zimmer umherschweifen und seufze. Ich liebe diese Wohnung. Sie war der Ort meiner Unabhängigkeit und Freiheit. Ohne mein Einkommen als Teilzeitjournalist wird es schwer sein, das Geld für die Miete aufzubringen. Ich werde mich wohl von meinem Refugium verabschieden müssen. Diese Aussicht ist niederschmetternd.

Ich fühle mich völlig ausgelaugt. Noch zwei Stunden bis Mitternacht, dann läuft die *deadline* für die Abgabe meiner Werbekampagne ab. Ich habe keine Kraft mehr, mein Lauf ist zu Ende.

»Ich gebe auf«, erkläre ich Leo. »Wenn wir noch an dem Wettbewerb teilnehmen wollen, musst du alles allein aufschreiben, alter Freund. Samuele hat nichts mehr in petto. Mit Samuele ist Schluss.«

Der Goldfisch schwimmt seine Runden in der Glaskugel.

»Es ist vorbei. Diesmal falle ich hin und stehe nicht wieder auf. Ich bleibe hier liegen, und gute Nacht. Ich bin gescheitert, Leo. Hast du kapiert? Dein Herrchen ist eine Niete. Bald wird uns gekündigt, dann sind wir arm und unglücklich. Es sei denn, du trägst etwas zur Miete bei, sonst müssen wir wohl unter die Brücke ziehen.«

Mir kommen die Tränen. »Tut mir leid, Leo, so war es nicht gedacht. Ich hatte dir eine bessere Zukunft und ein richtiges Aquarium versprochen. Eigentlich müsste uns die Welt zu Füßen liegen.«

Iacopo hat recht, ich bin sentimental. Emma ist eine Unbekannte. Irgendwann lösen sich Unbekannte in nichts auf, und man sieht sie nie wieder.

In einem Gefühl der Ohnmacht nehme ich die Werbezeitschriften vom Tisch und werfe sie mit aller Kraft zu Boden.

»Ich hasse sie, Leo! Ich hasse diese ganzen blöden Werbezeitschriften.«

Das ist nicht wahr, oder vielleicht doch? Ich beschließe, dass sie keine Bedeutung mehr haben. Brennender Schmerz und die Betäubung durch den Wein breiten sich in meiner Brust, meine Gliedern, meinem ganzen Körper aus.

Mein Goldfisch schaut mich an, und mir kommt eine Idee.

»Weißt du was, Leo, ich sage dir, was wir jetzt machen.«

Ich springe auf, gehe zu der Glaskugel und hebe sie hoch. Leo scheint völlig unbesorgt, vielleicht ist das für ihn eine neue Freiheit. Ich laufe ins Obergeschoss und gehe auf die Terrasse. Mit dem Goldfischglas in der Hand bleibe ich einen Moment stehen und betrachte mein kleines

Paradies. Das Meer in der Ferne sieht aus wie ein dunkler Teppich, der mit dem Horizont verschmilzt.

»Ich werde dir jetzt etwas zeigen, was du bisher nie sehen konntest. Weißt du noch, Leo? Zuerst habe ich dich beneidet, weil nichts und niemand dich in deiner friedlichen Existenz stören kann. Dann kam ich zu dem Schluss, dass dein und mein Schicksal gar nicht so verschieden sind, und dass jeder in seiner eigenen Glaskugel lebt. Aber jetzt wird mir klar, dass dir immer etwas gefehlt hat.«

Ich sehe meinen Freund an. Es ist ein bewegender Moment.

»Hier, Leo, schau mal, das ist der Himmel!«

Ich warte auf seine Reaktion. Nichts passiert. Womit hatte ich denn gerechnet?

Dass er aus dem Aquarium hüpft und mich bittet, ihm ein Teleskop zu kaufen?

Ich gebe nicht auf.

»Als die Sterne sich gebildet haben, bestanden sie vor allem aus Wasserstoff, Helium und etwas Metall. Die meisten von ihnen sind zwischen einem und zehn Milliarden Jahren alt.«

Leo glotzt mich durch sein Glas an, und ich mache weiter.

»Der Planet Saturn zum Beispiel könnte schwimmen, weil er eine geringere Dichte hat als Wasser. Dafür bräuchte man aber ein sehr viel größeres Aquarium als deines …«

Es ist ihm gleichgültig. Daraufhin erkläre ich ihm die Sternbilder und erzähle ihm mit lauter Stimme von der Astronomie wie den Schulklassen beim Besuch in der Sternwarte.

»Wusstest du, dass der Mensch seit Urzeiten das Himmelsgewölbe studiert hat. Er konnte nicht mal sprechen, aber er strebte schon nach dem Unerreichbaren. Und Jahrtausende später wurde dieser Wunsch mit den ersten Weltraummissionen Wirklichkeit.«

Ich deute nach oben und zeige ihm die drei Sterne aus dem Gürtel des Orion. Leo reagiert nur mit einer gleichgültigen Bewegung seiner Schwanzflosse und schwimmt dann nach unten auf den Grund des Glases zu. Er ist nur ein dummer Goldfisch, es ist sinnlos.

»Nein, Leo, du musst hochgucken, dort findet das Schauspiel statt!«

Dann ändert sich plötzlich etwas. Leo wendet sich um, und ich verstehe, dass sein Manöver nur dazu diente, Anlauf zu nehmen. Er schwimmt immer schneller nach oben und bewegt sich mit elegantem Schwung.

Ich halte den Atem an, das Blut pulsiert in meinen Schläfen. Ich kann kaum glauben, was ich da sehe.

Leo ist an der Wasseroberfläche, er schaut nach oben und entdeckt den Himmel.

Ich bin tief bewegt. Die Zeit der Menschen, die nie ausreicht, die die Tage strukturiert und die vergeht, lässt Raum für die Ewigkeit.

»Was hatte ich dir gesagt? Ist es nicht unglaublich, mein Freund?«, rufe ich, von einem Glücksgefühl überwältigt. »Siehst du die Sterne? Du brauchst es mir nicht zu glauben, aber dort, wo alles aus Gold und Silber zu sein scheint, gibt es keine Grenzen.«

Im Angesicht dieses Wunders, das so schön ist, wie nur die Dinge sein können, die weit entfernt sind, verkünde ich meine Kapitulation. Ich habe alles verloren: das Mädchen meiner Träume, mein Einkommen als Reporter, ich habe den letzten Zug verpasst, um ein brillanter Kopf in der Werbebranche zu werden. Bald kann ich mir diese Wohnung nicht mehr leisten, und morgens, wenn ich aufwache, sehe ich weder das Blau des Meeres noch die Farben der Küste.

Ich denke wieder an jene Nacht mit Emma, als wir genau hier auf dieser Terrasse standen und die Welt den Atem anhielt. Ich denke an den sinnlosen Lippenstift-Kuss auf meinem Spiegel. Vielleicht sollte ich einen Stein darauf werfen, meine Freunde wären begeistert. Was auch geschieht, die Erde wird sich weiter um die Sonne drehen, und die Zeit wird voranschreiten. Bald gibt es die Wintersonnenwende, Weihnachten, und dann kommt schon, wie Ilenia gesagt hat, der Valentinstag.

Es stört mich nicht besonders, wenn keine echten Liebesbriefe mehr geschrieben werden und nur noch alles über E-Mails und Smartphones läuft, wie die Verrando bemängelte. Ich habe sowieso niemanden, an den ich romantische, liebevolle, leidenschaftliche Briefe schicken könnte …

Plötzlich stockt mir der Atem.

Ich sehe Leo an. Der Goldfisch wiederholt immer wieder die gleichen Bewegungen: Er schwimmt zum Boden, nimmt Anlauf, dann schnellt er hoch Richtung Sternenhimmel und bleibt einen Moment aufgerichtet an der Wasseroberfläche, fast außerhalb des Wassers.

Von der Erkenntnis überrascht, reiße ich den Mund auf. Mit einem Mal habe ich alles ganz klar vor Augen.

35

Einen Monat später

»Rücken Sie etwas näher zusammen, dann habe ich Sie alle auf dem Bild. Okay, stillhalten und schön lächeln.«

Klick.

»Gut seht ihr aus!«

Die Leute, die in der Nähe standen, haben sich um das Smartphone versammelt, mit dem das Foto gemacht worden ist.

Ich sitze zwischen Ilenia und Iacopo und werde immer nervöser, wenn das überhaupt möglich ist. Ich sehe auf die Uhr. Gleich beginnt die Preisverleihung.

»Es ist alles so aufregend, ich kann kaum glauben, dass ich hier bin«, sagt Ilenia und kneift mich in den Arm. »Danke, dass du mich mitgenommen hast!«

Sie bestaunt alles wie ein Kind. Immer wieder schaut sie auf das Fresco an der Decke.

»Der Triumph der göttlichen Vorsehung«, ruft sie ermutigend aus. »Das muss ein gutes Zeichen sein.«

Wir sind in Rom in einem riesigen Saal des Palazzo Barberini, jenem Barockgebäude aus dem siebzehnten Jahrhundert, das für diesen Anlass zu einem Begegnungszentrum für Werbefachleute hergerichtet worden ist. Hier treffen sich Studenten, Designer, PR-Leute aus aller Welt. Es sind auch Inserenten da und alle Berufssparten aus dem

Bereich der Werbung, Unternehmer und Filmemacher, Experten jeglicher Altersgruppe.

Die Säle sind voller Menschen, die lebhaft miteinander reden. Aber gleich kommt das, worauf sie alle warten, der Höhepunkt des Abends, und die Spannung steigt von Minute zu Minute.

»Was in deinem Kopf vorgeht, bleibt für mich ein Geheimnis, aber ich muss mich wohl bei dir entschuldigen«, raunt mir Iacopo ins Ohr.

»Wenn ich es nicht besser wüsste, könnte ich jetzt auf die Idee kommen, du seist sentimental.«

»Ich muss zugeben, dass ich beeindruckt bin.«

Iacopo denkt eine Weile nach, als suche er nach den richtigen Worten. »Ich komme mir ein bisschen mies vor«, murmelt er.

»Genau!«

»Ich hätte dich bei der ganzen Sache etwas mehr unterstützen können. Na, jedenfalls bin ich sehr stolz auf dich. Wie fühlst du dich? Bist du in Form?«

»Im großen Ganzen …«

»Bist du bereit, dich den Gegnern zu stellen?«

»Ich glaube nicht, mir ist schon ganz schlecht, und ich falle gleich in Ohnmacht, fürchte ich.«

»Du wirst es schaffen, mein Freund! DU bist großartig.«

»Ich habe es kapiert, du musst es nicht alle fünf Minuten wiederholen.«

»Pst! Es ist so weit«, zischt Ilenia.

Der Moderator betritt die Bühne, nimmt das Mikrofon zur Hand und ergreift das Wort. Zuerst begrüßt er alle herzlich. Dann erklärt er die verschiedenen Auswahlkriterien des Wettbewerbs der Conchiglia Group für die neue Werbekampagne der Post. Nach einigen Scherzen und launigen Bemerkungen, für die er Lachen und Applaus erntet, begrüßt er die Mitglieder der Jury und ruft dann Biagio Baldelli zu sich.

»Hier ist nun der Präsident der Jury.« Die Leute klatschen begeistert. »Signor Baldelli, wie sehen Sie diesen Wettbewerb?«

»Wie Sie alle wissen, ist dieser Preis aus einer wichtigen Kooperation entstanden. Das allein ist schon ein enormer Erfolg.«

»Es gab Bewerbungen aus ganz Italien, und die Jurymitglieder haben kaum noch geschlafen, so viel gab es zu tun. Können Sie uns ein paar Zahlen nennen?«

»Wir haben an die dreitausend Einsendungen erhalten und durchgesehen, am Ende sind fünf übrig geblieben«, erklärt Baldelli. »Die Auswahl war extrem schwer.« Er schaut mit bedeutungsvollem Blick ins Publikum. »Und heute Abend werden wir miterleben, wer von den fünf Finalisten der glückliche Sieger ist, und anschließend seine Werbekampagne präsentieren.«

Die Atmosphäre im Saal heizt sich auf.

»Es ist eine Kampagne, die selbst mich überrascht hat. Sie ist brillant, originell – und ein wenig respektlos.«

Die Leute lachen.

»Heute Abend wird hier in Rom, an diesem herrlichen Ort, wo wir durch die italienische Post zu Gast sein dürfen, ein neuer Stern aufgehen.«

Ich sterbe vor Aufregung. Es ist so, wie ich zu Iacopo gesagt habe. Entweder ich übergebe mich gleich, oder ich falle in Ohnmacht oder beides. Ich halte mich an meinem Stuhl fest, versuche, mir das Haar zu glätten, ziehe nervös an meiner Krawatte. Seit ein paar Minuten sage ich nichts mehr. Ich verfolge schweigend das Geschehen auf der Bühne und kann nicht glauben, dass ich hier bin und zu dieser glanzvollen Welt gehöre.

Der Moderator tritt vor.

»Meine Damen und Herren, wir möchten die fünf Finalisten jetzt auf die Bühne bitten. Dann wird die Jury den Sieger des Wettbewerbs auswählen.«

Das Licht im Saal wird gedämpft. Ich sehe, wie mir Unbekannte nach vorn gehen und sich neben Biagio Baldelli auf die Bühne stellen. Ich kann kaum ruhig sitzen bleiben. Nach den ersten Namen rufen sie auch mich auf. Nur mit Mühe gelingt es mir aufzustehen. Ilenia drückt mir die Hand und lächelt mir zu, Iacopo wünscht mir alles Gute und gibt mir einen Klaps auf den Hintern.

Schritt für Schritt nähere ich mich der Bühne, während die Gäste im Saal mir mit ihren Blicken folgen.

Vor zehn Tagen erhielt ich einen Anruf der Mailänder Werbeagentur. Ich saß gerade auf einer der Bänke an der Promenade herum, als mein Telefon klingelte. Doch diesmal war nicht Marco am Apparat, mein Verbündeter und Insider, sondern Biagio Baldelli höchstpersönlich. Er teilte mir mit, ich sei einer der fünf Finalisten und zur Preisverleihung nach Rom eingeladen.

»Möchten Sie etwas sagen?«, fragt mich der Moderator.

Ich fahre erschreckt zusammen. Darauf bin ich nicht vorbereitet. Ich sehe den Mann mit dem Mikrofon an und finde keine Worte.

»Na schön, bis unser Kandidat hier wieder sprechen kann«, sagt der Moderator scherzend und ruft damit allgemeine Heiterkeit hervor, »möchten wir Ihnen den fünften Finalisten präsentieren.«

»Es gibt ein kleines Geheimnis … Dieser Kandidat hat an dem Wettbewerb unter einem Pseudonym teilgenommen.«

Ich höre kaum hin. Ich bin einen Zentimeter von meinem Traum entfernt. Dutzende Leute starren mich neugierig an, und ich spüre ihre Blicke auf mir.

»Wir rufen E-Moon auf die Bühne.«

Gleich neben mir steht Biagio Baldelli. Zum ersten Mal bin ich an der Seite des berühmten Werbe-Genies.

Ich bin so überwältigt, dass ich kaum darauf achte, wie sich aus der Dunkelheit des Saals eine weibliche Figur löst. Sie nähert sich unter Applaus der Bühne. Ich bemerke, wie sie mich ansieht. Sie hat kastanienbraunes Haar mit honigfarbenen Strähnen und trägt ein rotes Kleid. Dieses Bild habe ich früher schon einmal gesehen.

Es summt mir in den Ohren. Einen Moment geschieht alles wie in Zeitlupe.

Ich kann kaum noch atmen, das Parkett beginnt zu schwanken. Ungläubig zwinkere ich mit den Augen.

Nicht, dass ich schon wieder eine Halluzination habe. Nein, diese Frau ist … Emma!

36

Meine Augen täuschen mich nicht. Was ich sehe, ist keine Einbildung. Emma deutet ein Lächeln an, scheint verlegen, reiht sich in die Reihe der Mitbewerber ein und gibt präzise Antworten auf die Fragen des Moderators. Ich würde gern etwas sagen, aber auf dieser Bühne schaffe ich das nicht.

»Applaus für unsere fünf Finalisten! Die Jury zieht sich jetzt zur Beratung zurück. In einer halben Stunde sehen wir uns zur Preisverleihung wieder.«

Wir verlassen die Bühne, und Emma macht sich eiligen Schrittes auf den Weg nach draußen. Ich bin verwirrt und weiß nicht, was ich davon halten soll. Bei ihr wusste ich das nie. Ich versuche sie zu rufen, aber es dringt kein Ton heraus. Dann renne ich ihr hinterher.

Ilenia und Iacopo müssen denken, ich sei verrückt geworden, als sie mich so durch die Menge eilen sehen, ich schubse mehrere Leute, die mir im Weg stehen, beiseite, um schnell zum Ausgang zu kommen. Eine Säule versperrt mir kurz die Sicht, dann entdecke ich Emma wieder, die eine Wendeltreppe mit Marmorstufen hinunterläuft, und ich folge ihr. Die Treppe wurde von Borromini gebaut, wie mir eine Erinnerungstafel mitteilt. Es ist mir egal.

»He, warte doch mal!«

Ich folge ihr, und das Adrenalin schießt durch meine Adern. Ich kann es nicht glauben. Die Zeit der Ungewissheit und der Vermutungen ist vorbei. Jetzt werde ich endlich die Wahrheit erfahren. Drei Stockwerke tiefer springe ich die letzten Stufen hinunter, laufe unter der Arkade des Haupteingangs hindurch und finde mich in einem großen Innenhof wieder, in dem sich kaum jemand befindet. Ich hole tief Luft und gehe weiter.

»Verflucht!«, sage ich.

Ich schaue mich verzweifelt um, kneife die Augen zusammen, um besser sehen zu können, ob sich vielleicht irgendwo jemand bewegt. Vor mir ist nur ein Brunnen zu sehen, der angestrahlt ist.

Ein beunruhigendes Déjà-vu überfällt mich.

»Entschuldigung, haben Sie eine Frau im roten Kleid gesehen?«, frage ich ein paar Leute.

Sie zucken ratlos mit den Schultern, und ich nicke enttäuscht. Von der Frau, die ich gesehen zu haben glaube, ist in dieser riesigen antiken Villa keine Spur mehr zu finden.

Ich sage mir, nein, ich kann sie nicht schon wieder verloren haben. Ich sage mir außerdem, dass es diesmal kein Trugbild war. Sie war wirklich da. Ich habe sie gesehen, wir haben uns angeschaut, ich habe ihre Stimme gehört. Es war Emma, und sie stand nur wenige Meter von mir entfernt auf der Bühne.

Ich gehe entschlossenen Schrittes zurück, durchquere das Nymphen-Atrium und betrete den Innenhof des Palazzo Barberini. Ich überquere den von Statuen und Säulen gesäumten Hof, laufe um eine Hecke herum und bleibe verzaubert stehen. Vor mir öffnet sich ein verborgener Garten, der im Herzen der Stadt liegt.

Kies knirscht unter meinen Füßen, die Luft ist warm und voller Gerüche. Ich gehe an einem großen, als Café eingerichteten Gewächshaus vorbei und betrete die Wege, die von Hecken begrenzt sind und im diffusen Licht der Laternen still daliegen. Weiter vorn ist eine Öffnung in der Hecke, und ich gehe entschlossen hindurch. Plötzlich schlägt mein Herz schneller, denn ich sehe sie vor mir.

Sie steht auf einer Freitreppe, die zu einer Terrasse führt, ihre helle Erscheinung hebt sich von der Dunkelheit ab. Mein Herz schlägt so laut, dass ich es in den Ohren spüre. Auch wenn sie jetzt nicht mehr fliehen zu wollen scheint, nähere ich mich vorsichtig, ich sehe sie an, als fürchtete ich, dass alles nur ein Traum ist.

Als ich in ihre blauen Augen sehe, die unverwandt auf mich gerichtet sind, weiß ich, dass es kein Traum ist. Hier steht Emma wirklich.

»Ciao«, sage ich, und der Hals wird mir ganz eng.

»Ciao«, entgegnet sie leise.

»Was für eine Überraschung.«

»Ja …«

Die Stille macht die Distanz zwischen uns noch größer, Emma sieht mich mit angespanntem Gesichtausdruck an. Ich starre einen Moment auf den Kies, dann schaue ich wieder nach oben.

»Darf ich hochkommen?«

Sie nickt.

»Was machst du hier draußen?«, frage ich, als ich oben auf der Treppe stehe.

Vor uns öffnen sich die Gärten des Palazzo Barberini wie eine große Blume.

»Ich habe gehofft, dass du mich nicht findest«, sagt sie errötend, und ich fühle mich ganz elend.

Das ist Emma, die zerbrechliche, wunderschöne, zurückhaltende Emma. Ihr zartes Gesicht, die feinen Sommersprossen, ihr johannisbeerroter Mund. Emma in ihrer ganzen Rätselhaftigkeit. Ich gehe mit einem vorsichtigen Lächeln auf sie zu, doch dann bleibe ich stehen. Wir sind beide verlegen und wissen nicht, was wir als Nächstes tun sollen.

»Ich hätte nie damit gerechnet, dass ich dich ausgerechnet hier wiedersehen würde«, sagt sie leise.

»Mir geht es genauso. Als ich dich eben hinten im Saal entdeckt habe, blieb mir fast das Herz stehen.« Ich versuche, mich zu beruhigen. »Emma, ich habe dir so viel zu sagen, dass ich gar nicht weiß, wo ich anfangen soll.«

»Ich weiß, wo ich anfangen muss. Verzeih mir«, sagt sie mit gesenktem Kopf.

»Weshalb?«

Ich schaue sie an und halte den Atem an.

»Das weißt du.« Emma sieht mir in die Augen. »Weil ich einfach so verschwunden bin.«

»Das war meine Schuld, ich bin eingeschlafen.«

»Das war nicht so schlimm.«

»Machst du Witze? Das war furchtbar. Ich schäme mich noch jetzt, wenn ich daran denke.«

»Das muss dir nicht peinlich sein. Du hast mir einen so schönen Abend bereitet. Das kann jedem passieren.« Sie zögert einen Moment. »Wie geht es Leo?«, fragt sie dann.

»Ihm geht es blendend. Heute Abend ist er bei meiner Nachbarin zu Gast. Das ist eine reizende alte Dame, und es wird ihm an nichts fehlen. Sie werden sich sicher gut verstehen.«

Wir sehen uns einen Moment an. Emmas Gesicht wird ernst. In ihren Augen sehe ich wieder den Ausdruck von Kummer.

»Samuele, mein Leben ist ziemlich kompliziert«, sagt sie. »Ich fürchte, es ist zu kompliziert. Ich bin so verwirrt. Ich weiß einfach nicht, was ich machen soll.« Sie fährt sich mit der Hand über die Stirn. »Ich schaffe es nicht, normal zu leben, frei zu sein.«

»Ich verstehe nicht …«

»Du hast mich an jenem Abend zum Lachen gebracht, bei dir habe ich mich wohlgefühlt. Und ich habe mich so schlecht benommen … Es ist nämlich so, dass … dass …«

Sie hält inne, und ein paar Sekunden sagt sie nichts mehr.

»Was ist so, Emma? Was ist denn nur los?«, frage ich und versuche vergeblich, an ihrem Gesichtsausdruck zu erkennen, was für ein Geheimnis zwischen uns steht.

Sie zögert, und ich fange an zu zittern.

»In jener Nacht, an jenem Morgen, habe ich gespürt, dass etwas in mir vorging, dass etwas möglich wurde. Und vor dieser Möglichkeit bin ich weggelaufen.«

»Aber warum, Emma? Warum denn nur?«

»Weil ich es mir nicht erlauben kann.«

37

Wir stehen immer noch da, und ich verstehe immer noch nicht, was sie mir eigentlich sagen will.

»Emma, was bedeutet das alles?«

Sie schweigt, und deshalb sage ich etwas. »Ich habe diese Nacht nie vergessen und werde es auch in Zukunft nicht tun. Du bist für immer dageblieben.«

»Ja«, sagt sie lächelnd und schlägt die Augen nieder, aber ich habe das kurze Aufleuchten in ihrem Blick noch gerade wahrgenommen. »Es war, als spräche der Himmel zu uns, nicht wahr?«

»Mein Gott, Emma! Seit du einfach so verschwunden bist, gab es Momente, in denen ich glaubte, ich hätte den Verstand verloren und dass ich mir den Zauber, der über allem lag, nur eingebildet hätte. Ich habe mich unaufhörlich gefragt, was ich falsch gemacht habe. Diese Frage hat mich jeden Tag verfolgt.«

Sie wendet sich ab und dreht mir dann ganz den Rücken zu. Ich gehe ihr nach, ohne zu verstehen, ich warte auf eine Erklärung.

»Antworte mir bitte.«

»Willst du es wirklich wissen? Nichts, du hast nichts falsch gemacht.«

Sie wirkt erschöpft und ein wenig verlegen.

»Wer bist du, Emma? Ich hätte dich gern aufgehalten, dir andere Dinge von mir erzählt, hätte gern mehr über dich erfahren. Ich hätte gern deine Geschichte gehört, um zu verstehen, wer du wirklich bist.«

Sie geht weiter.

»Emma, sprich mit mir! Wer bist du?«, frage ich wieder. »Heißt du überhaupt Emma? Bist du nun eine Kinderbuchillustratorin oder nicht?«

»Ja«, seufzt sie, »ich signiere meine Zeichnungen aber mit dem Pseudonym E-Moon, gebildet aus dem Namen Emma Maestri.« Sie schaut ganz unglücklich. »Aber darum geht es ja nicht. Ich bin geflohen, ohne eine Nachricht zu hinterlassen, weil ich Angst hatte.«

»Aber wovor denn nur? Vor mir etwa?«

»Vor meinen eigenen Gefühlen.« Sie zögert einen Moment. »Das kannst du doch verstehen, oder?« Wieder überlegt sie, und dann sagt sie es endlich: »Da ist etwas, das stärker ist als ich, Samuele. Ich konnte mich nicht auf eine Beziehung einlassen, bei der Verantwortung, die ich trage.« Sie schließt die Augen und senkt den Kopf. »Meine Situation ist prekär, meine Arbeit schlecht bezahlt, ähnlich wie deine Arbeit in der Sternwarte. Lauter kleine Verlage und kein regelmäßiges Einkommen.«

»Ich bin Experte für prekäre Situationen, glaub mir. Ich mach alles Mögliche, um finanziell zu überleben.«

Sie geht auf meine Worte nicht ein.

»Meine Familie hat wenig Geld, meine Eltern haben sich aufgeopfert, damit ich studieren konnte, und du kennst das ja, nach der Uni stand ich da mit meinem Zeichentalent und ein paar Träumen.« Sie presst die Lippen aufeinander. »Dann hat mein Vater seine Arbeit verloren. Es war ein Albtraum. Das letzte Jahr war besonders hart.

Ich habe meine Träume aufgegeben und alles getan, um Geld zu verdienen.«

Genau wie ich, Emma. Wie viele in unserem Alter, und vermutlich nicht nur sie. Das hätte ich gerne gesagt, aber ich schweige, denn jemanden wertzuschätzen bedeutet vor allem, ihm zuzuhören. Auch in einem so schwierigen Moment wie diesem.

»Ich hatte zehn völlig absurde Bewerbungsgespräche, habe meinen Lebenslauf überall hingeschickt, in Büros, Läden, Restaurants, Call-Center. Ich habe jeden angesprochen, egal für welchen Job. Und jedes Mal kam ich zurück und war ganz niedergeschlagen. Nie wurde ich eingestellt, außer für Gelegenheitsarbeiten oder Vertretungen. Ich habe sogar auf Kinder aufgepasst und Hunde ausgeführt.«

Sie beißt sich auf die Lippen und fängt plötzlich an zu weinen.

»Emma, ich kann dich so gut verstehen. Ich wollte auch immer nach den Sternen greifen, und vor einem Monat habe ich dann sogar meinen miesen kleinen Job bei der Zeitung verloren.«

Ich nehme ihre Hand, aber sie zieht sie zurück.

»Es tut mir leid. Vielleicht verstehst du jetzt, warum das Herz nicht immer Vorrang hat«, sagt sie und ballt die Fäuste. »Mir ging es immer schlechter. Es wurde immer schwieriger, die Nächte auszuhalten. Und die Tage waren noch schlimmer, es passierte viel und zugleich nichts.«

»Ja, das kenne ich gut. Manchmal möchte man am liebsten gar nicht aufstehen. Aber man muss stark sein und durchhalten. Man kann sich nicht einfach so aufgeben, sonst bricht alles zusammen.«

Sie nickt unter Tränen. »Immer sagt man sich, dass dieser schreckliche Tag bald vorüber ist, dass man morgen vielleicht schon eine Stelle finden wird, eine Wohnung kaufen und die Reisen machen kann, die man immer machen wollte. Und dass der arme Vater wieder froh wird. Und dann muss man sich noch anhören, es sei heutzutage normal, erst mal umsonst zu arbeiten.«

Ich sage kein Wort. Ich sehe, wie sie sich beim Erzählen ihrer Geschichte dreht und windet. Eine Geschichte, wie ich sie mir so nicht vorgestellt habe. Das ist nicht die Emma, an die ich immer geglaubt habe. Wie sollte das auch möglich sein? Wochenlang habe ich wie wild nach ihr gesucht, habe alle Hebel in Bewegung gesetzt, um einen Hinweis zu finden, der mich zu ihr führt. Jetzt habe ich sie vor mir und könnte nicht sagen, dass ich sie wirklich kenne. Meine Vorstellung von ihr war ein Bild meiner Phantasie.

Ich betrachte sie nun aus vorsichtiger Distanz, als würde sich diese Figur gleich in nichts auflösen.

»Ich bin es so leid, Samuele!«

In der Art, wie sie meinen Namen ausspricht, liegen Wut und Verzweiflung.

Mir wird klar, dass Emma und ich immer weit voneinander entfernt waren, mit Ausnahme von ein paar Stunden großer Annäherung. Für einen Augenblick schwebten wir über den Dingen, dann haben uns die Probleme wieder eingeholt, dieses Leben zwischen abgrundtiefer Verzweiflung und den Träumen von einem besseren Leben – unsere Welten zerfielen in Trümmer, verloren ihre Bedeutung und begegneten einander nicht mehr.

Emma ist erschöpft, ihre Augen sind rot und angeschwollen. Trotz ihres Kummers sucht sie nach den richtigen Worten.

»Anfang August habe ich dann im Internet von diesem Wettbewerb erfahren. Ich habe mit aller Kraft an dieser Sache gearbeitet. Sich Geschichten auszudenken und sie den Leuten vor Augen zu führen ist ja auch mein Beruf.«

Ihre Hände zittern.

»Außerdem komme ich aus Mailand.«

Jetzt kenne ich nicht nur ihren vollen Namen, sondern weiß auch, wo sie herkommt.

»Ich war an der Riviera und hatte noch nie von der Sternwarte von Perinaldo gehört. In der Nacht von San Lorenzo war ich zufällig an diesem Ort und beschloss, hinzugehen, um mich inspirieren zu lassen und vielleicht eine Idee für den Wettbewerb zu finden.«

Ich schenke ihr ein vorsichtiges Lächeln und seufze. Auch sie hat bei den Sternen und Planeten nach einer Lösung gesucht.

»An dem Abend, an dem wir uns getroffen haben, wollte ich mir eigentlich nur ein paar Notizen machen und danach wieder gehen. Dann warst du da, völlig unerwartet, und hast mir so besondere Momente geschenkt. Dieser Ort ist wirklich einzigartig, und du bist es auch. Du warst so süß, so liebenswert und geistreich.« Jetzt legt sie mir eine Hand auf den Arm. »Einen Moment habe ich den Sinn für Zeit und Raum verloren.«

»Mir ging es genauso, Emma.«

»Die Welt, in der du dich mir zugewandt hast, hat mir gleich gefallen. Du warst so aufmerksam, und ich habe mich mit einem Mal so lebendig gefühlt. Lange nicht mehr hatte ich einen so schönen Abend erlebt. Ich fühlte mich plötzlich so frei und meine Seele begann zu fliegen.«

Sie sieht mich einen Moment an.

»Hast du eine besondere Gabe? Wenn man mit dir zusammen ist, sieht die Welt immer ganz neu aus.«

Die Laternen im Park unter uns erinnern mich an die Lichter der Sternwarte. Wir schauen gemeinsam nach oben, bis zum Mond und den Sternen über der Stadt. Ein Flugzeug fliegt mit blinkenden Lichtern am Himmel entlang.

»Warum hast du mir nichts von deinen Problemen erzählt?«, frage ich und sehe sie ernst an.

Tausend Gedanken gehen mir durch den Kopf. Emma runzelt die Stirn.

»Jeder führt seinen eigenen Kampf. Ich kannte dich doch gar nicht, Samuele. Wie hätte ich dich denn mit meinen ganzen Problemen behelligen sollen? Du hättest mich für verrückt gehalten.«

Eine Träne läuft ihr die Wange herunter. Sie wischt sie weg und stützt sich auf das Terrassengeländer. Auch ich schweige, versuche, die Scherben aufzusammeln und einen Sinn darin zu entdecken.

»Ich war so erschrocken«, sagt sie und legt eine Hand an ihre Brust. »Ein Teil von mir verliebte sich in dich. Ich habe mich aufs Bett gesetzt und dich ein paar Minuten angeschaut, während du schliefst. Das sah so friedlich aus. Ich versuchte zu verstehen, was geschah, und fragte mich, ob du da wärest, um dich um mich zu kümmern und mich aus der Hölle herauszuholen.«

Ich hole tief Luft und stecke meine Hände in die Hosentaschen.

»Und was sagte der andere Teil von dir?«

Jetzt sieht sie mich an, als nähme sie mich gar nicht wahr, ihr Blick ist unsicher.

»Dass mir nichts anderes übrig bleiben würde, als zu gehen und meine Verantwortung selbst zu tragen. Bin ich deswegen ein Feigling?«

Emma streicht sich über die Arme.

»Es passierte ja alles so schnell«, sage ich.

»Ich wusste, dass es zu Ende gehen müsste, ich wollte bleiben und wollte gehen. Ich war voller Zweifel und unsicher. Es tut mir leid!«

Sie schaut über den Park und verstummt.

»Ich konnte mich einfach nicht darauf einlassen, ich war zu ängstlich. Offenbar bin ich nicht in der Lage, das Leben, das vor mir liegt, anzunehmen.«

»Das Leben ist nicht nur das, was vor uns liegt.«

»Aber wie sollte ich mich darauf einlassen? Ich musste eine Entscheidung treffen und konnte mir keine spontanen Schritte erlauben«, sagt sie aufgeregt.

»Und der Abdruck deines Kusses auf dem Spiegel?«

Emma zeigt ein zärtliches Lächeln. »Das war ganz spontan. Ich wollte einfach etwas von mir zurücklassen.« Sie bewegt langsam den Kopf in meine Richtung. »Manchmal ist es einfacher, vor dem Glück zu fliehen, als es anzunehmen.«

Ihre Worte fliegen durch die Luft, während der Wind sanft durch die Bäume weht. So ist das also. Jetzt weiß ich, warum sie weggelaufen ist. Ich fühle mich wie im Zentrum eines Tornados. Und doch …

Da ist noch etwas, ein anderer Grund, den sie mir verschweigt. Ich sehe es an ihrer Erregung.

»Nein«, sage ich zu meiner eigenen Überraschung. »Es kann nicht nur das sein. Das ist nicht der wahre Grund.«

»Samuele, bitte, mach es mir nicht noch schwerer …« Ihre Stimme zittert.

»Emma, was gibt es noch, das du mir nicht sagen kannst?«

Es kribbelt mich am ganzen Körper.

Wir sehen uns an, als sähen wir uns zum ersten Mal.

Sie beißt sich auf die Lippen, zögert erneut. Sie senkt den Kopf, scheint versucht wegzugehen. Dann holt sie tief Luft und sagt einen Satz, der mir einen Schlag in die Magengrube versetzt.

»Vor drei Monaten sollte ich heiraten.«

38

Ich stehe erschüttert da und kann mich nicht rühren. In diesem Garten aus *Tausendundeiner Nacht* regt sich nichts. Die Stille wird immer bedrückender, das Reden fällt mir schwer.

»Was soll das heißen, du solltest heiraten?«

Ich sehe sie an, bis sie meinem Blick nicht mehr ausweichen kann. Ihre Augen stehen voller Tränen.

»Bis vor kurzem war ich sicher, den richtigen Mann gefunden zu haben. Ich konnte mir nicht einmal vorstellen, ohne ihn zu leben.«

In mir erwacht die Eifersucht.

»Und weiter?«

»Ich habe mich von ihm getrennt, falls du das meinst.«

Ich nicke und fühle mich ertappt. »Entschuldigung, ich bin ein wenig …«

»Schockiert?«, fragt sie.

»Überrascht.«

Der Palazzo Barberini, durch dessen Fenster man erleuchtete Salons voller Kunstschätze sehen kann, scheint uns diskret zu beobachten.

»Wir waren über zehn Jahre zusammen, kannten uns schon als Jugendliche«, erklärt Emma. »Ich habe ihn immer gerngehabt. Er ist ein anständiger Mensch, aufmerksam, zugewandt, sehr solide. Wir hatten schon das Datum für unsere Hochzeit festgelegt, die Blumen ausgesucht, den Caterer für den Empfang, den Hochzeitskuchen. Alles war fertig, aber …«

Jetzt kann sie das, was sie die ganze Zeit über beschäftigt hat, nicht mehr verschweigen.

»Ich war einfach nicht glücklich. Das merkte man mir an, obwohl ich immer gesagt habe, mir gehe es gut. Dann habe ich mich ganz plötzlich einfach in die Dunkelheit verabschiedet.«

»Was meinst du mit Dunkelheit?«

»Ich fürchtete einfach, es wäre nicht der richtige Moment für alles, was mir mit meiner Arbeit und im Privatleben passiert ist.«

Sie kräuselt die Lippen und verstummt.

»Hast du dich denn niemandem anvertraut?«, frage ich.

»Nein, ich habe alles für mich behalten, und das war sicher ein großer Fehler. Ich habe lange geglaubt, meine Ängste seien etwas ganz Normales. Aber ich konnte mich daraus nicht befreien, und die Hochzeit rückte immer näher. Meine Zweifel wurden immer größer, bis es dann …«

Sie beendet den Satz nicht, aber das ist auch nicht nötig. Ich sehe sie an und versuche ihr so sanft wie möglich zuzulächeln.

»Das tut mir wirklich sehr leid.«

»Was?«

»Dass es dir so schlecht gegangen ist.«

»Es geht mir immer noch schlecht«, sagt sie mit herabhängenden Armen. »Das habe ich auch verdient, weil ich nichts richtig mache.«

»Sag das nicht …«

»Warum nicht? Ich stand kurz vor der Heirat und hatte plötzlich das Gefühl, mehr Raum zu brauchen. Ich probierte mein Hochzeitskleid und bekam kaum Luft. Wir wollten gemeinsam leben, und bei jeder Gelegenheit merkte ich, wie wenig wir zusammenpassten. Die Unterschiede zwischen uns wurden zu tiefen Abgründen.«

Emma steht reglos da. Sie scheint kaum zu atmen.

»Zugleich gab es zwischen uns Einvernehmen, gegenseitigen Respekt und Harmonie. Sogar Freude.«

Ich kann nicht umhin zu denken, dass da noch etwas fehlt.

»Und was ist mit Liebe?«

Im gleichen Augenblick bereue ich diese Frage. Ich habe nicht das Recht und auch nicht die Absicht, über diese ganze Sache zu urteilen.

»Ich habe schreckliche Tage verbracht«, sagt sie und rückt ein wenig von mir ab. »Ich habe gelitten, meinetwegen, aber auch seinetwegen und wegen all der Menschen in unserer Nähe. Als ich mir am Ende ein Herz gefasst und mit ihm gesprochen habe, hat er, der sonst immer so gelassen war, mich angebrüllt und seine ganze Wut rausgelassen.«

Sie schließt die Augen und reibt sich mit den Händen über die Schläfen. »Dann hat er mich gebeten, alles zu überdenken und bei ihm zu bleiben. Es ist sehr schwer, jemanden, den man gernhat, so zu verletzen, verstehst du? Es ist, als würde man ihn vergiften.«

»Vielleicht war es die richtige Entscheidung. Du wolltest diese Heirat offenbar nicht, das muss ja seinen Grund gehabt haben. Vielleicht hast du durch dein Zögern, und wenn es noch so schmerzlich war, euch beiden großes Leid erspart, das spätestens in ein paar Jahren noch größer geworden wäre.«

Emma streicht sich eine Haarsträhne hinters Ohr und blickt in die Nacht.

»Samuele, ich habe eine Hochzeit platzen lassen. Die wenigen Gewissheiten, die ich mir aufgebaut zu haben glaubte, alle unsere gemeinsamen Pläne … Alles weggefegt, weil ich zu unsicher war, einen Schritt nach vorn zu tun.«

Dieser letzte Satz lässt mich frösteln. Ich sage nichts, die Worte bleiben mir im Hals stecken, und sie spricht weiter.

»Es kamen mehrere Sachen zusammen, ich wusste nicht mehr, wer ich bin, wo mein Platz war, mir schwirrte der Kopf. Deswegen bin ich gegangen, um Luft zu holen. Ich habe mich davongemacht, um nachzudenken und Ordnung in mein Leben zu bringen.«

Mir ist, als bliebe die Welt stehen.

»Und dann hast du mich getroffen«, sage ich vorsichtig. »Seit ich dich kennengelernt habe, Emma, sind alle möglichen Dinge passiert. Du kannst es nicht wissen, aber ich habe überall nach dir gesucht, im Internet, sogar mit kostenpflichtigen Suchmaschinen.«

»Was sagst du da?«

»Ja, das habe ich getan. Ich habe Tausende unnützer Informationen über so gut wie alle anderen Emmas der Welt zusammengetragen. Du brauchst mich nur zu fragen, ich bin bestens vorbereitet.«

»Samuele …«

»Und das ist noch nicht alles. Ich habe eine ahnungslose Kinderbuchillustratorin namens Emma überfallen, ich bin fast von einem Auto überfahren worden, weil ich glaubte, dich in einem Restaurant in San Remo gesehen zu haben, ich habe mich mit meinen besten Freunden verkracht, weil ich dich so unbedingt wiederfinden wollte, und die ganze Zeit über habe ich mich gefragt, warum du so plötzlich verschwunden bist. Irgendwann habe ich schon an deiner Existenz gezweifelt und geglaubt, ich sei verrückt geworden.«

Sie ist überrascht. Ein schüchternes Lächeln taucht auf ihren Lippen auf und verschwindet wieder. Sie will etwas sagen, dann sagt sie nur: »Weißt du, es ist so seltsam, hier mit dir über diese Dinge zu reden.«

»Mit mir kannst du immer reden«, versuche ich sie zu beruhigen und zugleich mich. »Reden ist nie sinnlos.«

Sie fährt sich mit dem Handrücken über die Augen, dann sieht sie mich an.

»Ich muss herausfinden, ob ich die Kraft habe, neu anzufangen, Samuele. Ich brauche Zeit, wie viel weiß ich nicht. Ich weiß nicht mal, ob ich mich auf eine neue Beziehung einlassen kann und fähig bin, mit jemandem zusammenzuleben.«

»Doch, Emma, das kannst du«, sage ich spontan. »Auch wenn es Zeit und Mühe kostet, kann man immer etwas, das nicht funktioniert, wieder auf den Weg bringen. Man kann immer neu anfangen.«

»Wie kannst du dir da so sicher sein?«

»Ich bin mir nicht sicher, aber ich würde es wenigstens probieren. Ich würde es immer probieren.«

Sie schluchzt leise, dann sagt sie:

»Es hört sich überzeugend an, aber was ist mit all den Rissen, die nicht mehr repariert werden können?«

»Du musst ja nicht alles von heute auf morgen hinter dir lassen oder so tun, als ob es deine Vergangenheit nicht gegeben hätte.«

Sie schüttelt den Kopf.

»Ach, Samuele. Ich habe keine Ahnung, was aus mir wird und ob ich jemals glücklich sein kann. Ich sehe keine Zukunft für mich.«

Das also ist der dunkle Punkt, den ich nicht kannte, die Last auf ihrer Seele. Jetzt habe ich es herausgefunden, es steht hier genau zwischen uns. Ein Hindernis, das man nicht einfach beseitigen kann, und es wird sie nicht trösten, wenn ich sage, dass sie nicht als Einzige so zerbrechlich ist.

Ich würde ihr den Schmerz gern abnehmen, kann es aber nicht.

»Alles, was ich an jenem Abend mit dir empfunden habe, ist wahr, Samuele. Du hast mich so wunderbar umarmt, noch bevor du mich überhaupt berührt hast. Aber ich wusste nichts über dich und war sowieso schon ziemlich aus dem Gleichgewicht geraten. Und dass wir an verschiedenen Orten wohnen, hätte es nicht leichter gemacht …« Sie mustert mich einen Moment. »Ich war auf unsere Begegnung kein bisschen vorbereitet.«

»Und dann bist du gegangen«, sage ich.

»Ja.«

Ich verspüre einen Stich. Ihre Stimme wird leiser und leiser.

»Vielleicht gibt es uns ja in einer anderen Galaxie, oder in der Sternwarte unter diesem prächtigen Himmel. In dieser Nacht haben wir an etwas Ewiges gerührt. Ich weiß, das klingt alles so widersprüchlich, und bei mir ist alles so durcheinander.«

Sie hört auf zu reden, schaut auf ihre Hände und knetet sie, als seien sie dafür verantwortlich. Einen Moment lang sehe ich mich wieder mit ihr in der Sternwarte, unbeholfen wie nur ich es sein kann, und betrachte mit ihr die Sterne, während Glühwürmchen um uns herumfliegen. Unter dem funkelnden Himmel, den man nicht ausschalten kann. Ich spüre Zärtlichkeit für sie und für mich und begreife deutlich, dass man sich dem Leben nicht entziehen kann, selbst wenn man noch nicht weiß, was man mit ihm anfangen soll, und was man von ihm will. Denn wir sind immer hier. Weil man zwischen tausend Fehlern, bei aller Zerbrechlichkeit und allen Versuchen manchmal erst sein Gleichgewicht verlieren muss, um zu lernen, es wiederzufinden.

»Und wenn ich nicht eingeschlafen wäre?«, frage ich leise.

Emma antwortet nicht, ihre Augen sind noch gerötet. Sie putzt sich die Nase, unser Gespräch hat sie sichtlich mitgenommen. Ich schwimme auf einem Meer von widersprüchlichen Emotionen, die ich kaum benennen kann. Endlich weiß ich, warum sie weggegangen ist, zugleich bin ich verwirrter als zuvor.

Die Nacht hüllt uns ein wie ein riesiges Aquarium und wir sehen uns eine Weile einfach nur an.

Dann tauchen wir wieder auf. Emma kommt als Erste an die Oberfläche.

»Und jetzt sind wir hier«, flüstert sie, »der große Wettbewerb, und wir sind beide im Finale. Sieht aus, als seien wir Rivalen.«

»Ja, scheint so.«

Wir lächeln uns verschwörerisch zu.

»Ich habe mein Bestes gegeben. Weißt du eigentlich, dass es in meiner Kampagne um Planeten und Sterne geht? Du hast mich irgendwie inspiriert.«

»Bis hierher gekommen zu sein ist schon eine beachtliche Leistung, findest du nicht?«

Sie macht ein ernstes Gesicht.

»Nein, Samuele, mir reicht das nicht. Ich brauche diese Arbeit. Sie ist sehr wichtig für mich.«

»Und was machst du, wenn du gewinnst?«

»Die Klauseln des Vertrags sprechen eine deutliche Sprache. Ich nehme an, du bist aus demselben Grund hier.«

»Du hast recht, das war eine dumme Frage. Und was wird aus uns?«

Emma erstarrt.

»Was?«

»Wie läuft es mit uns beiden weiter?«

Sie sieht mich lange an, und wieder einmal würde ich viel darum geben, zu erfahren, was ihr durch den Kopf geht.

»Irre ich mich oder bist du nicht mehr so schüchtern?«, sagt sie schließlich mit einem kecken Lächeln.

Das Blut fließt mir schneller in den Adern.

»Ich bin es noch, aber ich weiß, dass du wieder verschwinden könntest. Und das will ich nicht.«

»Was willst du denn, Samuele? Ich weiß nicht, was passieren wird.«

»Ich weiß nur, dass wir jetzt hier sind, wir beide. Und dass es wunderschön war mit dir.«

Sie legt den Kopf schief.

»Vielleicht war es so wunderschön, weil wir nur wenige Stunden miteinander verbracht haben.«

Ich will protestieren, aber sie hebt die Hand.

»Es wird Zeit, sollen wir wieder reingehen?«

Sie wartet meine Antwort nicht ab und geht los, als wolle sie wieder weglaufen. Vor jemandem, vor etwas. Vielleicht vor allem, was sie in ihrem Leben hat. Dann hält sie an und dreht sich um, weil sie mir noch etwas sagen möchte.

»Viel Glück!«, ruft sie und kreuzt die Finger in der Luft.

»Wie?«

Ich sehe sie fragend an.

»Ich meine: Möge der Beste gewinnen«, fügt sie hinzu.

Ich nicke lächelnd. Und während ich ihr hinterhersehe, wie sie über den Kiesweg auf den Eingang des Palazzo Barberini zuläuft, sage ich leise:

»Viel Glück, Emma!«

39

Der Saal ist wieder voller Menschen. Wir fünf Finalisten stehen in der Mitte der Bühne. Neben uns Biagio Baldelli und ein anderer Herr im dunklen Anzug, der Generaldirektor der Post.

»Meine Damen und Herren, jetzt wird es spannend. In wenigen Minuten werden wir wissen, wer den Preis für die beste Werbekampagne bekommt«, verkündet der Moderator.

Die Leute halten den Atem an, es herrscht völlige Stille.

»Hier in meiner Hand ist der Umschlag mit dem Namen des Siegers oder der Siegerin. Zuerst aber noch eine kleine Ansprache unseres Juryvorsitzenden Biagio Baldelli.«

Während der berühmte Werbefachmann sich anschickt, ein paar Worte zu sprechen, schaue ich zu Emma hinüber. Sie starrt vor sich hin, knetet ihre Hände und wippt auf den Zehenspitzen.

»Es war keine leichte Aufgabe, die fünf Finalisten herauszufiltern, aber den Sieger zu bestimmen war noch viel schwieriger.« Jetzt wendet sich der Werbe-Guru uns fünf Konkurrenten zu.

»Ihre Arbeiten waren alle ausgezeichnet. Ich muss Sie alle aufrichtig loben. Und nun …«

Er sieht zu dem Moderator hinüber, der umständlich anfängt, das Kuvert zu öffnen, und mir ziehen sich vor

Aufregung die Eingeweide zusammen. Ich kann nur mit Mühe atmen. Jetzt ist der Moment da. Was immer geschieht, hinterher werden wir nicht mehr dieselben sein.

Ich schließe die Augen.

»Der Sieger im Wettbewerb der Conchiglia Group und der Post ist …« Der Moderator hält kurz inne und sagt dann in die angespannte Stille, die über dem Saal schwebt, »… *Kiss the letter* von Samuele Serra.«

Es bricht ein Sturm los wie bei einem Tor in der neunzigsten Minute eines Fußballspiels. Man hört das Jubelgeschrei von Ilenia. Iacopo springt auf, zeigt mit dem Finger auf mich und ruft immer wieder: »Mein Freund hat gewonnen! Mein Freund hat gewonnen!«

Emma fährt sich mit der Hand durchs Haar, den Blick auf die Fresken an der Decke gerichtet, und seufzt tief. Ich möchte zu ihr gehen, sie in den Arm nehmen und ihr etwas Tröstendes sagen. Aber in der allgemeinen Euphorie applaudieren alle wie wahnsinnig, umarmen mich, und es gibt ein riesiges Durcheinander. Emma tritt beiseite, und mir wird klar, dass in so einem Moment jedes Wort unpassend wäre.

Dann lasse ich mich mitreißen.

Ich habe gewonnen. Ich kann es kaum glauben, ich komme mir vor, als wäre mir aus dem vierten Stock ein Gefäß auf den Kopf gefallen. Ich kann kaum mein Gleichgewicht halten.

Das kann nicht sein, das ist nur ein Traum. Dann aber sehe ich meine Freunde, die mich feiern, den Moderator, der mich in die Mitte der Bühne bittet, die Leute um mich herum, die mir die Hände drücken und gratulieren.

Ich habe Hindernisse und Enttäuschungen überwunden und bin wieder aufgestanden. Und jetzt stehe ich hier oben auf dem Podium und bin einfach nur überwältigt. Diesen Wettbewerb zu gewinnen, ist eine großartige Sache. Ein Traum ist wahr geworden.

Ich weine vor Freude und denke an den Abend vor vier Wochen, als mir zwei Stunden vor Ende des Abgabetermins die große Inspiration kam.

Ich stand mit Leos Glaskugel auf der Terrasse. Frisch gekündigt, halb betrunken, voller Zorn auf die ganze Welt. Ich hatte meinen Goldfisch zum ersten Mal in seinem Leben nach oben gebracht, um ihm den Himmel zu zeigen und erklärte ihm die Sternbilder.

Da hörte ich eine innere Stimme.

Sie redete mir zu und hörte gar nicht mehr auf. Zuerst war es nur ein leise Zirpen, dann wurde es immer lauter.

Wieso war ich nicht früher darauf gekommen? Dabei hatten es mir doch alle gesagt. Ilenia, Sergio Berti und sogar die Signora Verrando.

Plötzlich war alles klar, die Inspiration war da. Sie überwältigte mich. Ich lief nach unten, nahm den Computer und schrieb in rasender Eile den Text.

»Wie viele Herzen schlagen dort draußen?«

Mit diesem Satz, gesprochen von einer Stimme aus dem Off, begann der Spot für *Kiss the letter*.

Zuerst sieht man einige Mädchen zu Hause auf dem Sofa, in der Schule und in einem Zugwaggon, die ihren Liebsten auf ihrem Tablet oder Smartphone Nachrichten schreiben. Ein Bild, das kalt und unpersönlich wirkt, im Kontrast zu der Grundidee: Die Leute fangen wieder an,

Briefe und Karten zu verschicken, wenden wieder Zeit und Mühe dafür auf, und zwar am Valentinstag, dem Tag des Jahres, der der Liebe gewidmet ist.

Das Ganze hat aber einen besonderen Gag. Die Liebenden in Italien schicken der oder dem Liebsten zum Valentinstag einen Brief, auf dessen Umschlag statt der normalen Briefmarke der Abdruck eines Kusses zu sehen ist.

Man sieht, wie die Mädchen aus der ersten Szene, aber noch Dutzende andere Leute beiderlei Geschlechts, frisch Verliebte und auch Ältere Karten schreiben. Bevor sie sie in den Umschlag stecken, malen sie sich die Lippen rot und versehen den Umschlag da, wo sonst die Briefmarke klebt, mit einem Kuss.

Dann sieht man die Sortierräume verschiedener Postämter, in denen die Briefe mit den Küssen ankommen. Man sieht sie über das Sortierband laufen, dann auf den Wagen und in den Händen der Briefträger landen, die sie am 14. Februar austragen. In der nächsten Einstellung sieht man lauter frohe, überraschte Gesichter von Menschen, die noch nie solch schöne Briefe bekommen haben. Dank dieser Idee kann das ganze Land wiederentdecken, welche Macht Küsse, Briefe und die Liebe haben. Gute, alte Traditionen werden plötzlich wiederentdeckt und aufgefrischt.

Biagio Baldelli überreicht mir die Siegerplakette und drückt mir fest die Hand.

»Herzlichen Glückwunsch und willkommen in unseren Reihen! Ihre Kampagne wird sicher zu einem sensationellen Erfolg führen, da bin ich mir ganz sicher.«

Das Publikum erwartet nun eine kleine Rede von mir, aber ich bin darauf natürlich gar nicht vorbereitet.

»Danke«, flüstere ich ins Mikrofon. »Ich weiß nicht, was ich sagen soll, es ist unglaublich. Das ist einer der schönsten Tage meines Lebens.«

Es folgt eine kurze Stille, mir gehen tausend Gedanken durch den Kopf, ich sehe in die Menge, streiche mir übers Haar, halte das Mikrofon fest. Unbeholfen wie ich bin, glaube ich nicht, dass ich anderen Leuten Lehren erteilen kann. Dann aber dringen spontan folgende Worte aus mir heraus:

»Ideen sind die kostbarsten Ressourcen, die wir haben, gerade bei begrenztem Budget. Auch in Krisenzeiten halten sie sich. Das ist das Wunderbare an ihnen. Wenn man eine Idee hat und dann eine gute Geschichte daraus macht, kann man damit alles erreichen.«

Mir ist es so gegangen. Ich habe das Drehbuch geschrieben, es überarbeitet und es dann meinem Goldfisch vorgelesen. Leo schwang begeistert seine Schwanzflosse hin und her. Fünf Minuten vor Abgabeschluss habe ich meinen Vorschlag abgeschickt.

»Vergessen wir nicht«, sagt der Moderator, »dass Samuele Serra, der Gewinner dieses Wettbewerbs, bei der Conchiglia Group einen Vertrag als Werbetexter bekommt. Im nächsten Monat geht es los. Und seine Werbekampagne startet dann kurz vor dem 14. Februar. Darauf freuen wir uns schon alle.«

Die Leute klatschen.

»Aber eins, lieber Samuele, möchten wir jetzt alle gern wissen. Wie sind Sie eigentlich auf diese geniale Idee gekommen?«

Ich grinse, bevor ich antworte.

»Nun, sagen wir mal so: Die Idee ist das Ergebnis eines langen Weges, auf dem viele glückliche Zufälle zusammenkamen. Lange habe ich im Dunkeln getappt, dann kam mir endlich die Erleuchtung. Aber hätte ich bestimmte Dinge nicht erlebt, wäre ich bestimmten Menschen nicht begegnet, nicht ein paarmal mit dem Kopf gegen die Wand gerannt, ich wäre niemals darauf gekommen.«

Jetzt wo ich daran denke, erscheint mir alles wie ein langer Wettlauf. Auch deshalb bin ich vielleicht so außer Atem und außerdem so von Emotionen überwältigt, dass mir das Sprechen schwerfällt.

»Es gab Menschen, die mich jeden Tag ermutigt haben, an den Erfolg zu glauben. Sie haben mir Vertrauen gegeben. Durch sie habe ich gelernt, dass man nicht aufgeben darf, weil sich immer ein Ausweg findet.« Ich suche Ilenia in der Menge. »Sie haben mich darin bestärkt, meine Träume nicht aufzugeben, auch als ich an mir gezweifelt habe und mir alles verloren schien. So ist das mit den Träumen, manchmal verschwinden sie, auch wenn man noch so sehr darum kämpft. Aber sie kommen immer wieder, früher oder später. Daran muss man sich jedes Mal festhalten, wenn man Pech gehabt hat. Unsere Träume und unsere Hoffnung sind immer der Ausgangspunkt, um wieder auf die Beine zu kommen.«

Ich schaue auf die goldene Plakette und mache eine Pause. Alle warten gespannt, was als Nächstes kommt.

»Da ist noch jemand, dem ich sehr dankbar bin. Es ist Leo, der eigentlich Galileo heißt. Er ist kein Mensch, sondern ein Goldfisch, aber für mich trägt er menschliche

Züge, und vielleicht ist er sogar klüger als ich«, sage ich und ernte allgemeines Gelächter.

»Es mag ein bisschen verrückt klingen, aber ich habe von Leo etwas gelernt, das ich nie vergessen werde und das vielleicht der Schlüssel zu allem ist: Die besten Ideen kommen uns, wenn wir zum Himmel aufblicken. Wir haben eine ganze Welt in uns, aber der Blick nach oben führt in die Unendlichkeit.«

Mich durchfährt ein Schauer, ich kann meine Ergriffenheit kaum verbergen. Wieder ernte ich Applaus, das Publikum steht auf und ich bekomme *standing ovations.* Im Licht der Scheinwerfer kann ich nicht viel erkennen. Ilenia und Iacopo klatschen wie verrückt. Biagio Baldelli klopft mir freundlich auf den Rücken. Die Fotografen halten die Szene fest, die ich auch so niemals vergessen werde. Dann sehe ich ganz hinten Emma, die mit gesenktem Kopf auf den Ausgang zugeht.

»Einen Moment noch, bitte«, sage ich. »Da ist noch jemand, den ich erwähnen möchte. Es ist eine junge Frau, die ich in einer magischen Sommernacht kennengelernt habe.«

Ich sehe, wie Emma stehen bleibt.

»Sie ist genau wie ich, wie die meisten von uns. Eine mutige Person, die aber immer wieder von Zweifeln befallen wird. Die darum kämpft, das zu werden, was sie ist, und es im Leben nicht leicht hatte. So ein Kampf ist ermüdend, wie eine Schlacht, die man verlieren kann, und sie glaubt, dass sie sie verloren hat. Durch diese zauberhafte Frau habe ich gelernt, dass unsere Träume, auch wenn wir versuchen, sie zu ignorieren und beiseitezuschieben, immer da sind. Sie leuchten wie Sterne. Sie sind das Licht, das unseren Weg erhellt, während wir versuchen, die beste Version von uns selbst zu werden.«

Emma dreht sich um, und ich sehe ihren erstaunten Blick. Sie sieht mich an, und dann lächelt sie mir zu.

»Es wäre unrecht, wenn ich behauptete, mir allein würde das Verdienst für die Werbekampagne *Kiss the letter* zustehen. Diese Frau, die in jener magischen Nacht einen Lippenstiftabdruck auf meinem Spiegel hinterließ, hat einen großen Anteil daran. Sie heißt Emma Maestri, sie ist hier im Saal, und die Idee mit dem Kuss ist von ihr.«

Bei diesen Worten bricht das Publikum in Jubel aus, Ilenia und Iacopo vielleicht noch mehr als die anderen.

»Das ist ja ein echter Coup, ihr beide kennt euch?«, fragt Biagio Baldelli.

Ich sehe zu Emma hinüber, die mich immer noch anlächelt, und nicke.

»Ja, wir kennen uns, Emma ist meine Partnerin.«

Siebter Dialog mit Leo

Hast du mitbekommen, was dein Samuele erreicht hat? Wir haben es geschafft! Es war ein Triumph! Das Leben ist wirklich voller Überraschungen. Es kann dich manchmal sehr weit tragen und dir etwas wiedergeben, das du verloren zu haben glaubtest.

So habe ich mein Ziel erreicht: Meinen Traumjob und eine Anstellung auf Lebenszeit. Auch wenn ich mein Gehalt teile. Ja, du verstehst richtig. Ich habe erreicht, dass sie auch Emma einstellen, das war der einzige Weg. Wie Signora Verrando immer sagt, wir sind hier, um unseren Platz einzunehmen, aber wir können ihn ja auch mit jemandem teilen, findest du nicht?

Das Wort „Teilen" hat heute eine ganz andere Bedeutung. Es ist das Gegenteil von dem, was es einmal war, die Fähigkeit, eine echte Beziehung zu anderen Menschen einzugehen. Eine Umarmung, eine Geste der Solidarität, ein tröstendes Wort können dir nur Menschen geben, die du vor dir hast. Oder neben dir. Teilen. Was ist von diesem Wort übrig geblieben, Leo? Man hat es in Stücke gerissen. Unsere Gefühlswelt kann man nicht auf einen Klick reduzieren.

So habe ich meine Entscheidung getroffen, und nun sind wir zu zweit. Emma und ich. Zwei Werbefachleute, eine Grafikerin und ein Texter für den Preis von einem Mitarbeiter. Ich habe auch schon mit Pierluigi und Cecilia gesprochen. Um die Sternwarte kümmere ich mich jetzt nur noch am Wochenende. Das tut mir ein wenig leid, aber eins ist sicher: Die Astronomie gebe ich nicht auf. Man muss bedenken, was Cassini passiert ist und was mit uns geschieht, wenn wir den Nachthimmel betrachten.

Wir sind alle in der gleichen Lage, mein Freund. Wir wollen in den Augen der anderen immer perfekt sein, aber gerade in der Unvollkommenheit liegt ja die Schönheit eines jeden. In der Zerbrechlichkeit. Eigentlich werden wir nie ganz sicher im Sattel sitzen. Mir ist jedenfalls klar, dass ich wieder Fehler machen werde, aber gerade aus unseren Fehlern lernen wir ja und werden besser.

Sicher wird es auch in Zukunft Momente geben, in denen ich in Panik gerate, in denen ich die Angst spüren werde und alles aufgeben will. Aber zu wissen, dass es immer eine neue Gelegenheit geben kann, dass ein neuer Anfang immer möglich ist, ist ein großer Trost. Ein neuer Anfang, hörst du, wie gut das klingt? Dass man immer neu beginnen kann! Anfangen ist so viel besser als aufzugeben.

Was meinst du? Jetzt, da wir uns wiedergefunden haben, möchtest du sicher wissen, wie es um mich und Emma steht. Du wirst deinen Ohren nicht trauen. Weißt du noch, dass du gestern kein Futter bekommen hast und ich vergessen habe, dein Wasser auszutauschen? Ich weiß, dass du deswegen ziemlich sauer auf mich bist, aber hör mir zu, und du wirst es sofort verstehen.

Also: Vorgestern habe ich Emma wieder zu einem Besuch in die Sternwarte eingeladen, dorthin, wo alles begonnen hat. Sieh mich nicht so skeptisch an, sie hat Ja gesagt. Wir haben einen wunderschönen Abend verbracht, ich hatte etwas zum Essen und einen guten Rossese mitgebracht und alles auf meiner Lieblingsbank aufgebaut. Ein Picknick unterm Sternenhimmel. Aber diesmal war es unvergesslich! Vor allem, weil ich nach dem Essen nicht eingeschlafen bin … und dann, genau in dem Moment, in dem die Glühwürmchen im Dunkel des Kreuzgangs auftauchten, habe ich ihr Gesicht in beide Hände genommen, sie auf den Mund geküsst und auch die zweite Hälfte ihres Herzens erobert. Jetzt sind wir also zusammen, Emma und ich, und du hast eine neue Freundin, die sich sicher auch um dich kümmern wird. Wir sind jetzt eine Familie.

Und jetzt kommst du dran, Leo.

Sollen wir dir morgen endlich ein größeres Aquarium kaufen?

Baci di San Remo – so süß wie ein Kuss

Zutaten
750 Gramm Haselnüsse gemahlen
600 Gramm Zucker
5 Eiweiß
75 Gramm Kakaopulver
75 Gramm Honig
200 Gramm Sahne
200 Gramm Dunkle Schokolade

Zubereitung
Haselnüsse und Zucker mit dem Mixer vermischen.
Die Eiweiße mit einer Prise Salz zu Schnee schlagen.
Mit Nüssen und Zucker mischen. Haselnüsse, Kakao und Honig vorsichtig unterrühren. Die Masse in eine Spritztüte füllen und kleine Röschen von ca. 4 cm auf ein Blech setzen.
Bei 200 Grad im vorgeheizten Ofen 10 Minuten backen.
Dann herausnehmen und abkühlen lassen.
Die Schokolade im Wasserbad schmelzen, die Sahne in einem Topf erwärmen, die Schokolade hinzugeben und beides gut miteinander vermischen. Dann jeweils zwei der kleinen Kuchen auf der flachen Seite mit der Schokoladencreme zusammenfügen.

Zu einer Tasse Kaffee allein oder mit lieben Menschen genießen!

Dank

Diesen Roman gibt es vor allem aus zwei Gründen:

Der erste ist, dass ich genau wie Samuele beharrlich einem Traum gefolgt bin. Der zweite ist, dass ich das Glück hatte, wunderbaren Menschen zu begegnen. Sie haben mir beigebracht, dass man dankbar sein muss, wenn einem etwas Schönes widerfährt. Ich werde all denjenigen, die ich hier nenne, ewig dankbar sein.

Zuerst danke ich Silvia Meucci, meiner Agentin. Du bist viel mehr als das. Du bist eine Freundin, die mir das Gefühl gegeben hat, dass du immer auf meiner Seite bist. Danke für die Begeisterung, die du in mir geweckt hast, dass du mich an der Hand genommen, an mich geglaubt und mir so viele wertvolle Ratschläge gegeben hast. Mit dir über das Schreiben zu reden, ist die reine Freude.

Ich danke auch meinem Verlag und allen Mitarbeitern, angefangen beim Verlagsleiter Daniel Cladera, der mich bei unserer ersten Begegnung mit »Willkommen zu Hause« begrüßte und mir das Gefühl gab, zur Familie zu gehören. Besonders danke ich meinem unverzichtbaren Lektor Stefano Izzo, der mir so viel Kraft gegeben hat. Stefano, dein klarer Verstand und dein waches Auge, das über die Dinge hinausblickt, haben diesem Roman etwas gegeben, auf das ich sehr stolz bin. Danke auch an den temperamentvollen Riccardo Barbagallo und Raffaella Bianucci und Norah Lopez für ihre große Sorgfalt bei der Entstehung dieses Buches. Ihr bei DeAPlaneta seid alle so voller Begeisterung für meinen Roman gewesen, und ich hoffe, dass ich mich des Vertrauens, das ihr mir geschenkt habt, würdig erweisen werde.

Ich danke der Schriftstellerin Sara Rattaro, die großartig schreibt, und deren Herz noch größer ist als ihr großes Talent.

Mein Dank geht auch an Alberto Suarez, den Partner in der Agentur Meucci.

Danke an meine Mutter Maria Pia, meinen Vater Roberto und meine Schwester Chiara. Ich kann nichts anderes sagen, als dass ihr alles für mich seid. Danke für eure Liebe und Zuneigung. Diesen Roman widme ich euch.

Danke an alle Freunde und Freundinnen, die mein Leben jeden Tag reicher und fröhlicher machen.

Danke auch an meine »Familie« des Ariston-Theaters in San Remo für ihr Lachen und die professionellen und menschlichen Erfahrungen, die sie mir geschenkt haben und immer noch schenken. Nicht nur auf der Bühne spielt sich hier vieles ab.

Und was San Remo, meine Stadt, betrifft, alle hier beschriebenen Plätze gibt es wirklich. Auch das Klima, die Sonne, das Meer, das Panorama und die köstlichen Baci. Wenn ihr es noch nicht getan habt, empfehle ich euch den Besuch der Sternwarte Gian Domenico Cassini in Perinaldo. Ich kann euch nicht versprechen, dass euch dort die Liebe eures Lebens begegnet, aber die Magie des Ortes wird euch verzaubern, und sie ist vielleicht noch größer, als ich es beschreiben konnte.

Hier möchte ich enden, aber nicht bevor ich meinen Lesern und den Buchhändlern gedankt habe. Ihnen vertraue ich mein Buch an und wünsche ihnen zugleich, dass alle ihre Träume und Wünsche in Erfüllung gehen. Wenn dies noch nicht so ist, denkt daran, dass ihr am Leben seid. Schaut in den Himmel und glaubt mit aller Kraft daran. Oder sprecht mit Galileo, genannt Leo. Vielleicht bringt er euch Glück.

Hoffen wir, dass wir uns wiedersehen. Bis dahin herzlichen Dank für all die Zuwendung, die ich auf dieser Reise erhalten habe und die ich nie vergessen werde.

Luca

НЕСКОЛЬКО СЛОВ О

The Playbook*

ОТ БОЛЬШИХ ИГРОКОВ

«Настольная Книга Братана» – единственный американский импорт, который я могу одобрить!»

– Фидель Кастро, бывший диктат...– премьер-минис...– презид... – в общем, чувак с сигарой в зубах и глупой кепкой на голове.

«Будь я по-прежнему жив и умей я читать по-английски, The Playbook наверняка бы стала моим прикроватным томиком. Спасибо, Барни!»

– Чингисхан, монгольский завоеватель и, возможно, генетический отец 0,25% населения Земли (кстати, неплохая тема для шоу Мори Повича получилась бы)

«На свете существует более 13 тысяч причин, чтобы купить The Playbook».

– Уоррен Битти, голливудский секс-символ всех времен

«Под чем я должен подписаться? А где мой помощник?? Это ведь документы на материальную помощь моей программы экономического развития Африки, так?»

– Билл Клинтон, бывший президент Соединенных Штатов

* **The Playbook** – Настольная Книга Братана, в которой тщательно отобраны главные правила пикапера и лучшие методы съема.

ЭКСМО

Также ищите на книжных полках

Кодекс Братана

от Барни Стинсона

THE PLAYBOOK

ПРИОДЕНЬСЯ. ЦЕПЛЯЙ ЦЫПОЧЕК. БУДЬ КЛЕВЫМ

БАРНИ СТИНСОН

СОВМЕСТНО С МЭТТОМ КУНОМ

УДК 379.8
ББК я92
С 80

Barney Stinson with Matt Kuhn

The Playbook

Suit up. Score chicks. Be awesome

Переведено по версии Kuraj-Bambey

Стинсон Б.

С 80 The Playbook / Барни Стинсон совместно с Мэттом Куном ; [пер. с англ. Д. Колесникова]. — М. : Эксмо, 2011. — 176 с.

ISBN 978-5-699-47025-9

С древних времен мужчина искал ответы на самые непростые вопросы во Вселенной: «Кто я?.. Каково мое предназначение ?.. Почему я не жарю цыпочек?» Наконец ответы найдены. Теперь, когда есть The Playbook, ты сможешь подкатывать к любым красоткам, раскрывать их внутренний мир, узнавать их слабости и использовать эти знания с умом и удовольствием. Ты овладеешь более чем 75 техниками соблазнения, придуманными и реализованными гуру пикапа — Барни Стинсоном, что гарантирует в скором времени превращение в настоящего дамского угодника.

УДК 379.8
ББК я92

ISBN 978-5-699-47025-9

Данная The Playbook посвящена двум

самым очаровательным созданиям на свете,

которые заставляют сердца юнцов учащенно биться,

мужчин среднего возраста – пустить скупую слезу,

а стариков – просто улыбаться:

буферам.

Порой один час игры говорит о человеке больше, чем год общения.

— Платон

СОДЕРЖАНИЕ

Введение 13

Что такое The Playbook? 15

Как работает The Playbook? 17

Применение The Playbook 19

Тест на способности к соблазнению 21

История The Playbook 25

Наставление от Барни 29

МЕТОДЫ ДЛЯ НОВИЧКОВ 34

МЕТОДЫ ДЛЯ ЛЮБИТЕЛЕЙ 61

THE PLAYBOOK ДЛЯ ЦЫПОЧЕК! 92

МЕТОДЫ ДЛЯ БОЙЦОВ ВЫХОДНОГО ДНЯ 102

МЕТОДЫ ДЛЯ ПРОДВИНУТЫХ 137

Сложности и Часто задаваемые вопросы (ЧаВо) 171

Об авторах 173

ВВЕДЕНИЕ

Во-первых, спасибо, что купил эту книгу! Во-вторых, если ты прибег к помощи этой книги, значит, либо с цыпочками у тебя «всё совсем плохо» и самому тебе их никак не подцепить, либо ты ищешь новые креативные идеи, чтобы как-то разнообразить свои методы съема, но при этом с деньгами у тебя «совсем плохо».

При виде горячей цыпочки ты стоишь как вкопанный и запинаешься даже в заученной уже наизусть фразе: «Так, может, дашь свой номер?» Прячешь дрожащие ручонки в карманах и все равно наивно полагаешь, что выглядишь спокойным и уверенным. Одеваешься как восьмиклассник-переросток. Не следишь за собой. Да, приятель, все действительно плохо! Да ты и сам это знаешь, чего уж там.

Но, Тед, помни, что ты не один. На свете есть еще миллионы таких же непривлекательных лузеров, как ты, которые, по всей видимости, даже не хотят спать с цыпочками.

Однако все изменится, потому что у тебя в руках священный Грааль под названием *The Playbook*, и эта книга поможет тебе добиться расположения любой жгучей красотки и в конечном итоге переспать с ней. Каким образом? Описанные здесь методы помогут тебе почувствовать себя более уверенным и даже клевым (хотя на самом деле тебе до этого еще далеко).

Но все же еще раз искренне благодарю тебя за покупку этой книги, мой друг!

Что такое The Playbook?

The Playbook содержит множество приемов и методов, которые помогут Братану быть в тонусе и никогда не быть обделенным женским вниманием.

The Playbook содержит все возможные аферы, разводы, мистификации, способы, манипуляции, уловки, хитрости, маневры, ухищрения и обманы, которые я когда-либо использовал или надеюсь использовать, чтобы подцепить цыпочек и как следует «занять их делом».

Время пришло, и теперь я делюсь этой сокровищницей удовольствий в виде «пособия по съему цыпочек» с тобой, причем абсолютно искренне, в качестве благотворительной помощи.

В эту великую летопись вошло более семидесяти пяти гарантированно работающих методов привлечения особей женского пола (даже при условии, что сам ты ни на что не способен).

Большинство методов почти не требуют наличия какого-либо опыта в делах «пикаперских» либо каких-то дополнительных приготовлений, так что эта книга – практически все, что тебе нужно, чтобы начинать прямо сейчас.

Почему «почти»: для 83% представленных тут методов понадобится несколько метров алюминиевой фольги, так что, прежде чем идти в атаку, не забудь купить упаковку-другую в соседнем гипермаркете или магазине хозяйственных товаров.

«Но что делает The Playbook такой уникальной на фоне многих других пикаперских книг и программ?» – спросишь ты.

Ну, во-первых, автором этого свода правил и методов являюсь я, а значит, он по определению будет клевым. Во-вторых, я переспал с таким количеством «горячих штучек», что их хватило бы, чтобы заполнить большой авиалайнер (а с некоторыми из них я сделал это прямо на борту большого авиалайнера, что скажешь?), и при этом подводить глаза и надевать глупую шляпу мне пришлось лишь раз… да и то потому, что девица была в коме с 1983 года и притвориться Бой Джорджем было самым очевидным решением.

Ну и наконец, третье и самое важное – это то, что прочие методы соблазнения основаны на «социальном динамо», то есть способах, при которых в попытке подцепить цыпочку приходится унижать или оскорблять ее. Я считаю, что подобные способы неприемлемы. Поэтому в The Playbook вместо инструкций, как оскорбить или наговорить чего-нибудь похабного цыпочке, ты найдешь подробные описания того, как весело и со вкусом заставить этих грязных шаловливых потаскушек спать с тобой.

КАК РАБОТАЕТ THE PLAYBOOK?

В данной книге представлены научно доказанные методы, которые заставят трепетать любую знойную красотку и в итоге обеспечат тебе секс с этой очаровательной незнакомкой. Стратегии, описанные здесь, бросают вызов общественному мнению, согласно которому мужчин тысячелетиями убеждали в том, что женщин совершенно не интересует случайный секс. Нас убеждали, что женское либидо давно исчезло, а вместо него появилось желание иметь детей, готовить обед и выискивать милые дизайнерские клатчи на распродажах. Однако недавние исследования доказали, что цыпочки получают от секса не меньшее удовольствие, чем от покупки сумочки Christian Dior из белой крокодиловой кожи с 30%-ной скидкой.

И теперь благодаря науке мы можем составить более подробную картину того, что женщины ищут в сексуальном партнере. За многие годы глубоких всесторонних (очень глубоких и очень всесторонних) исследований мне удалось выяснить, что женщин сексуально пробуждают четыре основных фактора.

1. Деньги
2. Известность
3. Ранимость
4. Эмоциональная и духовная составляющая

Очевидно, что четвертый пункт можно смело отбросить. Потому что соблазнение женщины на эмоциональном уровне не только сложно, но также отнимает немало времени, и если уж совсем начистоту, в итоге тебе не светит ничего особенного.

В свою очередь, данная книга поможет тебе завоевать расположение цыпочки как минимум за счет первых трех пунктов.

И если ты все еще не можешь смириться с тем, что эта книга изменит твою тонкую душевную организацию, подумай вот о чем: кто больше привлечет женщину в сексуальном плане – неудачник вроде тебя или бравый сапер-подводник, выросший без родителей? Ответ очевиден. Ведь это наука, мой друг.

Черпая знания из этого кладезя тестостерона и слов, ты сможешь сделать себя «мужчиной мечты» любой женщины.

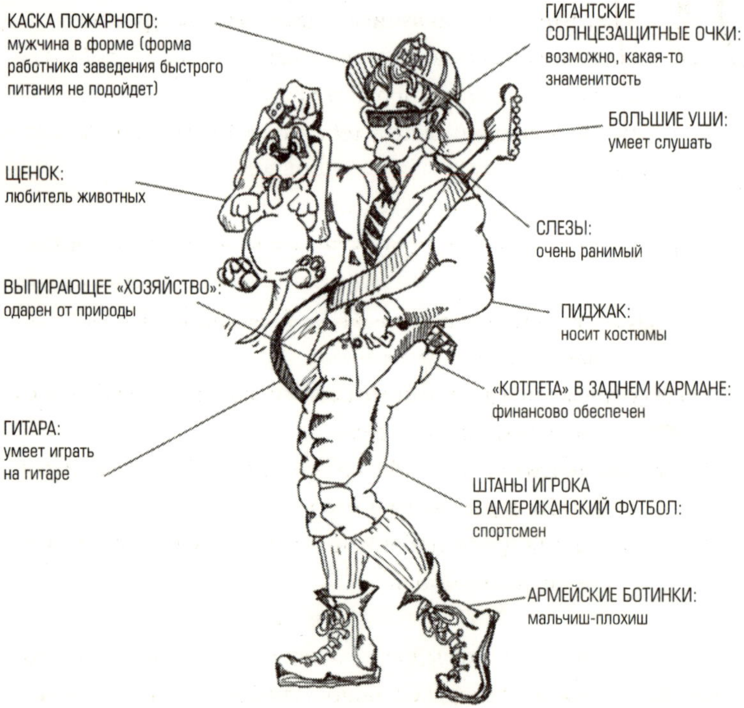

Не бойся, это не значит, что тебе нужно будет прикидываться кем-то вроде вот этого чучела.

Однако надеть форму пожарного или футболиста все-таки придется, но, по крайней мере, не то и другое разом.

КАК ПОЛЬЗОВАТЬСЯ THE PLAYBOOK

Листая страницы этого бесценного фолианта, ты обнаружишь, что представленные здесь методы просты и гениальны. И даже такой рохля, как ты, сможет добиться ощутимых успехов за очень короткое время.

Сразу после названия метода тебе будет представлена сводная таблица.

Успешность метода – в процентном или численном соотношении

Привлекает – здесь будет указан тип цыпочек, которых привлечет именно этот метод

Реквизит – вещи и\или особые навыки, которые понадобятся для реализации метода

Время на подготовку – сколько времени тебе понадобится, чтобы подготовить метод

Минусы метода – все побочные и негативные последствия реализации метода

Под таблицей идет последовательное описание каждого твоего шага. Следуя им беспрекословно, ты обязательно затащишь какую-нибудь цыпочку в постель. Скорее всего.

И наконец, перед тем как ты перевернешь эту страницу и бросишься в бой, тебе следует обратить внимание на три важных пункта.

1. МЕСТО, МЕСТО И ЕЩЕ РАЗ МЕСТО

Несмотря на то что большинство методов можно разыграть на любой вечеринке или в соседнем баре, я бы все-таки рекомендовал не бояться «ножки замочить» и отправляться в другие интересные места, если хочешь добраться до самых «интересных мест».
К тому же первые пробы пера в незнакомой и неизведанной среде помогут тебе избежать душевных травм, физических увечий и вечного позора в глазах твоих Братанов.

2. ПОЗАБОТЬСЯ О РЕКВИЗИТЕ

Для некоторых методов тебе понадобятся вещи или аксессуары, которые вряд ли есть в твоем гардеробе. Поэтому было бы неплохо подружиться с хозяином местного проката костюмов. При хороших раскладах ты сможешь брать вещи практически бесплатно, если, конечно, будешь вовремя их возвращать. Береги костюмы и заботься об их внешнем виде (даже когда покидаешь дом какой-нибудь цыпочки через окно), тем самым ты покажешь свою добропорядочность и ответственность хозяину проката. И таким образом станешь надежным и постоянным клиентом.

3. УЗНАЙ СВОЙ ЛИЧНЫЙ УРОВЕНЬ

Некоторые методы требуют хорошей подготовки и определенного опыта, в то же время другие не требуют никаких усилий вообще… Например, «Майкл Джордан» или «Саудовский Принц». Все методы представлены здесь в порядке возрастания уровня сложности. Так что ты сможешь пройти весь путь от сопливого пацана до альфа-самца, который сам может «сделать сопливого пацана»™ любой цыпочке.
Уровни сложности придуманы для твоего же блага. Ведь если, например, ты попытаешься реализовать метод «Подземного Шептуна» без правильной подготовки и опыта, то тебя ждет эпических масштабов сексуальный фейл. В связи с этим для начала тебе необходимо определить свой личный уровень. Именно для этого я придумал тест на способности к соблазнению.

Тест на способности к соблазнению

Ответь на следующие пять вопросов и используй ключи ответов, чтобы узнать свой уровень «игрока».

1. Первое, что ты говоришь цыпочке, – это…
   А. «Я клевый».
   Б. «Привет! Как дела?»
   В. «Ыыыыыыыыыыыыы».

2. Когда ты выходишь в свет, ты всегда надеваешь…
   А. Костюм. Само собой.
   Б. Классическую рубашку, дизайнерские джинсы, модные туфли, в общем, ничего особенного.
   В. Джинсы с пятнами от Читос, сандалии и футболку с нелепым принтом.

3. В ожидании прихода цыпочки в твой дом ты…
   А. Торопливо спроваживаешь цыпочку, оставшуюся с прошлой ночи.
   Б. Пытаешься навести порядок и прячешь все свое порно.
   В. Просишь своих родителей на этот раз серьезно отнестись к табличке «Не входить!» на твоей двери.

4. Скольких цыпочек ты «осчастливил»?

   А. Ну прошу тебя!

   Б. Не скажу.

   В. Уже миллион, пожалуй.

5. На представленной выше картинке ты…

   А. Болтаешь с красиво нарисованной цыпой.

   Б. Сидишь со своими Братанами и обсуждаешь, как подкатывать к цыпочкам, и это длится до тех пор, пока бар не опустеет, и ты несолоно хлебавши грустно поплетешься домой.

   В. Не представлен. Ты собирался прийти в бар к своим Братанам, но завис дома, пытаясь побить в World Of Warcraft какого-то сопляка из Южной Кореи… и ты точно сделал бы этого нуба, если бы сервак внезапно не упал.

ТВОЙ УРОВЕНЬ «ИГРОКА»

За каждый ответ «А» ты получаешь 5 баллов, за каждый ответ «Б» – 3 балла, и, наконец, за каждый ответ «В» ты получаешь 1 балл.

ИТОГИ ТЕСТА	
23–25	Дон Жуан
16–22	Дон Джонсон
10–15	Дон Кинг
5–9	Дон Ниочем

История The Playbook

Несмотря на то что методы, представленные здесь, зародились в блистательном уме Барни Стинсона, это отнюдь не новшества. По сути, разработка методов соблазнения женщин была основным занятием мужской половины человечества с начала времен. Доказательства этого есть даже в доисторических наскальных рисунках.

Пещерные Братаны, возвращаясь домой с охоты, приносили на руках своего раненого Братана Урка.

Они в красках изображали (мычали), какой опасной сегодня была охота и как самоотверженно Урк взобрался на саблезубого тигра/мастодонта/трицераптоса или еще кого-нибудь. И чтобы пещерные цыпочки точно купились, Братаны каменного века подкрепляли свои слова наскальной живописью.

Таким образом, Урку перепадал неслабый «бум-бум» в ту ночь, а его пещерные братья с помощью примитивной игры в «камень-камень-камень» выбирали, кто же будет следующим героем (Урк выбывал из Братанской игры на неделю). На следующий день охотники по-быстрому валили очередное бедное животное, а остаток дня проводили, придумывая очередную красочную историю для наскальной живописи и обсуждая (мыча), чья пещерная цыпочка выглядит самой «бум-бум».

Поддерживая миф о том, что они в поте лица охотятся целый день напролет, пещерные Братаны убивали сразу двух доисторических зайцев: кому-то из них всегда выпадала возможность кинуть палку (и не только в зверя), а также в оставшееся после охо-

ты время можно было спокойно отдохнуть от нытья (мычания) пещерных собирательниц.

Несмотря на то что метод «Герой-охотник» был придуман примерно тогда же, когда и «Я открыл огонь», он не является самым древним в этой книге знаний. Самым древним был метод «Я люблю тебя», который являлся особенно сложным в связи с тем, что человечество на тот момент еще не придумало язык как форму общения.

По какой-то необъяснимой причине никто даже не пытался собирать и записывать методы соблазнения до XIII века нашей эры. Именно тогда монахи зачастую тратили всю свою жизнь, чтобы написать и сохранить священные рукописи соблазнения женщин. К несчастью, все те записи были уничтожены толпой разъяренных монашек.

Но, Барни, зачем монахам нужно было придумывать методы соблазнения женщин, если они давали обет безбрачия?

Я думаю, ты сам только что ответил на свой вопрос, пытливый читатель.

САМЫЕ ИЗВЕСТНЫЕ МЕТОДЫ И ЛИЧНОСТИ В ИСТОРИИ ЧЕЛОВЕЧЕСТВА

МЕТОД	ЛИЧНОСТЬ	ГОД	ЧТО СДЕЛАЛ
Королевские Похороны	Фараон Тутанхамон	1323 до н.э.	Умер молодым и был погребен с кучей золота. Мечта любой «золотоискательницы».
Самая Великая Фамилия	Александр Македонский*	325 до н.э.	Завоевал полмира и собрал целый легион злобных мужиков, чтобы прочно укрепить за собой статус «плохого мальчика».
Божество	Эрнан Кортес	1519	Убедил женщин цивилизации ацтеков, что он – бог, показав им свой блестящий… шлем.
Незначительный Человек	Галилео Галилей	1610	Направил свой телескоп высоко в небо и тем самым доказал цыпочкам, что мы невероятно ничтожны по сравнению с масштабами Вселенной. Так почему бы нам не переспать?
Великий Компромисс	Роджер Шерман**	1787	Предложил идею того, что в Палате представителей каждый штат должен быть представлен пропорционально населению, а в Сенат должны входить по два представителя от каждого штата, но что гораздо важнее, именно благодаря ему количество знойных цыпочек, так или иначе принимающих участие в выборных кампаниях, увеличилось в три раза.

(Продолжение на следующей странице)

* В английском языке Александр Македонский значится как Alexander The Great, то есть Александр Великий.

** Роджер Шерман – американский юрист, политик, один из пяти составителей Декларации независимости США.

МЕТОД	ЛИЧНОСТЬ	ГОД	ЧТО СДЕЛАЛ
Комплекс Наполеона	Наполеон Бонапарт	1811	Завоевал симпатию европейских цыпочек тем, что заявил им, якобы он завоевал половину европейского континента только потому, что стыдился своего роста.
Дух Святого Луи	Чарльз Линдберг*	1927	Заставил весь мир думать, что летать очень опасно. Тем самым породил поколения нервных и легко уязвимых цыпочек, боящихся полетов. Посмертно объявлен президентом Клуба «Миля Высоты»**.
Ганди	Махатма Ганди	1932	Брил голову налысо, надевал очки и устраивал голодовки по каждому значительному поводу. Со второй половины прошлого века его инициативу подхватил Боно.
Орел Прилунился	Нил Армстронг	1969	Убедил миллион цыпочек в том, что он действительно летал на Луну и... ходил по ее поверхности. Это классика!
Я – Джордж Клуни	Джордж Клуни	1997	Стал популярной кинозвездой.

* Чарльз Линдберг – американский летчик, осуществивший первый трансатлантический перелет с запада на восток в 1927 году, совершивший посадку 21 мая во Франции.

** Клуб «Миля Высоты» – американский термин, применяемый к людям, которые занимаются сексом на борту самолета, как правило в туалете.

Наставление от Барни

Склоните головы, славные рыцари. Вы начинаете свой нелегкий путь с моей помощью, но помните: «Методы съема» – всего лишь инструкция. Я же благословляю вас на то, чтобы вы вкладывали частичку себя и своей фантазии в каждый представленный здесь метод. И тогда, как однажды сказал один мудрый человек, вы насладитесь не местом назначения, а путешествием. Хотя больше чем уверен, что «место назначения» интересует вас гораздо больше самого путешествия. Однако это не означает, что вам необходимо строго следовать каждой букве и каждому слову в этой книге, – расслабьтесь и получайте удовольствие от процесса. Во время своих приключений вы наверняка придумаете и свои методы соблазнения. И я буду только рад за вас. Не забудьте поделиться ими на сайте Barneysblog.com. Мы должны стать настоящим сообществом игроков, должны учиться друг у друга и делиться опытом. Так что если придумаете какой-нибудь новый изощренный способ уложить цыпочку в постель – дайте знать. Я не собираюсь красть у вас идею, даю слово. Наоборот, я опишу ее в своей следующей книге The Playbook 2, автором которой выступит ваш покорный слуга – Барни Стинсон.

И еще кое-что. В какой-то момент в своих попытках уломать цыпочку ты можешь почувствовать свою беспомощность и опустишь руки, потому что ни один из методов не сработал, а ты попрежнему никчемный лузер, коим был до того, как начал читать сей великий труд.

Ничего страшного, не нужно расстраиваться, ведь стать таким клевым, как я, ты никогда не сможешь. И при этом не стоит откладывать книгу «в долгий ящик», ведь пока ты не попробуешь все методы, то никогда не узнаешь, какой из них был именно «твоим». В этом и прелесть данной книги – каждая страница несет тебе надежду на хороший, качественный перепихон с симпатичной цыпочкой. Ну, кроме, разве что, последней страницы. Потому что, если ты добрался до нее и так ни с кем и не переспал, значит, у тебя бо-о-ольшие проблемы. Как минимум до выхода моей следующей книги.

– Барни Стинсон

ПРАВОВАЯ ОГОВОРКА

Несмотря на то что каждый представленный здесь метод увеличивает твои шансы на секс с шикарной незнакомкой, авторы данной книги не несут ответственность за то, что у тебя его все-таки может и не быть.

Как известно, всем хочется «и рыбку съесть, и… в лодку сесть», но иногда твое предназначение – плыть в этой лодке в одиночестве.

Методы для Новичка

(Дон Ниочем)

МЕТОД

SNASA

Успешность метода	13%
Привлекает	Цыпочек с лунным камнем вместо мозга
Реквизит	Никакого, хотя шлем космонавта тебе не помешает
Время на подготовку	«Поехали!»
Минусы метода	Цыпочки, которые ведутся на «SNASA», зачастую понятия не имеют, что такое NASA.

КАК РАЗЫГРАТЬ

1. Выбираешь самую летящую цель в баре… И под словом «летящая» я не имею в виду стюардессу.
2. Глядя на свой бокал, произносишь, что в космосе тебе максимум можно было пить апельсиновый напиток из тюбика. Если она спросит у тебя: «Ты космонавт?» – резко скажи ей: «Тихо!» А затем почти шепотом расскажи ей о том, что ты участвуешь в тайной правительственной программе под названием «Секретная NASA»… или просто SNASA.
3. Предложи ей испытать всю гамму ощущений, которые испытывает человек, покидая Слуну.

МЕТОД

МНЕ ОСТАЛАСЬ ВСЕГО НЕДЕЛЯ

Успешность метода	50%
Привлекает	Чувствительных медсестер
Реквизит	Болезненный кашель
Время на подготовку	Не нужно
Минусы метода	Смотри, как бы вселенная не надумала воплотить название этого метода в жизнь

КАК РАЗЫГРАТЬ

1. Встань посреди какого-нибудь людного места и начни громко и болезненно кашлять. Особенно хороший хриплый кашель получается, если кашлять в тряпку для мытья посуды или изображать Джона Гудмана в сцене, где он сам пытается завязать себе шнурки.
2. Продолжай кашлять до тех пор, пока какая-нибудь живописная цыпа не подойдет и не спросит, что с тобой случилось.
3. Вытри слезы и скажи, что все в порядке. Затем резко отстранись и скажи, как бы в сторону, что тебе осталась всего одна неделя.
4. Далее можешь добавить, что самое ужасное – это покидать эту бренную землю, не испытав ласки настоящей женщины. Сделай при этом глаза обиженного щенка, и дальше все должно пойти как по маслу.

ЗАМЕТКА

Не вдавайся в подробности при описании своей болезни. Это сильно утомляет и напрягает цыпочек. Говори общими фразами вроде «неизлечимо» и «не заразно», а также добавь, что эта болезнь имеет еще один побочный эффект – раздувает твой пенис до размера большого кабачка-цуккини.

МЕТОД

СВИДАНИЕ ВСЛЕПУЮ

Успешность метода	22%
Привлекает	Отчаявшихся или жалостливых цыпочек
Реквизит	Одна роза
Время на подготовку	Не нужно
Минусы метода	Аккуратнее! У роз, как правило, бывают шипы.

КАК РАЗЫГРАТЬ

1. Направляйся в ближайший бар. Там выбери какую-нибудь цыпочку (и не забудь про розу). Подойдя к цыпочке, спроси у нее: «Ты – Стейси?» Если она ответит «нет», повторяй попытку, задавая этот вопрос каждой более или менее симпатичной самке в баре.
2. Спустя некоторое время сядь на видном месте, положи перед собой розу и сделай грустную мину. Жди, пока одна из цыпочек, к которым ты обращался, не подойдет к тебе и не спросит: «Что случилось?» Это значит, что пришло время рассказать ей «грустную историю» о том, что ты назначил свидание вслепую девушке по имени Стейси, а она, кажется, тебя продинамила.
3. После ее жалостливого «ну во-о-от…» и легкого дружеского объятия начни как бы невзначай жаловаться на то, что ходить на свидания в наши дни стало совсем непросто… особенно для миллиардера.
4. Переспи с ней.

МЕТОД

НЕ ПЕЙ ЭТО!

Успешность метода	45%
Привлекает	Цыпочек, которые не хотят, чтобы их опоили
Реквизит	Хорошая зрительно-моторная координация
Время на подготовку	Не нужно
Минусы метода	В 35% случаев можно неслабо получить «между ног или между носа».

КАК РАЗЫГРАТЬ

1. Выбери объект и жди момента, когда она соберется сделать глоток из своего бокала, затем резко подбеги к ней и крикни: «Не пей это! Я видел, как тот парень подсыпал что-то тебе в коктейль!»
2. Когда она спросит, кто это сделал, укажи на самого щуплого коротышку в баре или на своего Братана, которого ты давно хотел разыграть.
3. Позволь ей отблагодарить тебя за спасение ее жизни.

МЕТОД

РАМСПРИНГА

Успешность метода	80%
Привлекает	«Опытных» цыпочек, светских пантер
Реквизит	Растительность на лице, дедушкин костюм и старомодное имя
Время на подготовку	Ровно столько, сколько нужно, чтобы отрастить бороду
Минусы метода	Придется: • надеть отвратительный костюм • избавиться на время от мобильного телефона • а я упоминал про ужасный костюм?

КАК РАЗЫГРАТЬ

1. Отрасти бороду.
2. Сбрей то, что выросло вместо усов.
3. Надень старый дедушкин костюм и его подтяжки. Никакого галстука! (Буэ-э!)
4. Выбери цыпочку и расскажи ей, что ты молодой амиш*, у которого недавно начался период ритуала Рамспринга†. Ты хочешь познать всё и всех в этом большом неизведанном «английском» мире, прежде чем вернешься к своей смиренной сельско-протестантской жизни.
5. Займись с ней сексом.

* Амиши (англ. Amish) – протестантская христианская деноминация, очень консервативная группа меннонитов. Амиши отличаются простотой жизни и одежды, нежеланием принимать современные удобства.

† Рамспринга – данный ритуал заключается в том, что подростки-амиши «пробуют на вкус» современную культуру и так называемый английский мир, прежде чем принять взвешенное решение о том, стоит ли жить по строгим законам своей веры.

Почему это срабатывает?

- Для женщины ты «чистый лист», невинное создание, с которым без труда можно делать все, что пожелается.
- Она будет думать, что у тебя, человека набожного, есть «мощный духовный стержень», а значит, ей даже не стоит переживать – испытает она оргазм или нет.
- «Лицензия на перепихон». Она не будет бояться того, что ее подруги или знакомые узнают об этом. Ведь ты вернешься в свое амишское поселение, значит, ей не о чем волноваться. Проще говоря, ты избегаешь внешнего мира и технологий, а значит, видеозапись того, как вы провели ту бурную ночь, уж точно не появится в Интернете. Намек понял?

ЗАМЕТКА

Рамспринга не единственный пример ритуала (обряда), который можно использовать. В данном случае я взял учение амишей как пример того, что в каждой религиозной группе есть один-два ритуала, которые можно смело использовать. Вот еще несколько примеров, на которые могу повестись цыпочки.

ВЕРОИСПОВЕДАНИЕ ИЛИ НАРОД	РИТУАЛ ИЛИ ОБРЯД
Мормонские миссионеры	Про «миссионеров» и так все понятно
Австралийские аборигены	Обход
Буддизм	Shinbyu
Сиу	Поиски образа
Сайентология	Ну, тут можешь придумать что угодно

МЕТОД

ТЕРМИНАТОР

Успешность метода	60%
Привлекает	Девушек, которым нравятся «плохие парни»
Реквизит	Сухой лед
Время на подготовку	Менее 1 минуты
Минусы метода	• Необходимо быть «в форме» • Придется оголяться перед другими чуваками • Велика вероятность полицейского ареста

КАК РАЗЫГРАТЬ

1. В баре или на вечеринке незаметно наклонись и запусти реакцию сухого льда.
2. Быстро сними с себя всю одежду
3. Когда лед испарится, медленно встань и подойди к своей (заранее выбранной) «Саре Коннор». Затем произнеси: «Меня прислали из будущего, чтобы спасти тебя».
4. Аста Ла Виста, бейби!

МЕТОД

КРУТОЙ ЧУВАК

Успешность метода	100%
Привлекает	Всех особей женского пола
Реквизит	Мужественное лицо, фигура пловца
Время на подготовку	Не нужно
Минусы метода	Забудь об этом методе, если ты не атлетично сложен

КАК РАЗЫГРАТЬ

1. Будь привлекательным.
2. Займись сексом с цыпочками.

МЕТОД

СБЕЖАВШИЙ ЗАКЛЮЧЕННЫЙ

Успешность метода	90%
Привлекает	Дамочек, мечтающих о сексе в стиле «тюремных свиданий»
Реквизит	Кандалы
Время на подготовку	Не нужно!
Минусы метода	Кандалы могут неслабо натирать голень

КАК РАЗЫГРАТЬ

1. Выбери объект, подойди к ней и как бы случайно урони ее сумочку или мобильный телефон. Наклонись, чтобы поднять ее цацку, и задержись в таком положении на пару секунд. Убедись, что она заметила твои кандалы.
2. Шепотом скажи ей, что ты только что сбежал из тюрьмы, и попроси ее не поднимать панику. Тебя осудили по ложному свидетельству, за преступление, которое ты никогда не совершал. Ты не можешь туда вернуться, потому что единственная причина, по которой ты сбежал, – это твоя новорожденная дочь, а твоя бывшая жена (стерва!) не хочет, чтобы ты даже близко подходил к ней. И это несмотря на то что тебе пришлось ползти через канализацию, чтобы выбраться на свободу к дочке. В этот момент стоит также намекнуть цыпочке о том, что «неплохо было бы принять душ».
3. Теперь, когда ты предстал перед ней как «плохиш» с золотым сердцем, можешь смело просить цыпочку «перекантоваться в ее норке» хотя бы одну ночь.

МЕТОД

ЕВРОПЕЕЦ

Успешность метода	99 градусов по Цельсию
Привлекает	Цыпочек, которые считают себя очень умными
Реквизит	Жуткий акцент
Время на подготовку	Не нужно!
Минусы метода	Нужно притворяться, что тебе нравится соккер – прошу прощения, «футбол»

КАК РАЗЫГРАТЬ

1. Выбери жертву и представься ей. Говори с сильным акцентом, будто держишь кубик льда во рту или пытаешься изобразить компьютерный голос Стивена Хокинга.
2. Когда она спросит тебя, откуда ты, назови какое-нибудь место в Европе, о котором все хотя бы раз слышали, но никогда там не были (например, Словения, Монтевидео* или Бельгия).
3. «Вуле ву куше авек муа» ее.

ПОЧЕМУ ЭТО СРАБАТЫВАЕТ?

Цыпочки, скорее всего, думают, что европейцы гораздо чувствительнее и интеллигентнее, чем американцы. Оттого и ведутся.

* Примечание редактора. Вообще-то Монтевидео находится в Уругвае, что в Южной Африке, а не в Европе. И, несмотря на все карты, альманахи, долгие разговоры в посольстве Уругвая, Барни по-прежнему считает, что Монтевидео – европейская страна. Может, вы ему объясните?

МЕТОД

ОЛИМПИЕЦ

Успешность метода	50%
Привлекает	Патриотичных цыпочек
Реквизит	Спортивная куртка, овсяное печенье с изюмом
Время на подготовку	Не нужно!
Минусы метода	Можно осуществить лишь раз в два года

КАК РАЗЫГРАТЬ

1. Каждые два года в течение трех недель проходят какие-нибудь Олимпийские игры. Постарайся все-таки опробовать данный метод именно в этот период.
2. С помощью непрозрачной клейкой ленты сделай буквы U, S и A (да, да, именно в такой последовательности!) и наклей их на спине.
3. Оберни овсяную печеньку фольгой и приделай к ней какую-нибудь ленточку, изобразив таким образом медаль.

Вопрос: *Почему нужно именно овсяное печенье?*

Ответ: Потому что оно вкусное!

4. Возьми куртку в руки и заходи в бар, предварительно надев свою «серебряную медаль» на шею. Когда цыпочки начнут подходить и интересоваться, сорви медаль и брось в сторону. Скажи, что не хочешь об этом говорить, ведь ты мог бы завоевать золотую медаль в ______________ (выбери малоизвестную, но все же существующую олимпийскую дисциплину из списка ниже).
5. Выбирай понравившуюся цыпочку и «поднимай ее на свой пьедестал».

ЗАМЕТКА

Если ты решишь опробовать «Олимпийца» в ближайшие 5 лет, то запомни, что следующие Олимпийские игры пройдут в Лондоне 2012 (летние), в Сочи 2014 (зимние), в Рио-де-Жанейро 2016 (летние).

СУЩЕСТВУЮЩИЕ ДИСЦИПЛИНЫ ЗИМНИХ ОЛИМПИАД	СУЩЕСТВУЮЩИЕ ДИСЦИПЛИНЫ ЛЕТНИХ ОЛИМПИАД
Прыжки с трамплина	Парусный спорт
Фристайл	Настольный теннис (не рекомендую)
Лыжное двоеборье	Стрельба из лука
Кёрлинг (не рекомендую)	Дзюдо
Бобслей	Гребля на байдарках и каноэ
Скелетон	Прыжки на батуте
Санный спорт	Гандбол
Биатлон	Бадминтон (не рекомендую)
Конькобежный спорт	Фехтование

МЕТОД

АВТОР

Успешность метода	18%
Привлекает	Цыпочек – «книжных червей»
Реквизит	Никакого!
Время на подготовку	Не нужно!
Минусы метода	«Книжные черви»

КАК РАЗЫГРАТЬ

1. В людном месте найди симпатичную цыпочку, читающую книгу.
2. Подойди к ней и спроси, нравится ли ей эта книга. Пока она будет отвечать, взгляни на обложку и запомни имя автора.
3. Если она скажет, что книга ей нравится, – протяни руку и скажи, что ты автор книги.
4. Отправляйся к ней домой и улучшай ее «технику чтения».

ЗАМЕТКА

Если настоящий автор подставил тебя тем, что написал на обложке свои инициалы, а не имя, – отменяй операцию. Дело в том, что за инициалами может скрываться либо женщина, либо какой-нибудь древний писака, который давно умер, и это экспоненциальным образом усложняет исполнение метода.

МЕТОД

РОБОТ

Успешность метода	50%
Привлекает	Сай-файных цыпочек, других роботов
Реквизит	Машинное масло
Время на подготовку	Не нужно!
Минусы метода	Сложно избавиться от монотонного голоса робота после выполнения метода

КАК РАЗЫГРАТЬ

1. Медленно, будто у тебя огромная «железяка» в штанах, подойди к своему потенциальному объекту… В данном случае я имею в виду, что походка должна быть неторопливой и механической, как у робота.
2. Глядя на нее, резко крути головой во все возможные стороны и направления.
3. Если за это время она не решится тебя ударить, спроси у нее монотонным голосом: «Что-есть-любовь?»
4. Если и к этому моменту она по-прежнему будет сидеть на месте и не исчезнет, объясни ей, что ты робот и сбежал с секретной военной базы после вживления тебе искусственного разума. Теперь твоя миссия – разобраться в сложных «человеческих-интимных-отношениях».
5. При условии, что этого рассказа ей будет недостаточно, объясни ей, что твой «главный поршень» может смазывать любые внутренние и внешние поверхности со скоростью 2800 «нанопалок» в минуту.

МЕТОД

Я БУДУ СЛУЖИТЬ В МОРСКОЙ ПЕХОТЕ

Успешность метода	50%
Привлекает	Патриотичных цыпочек
Реквизит	Униформа пехотинца
Время на подготовку	Не нужно!
Минусы метода	• Не самый «креативный» метод • Можно легко попасть впросак, особенно если в данный момент не проходит никаких спецопераций типа «Бури в пустыне» • Если все пойдет по сценарию телевизионного шоу «Пляж», тебе все-таки придется отправиться на службу

КАК РАЗЫГРАТЬ

1. Выбери цель и предложи ей купить тебе выпивку. Если она согласится, как бы случайно упомяни о том, что завтра ты вступаешь в ряды пехотинцев.
2. Переспи с ней.
3. Отправляйся служить в морской пехоте. Что, прости? Не хочешь? То есть ты думал, нацепив форму и подцепив настоящую патриотку, все на этом и закончится?

Так вот, сопляк, запомни! Этой чести (да, да – чести цеплять цыпочек) достойны только избранные парни и девушки, которые сейчас служат в армии, флоте, военно-воздушных силах, морской пехоте и, как подсказывает мне мой редактор, в береговой охране. Почему? Потому что они заслужили это, рядовой Райан! Они заслужили это!

МЕТОД

БАРНИ-СИРОТИНУШКА

Успешность метода	10%
Привлекает	Цыпочек, чьи биологические часы «тикают», пантер «бальзаковского возраста», сердобольных мачех
Реквизит	Терпение (в лучшем случае «обломится» только пару раз в год)
Время на подготовку	Не нужно!
Минусы метода	День Матери опять подкрался незаметно

КАК РАЗЫГРАТЬ

1. В День Матери или День Отца (американские праздники) отправляйся в соседний бар. Выбери цыпочку, подойди к ней и спроси, «не забыла ли она позвонить своей мамочке/папочке и поздравить ее/его с Днем Матери/Отца». После ее ответа дождись, когда она спросит тебя, не забыл ли ты позвонить своим мамочке или папочке, изобрази многозначительный взгляд вдаль и скажи: «У меня нет мамы/отца!»
2. Объясни ей, что ты сирота и вырос без родителей. После этого цыпочка почувствует себя стервой и захочет пожалеть тебя. В этот момент главное – добавить, что целью всей твоей жизни является крепкая и дружная семья и что когда-нибудь ты станешь замечательным отцом, ну и не забудь сказать, что свою жену ты будешь очень сильно любить, холить и лелеять.
3. После того как переспишь с этой цыпочкой и уйдешь из ее квартиры, пока она еще спит, не забудь скрестить пальцы в надежде на то, что она не «залетела», иначе это будет очень жестокая ирония судьбы.

МЕТОД

ПОЖАРНЫЙ

Успешность метода	25%
Привлекает	Любых цыпочек
Реквизит	Ну, разве что далматинец?
Время на подготовку	Не нужно!
Минусы метода	Не пытайся быть настоящим пожарным (хотя это было бы круто!)

КАК РАЗЫГРАТЬ

1. Выбери цель, скажи ей, что ты – пожарный.
2. Включай «сирену», засучи «рукава» и доставай «шланг».

ЗАМЕТКА

Пробуя разыграть «Метод Пожарного», следует знать о возможных сложностях.

- **Во-первых, изображать кого-то «при исполнении» – незаконно (даже на Хэллоуин и Новый год).**
- **Во-вторых, если где-нибудь поблизости вспыхнет огонь или котенок застрянет на дереве, все окружающие будут ждать от тебя героических действий.**
- **В-третьих, настоящий пожарный сможет легко вывести тебя на чистую воду, и тогда можно и по сопатке получить не слабо.**
- **В-четвертых, придется надевать подтяжки.**

МЕТОД

ДЕДУШКА ВОНКА

Успешность метода	Приблизительна такая же, как и найти «золотой билет»
Привлекает	Сладкоежек
Реквизит	Карманы, до отказу забитые леденцами и шоколадками
Время на подготовку	Не нужно!
Минусы метода	Тебя могут попросить спеть

КАК РАЗЫГРАТЬ

1. Выбери цель и представь себя как (твое имя) Дж. Вонка. Вне зависимости от того, спросит она или нет, кивни и добавь: «Да, да. Как Вилли Вонка. Это мой дедушка!»
2. Начни красочно рассказывать ей, что ты буквально «купаешься в деньгах и шоколаде» в прямом смысле этого слова. А еще у тебя есть четырехспальная кровать, сделанная из золота и шоколада, и ты хочешь показать ей этот «приторно сладкий уголок любви».
3. Наслаждайся повышенным уровнем сахара в крови.

Почему это срабатывает?

А вот почему.

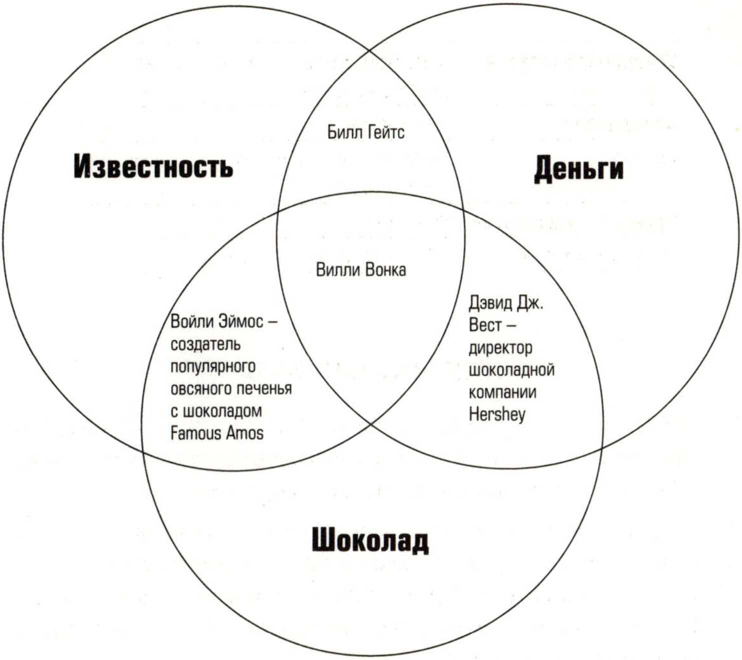

Что возбуждает женщин?

МЕТОД

ГОЛЫЙ МУЖИК

Успешность метода	Два раза из трех
Привлекает	Всех
Реквизит	Эм... шары, говоря метафорически и анатомически
Время на подготовку	2 часа
Минусы метода	Каждый третий случай будет неловким, очень неловким

КАК РАЗЫГРАТЬ

1. Выбери объект и любыми законным способами постарайся попасть в ее квартиру. Вот несколько популярных предлогов.
   - У меня рекордер сломался. Может, глянем «Танцы со звездами» у тебя?
   - Мой сосед по квартире привел к нам какую-то гулящую деваху, которая больше похожа на моего заклятого врага в младших классах (или на ту сотрудницу с работы, что постоянно делает тебе непристойные знаки и строит «глазки»). И мне нужно где-нибудь развеяться, хотя бы пару часов.
   - После тяжелого трудового дня, в течение которого я помогал людям и искал в их квартирах «смертельный-бесцветный-практически-не-обнаруживаемый-без-специальной-подготовки» газ – радон, было бы неплохо где-нибудь расслабиться.

2. Далее, когда ты окажешься в ее квартире и она на некоторое время выйдет из комнаты, снимай с себя всю одежду. Ну а затем можешь разложить то, с «чем мать родила», прямо на ее столе. Хотя нет, все-таки на столе не нужно, ей потом за ним обедать.
3. Наконец, когда она вернется и увидит тебя в костюме Адама, гарантирую, в двух из трех случаев тебе перепадет. Два раза из трех, это правда.

МЕТОД

РУЖЬЕ

Успешность метода	0,25%
Привлекает	Да кто же его знает…
Реквизит	Сила духа, по крайней мере до 2 часов ночи
Время на подготовку	Не нужно!
Минусы метода	Высокая степень пощечинополучения

КАК РАЗЫГРАТЬ

1. Выбери любую более-менее подходящую цель.
2. Подойди к ней и спроси, не хотела бы она заняться с тобой сексом.
3. Не останавливаясь, повторяй пункты 1 и 2 на других целях до тех пор, пока кто-нибудь не скажет «да». Таким образом, этим вечером ты либо подцепишь цыпочку, либо несколько раз получишь водкой с клюквой в лицо.

МЕТОД

ОН НЕ ПРИДЕТ

Успешность метода	0,5%
Привлекает	Романтичных, недавно брошенных цыпочек
Реквизит	Эмпайр Стейт Билдинг, напористость, характерный акцент восточного побережья а-ля Кэри Грант
Время на подготовку	Ровно столько, чтобы доехать до Нью-Йорка
Минусы метода	• Игра в «ромашку» • Отнимает немало времени • На крыше Эмпайр Стейт Билдинг довольно прохладно

КАК РАЗЫГРАТЬ

1. Отправляйся в Нью-Йорк и поднимись на смотровую площадку Эмпайр Стейт Билдинг.
2. Подходи к незнакомым цыпочкам и смело говори: «Он не придет».
3. Повторяй пункт 2 до тех пор, пока одна из них не разрыдается на твоем плече.
4. Это фердо… подожди-подожди …пердозно!

Почему это срабатывает?

Веками нью-йоркцы использовали это место для романтических встреч после долгой разлуки. Однако если один из «долгих разлучников» на самом деле просто опаздывает, то лучше поторопиться, иначе можно «огрести и без весла».

Методы для любителей

(Дон Кинг)

МЕТОД

МОЙ ПЕНИС ИСПОЛНЯЕТ ЖЕЛАНИЯ

Успешность метода	10%
Привлекает	Романтичных цыпочек, милых глупышек и, как ни странно, учителок английского
Реквизит	Восточные одеяния, ятаган, тюрбан, пенис
Время на подготовку	Ровно столько, сколько понадобится, чтобы приспособить под эти струящиеся одеяния картон и фольгу
Минусы метода	Данный метод может показаться неполиткорректным для некоторых цыпочек с Ближнего Востока

КАК РАЗЫГРАТЬ

1. Разряжаешься как принц всея Персии и отправляешься в ближайший паб.
2. Выбираешь цель, интересуешься у нее, слыхала ли она о волшебной лампе, из которой появляется джинн, если ее хорошенько потереть. Она наверняка ответит «да». Теперь можешь сказать, что в результате ужасной аварии с участием ковра-самолета джинна пришлось трансплантировать прямо в плен к... прямо к тебе в пенис.
3. А если она спросит, можно ли ей загадать пару желаний, ты уже готов, как пионер.

МЕТОД

ХОРХЕ ПОСАДА

Успешность метода	44%
Привлекает	Хищницы, спортивные фанатки
Реквизит	Выглядеть хоть немного атлетичным
Время на подготовку	Два иннинга*
Минусы метода	Может опосредованно привлечь чуваков из лиги фэнтезийного бейсбола

КАК РАЗЫГРАТЬ

1. Небрежно вваливайся в бар и приближайся к цели. Чтобы окружающие купились на то, что ты – кэтчер из высшей лиги, иди так, словно у тебя между ягодицами зажат «шарик с водой», или исполни классический спринт «ой, туалетная бумажка закончилась» из одной уборной в другую.
2. Невзначай упомяни, что ты слегка расстроен после вчерашней игры, а после запроса «дополнительных данных» объясни, что ты – кэтчер ближайшей профессиональной бейсбольной команды.

   Вопрос: *А если она знает в лицо всех кэтчеров ближайшей профессиональной бейсбольной команды?*

   Ответ: Не знает. Кэтчеры на протяжении почти всей игры носят маску, так что их почти невозможно идентифицировать в повседневной жизни.

3. Займись с ней сексом.

* Иннинг – часть бейсбольного матча (основное время – 9 иннингов).

ЗАМЕТКА

Если ты из Канады, то это также отлично сработает на хоккейных болельщицах.

Вопрос: ***А стоит ли вообще связываться с канадками?***

Ответ: Конечно, Памела Андерсон, например, канадка. И, что гораздо важнее, она была канадкой и в те времена, когда частенько «светилась» на обложках мужских журналов. Это правда.

МЕТОД

ГОДОВЩИНА СМЕРТИ МОЕЙ ЖЕНЫ

Успешность метода	69%
Привлекает	Вечных подружек невесты
Реквизит	Всего одна роза
Время на подготовку	Не нужно!
Минусы метода	Слишком просто?

КАК РАЗЫГРАТЬ

1. Сядь в публичном месте и долго и безучастно смотри на одинокую розу в руках.
2. Когда приблизится достойная цель, смущенно признайся, что сегодня – годовщина смерти твоей жены. И теперь она твоя с потрохами*, то есть ей будет неудобно, и она почувствует вину.
3. Таким образом, твой объект, сама того не сознавая, потягивает смертоносный коктейль из чувства вины, жалости и очевидного женского предположения «парень был женат, он станет моей добычей». Тебе остается только произнести «даже не знаю, как я справлюсь один этим вечером» – и дело в шляпе.

* Тебя не должно смущать это слово. Тем более пишется оно через «О».

Дилемма Златовласки

При использовании этого классического метода тебя наверняка спросят, отчего скончалась твоя жена. Если туманного «я не хочу говорить об этом» недостаточно, ты будешь вынужден сообщить причину смерти, но учти: слишком абстрактно – и она станет подозрительной, слишком подробно – и она охладеет. Тебе нужно выбрать золотую середину, что-то наподобие:

- несчастный случай во время скрэпбукинга
- нападение росомахи
- неожиданная аллергия на кислород
- трагедия при жонглировании (бензопилами)
- была недостаточно высока для американских горок
- наезд тележкой в магазине
- кессонная болезнь
- ела мало овощей
- умерла на тридцать восьмом оргазме, занимаясь с тобой любовью

МЕТОД

МАНЕКЕН

Успешность метода	77%
Привлекает	Покупательниц (шопоголиков)
Реквизит	Хороший костюм, терпение, сильные колени
Время на подготовку	Не нужно!
Минусы метода	Стоять ровно и не двигаясь, даже если хочешь отлить

КАК РАЗЫГРАТЬ

1. Потихоньку проникни в витрину. Прими удобную позу. Замри.
2. Внимательно смотри на пешеходов, пока не увидишь какую-нибудь красотку. Времени это может занять прилично, так что следи, чтобы ноги не затекли.
3. Медленно «оживай», постучи в стекло, помани ее к себе.
4. Скажи ей, что сотни раз видел ее проходящей мимо и каждый вечер молился о том, чтобы однажды стать настоящим человеком только для того, чтобы прикоснуться к ней.
5. Прикоснись к ней.
6. Займись с ней сексом. Не в витрине: даже в наши дикие времена это по-прежнему незаконно.

МЕТОД

ЛЮБОВЬ С ПЕРВОГО ВЗГЛЯДА

Успешность метода	10%
Привлекает	Невинных и наивных цыпочек
Реквизит	Братан и олдскульный кассетник
Время на подготовку	Пара минут
Минусы метода	За один вечер в одном месте возможна только одна попытка

КАК РАЗЫГРАТЬ

1. Выбери цель с чрезвычайно невинным лицом.

> **ЗАМЕТКА**
>
> **Учти, «невинная» не всегда означает «молодая». Соотношение диаметра глаза к диаметру лица должно быть не меньше чем 1:3. Вспомни Powerpuff Girl.**

2. Приближайся к ней, словно в замедленном темпе. Если боишься, что это будет выглядеть неправдоподобно, потренируйся ходить в туфлях на два размера меньше.
3. Смотри в упор на свой объект, пока она не заговорит с тобой. Попытайся безмолвно повторять все то, что будет говорить

она, и останавливайся, если она замолчит. А когда она снова заговорит, – повторяй то же самое. Это создает иллюзию того, что вы так «синхронизированы», что произносите одни и те же слова (даже если тебе не захочется повторять «Чего уставился, придурок?»).

4. Подай сигнал Братану, чтобы он врубил в кассетнике бессмертный дуэт Энн Уилсон и Марка Рино «Almost Paradise». Пусть включает с 2:44, там, где начинается запев.
5. И вот, когда заиграет припев, спроси свою цель, верит ли она в любовь с первого взгляда.
6. Если верит, значит, должна верить и в «перепихон в первую же ночь».

МЕТОД

БАЙКЕР

Успешность метода	17%
Привлекает	Дорожных цыпочек, охотниц за «плохими мальчишками»
Реквизит	Кожаная куртка, шлем
Время на подготовку	Не нужно!
Минусы метода	Разговор с настоящими байкерами

КАК РАЗЫГРАТЬ

1. Надень кожаную куртку и возьми с собой в бар или на вечеринку шлем.

ЗАМЕТКА

Тебе потребуется закрытый полнолицевой шлем типа гоночного или Харлей-стайл с черепами. Только не бери шлемы типа Speed Racer, а то цыпочки подумают, что ты либо на мопеде ездишь, либо, что еще хуже, ты – француз.

2. Выбери заметное место для того, чтобы водрузить свой шлем, и жди женщину, которая подойдет и спросит о твоем «Харлее».
3. Если дальше ты не знаешь, что делать, то и я ничем не могу помочь.

ЗАМЕТКА

Разыгрывать из себя члена банды байкеров – ход из серии «высокий риск – высокая награда», который я не могу официально одобрить. Но если уж решился, то тебе придется выдумать название своей кодлы. При условии, что ты не хочешь, чтобы компания дюжих дядек с татухами переделала твои конечности в «суицидальную коробку передач», «раму для девочек» или еще какую-нибудь другую интимно звучащую мотоциклетную часть.

ГЕНЕРАТОР НАЗВАНИЯ МОТОЦИКЛЕТНОЙ БАНДЫ

Чтобы подобрать название своей банде, возьми слово из левого столбца и соедини с любым из правого.

Дьявольские	Разбойники
Ангельские	Ездоки
Мамочкины	Варвары
Асфальтовые	Волки
Подземные	Ворлоки
Дорожные	Короли
Небесные	Воины
Кожаные	Захватчики
Отверженные	Демоны
Громовые	Псы

МЕТОД

ЛЕО

Успешность метода	1%. 2% – когда фильмы с его участием идут в кинотеатрах
Привлекает	Поклонниц
Реквизит	Солнцезащитные очки авиатора, клочковатая эспаньолка, пара приятелей
Время на подготовку	Пять минут на его странице с биографией в Интернете
Минусы метода	Пять минут на его странице с биографией в Интернете: сколько же он всего натворил!

КАК РАЗЫГРАТЬ

1. Надень солнцезащитные очки авиатора – единственный известный мужской аксессуар, который одновременно поднимает коэффициент мужской крутости и глупости.
2. Выбери цель и представься как кинозвезда Леонардо ди Каприо.
3. Пока она смеется над тобой, пусть твои приятели подходят со словами:
   - «Обожаю тебя в «Дневнике баскетболиста»!»
   - «Эй, когда выйдет «Титаник-2»?»
   - «А ты подрос со времен «Что гложет Гилберта Грейпа».
4. Теперь она должна, по крайней мере, признать, что ты – настоящий Леонардо ди Каприо, и в этот момент ты говоришь: «Ну, если ты когда-нибудь хотела переспать с Леонардо ди Каприо – милости прошу».
5. Должно сработать.

МЕТОД

АБРАКАДАБРА

Успешность метода	Хм…
Привлекает	Цыпочек, которых легко удивить
Реквизит	Наручники, ключ от наручников
Время на подготовку	Несколько секунд
Минусы метода	Загугли «незаконное лишение свободы»

КАК РАЗЫГРАТЬ

1. Подойди к объекту и спроси у нее, любит ли она волшебство и магию. Вне зависимости от ее ответа быстро соедини наручниками свою и ее руки.
2. Пусть она прощупает карманы твоего пиджака, чтобы убедиться, что ключа там нет. Затем веселой скороговоркой скажи: «А теперь проверь в штанах. Шучу-шучу». Конечно, если она и правда полезет проверять – не будь идиотом.
3. Начни шарить вокруг и спустя несколько секунд хлопни себя по голове вашими соединенными руками и скажи: «Наверное, я забыл его дома».
4. У себя дома «найди» ключ на ночном столике у кровати. Если немного повезет, эти наручники тебе снова пригодятся. Ладно, если очень-очень повезет.

МЕТОД

ДРУГ БРАЙАНА

Успешность метода	90%
Привлекает	Всех женщин
Реквизит	Немного зубрежки
Время на подготовку	Не нужно!
Минусы метода	«Да, что еще за Брайан?»

КАК РАЗЫГРАТЬ

1. Подойди к цыпочке и скажи: «Привет, рад тебя снова видеть! Ужасно неловко себя чувствую, прости, но я забыл, как тебя зовут».
2. Она будет настаивать, что вы раньше никогда не встречались. Вот тогда ты и скажешь: «Я – друг Брайана».
3. Она, смущенная, постарается загладить вину – будем надеяться, не без помощи секса.

Почему это срабатывает?

Каждый из нас знает кого-то по имени Брайан*. И он – неплохой чувак.

* Если не знаете Брайна, пусть это будет Макс *(прим. перев.)*.

МЕТОД

БИОНИЧЕСКИЙ ЧЕЛОВЕК

Успешность метода	65%
Привлекает	Чувствительных цыпочек
Реквизит	Крепкое рукопожатие
Время на подготовку	Не нужно!
Минусы метода	Встреча с настоящими военными может окончиться потом или, что скорее всего, кровью...

КАК РАЗЫГРАТЬ

1. Представься своей цели и, не напрягая мышц лица, вложи всю силу, какую только можешь, в рукопожатие.
2. Когда она заорет от боли, быстро извиняйся: мол, ты не можешь больше контролировать собственные силы. Ты был ранен во время войны, и военные решили сделать из тебя бионического человека, заменив все поврежденные части тела сверхпрочным титаном. Как бы невзначай кивни в сторону своей ширинки.
3. Дальше жди, когда она сделает первый шаг.

МЕТОД

КУБОК СТЭНЛИ

Успешность метода	90%
Привлекает	Спортивных цыпочек, но не спортивных фанаток
Реквизит	Фольга, черный маркер
Время на подготовку	Не нужно!
Минусы метода	Слишком легко?

КАК РАЗЫГРАТЬ

1. Приклей или прилепи клейкой лентой большую миску к кофеварке или лампе. Если получившаяся конструкция стала напоминать шахматную пешку или раздутый вантуз, значит, все получилось как надо.
2. Оберни «скульптуру» фольгой. Теперь ты счастливый обладатель Кубка Стенли.
3. Используй черный маркер, чтобы замазать пару зубов. Поредевшие зубы можно также использовать для метода «Тыквыч» (хотя, как мне кажется, он вряд ли был бы успешен… разве что на Хэллоуин).
4. Бери свой «трофей», отправляйся в ближайший бар и жди, когда цыпочки начнут падать в обморок.

ПОЧЕМУ ЭТО СРАБАТЫВАЕТ?

- Дамочки любят профессиональных спортсменов, потому что те богаты и всегда в форме. Но поверь, ни одна из этих дамочек не запоминает, как конкретно выглядит кубок того или иного чемпионата. А те, что запоминают, вряд ли будут интересны тебе в «этом плане».

- Кроме того, каждый член команды-победителя держит у себя кубок Стэнли в течение одного дня. Когда ты объяснишь это своей цели, она почувствует себя еще более особенной, ведь ты выбрал именно ее, чтобы провести этот день.
- Каждая женщина по определению видела фильм «*Золотой Лед*», каждая цыпочка запрограммирована на то, что она может заставить крутого парня-хоккеиста стать ее партнером по танцам на льду. И сейчас ты воплощаешь ее мечту.

МЕТОД

ОДУРАЧЕННЫЙ ВЛАДЕЛЕЦ ЩЕНКА

Успешность метода	80%
Привлекает	Любительниц животных
Реквизит	Щенок
Время на подготовку	Два часа
Минусы метода	Трудности и разочарования обучения домашних животных

КАК РАЗЫГРАТЬ

1. Возьми щенка в ближайшем приюте. Выбери того, что с большущими лапами и болтающимися ушами. Исследования показали, что это – самые значительные факторы, из-за которых женщина согласна переспать с мужчиной, чтобы понянчиться с его щенком.
2. Посади своего нового лучшего друга на поводок и выведи в парк или любое другое безопасное публичное место. Как только определил свою цель, спусти щенка с поводка, пусть он бежит в ее направлении, а ты беги за ним.
3. Твоя цель поможет тебе поймать его и тут же западет на щенка, потому что сильнее обычных щенков женщину привлекают только щенки, сделанные из шоколадных бриллиантов.
4. Признайся, что в этом «собачьем» деле ты – новичок. Ты проходил мимо горящего здания, спас этого бедолагу и даже не знаешь, безопасен ли твой дом для его проживания. Может, она взглянет?

5. Когда она спросит, как зовут щенка, веди себя смущенно и скажи: «Нет, вы будете смеяться надо мной». Она будет настаивать, ты вздохни и скажи: «Ну, вообще-то мой щенок – она. Я назвал ее в честь моего кумира». Она: «Ну и как же?» Ты (после эффектной театральной паузы): «Опра».
6. Веди свою цель к себе, и пусть она учит тебя лежать и кувыркаться.

МЕТОД

ПОРТРЕТ

Успешность метода	35%
Привлекает	Цыпочек – любительниц искусства, туристок
Реквизит	Деньги, подходящий профиль
Время на подготовку	Пара вечеров
Минусы метода	Придется торчать в музее

КАК РАЗЫГРАТЬ

1. Закажи свой портрет, предпочтительно в эполетах, с огромным пистолетом или в одной из тех дурацких шляп, похожих на гигантскую бархатную лепешку*.

ЗАМЕТКА

Выбери хорошего художника и сделай себе одолжение – не скупись на холст. Пусть твой портрет будет выполнен на холсте из бельгийского льна, а не из заурядной парусины: тогда ты будешь с гордостью хвастаться этим шедевром долгие годы.

* Чур, забиваю «Бархатную лепешку» как название ночного клуба.

2. Подкупи музейного охранника, чтобы он повесил твой портрет, или, если жаждешь приключений, сделай это сам после закрытия.

3. На следующий день слоняйся неподалеку от портрета, пока не выберешь цель. И как только она внимательно на тебя посмотрит – вперед и с одной из следующих песен:

   А. «Знаю. Знаю. Неловко, конечно, но – да, я – королевских кровей».

   Б. «Это мой пра-прадедушка. Негодяй, оставил мне всего лишь три замка».

   В. Глубоко вздохни так, словно твое сознание заполонено каруселью давно забытых лиц и затуманенных, окрашенных в сепию воспоминаний, слишком богатых и разнообразных, чтобы это можно было выразить словами, вздохни и скажи: «Это было много, много лет тому назад…»

МЕТОД

ТЕД МОСБИ

Успешность метода	5%... хы, прямо как у Теда!
Привлекает	Вечных подружек невесты, разведенных, девиц, которые любят неприятности
Реквизит	Смокинг, глазные капли, обручальное кольцо
Время на подготовку	Одиннадцать минут
Минусы метода	Покупка кольца – удовольствие не из дешевых

КАК РАЗЫГРАТЬ

1. Надень смокинг. Ну разве ты не милашка? Ты приоделся, парень! Словно собираешься на встречу с королевой или хочешь замочить кого-то. А теперь сдвинь галстук набок, вытащи рубашку и залейся глазными каплями, чтобы физиономия твоя выглядела точно так же, словно только что увидела конец «Инопланетянина» (настоящего, а не ту стерилизованную, безжизненную, «давайте заменим ружья на рации» версию Спилберга, непростительно выпущенную сколько-то лет назад. От Джорджа Лукаса нахватался?).
2. Во время вечеринки выбери приметное местечко и несколько раз громко вздохни.
3. Вытащи обручальное кольцо, пялься на него, поверти его на барной стойке, почти безмолвно шипи на него... В общем, веди себя, как тот сырый и убогий из «*Властелина Колец*».
4. В конце концов какая-нибудь цыпочка заглотит наживку, подойдет и спросит, что стряслось. Для начала повтори игру с кольцом, потом быстро признайся, что тебя бросили у алтаря... бросили под уничижительными взглядами ближайших

друзей и семьи. Ты и подумать не мог, что Джен* сможет так поступить с тобой.

5. С этого момента вступает и ведет дальше ее жалость и сострадание. Ну а раз ведет – ведись!

* Упоминание имени «невесты» подкупает. «Джен» – безопасный, хотя и вполне обычный выбор: исследования показали, что в Соединенных Штатах не менее 83 миллионов одиноких дамочек по имени Джен.

МЕТОД

ДЖИМ НАЧОС

Успешность метода	30%
Привлекает	Цыпочки, верящие в предназначение судьбы
Реквизит	Тонкий слух
Время на подготовку	Не нужно!
Минусы метода	Слушать болтовню цыпочек

КАК РАЗЫГРАТЬ

1. Ненавязчиво кружи вокруг выбранной цели.
2. Как только она выражает свое одобрение хоть чему-нибудь, произноси «спасибо», словно ты и придумал это «хоть что-нибудь».

   Примеры:

   Цель: «Мой любимый фильм – «Унесенные ветром».
   Ты: «Спасибо».

   Цель: «Лиза, мне очень нравятся твои туфли».
   Ты: «Спасибо».

   Цель: «Начос сегодня – просто восхитительные».
   Ты: «Спасибо».

3. Далее представься как Джим ________ (выбери своей фамилией любую вещь, которая ей нравится из вышесказанного). Исходя из последнего примера: «Меня зовут Джим Начос».
4. Займись с ней сексом.

МЕТОД

СМУЩЕННЫЙ НАСЛЕДНИК

Успешность метода	33%
Привлекает	Охотниц за деньгами
Реквизит	Поддельное завещание
Время на подготовку	Несколько часов исследовательской работы
Минусы метода	Юридический жаргон

КАК РАЗЫГРАТЬ

1. Разбей лагерь рядом со своей целью и оторопело смотри на лист бумаги.
2. Если цель твоя не подойдет сразу же, побольше вздыхай и тряси головой. В конце концов она придет и спросит, что же тебя так беспокоит.
3. Покажи ей поддельное завещание и произнеси смущенно: «Почему я должен своему только что почившему дядюшке Стивену восемьдесят три миллиона долларов? Ведь этот негодяй и так был богат, он придумал капкейки».
4. Очень важно, чтобы самая отчетливая часть твоей подделки содержала следующий абзац:

«СТИВЕН ДЖЕЙМС СМИТ настоящим оставляет _____ (ЗДЕСЬ ТВОЕ ИМЯ) 83 миллиона долларов. Ты не ошибся, 83 миллиона баксов. За такие деньжищи можно купить до фига шоколадно-бриллиантовых котят».

5. После того как она объяснит, что 83 миллиона долларов должны тебе, отпразднуй новоприобретенную удачу сексом.

МЕТОД

ДРУГОЙ ДЖОНАС

Успешность метода	70%
Привлекает	Тех, кто дружит «с нужными людьми»
Реквизит	Чувство ритма
Время на подготовку	Не нужно!
Минусы метода	Может привлечь несовершеннолетних

КАК РАЗЫГРАТЬ

1. Одеться как один из братьев Джонас*. Варианта три.
   - А. Рубашка с закатанными рукавами, тонкий галстук и джинсы.
   - Б. Белые кроссовки, белая рубашка, черный жилет.
   - В. Застрелись, чтобы никогда не одеваться как в пунктах А и Б.

2. Определи цель и громко говори, направив голос в ее сторону, о мировом турне своего младшего брата, о телевизионных интервью и малобюджетном кино†.
3. В ответ на ее вопрос скажи, что ты – другой брат Джонас.
4. Она переспит с тобой, потому что «тот, кто близок к славе, не чужд этой даме». Кстати, можешь сказать, что это строчки из новой песни братьев Джонас.

* Jonas Brothers – американская поп-группа, состоящая из трех братьев: Кевина Джонаса, Джо Джонаса и Ника Джонаса.

† Полагаю, одно из них существует.

ЗАМЕТКА

В разные периоды истории этот метод был известен как Бэкстрит Мэн, 99 градусов и Слегка Постаревший Кид он зе Блок. С годами, заглядывая на страницу этого метода, просто заменяй «Другой Джонас» на любую Другую Новую Мальчиковую Группу.

Женский The Playbook

Вообще-то The Playbook был придуман только для того, чтобы мужчины могли цеплять цыпочек. И я взялся за его написание, потому что очень неплохо в этом разбираюсь. Однако в интересах Статьи IX*, дабы «растопить лед» и не быть сексистом, я решил посвятить несколько страниц этой книги так называемому The Playbook для Цыпочек.

* Статья IX – знаменитая статья из американского законодательства, по которой ничьи права не могут быть ущемлены, основываясь на гендерном различии. Проще говоря: М = Ж.

THE PLAYBOOK

ДЛЯ ЦЫПОЧЕК!

Барни Стинсон

Совместно с Мэттом Куном

Эта книга посвящается тем наивным дурехам, которые думают, что им нужны какие-то книги для того, чтобы цеплять мужиков.
На самом деле для того, чтобы цеплять мужиков, вам нужны только две вещи.
(Подсказка: Ваши соски находятся на этих холмах.)
Да, и если ты секси, дай мне знать.

метод

Цыпочка

Успешность метода	1000%
Привлекает	Любого мужика, где угодно и когда угодно
Реквизит	Две Х хромосомы
Время на подготовку	Не нужно
Минусы метода	Слишком просто?

Как разыграть

1. Выбери чувака.
2. Посмотри на него.
3. Займись с ним сексом.

Об авторе

Барни Стинсон – завидный холостяк, который четко знает, чего хочет.
Тебе неплохо было бы с ним подружиться, если такой шанс выпадет.

МЕТОДЫ ДЛЯ БОЙЦОВ ВЫХОДНОГО ДНЯ

(Дон Джонсон)

МЕТОД

ЩЕНОК-ПИНОККИО

Успешность метода	33%
Привлекает	Легковерных, любительниц животных
Реквизит	Собачий ошейник
Время на подготовку	Не нужно!
Минусы метода	Блохи, сердечные гельминты, дисплазия тазобедренного сустава

КАК РАЗЫГРАТЬ

1. В пределах видимости своей цели проделывай следующие маневры, будучи одетым только в нижнее белье и собачий ошейник:

   - глубоко дыши, широко открыв рот
   - пытайся ногой почесать ухо
   - наклоняйся и обнюхивай себя в интимных местах

2. Когда твоя цель подойдет к тебе, сначала гавкни на нее, затем быстро извинись. На ломаном, «скуби-душном» языке объясни ей, что ты загадал желание стать человеком и оно исполнилось… но теперь ты потерялся.
3. Когда она приведет тебя к себе домой, прокрадись в ее кровать, а дальше пусть природа возьмет свое.

МЕТОД

БОЛЬШАЯ СУМКА

Успешность метода	8%
Привлекает	Иностранных цыпочек
Реквизит	Большущая сумка
Время на подготовку	Сорок пять секунд
Минусы метода	Можно оказаться в багажнике какого-нибудь чувака

КАК РАЗЫГРАТЬ

1. Возьми в аэропорт большую сумку и болтайся у выдачи багажа международных рейсов. Обращай внимание на город вылета.

> **ПОДСКАЗКА**
>
> **Советую обращать внимание на рейсы скандинавских авиакомпаний, по одной простой причине: с цыпочками оттуда точно не ошибешься… разве что на рейсах «Люфтганзы». Тогда, найн, данке.**

2. Как только цель обнаружена, быстро забирайся в свою сумку, застегивай молнию и бросайся на ленту. Когда будешь проезжать мимо нее, вылезай из сумки.

3. Скажи ей с европейским акцентом, что ты – международный бизнесмен и, когда увидел ее садящейся (в городе вылета) в самолет, сказал себе, что сделаешь все, чтобы увидеть ее снова. Сильно дрожи и глуповато произнеси: «В багажном отделении было немного прохладно».
4. Помоги ей справиться с разницей в часовых поясах.

МЕТОД

ПРИНЦ АКИМ

Успешность метода	88%
Привлекает	Географических кретинок
Реквизит	Хороший второй пилот
Время на подготовку	Не нужно!
Минусы метода	Возможно, придется объяснять наследственные права вымышленного государства

КАК РАЗЫГРАТЬ

1. Расположись неподалеку от цели и дай знак своему второму пилоту.

> **ПОДСКАЗКА**
>
> **Если не знаешь, кого выбрать в качестве второго пилота для этого метода, Арсенио Холл скорее всего свободен.**

2. Он должен подойти к тебе, преклонить колени и сказать: «Прошу прощения, ваше высочество, но у меня новости из королевства».
3. Злобно накажи его за то, что он таким образом обратился к тебе на публике. Ты даже намерен рассказать об этом своему отцу, королю. Да, ты сказал «королю».

4. Объясни своей цели, что ты – принц, который путешествует в поисках своей будущей королевы, и ты не хотел бы, чтобы кто-нибудь знал, что ты стоишь миллиарды, потому что тебе нужна та, которой будешь нужен ты только потому, что ты – такой, какой есть… А тем не менее ты наследник трона усыпанного алмазами королевства. А она может стать королевой. Если она, ну, типа, неплоха в постели.
5. Твоя цель, возбужденная возможностью появиться в многомиллионном тираже US Weekly как «новая девушка принца», просто обязана переспать с тобой.

МЕТОД

ЛЮБИТЕЛЬ КИНО

Успешность метода	99%
Привлекает	Грустных цыпочек
Реквизит	Крепкий желудок
Время на подготовку	Около двух часов
Минусы метода	• Придется смотреть дешевые фильмы • Выбор не того жанра романтической комедии – например, «Простые сложности» или вообще все с Мерил Стрип – может ограничить кадровый потенциал твоей мамой и ее подружками

КАК РАЗЫГРАТЬ

1. Выбери самую раздражающую романтическую комедию, идущую в кинотеатрах, запомни все ее стандартные сюжетные ходы и паршивые диалоги.

> **ЗАМЕТКА**
>
> **Если ты не знаешь, какая романтическая комедия является «паршивым бабским фильмом», то скорее всего это будет та, где в главной роли снимается Кэтрин Хайгл. Если ты и ее не знаешь, тогда ищи фильм, на плакате которого изображены мужчина и женщина, стоящие спиной друг к другу, либо держащие сердечки, либо сидящие на стульях перед кабинетом гинеколога... В общем, как-нибудь ее узнаешь и скажешь: «Это она!», что, кстати, может быть фразой одного из этих фильмов, если не названием.**

2. Снова иди на этот фильм (да знаю, знаю), найди самую горячую одинокую цыпочку и садись в том же ряду.

> **ПОДСКАЗКА**
>
> **Заходи из передних дверей зала кинотеатра. Таким образом ты сможешь разглядеть большинство цыпочек, сидящих в зале, и отсеять «страшненьких».**

3. Беззвучно, но гиперболически открывай рот, повторяя все идиотские диалоги, начиная с предсказуемого «мой жених – козел» до шаблонного «этот парень и я любим одну и ту же музыку и/или диковинные специи».
4. Когда перехватишь ее взгляд, направленный в твою сторону, преисполненный восхищением твоей чувствительностью, смущенно улыбнись и спроси, не хочет ли она пересесть поближе. Чуть позже спроси, не хочет ли она пересесть на тебя. Нырк!

Почему это срабатывает?

- Научные исследования доказали, что 83% цыпочек, которые в одиночку смотрят в кино романтические комедии, либо только что порвали со своими парнями, либо вот-вот с ними порвут. В любом случае они «шерше лямур».
- Если женщина тратит деньги на подобную дрянь, возможно, она не очень разборчива и в сексуальных партнерах.
- Хочешь еще бонус? Да она как пить дать любит «по-жесткому» и все такое….

МЕТОД

ЛОРЕНЦО ФОН МАТТЕРХОРН

Успешность метода	20%
Привлекает	Бизнес-цыпочек и прочих любительниц смартфонов
Реквизит	Базовые знания веб-дизайна
Время на подготовку	Три четверти футбольного матча
Минусы метода	Базовые знания веб-дизайна

КАК РАЗЫГРАТЬ

1. Придумай себе уникальное имя. Ну как, получилось? Отлично.
2. Создай кучу веб-сайтов, посвященных удивительной и невероятной жизни твоей вымышленной персоны, и заполони ими Всемирную паутину.

ЗАМЕТКА

Создавая себе легенду, ослабь вожжи, но помни, что женщины считают наиболее привлекательными следующие качества: богатство, власть, любовь к животным. Также ничуть не повредит упоминание о том, что у тебя огромный пенис.

3. Выбери объект, желательно с очень хорошим телефоном, подойди и скажи: «Да, это я». Она заявит, что знать тебя не знает. Со скептической физиономией произнеси громко и медленно свое вымышленное имя. Когда она скажет, что никогда о тебе не слышала, обрадуйся тому, как превосходно все-таки встретить кого-то, кто не гонится за твоим автографом, фотографией, несметным богатством и вечно приподнятым… настроением.
4. Теперь быстро уходи, но перед уходом повтори свое имя еще раз.
5. Как только ты уйдешь, она вытащит свой телефон и начнет шарить в Интернете. Когда она прочтет все о твоей вымышленной персоне, она вся прям воспылает страстью.
6. Через несколько минут возвращайся, предложи ей чашечку кофе – и дело сделано.

МЕТОД

КЛЕВЫЙ СВЯЩЕННИК

Успешность метода	33%
Привлекает	Подавленных прихожанок
Реквизит	Клерикальная рубашка, воротничок, жуткая улыбка
Время на подготовку	Не нужно!
Минусы метода	Можешь попасть в ад

КАК РАЗЫГРАТЬ

1. Нацепи клерикальную рубаху, воротник – и прямиком в бар.
2. Расположись неподалеку от своей цели и начинай пить пиво, курить, браниться и прочее. Короче, представь себе, что ты в британском парламенте.
3. Когда поймаешь на себе вопросительный взгляд своего объекта, укажи на свой воротник и произнеси: «Ах, это? У меня более современные взаимоотношения с Господом».
4. Заинтригованная твоей загадочной комбинацией благочестия и повстанческого духа, твой объект заинтересуется, какие еще клятвы ты так пренебрежительно отвергаешь.
5. Охотно продемонстрируй, благословляя ее, лежа на церковной скамье.

МЕТОД

ЗОНА 69

Успешность метода	66%
Привлекает	Сай-файных красоток, верящих в НЛО, и сельских цыпочек
Реквизит	Функционирующая летающая тарелка – шучу!
Время на подготовку	Не нужно!
Минусы метода	Может привлечь тех, кто «не от мира сего»

КАК РАЗЫГРАТЬ

1. Определи свою цель, расположись рядом и начинай повторять каждое ее движение.
2. Вот тут она либо озвереет и уйдет, либо озвереет и спросит, что ты творишь. Если вариант второй, то ты в деле.
3. Скажи ей, что тебя послали на Землю разузнать побольше о человеческом виде. Делай акцент на то, что ты не хочешь зла. Ты – мирный инопланетянин, как Альф, Чубакка или Морк, но без всякой растительности на теле.
4. После этого она или выплеснет на тебя свой коктейль, или будет выглядеть удивленной. Если вариант второй – ты попрежнему в деле.
5. Теперь объясни, что твой инопланетный мозг не может постичь способа человеческой репродукции, и позволь ей продемонстрировать это во плоти. Если повезет, то она с радостью заберется на твой «инопланетный корабль».

МЕТОД

ПРИВИДЕНИЕ

Успешность метода	83%
Привлекает	Цыпочек, верящих в духов и привидения
Реквизит	Несколько друзей
Время на подготовку	Пара рюмок, пока объясняешь друзьям правила игры
Минусы метода	Быть обязанным друзьям и оплата пары рюмок

КАК РАЗЫГРАТЬ

1. Заставь друзей одеться в черное и собраться в баре, чтобы говорить о том, как они тоскуют по тебе и как они не могут поверить в то, что ты ушел. Если еще они смогут и слезу пустить – делу не помешает.
2. Спустя некоторое время войди в бар, но при этом чтобы друзья тебя полностью игнорировали. Просто скажи им, чтобы они вели себя так же, как и ты, когда они начинают говорить о своих профессиональных целях, или о личной жизни, или о чем там еще, на что тебе всегда начхать.
3. Подойди к своей цели и спроси, видит ли она тебя. Когда она ответит «да», удивись и скажи, что, как бы дико это ни звучало, но, по-твоему, ты – привидение.

4. Чтобы доказать, что ты «покойник» и только она может тебя видеть, подведи ее к своим друзьям и покажи несколько фокусов:

- подуй на руку своего друга и заставь ее дрожать;
- возьми пивной бокал одного из друзей, покружи им вокруг его лица, а он в это время пусть удивляется «летающей кружке»!
- пляши вокруг стола и заставь их шарахаться от «посторонних звуков».

5. Попроси свою цель произносить слова от твоего имени и скажи им, чтобы они не прожигали свою жизнь. Сначала друзья пусть немного попротестуют:

- «Как нам жить дальше, если единственный человек, который давал нам всем надежду, ушел?»
- «Кто же теперь будет заниматься опекой над больными детьми?»
- «А про его огромный член я вообще молчу…»

6. Как только друзья поблагодарят ее за помощь, быстро переключайся к своему собственному спасению. Скажи, что не можешь покинуть эту землю, пока хотя бы еще один раз не испытаешь физическую любовь. Если она на это не купится, скажи: «Эй, не я устанавливаю здесь правила!»

МЕТОД

РОРШАХ

Успешность метода	33%
Привлекает	Супердурочек
Реквизит	Пузырек с чернилами, белая бумага, блокнот
Время на подготовку	Сорок секунд, не считая времени на сушку
Минусы метода	Чернила пачкаются

КАК РАЗЫГРАТЬ

1. Пролей немного чернил на лист бумаги и сложи пополам, чтобы получить симметричную картинку. Должно выглядеть примерно так:

Повторяй процесс, пока не закончатся чернила или не поймаешь себя на созерцании, приканчивающим бутылку, потому что, давай смотреть правде в глаза, ты занимаешься искусством, чтобы перепихнуться.

2. Подойди к своей цели, скажи, что ты – профессор психиатрии местного университета, и спроси, может ли она тебе помочь в одном исследовательском проекте. Ей всего-то нужно смотреть на картинки и реагировать, прямо как когда она навещает своих дедулю с бабулей. Только без этого их нафталинового запаха.
3. Показывай ей чернильные пятна и делай вид, что слушаешь внимательно все, что она говорит, делай записи в блокноте.

> **ЗАМЕТКА**
>
> **Рисование «буферов» в блокноте со стороны выглядит так, словно ты делаешь важные пометки.**

4. Когда чернильные пятна закончатся, посмотри на свой блокнот с «буферами» и изобрази озадаченность. Если носишь очки, медленно сними их и сдави пальцами нос. Когда она спросит, в чем дело, коротко скажи: «Ничего. Спасибо за участие в исследовании». Эта фраза ее окончательно взволнует, и она будет настаивать на том, чтобы ты объяснил. Скажи, что, по твоему профессиональному мнению, она страдает от серьезного психического расстройства: депривация* полового влечения.
5. Разумеется, есть только один способ, чтобы вылечить этот недуг.

> **ЗАМЕТКА**
>
> **Если объект смотрит на чернильные пятна и называет своего отца или брата, скорее всего у него (объекта) психологическое расстройство. В таком случае либо у тебя будет офигенный секс, либо она попытается тебя придушить. Или и то и другое разом.**

* Депривация (лат. deprivatio – потеря, лишение) – психическое состояние, при котором люди испытывают недостаточное удовлетворение своих потребностей.

МЕТОД
ДЕШЕВЫЙ ТРЮК

Успешность метода	40%
Привлекает	Фанаток, дурочек, длинноволосых
Реквизит	Джинсовая куртка, заплатка с надписью «Дешевый трюк», шиньон
Время на подготовку	Пятьдесят минут
Минусы метода	М-м-м... джинсовая куртка?

КАК РАЗЫГРАТЬ

1. Присобачь к своему котелку шиньон. А заплатку прикрепи к новокупленной джинсовой куртке. Надень ее. Теперь, веришь или нет, ты готов отжигать.
2. Выбери объект.

> **ЗАМЕТКА**
> **Если не знаешь, кого выбрать, выбирай девицу, у которой самые длинные волосы, потому как даже в Библии могло быть написано «волосы порождают волосы».**

3. Расположись в зоне слышимости твоего объекта и, ни к кому конкретно не обращаясь, брось в воздух одну из следующих фраз:
   - «Всегда приятно встретить своих поклонников».
   - «Кто-нибудь знает курс йены? А то у нас завтра мировое турне начинается».

- «Самым сложным в строительстве моего бассейна в виде гитары было решить, где расположить джакузи».

4. Под действием любопытства твой объект спросит, кто ты такой, и вот тогда-то ты и скажешь: «Я – басист «Дешевого трюка». Крутой рок-команды». Если она тебе не поверит, покажи ей свою заплатку. Если хоть немного повезет, она ответит взаимностью, и ты сам не заметишь, как избавишься от этой джинсовой куртки.

ВАРИАНТЫ

Ты увидишь, что, почти как и настоящая рок-звезда, сможешь с незначительными изменениями исполнять этот номер из вечера в вечер с огромным успехом по всему миру. Поедешь в Мумбаи – и ты ударник при Рави Шанкаре. Хочешь перепихнуться в Стокгольме? Представься гитаристом Ace of Base. Европа, наверное, лучшее место на земле, чтобы изображать из себя рок-звезду. Ну, вспомни Хассельхоффа.

ПРЕДОСТЕРЕЖЕНИЕ

Несмотря на то что я всячески приветствую здоровые инъекции креативности при обольщении, благоразумие диктует все же, чтобы ты избегал следующих музыкантов:

МУЗЫКАНТ	СЛОЖНОСТЬ
Барабанщик Led Zeppelin	Скончался
Кто-либо из группы Kiss	Слишком легко/неряшливо
Билли Айдол	Тед уже пробовал – полный провал
Питер Фрэмптон	Очень сложно имитировать голос
Стинг	От тантрического секса ожидают нереальной продолжительности

МЕТОД

БАЛЕТНЫЙ ДЕЗЕРТИР

Успешность метода	7%
Привлекает	Танцующих цыпочек, безумных капиталисток
Реквизит	Балетное трико, достоверный русский акцент
Время на подготовку	Сорок пять минут или сколько там надо, чтобы напялить трико
Минусы метода	Возможно, лучше срабатывал в восьмидесятых

КАК РАЗЫГРАТЬ

1. Построй машину времени.

> **ЗАМЕТКА**
>
> **Данный пункт может повлечь огромные финансовые траты или даже изменение законов физики. Так что, если ты не в силах построить машину времени, то попробуй этот метод, там, где люди, возможно, еще не знают, что холодная война закончилась. То есть в Миссисипи, Айдахо или в гостиной Сары Пэйлин.**

2. Приоденься в трико!
3. Да, можешь запихнуть туда теннисный мячик.

4. Подойди к объекту и с наилучшим русским акцентом попроси политического убежища. Для практики рекомендую послушать стенд-ап комика Якова Смирнова, хотя слушать, просовывая ножницы в слуховой канал, довольно болезненно.
5. Скажи объекту, что ты сбежал из своей балетной труппы, а теперь не знаешь, что тебе делать со всей твоей грацией, гибкостью и нечеловеческой стойкостью.
6. Если сможешь снять трико – займись с ней сексом.

МЕТОД

ТЕЛЕЗВЕЗДА

Успешность метода	20%
Привлекает	Охотниц за знаменитостями
Реквизит	Воображение
Время на подготовку	Не нужно!
Минусы метода	Писать сценарии ситкомов трудновато

КАК РАЗЫГРАТЬ

1. Пялься на свой объект, пока она не начнет смотреть на тебя. Сделай вид, что раздражен, и скажи: «Ну, да, да, это я (и твое имя)».
2. Не обращая внимания на ее недоуменный взгляд, скажи, что в детстве ты был телевизионной мегазвездой, но ты предпочел бы, чтобы люди видели в тебе личность, а не персонажа, которого ты когда-то там сыграл. Несмотря даже на то, что это принесло тебе миллионы долларов.
3. Когда она спросит, где ты играл, предложи некоторые детали достоверно звучащих телевизионных персонажей из списка.
4. А вот теперь, когда она захвачена тисками твоей славы, можешь делать свой ход.

СПИСОК ДОСТОВЕРНО ЗВУЧАЩИХ ТЕЛЕВИЗИОННЫХ ПЕРСОНАЖЕЙ

Персонаж	Сериал	Броская фраза
Судья Стиви	Час Суда	«К порядку!»
Ричард Смедли Третий	Ядерная семейка	«Что-то не айда»
Бадди Вемпер	Тиффани Дети Тиффани Семейка Вемперов	«Опаньки-по-попаньки»
Кайл Хуупер	Салатные дни	«Бе-е-е-е-е»
Денни Хилл/Буралу	Н.Л.О-оу!	«Понеслась!»

МЕТОД

НЯНЯ

Успешность метода	75%
Привлекает	Юных иностранных цыпочек
Реквизит	Небольшой набор детских игрушек
Время на подготовку	Несколько часов
Минусы метода	Покупка детских игрушек – это настоящий вызов!

КАК РАЗЫГРАТЬ

1. Купи несколько детских игрушек и разбросай их по своей квартире.
2. Пролистывай журналы и ищи рекламу с изображением ребенка. Вырежи ее и вставь в рамку. Повтори процедуру, чтобы у тебя набралось несколько фотографий «твоего» дитяти.

> **ЗАМЕТКА**
>
> **Не забывай вырезать названия продуктов и брендов из этой рекламы, иначе люди могут подумать, что ты – извращенец.**

3. Дай ему имя, учти, что последний писк – давать девочкам имена персонажей Джейн Остин, а мальчикам – фамилии американских президентов XIX века. Но даже если ты дашь своему вымышленному ребенку женоподобное имя из

тех, от которых тебя тошнит, ничего постыдного в приставке «Младший» нет.

4. Дай объявление в местной газете или в Интернете о том, что ты ищешь няню своему ребенку. Обязательно перечисли требования, типа опыт работы, рекомендации и сертификаты, чтобы все выглядело по-настоящему. Как минимум попытайся втиснуть куда-нибудь в текст «большие буфера».

5. Пригласи кандидаток к себе на собеседование, покажи им фотографии и игрушки. Объясни, что сейчас твой ребенок в садике, так что ты можешь сосредоточиться на том, чтобы узнать ее получше. Большинство юных нянь и так спят с папашами, возможно, тебе повезет найти желающих опередить события.

МЕТОД

ЛОТЕРЕЯ

Успешность метода	45%
Привлекает	Охотниц за деньгами
Реквизит	Лотерейный билет, видеокассета
Время на подготовку	Один час
Минусы метода	По иронии судьбы – метод не из дешевых

КАК РАЗЫГРАТЬ

1. Запиши выпуск лотереи местного телевидения на видеокассету. На следующий день купи лотерейный билет и заполни его выигрышными номерами.
2. Отправляйся в ближайший бар и подкупи бармена, чтобы он поставил запись. Более двадцати баксов ему не предлагай, потому что шансы твои выиграть в лотерею – сам понимаешь.
3. Встань рядом с объектом, дай сигнал бармену включить пленку и вытащи билет. Далее покажи ей билет со словами: «На пересадку костного мозга Роверу» или что-нибудь в этом роде.
4. Когда номера будут произнесены, начни глубоко дышать и попроси ее перепроверить твой билет. Когда она поймет, что это победа, начинай беситься. Если очень повезет, она тоже возрадуется, начнет прыгать на месте, сотрясая своими буферами. Тоже, кстати, неплохой бонус.
5. В разгар эйфории внезапно остановись, изобрази взволнованное выражение лица и произнеси следующее: «Отлично,

теперь меня будут окружать люди и женщины, желающие только моих денег, а не меня. Но ты… ты говорила со мной и до этого! Не пообедаешь со мной? Мы вместе решим, что делать с этой кучей денег!»

6. Во время обеда говори о благотворительности (смотри список ниже). Об оплате за обед не беспокойся: когда принесут чек, ты «обнаружишь», что всю наличность потратил на лотерейный билет, и, посмеиваясь, пообещай ей все вернуть позже.
7. Займись с ней сексом.

ПОДСКАЗКА

Достоверно звучащая благотворительность, от которой ее трусики сами упадут:

- **кормить милых детишек**
- **Красный «все что угодно» крест**
- **дизайнерская обувь для бездомных**
- **легкоатлетическая лига полицейских**
- **спасение щеночков. Жеребеночков. Нет… Единорогов! Точно, единорогов – лучше**

МЕТОД

ПОЗВОНИТЕ БАРНИ СТИНСОНУ

Успешность метода	99%
Привлекает	Любительниц звезд
Реквизит	Хорошие места на большом спортивном мероприятии
Время на подготовку	Один час
Минусы метода	Астрономический счет за мобильную связь

КАК РАЗЫГРАТЬ

1. Купи билеты на грандиозное спортивное событие или любое другое мероприятие, которое охватывает огромную телевизионную зрительскую аудиторию.
2. Сделай плакат с обращением к одиноким горячим цыпочкам с указанием своего номера телефона и размахивай им из стороны в сторону, словно от этого зависит твоя сексуальная жизнь, а ведь так оно и есть на самом деле.
3. Женщины будут звонить, по ошибке принимая тебя за знаменитость, несмотря на то что ничего особенного из своих талантов и возможностей по телевидению ты не продемонстрировал. Но смотри, у Марио Лопеза получилось!
4. Попытайся убедить звонящих присылать тебе свое фото, чтобы не тратить время на свидания с уродинами или девицами, которым еще при Саддаме Хуссейне было уже по тридцатнику.
5. Займись сексом со своими фанатками.

МЕТОД

КОШЕЧКА ПОТЕРЯЛАСЬ

Успешность метода	50%
Привлекает	Любительниц животных
Реквизит	Кошачья переноска
Время на подготовку	Несколько часов
Минусы метода	Чихание и почесывание

КАК РАЗЫГРАТЬ

1. Нарезай круги по окрестности, обращая внимания на любые расклеенные объявления. Пропускай те, что касаются недвижимости или уроков игры на барабанах, тебе нужно объявление о пропаже кота. Хватай его (объявление).
2. Сходи в ближайший приют и подбери кота, наиболее похожего на пропавшего.

   Вопрос: *А является ли негуманным рисование пятен и полосок на коте для максимальной похожести на пропавшего?*

   Ответ: Каждый решает для себя сам.
3. Позвони владелице и вручи ей «ее» кота. Если владелица кота – горячая штучка, получи свое «вознаграждение».

Почему это срабатывает?

Научные исследования доказали, что 83% владельцев кошек являются женщинами, из них 100% – одинокие.

МЕТОД

ПУТЕШЕСТВЕННИК ВО ВРЕМЕНИ

Успешность метода	1,21%
Привлекает	Сай-файных цыпочек, легковерных дурочек
Реквизит	Грим старика, два Братана
Время на подготовку	Больше часа
Минусы метода	Успешность метода 1,21%

КАК РАЗЫГРАТЬ

1. С помощью грима сделай из себя старика. Тут уж можешь разгуляться, но не переборщи, чтоб не стать императором Палпатином.
2. Отправляйся в ближайший бар, подойди к объекту и спроси, как ее зовут. Когда она ответит, скажи: «Я так и знал. Ты та самая (ее имя), которая сможет изменить все… и спасти нас от неизбежной гибели».
3. Объясни ей, что ты выполняешь миссию из будущего. Чтобы доказать это, укажи на одного из своих Братанов и скажи громко, что ровно через четыре секунды он врежет «тому парню» (покажи на еще одного своего Братана, стоящего рядом).
4. Это будет сигналом первому Братану заехать по уху второму. И, кстати, второму лучше не рассказывать ничего заранее, поскольку:

   А. Он может быть против

   Б. Гораздо смешнее, когда он об этом не знает.

5. Скажи, что через несколько минут сюда войдешь молодой ты из ее времени и, как бы это дико ни звучало, она должна переспать с ним, чтобы спасти планету. Сегодня. Скажи, что она должна делать все, что он пожелает, в любой позе, в любом месте. А если она не станет, он не сможет найти решение для защиты от глобального потепления, которое спасет человечество.
6. Уходи, пока она не нашла дыры в твоей логике (не волнуйся, их нет). Скажи, что тебе нужно вернуться до того, как исчезнет временная воронка, или что-нибудь в таком же научном роде, чтобы она смутилась. Цыпочки не рубят в науке – это научно доказано.
7. Сотри с себя грим старика, снова зайди в бар и жди, пока она тебя узнает. Если она тормозит – а она будет тормозить, если все идет, как надо, – произнеси вслух, что твой сверхсекретный проект «сводит тебя с ума».
8. Найди озоновую дыру.

МЕТОД

ВАМПИР

Успешность метода	Достаточно высока, я бы сказал
Привлекает	Цыпочки, которые все еще думают, что им четырнадцать
Реквизит	Мятный «тик-так», клейкая лента
Время на подготовку	Столько, сколько потребуется, чтобы сделать из твоих зубов клыки при помощи «тик-така» и клейкой ленты
Минусы метода	Приодеться по-готически

КАК РАЗЫГРАТЬ

1. Скажи своему объекту, что ты – вампир.
2. Займись с ней сексом.

Я понимаю, что этот метод слегка странноватый, но вампиры сейчас в цене, так что может сработать. Может, ты – вампир, у которого свое кулинарное шоу или кондитерская? Это тоже модно. Кондитерскую можно назвать «Сладкоежка». А на визитке логотип в виде вампирского клыка, вгрызающегося в дизайнерский капкейк. А это и правда круто! То есть глупо. Да плевать мне. Можешь сделать, а можешь и не делать. Как хочешь. Мне все равно. Так, просто мысль пришла. Да расслабься Братан. Спокуха.

МЕТОД

ИДЕНТИФИКАЦИЯ БАРНИ

Успешность метода	13%. 74%, если ты выглядишь как Мэтт Деймон
Привлекает	Параноидальных барышень
Реквизит	Дорогая ручка
Время на подготовку	Не нужно!
Минусы метода	Слишком много беготни

КАК РАЗЫГРАТЬ

1. Как только выбрал цель, подбегай к ней и бормочи следующее: «Быстрее! Спрячьте у себя в лифчике. Это микрофильм, который может подвергнуть опасности всю нашу национальную безопасность».
2. Пронзительно посмотри на нее, чтобы убедиться, что она хорошо все спрятала, и пулей вылетай в дверь.
3. Спустя двадцать минут возвращайся, слегка истекая потом. (Полагаю, что во время этих двадцати минут ты сможешь занять себя мыслями о физической активности после того, как ты стянешь с нее блузку.)
4. Скажи ей, что вам обоим надо уносить отсюда ноги: они вас ищут. Тебе нужно оказаться в безопасном месте, чтобы обезвредить бомбу в ручке (она уже и забыла, что раньше ты говорил про микрофильм), но к себе ты идти не можешь, потому что там они будут тебя искать в первую очередь.
5. У нее в квартире аккуратно раскрути ручку и вздохни. Скажи ей, что она спасла не только твою жизнь, но и жизни твоих соотечественников – американцев (или кого там?), только не русских, потому что русские, с нашей среднеамериканской точки зрения, плохиши. Уж извиняйте, товарищи!
6. Наслаждайся сексом под девизом «мы спасли мир».

МЕТОД

ЮНОША И МОРЕ

Успешность метода	Зависит от того, ловятся они на приманку или нет
Привлекает	Шаловливых морячек
Реквизит	Грязный свитер, вязаная шапка, ножной протез
Время на подготовку	Несколько дней
Минусы метода	Научиться завязывать морские узлы

КАК РАЗЫГРАТЬ

1. Несколько дней не брейся, чтобы щетина отросла. Если ты не очень щетинистый парень, можно порисовать на физиономии маркером – эффект тот же.
2. Нацепи на себя вязаную шапку, грязный свитер, хмурый взгляд – и в бар.
3. Раскинь лагерь рядом с объектом и – как бы в сторону – начни рассказывать об опасностях морской жизни. Вот несколько словосочетаний, которые помогут тебе стать моряком в глазах других: «аномальные волны», «международные морские пути», «пираты-призраки» и «боцман-алкаш».
4. Когда твой объект наконец спросит, чем ты занимаешься, скажи, что ты – рыбак и что завтра ты отправляешься на несколько месяцев в моря и океаны.
5. Раз уж она заглотила наживку, ты можешь повести ее к себе и насадить ее на крючок полностью. Для ясности: я говорю о сексе.

Почему это срабатывает?

На примитивном уровне женщинам нравятся мужики, которые могут поймать обед своими руками (и многомиллионным оборудованием). Им также нравятся мужчины, которые смеются в лицо опасности. Рыбаки соответствуют этим двум пунктам сразу, в то время как его отъезд в дальние моря сводит до минимума шанс, что ее друзья прознают об этой связи.

МЕТОДЫ ДЛЯ ПРОДВИНУТЫХ

(Дон Жуан)

МЕТОД

ПРОЕКТ Х

Успешность метода	22–83% в зависимости от привлекательности обезьянки
Привлекает	Любительниц животных
Реквизит	Шимпанзе – 1 шт., цепочка для шимпанзе – 1 шт.
Время на подготовку	Зависит от возможности достать обезьянку
Минусы метода	Данный метод не включает в себя: • одевание шимпанзе в смокинг • одевание шимпанзе в баскетбольную форму • одевание шимпанзе в костюм Шерлока Холмса, включая кепку и трубку

КАК РАЗЫГРАТЬ

1. Достань обезьяну.
2. Возьми ее с собой в бар.
3. Расположись с обезьяной неподалеку от выбранного объекта.
4. Когда она спросит тебя об обезьяне, расскажи, что ты вызволил ее с завода, где проводились опыты над животными. Если она захочет узнать с какого, то помотай головой и пробормочи «по производству косметики».
5. Пожалуйся, что не можешь идти домой, потому что «они» будут искать тебя. Она заглотит крючок и пригласит тебя к себе. Если она колеблется, убедительно соври, сказав, что обезьяна ручная и воспитанная.
6. Сыпани обезьяне немного успокоительного, чтобы не отвлекала вас во время занятий сексом.

МЕТОД

СПАСИТЕЛЬНИЦА

Успешность метода	11%
Привлекает	Любительниц позагорать на пляже, студенток
Реквизит	Крем от загара, Братан, которому ты доверяешь
Время на подготовку	Не нужно!
Минусы метода	• Реанимировать тебя может броситься какой-нибудь чувак • Может выглядеть глупо • Можно умереть

КАК РАЗЫГРАТЬ

1. Выбери какую-нибудь симпатичную спасательницу в бассейне или на пляже.
2. Прыгай в воду, ложись лицом вниз и переставай дышать.
3. Если к тебе вернулось сознание, будем надеяться, что этому способствовали губы горячей цыпочки.
4. Так как она вернула тебя к жизни, ты должен настоять на том, чтобы сводить ее на ужин. Адреналин, полученный во время дневных событий, должен довести вас до спальни, где Братан, которому ты доверяешь, зафиксирует все на видеокамеру.

ЗАМЕТКА

Несмотря на то что метод во многом зависит от того, какой она на самом деле специалист своего дела, ты должен знать, что горячие цыпочки-спасательницы нанимаются не за свои профессиональные навыки. Их нанимают, потому что они шикарно выглядят в купальниках и свистке между буферами. Если она не сможет вернуть тебя к жизни, значит, будем надеяться, это сможет сделать твой Братан. Хотя следует отметить, что если и у него ничего не получится, то не стоит винить его в этом – даже с того света, ведь он пытался замутить с прелестной малышкой-спасательницей, которая шикарно выглядит в купальнике и со свистком между буферов.

МЕТОД

ГУРУ ДИЕТЫ

Успешность метода	50%
Привлекает	Цыпочек, зацикленных на фигуре, то есть всех: спасибо, Барби!
Реквизит	Относительно пристойная физическая форма
Время на подготовку	Не нужно!
Минусы метода	Разговоры о еде пробуждают аппетит

КАК РАЗЫГРАТЬ

1. Подойди к объекту и сделай комплимент ее физической форме. Спроси ее, чем она питается, и немедленно извинись: ты интересуешься только потому, что ты – врач, который изобрел удивительную диету. Именно, ты нашел способ есть все что угодно и оставаться стройным. Даже килограмм мороженого? Даже килограмм мороженого.
2. Опьяненная мыслью о том, что у тебя в руках находится ключ к легкой потере веса, твоя цель будет задавать тебе вопросы. Отвечай, что ты можешь показать ей диету в действии, но для начала тебе нужно ознакомиться с содержимым ее холодильника.
3. У нее дома расскажи, что она может есть все что угодно, если при этом одновременно заниматься физическими упражнениями до исступления.
4. Покажи ей несколько физических упражнений, которые доведут ее до исступления.

ВНИМАНИЕ

Несколько названий для твоих диетических программ:

- **«Диетическое Жарево»**
- **«Худышка на кубышке»**
- **«В бедрах – счастье!»**
- **«Худеем при помощи хрена»**
- **«Жуй и глотай»**

МЕТОД

ДЕЖА ВЮ

Успешность метода	30% 30%
Привлекает	Доверчивых девиц
Реквизит	Братан, на которого ты можешь рассчитывать, что он все испортит
Время на подготовку	Пара кружек пива
Минусы метода	*«Братан, на которого ты можешь рассчитывать, что он все испортит, может все испортить, ничего не испортив».* Конфуций

КАК РАЗЫГРАТЬ

1. Пусть твой второй пилот выберет какой-нибудь метод и испробует его на твоем объекте.
2. После того как он облажается, подойди к объекту и начни свою игру.
3. Когда она взбесится и скажет, что твой второй пилот только что пытался подкатить к ней таким же манером, сдай его с потрохами. Объясни ей, что он пытается использовать тебя, твое имя и твою жизнь для своей выгоды: на самом деле, это ты настоящий басист «Дешевого трюка», ты настоящий Хорхе Посада или кто там еще.
4. После того как вас объединит презрение к твоему второму пилоту – вас уже будет ждать поезд до Сексограда.

МЕТОД

ВЛЮБЛЕННЫЙ

Успешность метода	95%
Привлекает	Всех
Реквизит	Терпение, слух и открытое сердце
Время на подготовку	От нескольких месяцев до года
Минусы метода	Очень затратно по времени и деньгам

КАК РАЗЫГРАТЬ

1. Подойди к объекту и представься.
2. Заговори о том, о сем, обменяйтесь телефонами, чтобы была возможность увидеться вновь.
3. В течение неопределенного времени от пары недель до нескольких месяцев стремись узнать побольше о том, какие интересы и ценности вас объединяют. В то же время пытайся запомнить, какие ситуации, слова и шутки заставляют ее смеяться и улыбаться.
4. По мере того как вы будете становиться все ближе друг к другу, ты вдруг можешь заметить неожиданно для самого себя, что думаешь о ней все чаще и чаще или покупаешь ей что-нибудь просто потому, что эта вещь вызовет улыбку на ее лице. Верной дорогой идешь, приятель.
5. Вот теперь, когда ты влюбился, можешь заняться с ней сексом и двигаться дальше к новым победам!

МЕТОД

Я ПОСАЖУ ЭТОТ САМОЛЕТ

Успешность метода	9%
Привлекает	Нервных пассажирок
Реквизит	Два билета первого класса, грим, турбулентность
Время на подготовку	Не нужно
Минусы метода	• Дороговато • Часть времени придется провести в салоне второго класса • Авиапутешествия в наши дни – сплошной бардак

КАК РАЗЫГРАТЬ

1. Купи два билета первого класса на один рейс.
2. Зайди в самолет, сядь на одно из своих мест и тщательно осматривай публику, которая будет проходить мимо тебя. Возможно, придется вырезать два отверстия для глаз в газете, чтоб не поймали.
3. Перед взлетом пройди по салону, чтобы найти свой объект. Тихо предложи сидящему рядом с ней пассажиру свое место в первом классе. Нужна причина? Скажи, что он сидит на сиденье с твоим счастливым номером, или что он выиграл конкурс, или что ты хочешь для разнообразия посидеть с простолюдинами.
4. После первого толчка в зоне турбулентности посмотри в иллюминатор и воскликни: «О боже, у самолета только что отвалилась распорка шасси».

5. Объясни ей, что ты по профессии – пилот и точно знаешь, что если отвалилась распорка шасси – дело серьезное. Насколько? Ну, однажды на стимуляторе тебе пришлось сажать самолет с такими же потерями, но в реальной жизни этого никто никогда не делал. Пилотам нужна твоя помощь. Всем нам.
6. Направляйся к передней части самолета и сиди на своем месте в первом классе до конца полета. Прямо перед посадкой нарисуй гримом на лице кровоподтеки и синяки и сбрызни себя водой, которая должна изображать пот.
7. После приземления встань в передней части и признательно кивай, словно пассажиры благодарят тебя. Когда подойдет твой объект, выходи с ней, и посмотрим, сможешь ли ты посадить этот «самолет» на себя.

МЕТОД

МАЛЬЧИК В ШАРЕ

Успешность метода	1%, но веселый
Привлекает	Дурочек
Реквизит	Гигантский воздушный шар
Время на подготовку	Около часа, чтобы надуть гигантский воздушный шар
Минусы метода	Внутри гигантского воздушного шара может быть очень жарко и душно

КАК РАЗЫГРАТЬ

1. Купи гигантский воздушный шар.
2. Заберись в него.
3. Катись в нем в свой бар.
4. Скажи своему объекту, что ты заточен в гигантский воздушный шар и не можешь из него выходить, а самое ужасное – это невозможность прикоснуться к женщине.
5. «Случайно» открой шар и дотронься до ее плеча. Сделай удивленное лицо (вроде: «Ой, я жив и здоров, со мной ничего не произошло!»), затем поблагодари ее за то, что она тебя вылечила.
6. Пригласи ее внутрь гигантского воздушного шара, чтобы заняться гигантским воздушно-шарным сексом.

МЕТОД

МИССИС СТИНСФАЙР

Успешность метода	7%
Привлекает	Студенточек
Реквизит	Костюм, грим пожилой женщины, пенсне.... Может, фальшивый жемчуг?
Время на подготовку	Семестр
Минусы метода	Женское общежитие все-таки...

КАК РАЗЫГРАТЬ

1. Просматривай веб-сайты всевозможных колледжей в поисках вакантного места коменданта женского общежития. Может занять от нескольких недель до целой жизни, но оно того стоит.
2. Приоденься пожилой дамой. Что-то типа Барбары Буш, Бетти Уайт или Рода Стюарта в наши дни.
3. Как только получишь работу, представься «своим девочкам» и сразу приступай к рассказам о своем богатом сыне.
4. Убеди студенческое сообщество приобрести высокотехнологичную систему безопасности, укомплектованную хорошим видеонаблюдением во всех комнатах, – ну, знаешь, для безопасности.
5. Пусть твой «сын» приедет навестить тебя на выходные, а ты вдруг почувствуешь себя плохо, уйдешь в свою комнату и тем самым развяжешь «ему» руки.

ВНИМАНИЕ!

Чтобы избежать скорого увольнения из этого «малинника», тебе все-таки придется выполнять обязанности коменданта женского общежития.

Для начала ознакомься с распорядком на неделю.

РАСПОРЯДОК ВЕЧЕРА В ЖЕНСКОМ ОБЩЕЖИТИИ

	Понедельник	*Вторник*	*Среда*	*Четверг*	*Пятница*	*Суббота*	*Воскресенье*
20:00	Вечернее чаепитие	ВЕЧЕР ПАРОДИЙ! Тема: «Твое тело и ты»	Выпускницы: Составление резюме Первокурсницы: Конкурс на самый страстный поцелуй!	Посещение лекции «Борьба феминистки» профессора Дороти Вилльямс	Общий портрет! Тема? Дикие хищницы… Ррррррррр!	*Выпускной бал!*	Киновечер! Блондинка в законе, Едва совершеннолетняя блондинка в законе (XXX)
21:00	Драка подушками	Общий сбор	Встреча с Советом выпускников	Первая ежегодная уборка кухни в бикини	Вечеринка «Давай меняться трусиками»	*Выпускной бал!*	Крепкий орешек
22:00	Проверка кроватей	Проверка кроватей	Проверка душевой	Проверка кроватей			

МЕТОД

ОХРАННИК

Успешность метода	30%, во время дождя – 3%
Привлекает	Эксклюзивных цыпочек
Реквизит	Магнитофон, бархатные веревки, папка с бумагами
Время на подготовку	Несколько часов
Минусы метода	Соблазнять объект не так клево, как видеть вживую своего любимого артиста

КАК РАЗЫГРАТЬ

1. Приоденься.
2. Найди заднюю дверь на местности, где проходит много потенциальных объектов, и создай ограждение, используя бархатные веревки и стойки.

Вопрос: *А где мне взять бархатные веревки и стойки?*

Ответ: В готовом виде они есть во всех близлежащих кинотеатрах и музеях. Иди и возьми. Если кто спросит, что ты делаешь, кивни на папку с бумагами, пожми плечами и скажи: «Обслуживание».

3. Выбери «живой» альбом твоего любимого (ныне живущего) исполнителя и поставь его в магнитофон. Нажми «Play» и встань у дверей.

4. Вокруг начнут собираться люди, ибо ничто их так не привлекает, как другие люди, стоящие где-либо… особенно когда им говоришь, что Брюс Спрингстин выступает на частном концерте за этой дверью и, может быть, ты позволишь им зайти.
5. Выбери объект из толпы, выясни, насколько сильно она хочет попасть внутрь и как ты можешь ей «помочь».

МЕТОД

МИЛЛИАРДЕР

Успешность метода	100%
Привлекает	Всех женщин всех времен и народов
Реквизит	$1 000 000 000
Время на подготовку	Скорее всего, несколько жизней
Минусы метода	• Налоговые ставки • Выписывание гигантских чеков на благотворительность может привести к артриту рук • Строительство большой яхты может занять столько времени, что, когда она окажется готова, будет считаться устаревшей, блин!

КАК РАЗЫГРАТЬ

1. Накопи миллиард долларов.
2. Спи с женщинами.

МЕТОД

ТРОЯНСКАЯ ЛЕСБИЯНКА

Успешность метода	Менее 1%
Привлекает	Лесбиянок, цыпочек, которые любят экспериментировать
Реквизит	Удача
Время на подготовку	Сорок пять минут
Минусы метода	Привыкание к дискриминации

КАК РАЗЫГРАТЬ

1. Оденься так, как, по твоему мнению, оделась бы лесбиянка. В связи с тем, что дресс-кода не существует, все, что ты ни выберешь, неизбежно окажется оскорбительным, но это единственный способ привести метод в действие.
2. Побрейся как можно тщательней. Я имею в виду лицо.
3. Иди в гей-бар и подойди к наигорячайшей цыпочке из присутствующих. Как только убедишься, что у нее нет кадыка, спроси, не хочет ли она прошвырнуться куда-нибудь еще.
4. Потом как можно дольше старайся скрыть свою «мужественность». И вот когда «кот выпрыгнет из мешка», изо всех сил постарайся убедить ее, что он – ненастоящий. Постарайся не сорваться, когда она поинтересуется, почему ты приобрел такого маленького.

МЕТОД

ВОЛЬНАЯ ПТИЦА

Успешность метода	100%
Привлекает	Жителей захудалых городишек
Реквизит	Танцевальные движения, мельница, захудалый городишко
Время на подготовку	Дорога до захудалого городишки
Минусы метода	Захудалый городишко

КАК РАЗЫГРАТЬ

1. Проверь, не предали ли анафеме в каком-нибудь близлежащем городишке танцы и/или рок-музыку. Если не найдешь ни одного, садись в автобус до штатов района прерий. Или до Юты.
2. Как только найдешь изнуренное дьяволом сообщество, тут же начинай зажигать под рок-н-рольные хиты любимых исполнителей Кенни Логинса. Отрабатывай свои танцевальные па где-нибудь на заброшенной мельнице. Это так или иначе вызовет гнев местных жителей и, что гораздо важнее, расположит к тебе всех угнетенных деревенским бытом красоток.
3. Выиграй на тракторе куриные бега.
4. Проведи городские танцульки, где и сделаешь свой выбор из местных дам.

МЕТОД

БЕЗУТЕШНЫЕ ЦЫПОЧКИ

Успешность метода	Хотелось бы, чтоб был 0%
Привлекает	Цыпочек, понесших утрату, вечно чувствующих себя виноватыми
Реквизит	Никаких высоких моральных принципов
Время на подготовку	Не нужно... если ты сволота бездушная
Минусы метода	• Больничный запах • Больничная еда • Ассортимент больничных журналов

КАК РАЗЫГРАТЬ

1. Зависай в больничном зале ожидания.
2. Выбери объект среди собравшихся друзей и родственников.
3. Когда выйдет врач с плохими новостями, подставь свое плечо и другие части тела, чтобы она могла поплакать.
4. Пожертвуй кучу денег этой больнице или куда там еще, потому что, Братан, иначе – поскуденыш ты последний.

Вопрос: *А зачем же вы публикуете такие методы...?*

Ответ: Заткнись.

МЕТОД

E PLURIBUS UNUM*

Успешность метода	28%
Привлекает	Тех, что верят в судьбу
Реквизит	Терпение
Время на подготовку	Годы
Минусы метода	Артрит

КАК РАЗЫГРАТЬ

1. Выбери объект.
2. Напиши свое имя и номер телефона на долларовой банкноте и дай ей со словами, что она должна ее потратить, но возьми с нее слово, что она тебе позвонит, если банкнота снова окажется у нее, ибо таким образом вселенная отчетливо говорит, что вы должны быть вместе.
3. Иди в банк, сними пять тысяч долларов по одному и на каждой купюре напиши свое имя и номер телефона.
4. Повторяй пункты 1 и 2, пока не подпишешь все свои наличные деньги. Дальше – жди звонков.

ПОДСКАЗКА

Если ты беспокоишься и думаешь, что писать на американской валюте – незаконно, а писать свое имя и номер телефона на таком количестве денег – просто глупо, тогда используй фальшивки.

* E pluribus unum – девиз, размещенный на гербе США, в переводе с латыни означает «Из многих – единое».

FEDERAL RESERVE NOTE
THE UNITED STATES OF AMERICA
L11180916G
ONE DOLLAR

МЕТОД

ГОСПОДИН ПРЕЗИДЕНТ

Успешность метода	0,000000000000001%
Привлекает	Малышек из высших кругов, избирателей
Реквизит	Крепкое рукопожатие, белые зубы, 270 голосов выборщиков
Время на подготовку	Как минимум 35 лет
Минусы метода	• Придется целовать детей • Быть правдивым • Предвыборная кампания – это жуть

КАК РАЗЫГРАТЬ

1. Выиграй местные выборы и стремительно расти до представителя штата, выступая в оппозиции к ближайшему, стоящему на грани жизни и смерти сопернику.
2. Стань губернатором и выступи с популистской программой, но при этом швырни немного сала жирным котам, заманив в штат по крайней мере одну крупную корпорацию. Удерживай политический баланс, отказываясь от компромиссов в позиции со смертной казнью, при этом потихонечку урезай бюджет на исполнение наказаний. Если экономика пойдет вверх, возьми кредит. Если вниз – обвини в этом законодательную власть или, если находишься у государственной границы, то нелегальных иммигрантов.
3. После двух сроков начинай президентскую кампанию. Создай прогрессивную платформу, которая угождает крайним позициям твоей партии, но может быть незаметно переделана на более центристскую после первичных выборов. Вбра-

сывай деньги в Айову и Нью-Гемпшир, появляйся в Южной Каролине и Неваде и разбивай лагеря в Миссури и Нью-Джерси, если все еще хочешь выиграть в Великий Вторник.

4. Если ты не с Юга, возьми кандидата на пост вице-президента родом оттуда. К тому же пора выбрать свою песню. Подойдет все из репертуара Fleetwood Mac, кроме Little Lies, Landslide, или Rhiannon, что было бы странно.
5. Посети военную базу, выполни первую подачу в бейсболе и заведи по крайней мере одну фотографию в строительной каске. Пообещай провести кампанию честно, но пусть твой кандидат на пост вице-президента подкалывает оппонента снисходительными простыми выражениями типа «у нас на ферме дела не так делаются», или «мне знакома другая жизнь», или «там, откуда я родом, это называется варить кашу до первых петухов».
6. Победи с абсолютным большинством голосов или во втором туре и уверенно и торжественно прими присягу – это серьезная ответственность.
7. Начинай клеить цыпочек.

Почему это срабатывает?

Женщин притягивает власть, а больше власти, чем у президента, нет ни у кого, кто не владеет крупнейшим конгломератом масс-медиа. Мы думаем, что Кеннеди и Клинтон были выдающимися ловеласами Овального кабинета, а на самом деле этот пост гениально использовал с умом Франклин Рузвельт. Он не только симулировал полиомиелит и усадил себя в инвалидное кресло, чтобы создать привлекательный образ «раненой птицы», дополняющий его очарование главнокомандующего, но он к тому же единственный президент, который оставался более чем на два срока. Страна не видывала такого рода верности телу и духу (и обществу, конечно) со времен Джеймса Полка.

МЕТОД

ПОЧКА

Успешность метода	24%
Привлекает	Цыпочек с большим сердцем и, будем надеяться, с большой грудью
Реквизит	Больничный браслет, Братан
Время на подготовку	Минимальное
Минусы метода	Нужно знать функции почек

КАК РАЗЫГРАТЬ

1. Надень больничный браслет. Если у тебя такого нет, поройся в больничной мусорке. Среди прочего… найдешь и его.
2. Как только определился с объектом, обнажи руку так, чтобы она заметила браслет. Скажи, что не хочешь об этом говорить, но тут же объясни, что ты отдал одну из своих почек своему другу. Махни Братану, а он пусть махнет тебе в ответ.

ЗАМЕТКА

Если же второго пилота под рукой нет – просто махни любому чуваку в больнице, скорее всего он махнет в ответ. Однако, если тебе показалось, что он как-то косо смотрит на тебя (хочет неслабо тебе отвесить), скажи своей цели, что он еще не отошел от анестезии.

3. Скажи ей, что вы были лучшими друзьями со школы, и если ему это не поможет, то…. В общем, ты, не раздумывая, решил отдать ему свою почку. Если ты сможешь выдавить из себя в этом месте несколько слезинок, то дальше дело пойдет как по смазке. Кстати, о деле…
4. После того как ты убедишь ее, что все оставшиеся органы у тебя в полном порядке и рабочем состоянии, настанет пора предложить сделать пожертвование с ее стороны…

МЕТОД

Я МОГУ УГАДАТЬ, СКОЛЬКО ТЫ ВЕСИШЬ

Успешность метода	65%
Привлекает	Всех женщин
Реквизит	Основы математики
Время на подготовку	Не нужно!
Минусы метода	Ошибки в подсчетах чреваты

КАК РАЗЫГРАТЬ

1. Подойди к объекту и заяви, что можешь угадать, сколько она весит.
2. Она, будучи заинтригованной, испуганной и парализованной, захочет узнать твое мнение о своем теле.
3. Прикинь, сколько она может весить на самом деле, и отними 11 килограмм. От этого отними еще парочку. Оставшуюся цифру назови ей.
4. Проверь ее вес на себе.

МЕТОД

ПРИЕМ ГЕЙМЛИХА

Успешность метода	5%
Привлекает	Медсестер «Скорой помощи»
Реквизит	Кренделек
Время на подготовку	Не нужно!
Минусы метода	Можно случайно подавиться насмерть

КАК РАЗЫГРАТЬ

1. Как только выберешь объект – тут же притворись, что подавился крендельком.
2. После того как она применит к тебе прием Геймлиха, или постучит тебя по спине, или даже ничего не будет делать, выплюни крендель и глубоко вдохни. Переборщить тут невозможно.
3. Схвати ее за руку и скажи, что она спасла твою жизнь и для тебя будет большой честью остаться с ней рядом навеки.
4. Доставай ее до тех пор, пока она не сможет этого вынести и не попытается освободить тебя от пожизненного долга. Скажи ей, что это не сработает. Твой кодекс чести гласит, что ты должен остаться с ней до тех пор, пока не спасешь ей жизнь или она не переспит с тобой. Таковы правила.
5. Будем надеяться, что она на это пойдет. Если нет – у тебя еще остался кренделек.

МЕТОД

ПРИЗРАК БУДУЩЕГО РОЖДЕСТВА

Успешность метода	Невелика
Привлекает	Пуританок
Реквизит	Ежедневник и черная накидка такого типа, какая была на самом странном парне в твоем колледже на выпускном, этот метод стоит осуществлять 23 декабря
Время на подготовку	Ровно столько, сколько нужно, чтобы накинуть плащ
Минусы метода	Огромный выбор ежедневников

КАК РАЗЫГРАТЬ

1. Надень плащ и накинь капюшон.
2. Подойди к объекту и скажи: «Двух призраков вы уже видели. Настало время будущего Рождества».
3. Невзирая на ее реакцию, открой ежедневник, хлопни себя по лбу и скажи: «О Господи, я пришел на день раньше. Переход на летнее время, нулевой меридиан… Пардон, мадмуазель, ле косяк!»
4. Сбрось капюшон и объясни ей, в чем дело: завтра появятся два призрака и покажут ей Рождество прошлое и настоящее. Умоляй ее сыграть изумление при встрече, поскольку, если эти два типа прознают об этом, ты никогда не услышишь конец этой истории.

5. Любопытство возьмет верх, и она начнет спрашивать о своем будущем. Уклоняйся от ответа и говори, что она узнает об этом завтра вечером, но, когда она начнет требовать, глубоко вздохни и скажи ей, что она умрет в одиночестве, потому что не занимается случайным сексом с незнакомцами. Вот так. Проговорился. Ты можешь огрести за это кучу неприятностей, ты нарушил правила.
6. Пока она задумывается о своем будущем, открой ежедневник и громко воскликни: что же ты будешь делать сегодня ночью. Навещать-то тебе некого…
7. Воспользуйся моментом.

МЕТОД

АКВАЛАНГИСТ

Успешность метода	1%
Привлекает	Цыпочек, которые думают, что могут изменить чуваков, то есть практически всех цыпочек
Реквизит	Баллон с кислородом, маска, ласты, мокрый костюм, обычный костюм (под мокрым)
Время на подготовку	Несколько лет
Минусы метода	Мокрый костюм может вызвать раздражение

КАК РАЗЫГРАТЬ

1. Расскажи своей занудной подруге о The Playbook.
2. Опробуй один из методов на одной из ее подруг или знакомых, чтобы «зануда» так разозлилась, что даже украла бы у тебя The Playbook.
3. Надень костюм аквалангиста и скажи своей подруге, что собираешься испробовать метод «Аквалангист» на горячей цыпочке у стойки бара.
4. Твоя подруга, назовем ее Лили, пойдет к той цыпочке и расскажет ей все о The Playbook.
5. Когда Лили и объект захотят узнать, как работает метод «Аквалангист», сними маску и скажи о своей внутренней уязвимости, которой на самом деле не существует, потому что ты, будем смотреть правде в глаза, клевый.

6. Теперь, посочувствовав, Лили поймет, что дала маху, и уговорит твой объект выпить с тобой кофе.
7. И дело в шляпе!

ВНИМАНИЕ!

Не забудь вырвать эту страницу из The Playbook, перед тем как воплотишь метод «Аквалангиста» в жизнь.

СЛОЖНОСТИ И ЧАСТО ЗАДАВАЕМЫЕ ВОПРОСЫ (ЧАВО)

Почему в большинстве случаев мне приходиться врать о том, кто я такой и чем я занимаюсь, как, например, в методе Мой Пенис Исполняет Желания?

Да брось, это не вранье. Мы никогда не врем, ясно? Может быть, немного приукрашиваем действительность, но не врем. Как и все приукрашивания, к сожалению, это необходимая составляющая сражений на поле сексуальной брани. Женщины вообще слишком преувеличивают свои требования к мужчинам. Их послушать, так мужчины должны «перезванивать», «общаться» и «заботиться». В связи с тем что мир, в котором вышеупомянутое может произойти, заселен карликами, единорогами и цыганами*, то будет честно сказать женщине, что ты высадился на Землю из космоса и единственный способ отбыть обратно на Андромеду – это переспать с ней... но если при этом она будет вести себя как бревно, скажи, что ей нужно постараться. Иначе темные материи, «кротовые норы» и прочая там фигня не откроются и ты не сможешь вернуться домой.

* Примечание издателя. Несмотря на огромное количество доказательств, Барни отказывается принять тот факт, что цыгане на самом деле являются реальными людьми, пришедшими из Восточной Европы, а не «мифическими, волшебными персонажами, которые передвигаются караванами, накладывая проклятия на горячих цыпочек».

А не разозлится ли женщина, когда позднее выяснит, что я – легкое покашливание – кое-что приукрасил?

Во-первых, ну и что? К тому времени ты уже смоешься. Во-вторых, нет! Женщины цепляются за фантазии. Они хотят верить в мир, где есть настоящий Санта Клаус, вампиры живут вечно в возрасте девятнадцати лет, а президента выбирает народ, а не «серые кардиналы» с миллиардными состояниями, которые каждые три месяца встречаются на Арубе, да и то для следующей встречи пытаются выбрать новый остров, потому что утрачивается новизна. Если женщина так отчаянно хочет верить во все это, значит, она готова купиться на то, что ты – глава Tootsie Roll Industries, или принц Эфиопии, или просто чувствительный парень.

А что, если я попадусь в середине игры?

Ей это понравится! Больше всего женщины любят внимание. Любого рода. Помни, женщины любят подонков. Почему? Потому что ее папаша такой же. Он всегда хотел мальчика, а как с ней обращаться – не знал, поэтому просто ее игнорировал. Это было бы трагично, если бы в результате этого не появлялись такие нуждающиеся цыпочки. На самом деле, я мечтаю однажды послать по огромной фруктовой корзине всем ужасным отцам, которые породили легион шаловливых дочерей, которыми мы все так наслаждаемся по сей день. Спасибо вам, отцы-фуфлыжники.

Ну а правда, а вдруг ей не понравится то, что я просто пытаюсь переспать с ней?

Ладно. Слушай. Даже если все пойдет насмарку, а твой объект начнет беситься и швырять тебе в лицо все что ни попадя, все еще остается хороший шанс, что одна из ее симпатичных подружек во время написания заявления в полицию вдруг задумается: «По крайней мере он ведь приложил такие усилия, чтобы встретиться с женщиной. А некоторые и этого не делают. Им все равно». Тогда ты сможешь подцепить ее позже… если у тебя хороший адвокат.

ОБ АВТОРАХ

Барни Стинсон переспал с несчетным количеством женщин и никогда не боялся последствий в виде беременности, о которых он прекрасно осведомлен. Когда он не занят популяризацией «клевости» среди мужских масс на своем веб-сайте www.barneysblog.com, он с радостью разрабатывает дизайн нижнего белья, бутылирует одну из своих 83 марок вина, фотографируется с сиротами, брошенными щенками или чем там еще, что засчитывается как «трогательное», под музыкальное сопровождение творчества Сары МакЛахлан.

Мэтт Кун – сценарист сериала «Как я встретил вашу маму». В дополнение к блогу Барни, который ему приходится вести, он написал сценарии пяти серий для сериала, включая «День Пощечинодавания», «Три снежных дня» и «Двойное свидание». Также он написал с Барни Стинсоном еще две книги – «Кодекс Братана» и «Bro on the Go». Мэтт живет в Лос-Анджелесе вместе с женой Алисой и собакой Мэгги, которая, несмотря на то что уже взрослая, ростом не выше его колен, что является грубейшим нарушением Кодекса Братана. Упс.

Издание для досуга

Барни Стинсон
совместно
с **Мэттом Куном**

The Playbook

Ответственный редактор *М. Терешина*
Художественный редактор *Н. Никонова*
Верстка *П. Компаниец*

ООО «Издательство «Эксмо»
127299, Москва, ул. Клары Цеткин, д. 18/5. Тел. 411-68-86, 956-39-21.
Home page: **www.eksmo.ru** E-mail: **info@eksmo.ru**

Подписано в печать 29.12.2010. Формат 60x90 $^{1}/_{16}$.
Печать офсетная. Усл. печ. л. 11,0.
Тираж 12100 экз. Заказ 4605.

Отпечатано в ОАО «Можайский полиграфический комбинат».
143200, г. Можайск, ул. Мира, 93.
www.oaompk.ru, www.оаомпк.рф тел.: (495) 745-84-28, (49638) 20-685

ISBN 978-5-699-47025-9

9 785699 470259 >

«Кодекс Братана» - это настольная книга каждого уважающего себя мужчины. Испокон веков заповеди этой священной книги передавались из поколения в поколение из уст в уста. В нем изложены не просто секреты настоящих мужчин и крепкой мужской дружбы, а представлен свод правил поведения, которые должен, нет – просто обязан, соблюдать каждый Братан. Следуя правилам этого великого кодекса, любой парень может стать частью великого Братства.